Heather Anastasiu

Secrets

Buch

Wut, Enttäuschung, Schmerz – Gefühle drohten die Menschheit auszulöschen. Ein Chip befreit sie nun von ihren schädlichen Emotionen. Denn selbstständig zu fühlen ist einfach zu gefährlich. Das erfährt Zoe am eigenen Leib, als plötzlich eine Störung an ihrem Chip auftritt. Zum allerersten Mal entstehen in ihrem Kopf eigene Gedanken und unaufhaltsame Gefühle. Zoe muss dieses Geheimnis um jeden Preis bewahren; sollte es gelüftet werden, droht ihr die Auslöschung. Doch dann gerät ihr Chip derart außer Kontrolle, dass sie sich nicht länger verstecken kann und für ihr Leben und ihre Freiheit kämpfen muss.

Autorin

Heather Anastasiu ist in Texas aufgewachsen und lebt heute mit ihrer Familie in Minneapolis. Die passionierte Leserin liebt nichts so sehr wie Bücher, abgesehen von ihren zahlreichen Tattoos und ihren pinkfarbenen Haaren. Die dystopische Trilogie »Secrets« ist ihre erste selbstverfasste Romanserie.

HEATHER ANASTASIU

SECRETS

ICH FÜHLE

ROMAN

Übersetzt von
Katharina Woicke

blanvalet

Die amerikanische Originalausgabe erschien 2012
unter dem Titel »Glitch« bei St. Martin's Griffin, New York.

FSC
www.fsc.org
MIX
Papier aus verantwortungsvollen Quellen
FSC® C014496

Verlagsgruppe Random House FSC® N001967
Das FSC®-zertifizierte Papier *Holmen Book Cream* für dieses Buch
liefert Holmen Paper, Hallstavik, Schweden.

1. Auflage
Deutsche Erstausgabe Dezember 2014
bei Blanvalet, einem Unternehmen der
Verlagsgruppe Random House GmbH, München.

Umschlaggestaltung und -illustration: © Isabelle Hirtz, Inkcraft
Redaktion: Alexander Groß
BL · Herstellung: sam
Satz: Uhl + Massopust, Aalen
Druck und Einband: GGP Media GmbH, Pößneck
Printed in Germany
ISBN: 978-3-442-26873-3

www.blanvalet.de

Für Cherie Haggard, meine Lehrerin in der vierten Klasse. Sie haben meine ersten dahingekritzelten Geschichten gelesen und mir, obwohl ich gerade erst elf Jahre alt war, gesagt, dass man meine Romane eines Tages veröffentlichen könnte. Sie haben mir geholfen, daran zu glauben, und nun ist er da, so viele Jahre später. Dieser Roman ist für Sie.

Geheimnisse waren in der Gemeinschaft strikt untersagt. Natürlich war das nie zuvor ein Problem gewesen, denn wir waren nicht darauf programmiert, Geheimnisse zu haben. Geheimnisse waren der Grund dafür, dass Kriege begannen und der Planet beinahe zerstört worden wäre. Geheimnisse, Lügen und verhängnisvolle Leidenschaften. Doch wir wurden vor all dem gerettet. Wir folgten der Logik. Und Ordnung.

Geheimnisse waren schlecht. Eins zu bewahren war schlecht. Doch ich habe nun mehr als eines, gefährliche Geheimnisse, die sich vor mir auftürmen wie all die Lügen, die ich erzählen muss, um sie verborgen zu halten.

1. KAPITEL

Diesmal spürte ich, dass es gleich passieren würde. Schnell schob ich meine Zeichnungen in den Schlitz, den ich in die Unterseite meiner Matratze geschnitten hatte, und umklammerte den metallenen Bettrahmen, um festen Halt zu haben, wenn mein Gehirn plötzlich in die *Verbindung* zurücksprang, in den *Link*.

Das Netzhaut-Display flackerte auf und ließ am Rand meines Sichtfelds Unmengen uninteressanter Daten ablaufen. Auch der Audio-Input war wieder online, ein leichtes Summen im Hintergrund. Einer nach dem anderen erloschen meine Sinne, der Kontakt zum *Link* ersetzte den Kontakt zur realen Welt. Im Nu verblasste das bisschen Farbe im Raum zu einem monotonen Grau. Tief sog ich die Luft ein und versuchte, die Gerüche meines kleinen, kahlen Zimmers festzuhalten – Antiseptika und Staub –, doch auch sie waren bei meinem nächsten Atemzug verloren.

Panik schnürte mir die Brust zusammen, als ich in der ansteigenden Flut des *Links* versank, aber ich verbarg sie hinter meiner absolut nichtssagenden Maske. Ich konnte nur froh sein, dass dies passierte, während ich mich allein in meinem Zimmer aufhielt, hier, wo ich sicher war. Ich hatte noch einiges an Übung nötig. Und so konzentrierte ich mich und ließ jeden einzelnen meiner Gesichtsmuskeln sich in perfekter, ausdrucksloser Leere entspannen, die nichts von dem Aufruhr verriet, der in mir tobte.

Die Störung hatte etwas mehr als eine Stunde angedauert. Kostbares Schweigen in meinem Kopf. Manchmal konnte ich mich gegen die schleichende Dumpfheit des *Links* wehren, aber an diesem Morgen hatte ich keine Zeit zu verschwenden. Die Störung hatte mich früh geweckt, eine Stunde, bevor mich die *Verbindung* normalerweise aufwachen ließ. Doch wenn ich noch länger trödelte, würde ich zu spät kommen.

Trotzdem erlaubte ich mir, kurz an der Zimmertür stehen zu bleiben und herausfordernd zu lächeln, für einen letzten, zu schnell vergehenden Moment, bevor mich die *Verbindung* vergessen ließ, was »Lächeln« war. Ich prüfte nach, ob mein Haar ordentlich saß, und streifte dabei mit den Fingern den Zugangsport am Halsansatz.

Mein Lächeln verblasste. Ein solcher Port wurde uns allen gleich nach der Geburt implantiert: schmal, nur ein paar Millimeter breit, nicht viel länger als ein Zentimeter. Bei anderen Leuten hatte ich gesehen, wie die Mikro-Glühfäden der hauchdünnen Drähte an beiden Enden flackerten, in rechteckigen Mustern, die durch die Membran leuchteten. Von diesem Port führte ein direkter Kontakt zum V-Chip an der Hirnbasis, durch den der *Link* entstand.

Ich strich mit meinen Fingern über den Port, zeichnete nervös die Unebenheiten nach. Was, wenn sich dort irgendetwas verändert hatte? Ich hatte nicht die geringste Möglichkeit, einen Blick darauf zu werfen, denn in der Gemeinschaft benötigten wir keine Spiegel. Vielleicht hatten die Glühfäden an meinem Nacken-Port aufgehört zu leuchten oder die Farbe gewechselt, oder der Port selbst war auffällig beschädigt. Schließlich musste es ja eine Erklärung dafür geben, dass ich so anders war, warum immer wieder solche Störungen bei mir auftraten. Schnell zupfte ich an meinen langen Locken, zog sie sorgfältig über meinen Hals und den Port. Nur für den Fall.

Ich öffnete die Tür per Hand und ging fünf Schritte den Gang hinunter, bis zum größten Raum unserer Wohneinheit. Die Sichtanzeigen in meinem Netzhaut-Display tanzten am Rand meines Sichtfelds auf und ab, übermittelten mir unnötigerweise die Infos über dieses Zimmer: drei mal drei Meter lang und breit, Betonwände, ein einfacher Tisch und vier Stühle. Platz genug, um die Mahlzeiten vorzubereiten, zu essen und am Abend die in die Wand eingelassenen Übungsgeräte herauszuziehen. *Ein gesunder Körper für eine gesunde Gemeinschaft.* Diese Phrase aus unserem Gemeinschafts-Bekenntnis klang mir aus dem *Link* entgegen und schien in meinem Schädel hin und her zu schwirren.

Vater stand mit dem Rücken zu mir und bereitete das Frühstück zu. Ich hob eine Hand, um eine vorwitzige dunkle Locke hinter mein Ohr zu stecken. Ordentlich.

»Ich grüße dich, Vater.«

»Ich grüße dich, Zoel. Es ist deine Aufgabe, heute Morgen die Besorgungen zu erledigen, korrekt?« Er blickte nicht auf, während er die Proteinplätzchen aus der Aufwärmeinheit nahm. Dann gab er die Plätzchen zusammen mit gleich großen Portionen Knäckebrot auf vier weiße Teller.

»Korrekt, Vater.« Ich nahm die Teller und platzierte sie auf unserem winzigen quadratischen Tisch, in exakt gleichem Abstand und perfekt ausgerichtet vor den vier Stühlen.

Mein Bruder Markan, der gerade Platz genommen hatte, starrte abwesend an die Wand, offensichtlich abgedriftet zu den Video- und Audio-Nachrichten, mit denen ihn die *Verbindung* fütterte. Nachrichten, die in all unseren Köpfen wie in Millionen schweigender Theater abgespult wurden.

Ich schaute vorsichtig zu ihm hin.

Er war dreizehn, vier Jahre jünger als ich. Er hatte bereits das Besteck herausgelegt und die Servietten zu ordentlichen Dreiecken gefaltet. Ordnung ist unsere Pflicht, Ordnung steht über allem.

Ich musterte ihn, suchte nach einer Spur jenes Lächelns, das ich heimlich an diesem Morgen in meinem Zimmer auf sein Gesicht gezeichnet hatte.

Wir sahen uns nicht ähnlich, aber ich konnte bestimmte Züge und Eigenschaften unserer Eltern in seinem Gesicht wiedererkennen, Eigenschaften, die man im Labor sorgfältig aus dem Genpool perfekter Vermehrungspartner ausgesucht und zusammengestellt hatte. Markan kam stärker nach unserem Vater, hatte die gleiche breite Nase und die schmalen Lippen, doch seine runden Wangen verrieten, wie jung er noch war.

Sein Gesicht war leer. Losgelöst. Ohne den Hauch eines Lächelns, ohne jede Emotion. Ihn zu beobachten war, als würde man in einen menschenleeren Raum schauen – Wände und Möbel waren perfekt angeordnet, aber es war kein Leben darin.

Sah ich auch so aus, wenn ich mich im *Link* verlor? Dieser Gedanke kam aus mir selbst, ein dünner Rauchfaden, der sich durch die dichte Nebelwolke der *Verbindung* schlängelte. Wenn ich nach einer der Störungen in den *Link* zurückgezogen wurde, war es, als schiebe sich eine Tür vor meinen Verstand, die meine Gedanken von mir abschnitt. Doch solange ich mich intensiv auf bestimmte Details konzentrierte, war es möglich, ein kleines Stückchen von mir selbst durch den Spalt gleiten zu lassen. Manchmal funktionierte es und manchmal nicht, aber ich hoffte, dass ich mit genug Übung eine Art Gleichgewicht zwischen mir selbst und der *Verbindung* finden würde. Mit diesem winzigen bisschen Kontrolle würde es mir vielleicht eines Tages gelingen, selbst zu bestimmen, wann ich aus dem *Link* glitt und wann nicht. Ich könnte es vor anderen verbergen. Sicher sein, ohne Zeugen. Sicher sein vor einer möglichen Deaktivierung.

So erfolgreich wie an diesem Morgen hatte ich noch nie auf eine Störung reagiert. Vor zehn Minuten war ich in die *Verbindung* zurückgekehrt, und immer noch konnte ich das Flüstern meiner vorbeihuschenden Gedanken inmitten des beständigen Geräuschpegels der *Link*-Nachrichten wahrnehmen.

Mein Blick richtete sich wieder auf meinen Bruder. Meine Gefühle waren nun wieder fast vollständig von der *Verbindung* gedämpft, doch mein Magen schnürte sich leicht zusammen, während ich Markan betrachtete. Es war eine seltsame Mischung aus Emotionen, die ich nicht genau definieren konnte – Traurigkeit, Kummer und Glück, alles auf einmal. Im einen Moment flackerten sie in aller Schärfe auf, doch schon im nächsten entglitten sie mir in der Gefühlsleere des *Links*.

Erst nachdem die Störungen begonnen hatten, nahm ich überhaupt Gefühle in mir wahr. »Bruder« schien mir plötzlich mehr zu sein als nur ein Wort. Ich malte mir aus, wie ich Markan anschaute und seine Hand nahm, wie ich ihn vor allem Bösen beschützte. Doch ich wusste, dass das unmöglich war. Noch eins von den vielen Dingen, die ich nicht ändern konnte. Aber tief in meinem Inneren klammerte ich mich an die Hoffnung, eines Tages könnte ich doch noch sehen, wie sein Gesicht voller Wärme und Leben aufleuchtete. Genau so, wie ich es an diesem Morgen gezeichnet hatte.

Market Corridor. Die Drehscheibe unserer Untergrundstadt. Die U-Bahn kam mit zischenden Bremsen zum Stehen, spuckte wie exakt jede Viertelstunde ihre Passagiere aus, um sofort neue aufzunehmen. Ich holte tief Luft und blickte mich um. Es war so schrecklich voll wie immer, doch die Menschen, die ein- und ausstiegen, bewegten sich geordnet, in perfekten Reihen, auf genügend Abstand achtend. Ordnung ist unsere Pflicht, Ordnung steht über allem.

Hellgrüne Diagramme und Textinfos verflochten sich an den Rändern meines Sichtfelds, analysierten Maße und Mengen. Ich stieg aus der U-Bahn, wandte mich um achtzig Grad zur Seite und ging zwanzig Schritte hinüber zur Warteschlange vor der Brotausgabe.

Market Corridor war ein riesiger Tunnel mit hoher, gewölbter grauer Decke, die die schrillen Echos der Maschinen zurückwarf, genau wie den gleichmäßigen Tritt vieler Schuhe auf dem Boden. Die Bewohner schoben ihre Handgelenke über ID-Scanner, unterhielten sich kurz und zweckgebunden, ihre Stimmen flossen zu einem unterdrückten Summen zusammen.

Ausgabestellen säumten den Korridor zu beiden Seiten, boten all das, was ein Bewohner jemals brauchen mochte: Kleidung, Toilettenartikel, Proteinergänzungsnahrung, Knäckebrot, Bohnen, Reis, gelegentlich auch Zuweisungen von frischem Obst und Gemüse.

Ich hatte mich auf der Fahrt hierher in all das Grau sinken lassen. Meine eigenen Gedanken verschwammen, waren nicht länger greifbar. Unverwechselbare Bilder, Gerüche, alles war überdeckt von gleichgeschalteter Wahrnehmung. Die Schiebetür des *Links* hatte sich vollkommen geschlossen. Wie sie es irgendwann immer tat.

Ich schob mich bis zu dem Stapel leichter, zusammenfaltbarer Einkaufswagen vor, klappte einen auseinander. Aus den Augenwinkeln erhaschte ich einen Hauch von stumpfem Blau. Einige Regulatoren waren an den Wänden postiert. Ihre mächtigen Gestalten hielten schweigend Wache, wo immer Bürger in großer Anzahl zusammenkamen, unübersehbar mit ihren blauen Overalls und ihrer einschüchternden bionischen Ausstattung. Bei sämtlichen normalen Bewohnern war die eingepflanzte Hardware diskret verborgen, die Regulatoren jedoch besaßen eine schwere, glänzende Metallpanzerung zum Schutz ihrer Stirn, des Nackens und ihrer Arme. Doch Schutz wovor? Ich hatte keine Ahnung.

Früher hatte ich die Regulatoren kaum beachtet, doch wann immer ich nun unverbunden war, flößten sie mir Schrecken ein. Vielleicht, weil sie nach Anomalien Ausschau hielten. Nach Dingen, die nicht mehr richtig funktionierten. Dingen wie mir.

Ich schaute weg, mein Gesicht genauso leer wie die Gesichter all jener, die mich umgaben. Die Regulatoren suchten die Menge ab, schwenkten ihre Köpfe in gleichmäßigen, methodischen Bewegungen. Ihre Blicke folgten mir nicht, als ich an ihnen vorbeiging.

Drei ansteigende Töne erklangen in meinem Kopf, das Signal, dass die *Link*-Nachrichten gleich beginnen würden. Einen Moment lang erstarrten alle Bewohner. Leute hielten mitten im Schritt inne, die Arbeiter in den Ausgabestellen standen mit ausgestreckten Armen da, Kisten mit Nahrung und Vorräten in den Händen. Völliges Schweigen herrschte. Das Einzige, was sich bewegte, war eine herabgefallene Bohne, die sich vor den Füßen eines Mannes drehte.

Dann, gleich nachdem die drei langgezogenen Töne geendet hatten, kam wieder Leben in die Menschen, als ob sie niemals angehalten hätten. Die *Link*-Nachrichten setzten ein. *Grippeimpfstoff 216 nächste Woche in der Ausgabestelle von Sektor Sechs verfügbar. Wasser weiterhin rationiert in Sektor Drei. Oberster Kanzler von Sektor Fünf kommt zu Besuch, um Handelsübereinkünfte zu diskutieren. Hütet euch vor Anomalien: Wer Anomalien beobachtet, ist verpflichtet, sie zu melden. Ordnung ist unsere Pflicht, Ordnung steht über allem.*

Anomalien. Damit meinten sie mich. Die Störungen bedeuteten, dass etwas in mir kaputtgegangen war. Ich erinnerte mich, andere Bewohner gesehen zu haben, die sich anormal verhielten. Einmal begann ein Mädchen in der Akademie unbeherrscht zu schreien; Wasser tropfte aus ihren Augen. Die Regulatoren stellten sie und zerrten sie weg, und eine Woche später kehrte sie zurück, wieder voll funktionsfähig. Besser als neu. Wenn ich mich selbst denunzierte, würden sie die Anomalie einfach beheben. Ich sollte mich melden, damit ich repariert wurde. Es war notwendig, dass ich repariert wurde.

Doch dann schwebte eine andere Erinnerung an die Oberfläche – an einen Jungen, den man ein paarmal wegen anormalen Verhaltens weggebracht hatte. Immer noch konnte ich sein Gesicht vor mir sehen, konnte sehen, wie er schrie und wegrannte. Die Regulatoren hatten ihn verfolgt, ihn zu Boden geworfen. Sie brachen ihm die Nase, und überall war so viel Blut …

Furcht stieg bei dieser Erinnerung in mir auf, durchbrach für einen Augenblick die solide Barriere der *Verbindung*, die meine Gefühle zum Schweigen brachte.

Fast hätte ich laut nach Luft geschnappt, konnte es im allerletzten Moment gerade noch verhindern. So etwas war mir noch nie zuvor passiert. Sobald der *Link* die totale Kontrolle übernahm, fühlte und dachte ich normalerweise gar nichts mehr, bis ich Tage oder Wochen später wieder aus der *Verbindung* entkam.

Ich drehte fast durch vor Panik. Verzweifelt bemühte ich mich, jedes Muskelzucken, jede Bewegung meiner Augen unter Kontrolle zu halten, während Angst durch meinen Körper jagte. Ich traute mich nicht, den Kopf zu drehen, beobachtete nur verstohlen die Leute, die in meiner Nähe standen. Die kleine Aluminiumscheibe, die subkutan in meinen Brustkorb eingesetzt war und mein Herz und meine Vitalfunktionen überwachte, vibrierte leicht als Reaktion auf meinen gesteigerten Herzschlag.

Die Bewohner in meiner Nähe hatten das Summen jedoch nicht bemerkt – zu tief waren sie in der *Verbindung* versunken –, doch ich wusste, dass der Monitor laut lospiepen und Alarm schlagen würde, wenn es mir nicht augenblicklich gelang, meine Panik unter Kontrolle zu bringen. All die Leute hier im Market Corridor wären gewarnt, dass ich mich anormal verhielt, vielleicht defekt war. Die Regulatoren, an denen ich eben noch vorbeigegangen war, würden mich fortzerren. Würde es mir wie dem Mädchen ergehen, würde ich repariert zurückkehren und der *Verbindung* nie mehr entrinnen können? Oder erginge es mir wie dem Jungen, und ich käme nie wieder zurück? Diese Fragen verstärkten meine Panik nur.

Die *Link*-Nachrichten waren beendet, und drei weitere ansteigende Töne erklangen, leiteten das Gemeinschafts-Bekenntnis ein. Ich holte tief Luft und fiel in

Gedanken in das Credo ein: *Die* Verbindung *in der Gemeinschaft bedeutet Frieden. Wir sind eine höhere Stufe der Menschheit, denn wir leben in Gemeinschaft und betrachten Ordnung, Logik und Frieden als unser höchstes Gut. Gemeinschaft ist unsere Pflicht, Gemeinschaft steht über allem.*

Immer und immer wieder sagte ich in Gedanken das Bekenntnis auf, um mich in dem beruhigenden Stumpfsinn der Wiederholung zu verlieren. Langsam schloss und öffnete ich die Augen, versuchte, meinen Herzschlag genauso zu verlangsamen. Ich hatte dies geübt. Ich würde es schaffen. Meine Miene blieb ausdruckslos, doch ein Schweißtropfen löste sich von meiner Stirn und rollte langsam über mein Gesicht.

Wenn ich den Monitor auslöste, würde dies an das Zentralsystem gemeldet. Zwar führten individuelle Anomalien gewöhnlich nicht dazu, dass man sofort weggebracht wurde, denn meist wurde der Herzmonitor-Alarm durch Schmerz verursacht und nicht durch eine Fehlfunktion der Hardware. Schmerz war etwas, was wir immer noch empfinden durften, unserer Sicherheit wegen. Wie sonst konnte man Metallarbeiter davon abhalten, die heißen Öfen zu berühren und sich schwere Verbrennungen zuzuziehen, wenn sie keine Schmerzen verspürten?

Aber wiederholte Fehlfunktionen oder ein einzelnes, eindeutig als anormal erkennbares Ereignis führten unweigerlich dazu, dass ein Bewohner abgeholt wurde. Und eine Fehlfunktion in einem öffentlichen Bereich wie diesem, wo ich ganz klar keinem Schmerz ausgesetzt war, würde definitiv als anormal einzustufendes Ereignis betrachtet werden.

Ich wiederholte das Bekenntnis immer weiter, hielt

den Atem an und konzentrierte mich ganz darauf, meine Gesichtsmuskeln zu entspannen, so sorgfältig, wie ich es wagen konnte, ohne Aufmerksamkeit zu erregen. Es schien Stunden zu dauern, doch schließlich spürte ich, wie die Vibrationen meines Herzmonitors nachließen und dann ganz aufhörten. Erleichterung ersetzte die Furcht. Ich wusste nicht, wie nahe ich daran gewesen war, den Alarm auszulösen, und ich wollte es auch nicht wissen. Der schmale Spalt, den der Ansturm der Angst in meinem Verstand aufgerissen hatte, begann sich wieder zu schließen, drängte jedes Empfinden zurück und führte mich erneut in die sichere Umarmung der *Verbindung*.

»Bewohnerin«, sagte eine Stimme sanft hinter mir. »Geh weiter.«

Ich blickte auf. Die Schlange hatte sich nach vorn geschoben, aber ich war stehen geblieben, ganz auf das Gemeinschafts-Bekenntnis konzentriert. Eilig schloss ich auf und drehte mich dann kurz nach dem Jungen um, der mich angesprochen hatte.

Er schien in meinem Alter zu sein, war groß und schlaksig, und seine Haut hatte die Farbe von warmer brauner Brotkruste. Obwohl der *Link* fortfuhr, das letzte bisschen meiner Wahrnehmungen auszulöschen, durchfuhr mich ein Ruck, als ich seine Augen sah. Augen von einem durchscheinenden Türkisblau, die lebhaft und lebendig wirkten. Selbst im zunehmenden Grau der *Verbindung* konnte ich *sehen* – konnte die Einzigartigkeit der Farbe sehen, die rund um seine Pupillen flackerte.

Im nächsten Moment schaute er fort, starrte geradeaus wie alle anderen.

Ich wandte mich um und richtete meinen Blick ebenfalls nach vorn, beunruhigt von der merkwürdigen Röte, die meinen Hals hinaufkroch. Ich überlegte, ob der Junge hinter mir sie bemerken könnte. Überlegte, was das bedeuten mochte.

Ich war hoffnungslos unfähig, all diese neuen Emotionen zu verstehen und zu kontrollieren. Ich hatte sie zwar im Archiv für historische Texte nachgeschlagen und stellte mir nun nach und nach eine Liste zusammen, aber die meisten der historischen Texte beschrieben nur, wie all diese gefährlichen Gefühle zur nuklearen Zerstörung der Oberfläche geführt hatten, der Alten Welt. Trotzdem waren mir einige der Gefühle gar nicht so schrecklich erschienen, wie es geschildert wurde. Außer Furcht vielleicht.

Furcht war das erste Gefühl, das ich identifiziert hatte, und allmählich lernte ich zu unterscheiden zwischen Furcht und Nicht-Furcht, zwischen guten und schlechten Emotionen. Ich hatte auch zu träumen begonnen. Fast jede Nacht träumte ich von jenem Jungen, den immer wieder diese Störungen geplagt hatten – von seinen Schreien, dem Ausdruck auf seinem Gesicht, der Art, wie sich sein Körper auf dem Boden zusammenkrümmte. Er suchte mich in meinen Nächten heim. Manchmal schrie er in diesen Träumen meinen Namen.

Er ist nie mehr an die Akademie zurückgekehrt. Man hat ihn deaktiviert. Das ist keine Strafe oder als Abschreckung gedacht, denn es ist nicht vorgesehen, dass wir Bewohner Angst oder Schuld empfinden. Es ist einfach so: Wenn jemand so kaputt ist, dass er nicht mehr repariert werden kann, oder zu viele Mängel aufweist, um der Gemeinschaft weiter zu dienen, dann ist Deaktivierung die einzig logische Folge.

In zwei Wochen musste ich zum halbjährlichen Check-up meiner Hardware. Sie würden sie komplett überprüfen, genau wie meine Erinnerungs-Chips. Für diesen Moment übte ich ja auch so hart: damit ich nicht während der diagnostischen Überwachung aus dem *Link* glitt, sondern in der Lage war, die Kontrolle über mich zu behalten. Aber ein Teil von mir wusste, dass sie meine Fehlfunktion wahrscheinlich trotzdem entdecken würden. Es war bloß eine Frage der Zeit, bis sie meine Erinnerungen scannten und den Beweis fanden für die Störung, die Zeichnungen und … und jene *andere* Sache, jenes Geheimnis, das viel zu groß war, viel zu schrecklich, um es zu verbergen.

»Ich grüße dich«, sagte der Mann hinter der Theke der Brotausgabe.

Ich blickte auf und merkte erst jetzt, dass ich an der Reihe war. »Ich grüße dich«, erwiderte ich. »Die Zweimonatsration, bitte.«

Er nickte und nahm die oberste Schachtel von dem Stapel hinter ihm. Dann deutete er auf das kleine Gerät neben der Durchreiche.

Ich hob meinen Arm und bewegte mein Handgelenk vor dem Gerät hin und her, hörte das kurze Piepen, das besagte, dass ich registriert war und die Zentraldatei die Kosten von unserem Familienkonto abbuchen würde.

Ich nahm die drei Schachteln von der Theke und stellte sie ordentlich in den Einkaufswagen. Dann ging ich weiter, sorgfältig darauf achtend, mein Gesicht ausdruckslos zu halten. Beim nächsten Mal, wenn ich der *Verbindung* entkam, würde ich mich an das Papier erinnern, in das das Brot eingewickelt war – es war perfekt zum Zeichnen. Drei Schachteln voller Brot, das bedeutete zwölf Blatt Papier. Es war zu riskant, auf meinem Digi-Tablet zu zeichnen – jeder Strich, den ich tat, würde gespeichert bleiben. Doch Papier konnte man verbergen. Papier konnte ein Geheimnis bewahren. So wie der Stapel Blätter, der in meiner Matratze versteckt war.

Ich zog den Wagen hinter mir her und reihte mich in die nächste Schlange vor der Protein-Ausgabestelle ein. Ich betrachtete das warme Dunkelbraun der Proteinplätzchen. Farbe. So war ich zum ersten Mal aus dem *Link* geglitten: als mir an der Akademie das grellrote Haar eines Schülers auffiel. Ich war wie erstarrt, als die schockierende Farbe das endlose Grau durchbrach, fröhlich auf und ab wippte inmitten des Meeres grauer Köpfe, das durch den Flur schwappte. Es dauerte nur einen Moment, höchstens dreißig Sekunden, aber es hatte etwas in mir wachgerüttelt. Etwas Neues.

Danach traten die Störungen immer häufiger auf und hielten auch länger an. Ich nahm das Grün eines Spinatblatts wahr, die sanften Braun- und Cremetöne menschlicher Haut, die unterschiedlichen Farben von Haar und Augen … Unwillkürlich blickte ich zurück, dorthin, wo ich den Jungen mit den blaugrünen Augen zuletzt gesehen hatte, doch er war nicht mehr da. Aber ich hatte eine neue Farbe, die ich meiner kurzen Liste hinzufügen konnte.

Emotionen waren das Nächste, was die Störungen mit sich brachten, doch noch immer verstand ich nicht, *was* ich empfand. Wie zum Beispiel, wenn ich nach einem besonders schlechten Traum nachts durch unsere dunkle Wohneinheit schlich, leise die Tür zum Zimmer meines Bruders aufschob und beobachtete, wie er schlief: das Gesicht entspannt, einen Arm über den Kopf gelegt. Wenn ich ihn so betrachtete, spürte ich ein merkwürdiges Brennen hinter meinen Augen, und meine Brust schnürte sich zusammen, bis ich kaum noch atmen konnte. Was ich empfand, war weder Glück noch

Traurigkeit, und ich wusste nicht, wie ich es nennen sollte. Es weckte nur das Bedürfnis in mir, ihn zu beschützen.

Doch beschützen wovor? Die Gemeinschaft war der sicherste Ort, den es je gegeben hatte. Die einzige Gefahr in dieser Welt war *ich*. Das Schuldgefühl, defekt zu sein, folgte mir wie ein Schatten, wohin auch immer ich ging.

Als der Bewohner vor mir vorrückte, schob auch ich mich weiter in der Reihe nach vorn. Die barbarische Alte Welt war früher einmal voller Leute wie mir gewesen. Die gesamte menschliche Rasse hatte genau die Emotionen und Wünsche empfunden, die auch ich nun verspürte, und mit ihrer Gier und ihrem Zorn, ihrem Hass und ihrer Gleichgültigkeit hatten sie die Erde beinahe zerstört. Sie führten Krieg, bis aus den Wolken toxische Asche regnete und die Chemikalien ihre Augäpfel in den Augenhöhlen verbrennen ließen und ihre Haut sich ablöste wie die Schale von Pellkartoffeln. Alles war so vergiftet, dass wir nie mehr zurückkehren konnten. In sämtlichen Einzelheiten zeigten die Bilder in unseren Geschichtsbüchern, was geschehen war, hielten detailliert die Erinnerungen an die Schrecken der Alten Welt wach.

Diejenigen, die vorhergesehen hatten, was passieren würde, begannen unter der Erde die Tunnel anzulegen, planten systematisch die Zukunft der Menschheit. Nur ein geringer Prozentsatz überlebte. Wir wurden eine logische, ordnungsliebende Rasse – die Abkömmlinge jener Überlebenden, die die schlimmsten menschlichen Emotionen und die Zerstörung miterlebt hatten. Wir hatten unsere Lektionen aus der Vergangenheit gelernt und endlich das Tier im Menschen vernichtet. Wir schützten uns selbst, löschten das aus, was uns gefährlich machte, und schufen uns neu. Der Erste Kanzler nannte uns eine höhere Stufe der Menschheit. Wir leben allein für Ordnung und Logik. Wir leben in Gemeinschaft.

Und hier stand ich nun, eine Verräterin, die sich zwischen die sicheren Mauern der Gemeinschaft duckte. Eine einsame Person, die genau jene Emotionen in sich wachsen ließ, die die Oberfläche für immer unbewohnbar gemacht hatten. Ich war wie eine tickende Bombe, und es war nur eine Frage der Zeit, bis das Böse der menschlichen Gefühle die Kontrolle übernahm. Wie viel würde ich zerstören, bevor sie mich schnappten und unschädlich machten? Ich sollte mich selbst anzeigen.

Jetzt.

Jetzt, in diesem Moment.

Ich blickte mich um. Die Regulatoren waren nur zehn Schritte entfernt. Langsam und effizient suchten sie alles ab, während sie mit ihren schweren Metallstiefeln durch die Menge patrouillierten.

Nur ein paar Worte, und ich wäre frei von all den Geheimnissen und Lügen.

Es wäre so einfach. Es war das Richtige. Ich wäre erlöst von all den Geheimnissen, die mich niederdrückten. Ich könnte wieder ein funktionierendes Mitglied der Gemeinschaft sein.

Meine Hände ließen den Griff des Wagens los. Meine Beine machten wie von selbst ein paar Schritte auf den Regulator zu, der mir am nächsten war, fast so, als hätten sie die ganze Zeit nur darauf gewartet, dass dieser Augenblick endlich kommen würde.

Aber halt, ich durfte es nicht tun.

Es gab einen Grund, der mich daran hinderte. Einen sehr wichtigen Grund. Ich blinzelte ein paar Mal, und dann fiel es mir wieder ein. Da war *diese Sache* – diese eine Sache, die sie auf keinen Fall herausfinden durften, denn sonst würden sie mich sofort zerstören, mich deaktivieren.

Aber die Gemeinschaft steht immer über allem …

Ich war eine Anomalie, eine Gefahr für die Gemeinschaft. Ich musste repariert werden. Erneut wandte ich mich den Regulatoren zu, wartete darauf, ihre Aufmerksamkeit zu gewinnen und mich selbst zu denunzieren.

Irgendwo in meinem Kopf meldete sich eine warnende Stimme, doch sie war zu leise im Vergleich mit dem klaren, starken Strom an Information, der durch den *Link* floss.

Einer der Regulatoren hatte das Ende einer Warteschlange erreicht und wandte sich langsam um, um in meine Richtung weiterzugehen. Ein paar Schritte noch, und sein Kopf würde in meine Richtung schwenken. Ich würde ihn ganz ruhig auf mich aufmerksam machen und melden, dass ich überprüft werden musste. Nur noch ein paar Schritte.

Doch plötzlich begann die Stimme in meinem Kopf zu schreien. Und dann, als hätte ich mich unter Wasser befunden und würde unvermittelt die Oberfläche durchbrechen, entkam ich aus der *Verbindung*.

Das Netzhaut-Display flackerte und verschwand, das stete Summen, das durch meinen Verstand hallte, verstummte abrupt, Stille kehrte in meinen Kopf zurück. Ich konnte wieder atmen. Und im gleichen Moment spürte ich, wie meine Wahrnehmung sich ausdehnte, wie Farbe und Klang und Sinnesempfindungen in mich zurückkehrten, mich mit einer Fülle von Gerüchen und Lauten überschwemmten.

Neben mir hörte ich ein lautes Krachen.

Überrascht wandte ich mich um und sah, dass sich

zwei der elektrischen, voll beladenen Lastkarren ineinander verkeilt hatten und zwischen Reihen aufgestapelter Kartons zur Seite gekippt waren. Einer der Stapel begann zu schwanken und fiel, die Kartons rissen auf, Reis rieselte auf die Schuhe eines Bewohners. Er blickte kurz nach unten, bevor er gleichgültig zur Seite trat.

Niemand sonst zeigte sich erstaunt. Sie waren nicht in der Lage dazu. Aber ich war es, ich empfand Überraschung, Furcht und Entsetzen. Gefühle strömten auf mich ein, viel zu schnell. Ich war nicht sicher, ob es mir wirklich gelang, eine dieser Emotionen nach außen hin zu verbergen, bevor die nächste über mich hereinbrach.

Eins stand fest – meine Störung war viel zu heftig für solch einen öffentlichen Ort. Irgendjemandem würde ich garantiert auffallen, man würde mich melden. Ich musste von hier verschwinden. *Sofort.* Mir war egal, dass ich nicht alle Besorgungen erledigt hatte. Ich hatte viel zu viel Angst, um noch länger hierzubleiben, umzingelt von diesem Meer grau gekleideter Körper, und zuzuschauen, wie einige sich gelassen hinknieten und den verschütteten Reis beseitigten, während ich das Gefühl hatte zu ersticken. Fest umklammerte ich den Griff meines Einkaufswagens, um zu verbergen, wie sehr meine Finger zitterten.

Der Regulator kam herübergestapft, um die Unordnung zu begutachten. Er scannte die Menge, doch die meisten Bewohner hatten sich bereits abgewandt, machten einen Bogen um den verschütteten Reis und reihten sich in andere Warteschlangen ein.

Auch ich verdrückte mich unauffällig, zog meinen Einkaufswagen aus der Schlange und hielt auf die U-Bahn zu. Erst in diesem Moment wurde mir bewusst, dass die Störung im gleichen Moment eingesetzt hatte, als die Karren zusammengestoßen waren.

Ständig war irgendetwas mit den elektrischen Karren nicht in Ordnung. Na ja, nicht ständig, aber ziemlich oft. Ich meine, es gab wirklich keinen Grund zu glauben, dass der »Unfall« etwas mit mir zu tun gehabt haben könnte.

Der schnittige schwarze Zug fuhr gerade ein, als ich meinen Wagen an den Rand des Bahnsteigs schob. Ich stieg ein, froh über die Ablenkung, und suchte mir einen freien Platz auf der gegenüberliegenden Seite.

Der Kommunikator unter der Haut meines Unterarms leuchtete auf, als ich ihn berührte, und ich schickte meinen Eltern schnell eine Nachricht, dass ich mich nicht wohlfühlte und es nicht geschafft hatte, alles zu erledigen. Ich wusste, dass dann zu Hause ein Gesundheitscheck auf mich warten würde, aber ich würde einfach behaupten, dass ich vergessen hätte, meine tägliche Ration Vitamine mitzunehmen. Ich zog die Dosis aus meiner Tasche und ließ sie diskret in einem Müllbeseitiger verschwinden.

Ich malte mir aus, wie leicht mir diese Lüge über die Lippen kommen würde. Ich wurde immer besser im Lügen. Anfangs hatte ich es ziemlich seltsam gefunden, das Gegenteil von dem zu sagen, was die Wahrheit war. Sich den klaren Anweisungen der Gemeinschafts-Gebote zu widersetzen, Ungehorsam zu zeigen, und sei es nur durch mein Schweigen. *Wer Anomalien beobachtet, ist verpflichtet, sie zu melden.*

Ich schluckte hart, schaute mich in dem ungewohnten Schweigen um, ohne die *Verbindung* in meinem Kopf. Wenn der *Link* mich nicht benebelte, wirkte alles so viel klarer: das, was ich sah, was ich hörte, was ich roch. Es war aufregend und schockierend und furchteinflößend. Ich wusste, dass meine Emotionen zu stark geworden waren. Sie waren eine Gefahr für die Gemeinschaft. Sie waren eine Gefahr für mich.

Trotzdem, ich wollte Farben. Ich wollte mich am Glück berauschen, selbst wenn das bedeutete, dass ich dafür das Gewicht von Furcht und Schuld tragen musste. Ich wollte leben. Und daraus folgte, dass ich meine Fluchten aus der *Verbindung* nicht aufgeben konnte. Zumindest jetzt noch nicht. Ein bisschen wollte ich es noch genießen. Anfangs hatte ich mir jeden Tag, wenn ich aufstand, gesagt: Vielleicht melde ich mich morgen. Aber dann war jedes »morgen« zu einem weiteren »nicht heute« geworden, und nun, nach zwei Monaten, hatte ich mich immer noch nicht selbst angezeigt. Auch wenn es mir nicht sonderlich gefiel, waren all die Lügen und Geheimnisse inzwischen zu meinem Leben geworden.

2. KAPITEL

Ich war komplett mit dem *Link* verbunden, als ich am nächsten Morgen durch die Flure unserer Wohngebäudeeinheit ging. Ich hob mein Handgelenk und bewegte es vor dem Sensor, um das vordere Tor zu öffnen. Ein kurzer Leuchtimpuls erschien, und die Tür glitt in die Wand, wobei die eingeschlossene Luft mit einem leisen Zischen entwich. Überall in unserer Untergrundstadt wurde die Luftqualität sorgfältig überwacht, in jedem Gebäude, das tief in die Erde gegraben war, und jedem der Verbindungstunnel.

Ich machte zwei Schritte und betrat den kleinen Zugangsraum. Erst nachdem sich die Tür hermetisch hinter mir geschlossen hatte, gab mir die vordere den Zugang zum Tunnelsystem frei. Ich richtete den Schultergurt der Tasche, in der mein Schul-Tablet steckte. Drei ansteigende Töne kündigten mir an, dass gleich die *Link*-Nachrichten beginnen würden – aber ich hielt nicht in meinen Bewegungen inne. Stattdessen überkam mich die inzwischen vertraute Flut von Sinneseindrücken. Keine *Link*-Infos mehr am Rand meines Sichtfelds. Keine Stimmen mehr in meinem Kopf.

Ich war aus der *Verbindung* geglitten.

Ich lächelte, atmete erleichtert aus und dehnte meinen Hals. Obwohl mir bewusst war, dass ich nun besonders achtsam sein musste, bis ich in den *Link* zurückglitt, war ich froh, dass mein Kopf wieder mir allein gehörte. Zwar empfand ich ein leichtes Unbehagen, weil die Störungen plötzlich so häufig auftraten, aber darüber konnte ich mir jetzt keine Gedanken machen. Ich wusste nie, wie lange eine Störung anhalten oder wie lange es dauern würde, bis die nächste auftrat, und ich wollte mir die kostbare Zeit der Freiheit nicht durch Furcht oder Sorgen verderben.

Ich trat in den schmalen, weiß getünchten Tunnel und blickte mich um. Ich war allein, und so konnte ich trödeln und meinen Blick schweifen lassen. Die Wände um mich herum bestanden aus Beton und Aluminium, und ich konnte plötzlich die leichten Unterschiede in der Farbe und den Materialien erkennen. Ich atmete den trockenen Geruch von alter Farbe und Staub ein. Ich hörte beim Gehen das leise Rascheln meiner Hosenbeine, lauschte dem Geräusch, das meine Schuhe machten – Laute, die in dem ein Meter breiten Tunnel widerhallten.

Ich blickte mich erneut um, aber immer noch tauchte niemand anders auf, und so strich ich, während ich weiterging, mit den Fingerspitzen über die raue Oberfläche der Wände, ließ sie einen Moment auf dem kühlen Aluminium der Zugangstüren zu den Wohngebäuden liegen.

Noch ein Moment des Zögerns, dann straffte ich die Schultern, nahm die perfekte Haltung ein und passierte einen kleinen Torbogen, durch den man in den viel breiteren Zugangstunnel zur U-Bahn gelangte.

Das Tunnelnetz unserer Gebäudeeinheit lag auf Unterebene 2, fast auf gleicher Höhe mit der zentralen U-Bahn-Station. Grau gekleidete Bewohner traten aus den anderen Zugangstunneln und reihten sich schweigend in den Menschenstrom ein, der sich durch den niedrigen Tunnel schob.

Das Klacken der schwarzen Absätze wurde vom Betonboden und den Wänden zurückgeworfen und erinnerte mich an jenen Sturm, den ich vor fast zwei Monaten miterlebt hatte. Ein Rohr war geborsten, die niedriger liegenden Ebenen meiner Schule wurden überflutet, und so hatte man uns in einen der wenigen Räume auf Unterebene 0 gebracht.

Wir befanden uns dort in der höchsten Ebene, knapp unterhalb der Oberfläche, in einem Raum mit niedriger Decke. Böen trieben toxischen Regen und giftige Asche gegen die Decke. Bis dahin war die Oberfläche für mich lediglich eine abstrakte Vorstellung gewesen, doch plötzlich erschien sie mir viel zu real.

Dann kam der Donner. Und ich erlebte zum ersten Mal echten Schrecken – tausendmal schlimmer als Furcht. Ich schrak vor dem Geräusch zurück, massierte mir den Brustkorb, der sich immer enger zusammenschnürte. Und es war auch das erste Mal, dass mein Herzmonitor in aller Öffentlichkeit losschrillte. Ich zwang mich, wieder ruhig zu werden, schnell genug, dass ich nicht zur sofortigen Diagnose weggebracht wurde, doch es war das laute Prasseln des Regens, das den Alarm übertönte. Ich malte mir nie wieder aus, wie die Oberfläche wohl sein mochte. Es musste sich um einen furchteinflößenden Ort handeln.

Ich versuchte, die Erinnerung an den Sturm zu verdrängen, indem ich mich in den roboterhaften Rhythmus der Schritte fallen ließ. Ich musterte die Köpfe der Menschen vor mir, versuchte, mir all die Farben und Strukturen einzuprägen. Das lenkte mich während der achthundert Meter ab, die wir zurücklegen mussten. Erst als die Leute vor mir langsamer wurden, merkte ich, dass wir die U-Bahn-Station erreicht hatten.

Ich betrachtete den breiten Bahnsteig und die hohe Betondecke, die sich über den Schienen wölbte. Die Weite der U-Bahn-Stationen verursachte mir stets Unbehagen. Die Luft hier schien immer ein wenig dünner zu sein, und ich fragte mich, wie genau man wohl die Luftqualität in einem so riesigen Raum regulieren konnte. Decke und Wände reichten gut neun Meter über unsere Köpfe hinauf.

Die Leute standen da wie Statuen, während sie darauf warteten, dass die U-Bahn sie zur Arbeit oder in die Schule brachte – alle bis auf ein kleines blondes Mädchen, das an der Hand seiner Mutter zog.

Mein Blick glitt beklommen zu den Regulatoren, die nahe bei den hinteren Säulen standen.

Die Kleine hüpfte ausgelassen auf und ab, kicherte, wenn ihre Füße den Beton berührten. Ihre Bewegungen passten kein bisschen zu ihrem gestärkten grauen Anzug. Der Klang ihrer Füße und ihres Lachens hallte durch den Tunnel. Ich versuchte, mir ihr Gesicht einzuprägen, damit ich es später zeichnen konnte. Sie war so hübsch, so *lebendig*. Ich fühlte mich ganz unbeschwert, während ich ihr zuschaute.

In unseren Schultexten wurden die Emotionen der Alten Welt als kindisch bezeichnet. Kinder glitten ab und zu aus der *Verbindung*, weil die Hardware ihrer V-Chips mit der schnellen Entwicklung der Kleinen nicht immer Schritt halten konnte. Es war schwierig, das richtige Maß an Kontrolle für sie zu finden. Zu viel Beeinflussung durch den V-Chip, und ihr Gehirn würde sich nicht zu dem eines vollwertigen Erwachsenen entwickeln. Ein simpler Download von Informationen jedoch hatte die Betroffenen schwachsinnig werden lassen – man sah sich gezwungen, sie zu deaktivieren. Die menschlichen Gehirnzellen mussten aktiv bleiben, sonst verkümmerten sie.

Deshalb mussten wir zur Akademie gehen, bis wir mit achtzehn das Alter erreichten, um in den Arbeitsprozess einzutreten. Dann erhielten wir den letzten V-Chip, den Erwachsenen-Chip, der totale Kontrolle bedeutete und uns für den Rest unseres Lebens davor schützte, aus dem Link zu gleiten.

Die Menschen strafften sich, standen wachsamer da, als sie das Rattern eines sich nähernden Zuges hörten. Ich blickte auf die Uhr, die an der Wand hing, und versuchte, mich unauffällig weiter nach vorn durch die Menge zu schieben. Ich würde zu spät in die Schule kommen, wenn ich diesen Zug nicht nahm. Und ich konnte es nicht riskieren, durch anormales Benehmen aufzufallen, in irgendeiner Form noch mehr Aufmerksamkeit auf mich zu ziehen.

Unabsichtlich rempelte ich einen Mann an der Schulter an, und er betrachtete mich viel zu genau. Ich wurde langsamer und machte mein Gesicht leer – hier war doch nichts anormal, oder? Nur eine ganz normale Bewohnerin, die auf den Zug wartete.

Er hielt inne, zögerte, dann blickte er weg.

Aus den Augenwinkeln sah ich, dass das blonde Mädchen immer noch herumhüpfte, obwohl der Zug sich näherte. Die Mutter winkte der Kleinen, dass sie zu ihr kommen solle. Als das Mädchen nicht reagierte, rief sie es beim Namen.

Ich konnte die Stimme der Mutter über dem Lärm der heranrollenden U-Bahn nicht hören, und offensichtlich hörte auch die Kleine sie nicht. Sie tanzte weiterhin herum. Ganz nah am Rand des Bahnsteigs. Viel zu nahe.

Ich riskierte einen weiteren Blick auf die in der Nähe

stehenden Regulatoren, doch sie hatten sich nicht gerührt. Sie waren nicht darauf programmiert, Unfälle zu verhindern, und Kinder, die aus der Verbindung geglitten waren, wurden nicht automatisch entfernt.

Ich sah wieder zu der Kleinen hin, spürte, wie sich Panik in mir ausbreitete. Sie wirbelte näher an den Abgrund, die Arme ausgebreitet, die Augen geschlossen.

Der Zug bog um die Kurve. Die Mutter streckte die Hand aus, und fast wäre es ihr gelungen, die Jacke der Kleinen zu packen. Doch das Mädchen hüpfte gerade in diesem Moment außer Reichweite und rutschte mit einem Fuß von der Bahnsteigkante ab.

Die Kleine taumelte, kippte nach hinten, auf die Schienen zu. Keine Furcht lag auf ihrem Gesicht, lediglich dieses ahnungslose kleine Lächeln.

»Nein!«, schrie ich und streckte unwillkürlich die Hand aus. Genau wie ihre Mutter, doch die war zu langsam. Der Lärm des Zuges war ohrenbetäubend, übertönte meinen Aufschrei.

In dem Moment tat ich es – das, was ich mir geschworen hatte, nie mehr zu tun. Damit ich das Geheimnis bewahren konnte, von dem ich mir so verzweifelt einzureden versuchte, dass es gar nicht existierte. Ich meine, so etwas ist schlicht und einfach nicht möglich. Nicht logisch. Aber ich tat es nun, ohne nachzudenken oder mir Rechenschaft darüber abzulegen, dass ich wie selbstverständlich davon ausging, es würde funktionieren. Ich griff mit meinem Verstand nach dem Mädchen.

In den Bruchteilen von Sekunden, in denen sie fiel, umfasste ich ihre Umrisse. Ich hörte dieses unverkennbare hohe Summen in meinen Ohren und konzentrierte mich auf die Linien und Flächen ihres Gesichts, den kantigen Schnitt ihres Anzugs, die winzigen Kurven ihrer Füße. Jeden einzelnen Teil von ihr umhüllte ich mit der unsichtbaren Kraft meines Willens.

Und dann *zog* ich.

Mitten im Fall änderte sich die Richtung ihrer Bewegung, sie flog zurück auf den Bahnsteig, eine Sekunde nur, bevor der Zug vorbeirauschte und die Bremsen zu kreischen begannen, als er langsamer wurde. Die Mutter fing sie auf, strich ihr den Anzug glatt, so gelassen, als ob nicht das Geringste passiert wäre.

Erleichterung überwältigte mich. Ich hatte es getan. Ich hatte sie gerettet. Sie war sicher.

Doch nun richteten sich Blicke auf mich. Mehrere Bewohner starrten mich direkt an, und nachdem der Zug endlich zum Stehen gekommen war, erklang das Piepen meines Herzmonitors laut in der Stille.

Ich sah zu Boden, versuchte die Furcht, die mich fast zerriss, zum Schweigen zu bringen. Ich stellte mich zum Einsteigen an, als ob nichts Ungewöhnliches geschehen wäre, als ob mein Herzschlag nicht immer noch Alarm gäbe, unnatürlich laut, während schweigende Bewohner mit geordneten Bewegungen in die U-Bahn stiegen.

Ich konzentrierte mich auf meine Übungen. Langsam, gleichmäßig atmen, das Gemeinschafts-Bekenntnis aufsagen, meine Miene unbewegt halten.

Ein paar Leute tippten etwas in ihren subkutanen Kommunikator. Wahrscheinlich meldeten sie mich. Meldeten mein anormales Verhalten: meinen Aufschrei und den Ausdruck auf meinem Gesicht, offensichtlich Panik, als ich vergeblich versucht hatte, nach dem Mädchen zu greifen.

Ich blickte mich um, hielt Ausschau nach Regulatoren, die auf mich zukamen. Dann entdeckte ich einen. Ganz still stand er da, inmitten der sich bewegenden grauen Körper, den Blick fest auf mich gerichtet. Er wirkte nicht uninteressiert, als er mich beobachtete, und dann begann er, sich in meine Richtung zu bewegen.

Ein Entkommen war nicht möglich, aber ich konnte nicht anders, ich musste es wagen. Eilig stieg ich in den Zug, wich von der Tür zurück, so weit ich konnte, ohne noch mehr Aufmerksamkeit zu erregen. Ich drehte mich nach dem Regulator um, doch in der Menge, die in den Zug strömte, konnte ich ihn nirgendwo erkennen.

Ich bemühte mich, ruhig und desinteressiert zu erscheinen, mit der Menge zu verschmelzen. Der Regulator hatte keinen Grund, mich festzuhalten. Mein Herzmonitor hatte nicht allzu lange gepiept, und niemand würde eine Verbindung herstellen zwischen meinem Aufschrei und dem Kind, das gleich darauf auf den Bahnsteig zurückkatapultiert worden war. Ganz bestimmt würden sie das nicht tun. Ich konnte es ja selbst kaum glauben. Logisch gesehen war das vollkommen unmöglich. Deshalb hatte ich es ja auch vor mir selbst verleugnet, obwohl es mir bereits ein paarmal passiert war. Wie etwa, als die Haarbürste quer durch den Raum in meine Hand flog, nur weil ich daran gedacht hatte. Oder das Glas, das vom Küchentisch fiel und das ich unwillkürlich mit meinen Gedanken aufgefangen hatte, bevor es auf dem Boden zersplittern konnte. Oder die Lastkarren im Market Corridor.

Die Türen schlossen sich, und das Luftfiltersystem summte, als der Zug langsam anfuhr. Ich sah mich verstohlen um, wobei ich versuchte, vollkommen desinteressiert und leer dreinzublicken. Falls sich der Regulator im Zug befand, hatte ich keine Chance zu entkommen.

Aber ich konnte ihn nirgendwo entdecken. Die Gesichter der anderen Bewohner wirkten wieder abwesend und gleichgültig. Sie standen in gleichmäßigen Abständen da, hielten sich an den Stangen fest, die vom Boden bis zur Decke reichten und überall im Wagen eingelassen waren. Der Vorfall mit dem Mädchen war vollkommen vergessen. Ich war sicher.

Ich atmete tief durch, um meine aufgewühlten Nerven zu beruhigen. Doch dann fiel mein Blick inmitten all der leeren Gesichter auf ein Paar blaugrüner Augen. Es versetzte mir einen Schock, als ich begriff, dass es der Junge war, dem ich am vergangenen Tag im Market Corridor begegnet war. Und der mich nun direkt ansah.

Er war groß und dünn, sein Haar so dunkel, dass es fast schwarz wirkte, und seine Augen starrten mich mit einer solchen Intensität an, dass sie sich durch meine Haut zu brennen schienen. Wie viel hatte er mitbekommen? Warum blickte er mich weiterhin an, wenn die Gesichter der anderen ausdruckslos geworden waren?

Ganz still stand ich da, klammerte mich an die Stange, um nicht das Gleichgewicht zu verlieren, und starrte auf das dunkle, abgerundete Fenster der U-Bahn. Ich hoffte, dass meine Augen glasig erschienen, denn meine Gefühle waren erneut in Aufruhr geraten.

War es möglich, dass er von … dieser *Sache* wusste? Von dem, wozu ich in der Lage war? Würde er mich melden? Und wenn ja, was würde dann mit mir geschehen? Würden sie mich deaktivieren? Um mein Gehirn zu sezieren, damit sie herausfanden, wie es funktionierte? Oder würden sie mich einfach deaktivieren und meine defekte Hardware im Müll entsorgen?

Es gab zu viele Fragen, die ich nicht beantworten konnte.

Ich kniff die Augen zusammen, um das verwirrende

Durcheinander meiner Ängste zu stoppen, doch dann fiel mir ein, dass das anormal erscheinen könnte. Ich starrte wieder auf das Fenster, war für den Rest der Fahrt zur Akademie ganz zittrig vor nervöser Anspannung. Ich wollte nur noch raus aus diesem Zug und alles vergessen, das, was auf dem Bahnsteig geschehen war, und den Jungen mit den durchdringenden Augen.

Doch als der Zug an der Station hielt, sah ich, wie der Junge ebenfalls zur Tür ging. Meine Augen weiteten sich, bevor ich es verhindern konnte. Folgte er mir?

Ich versuchte mich zu erinnern, ob ich ihn schon einmal in der Akademie oder im Zug gesehen hatte. Ich wusste es nicht. Ich verbrachte so viel Zeit damit, so zu tun, als verhielte ich mich normal, dass ich manchmal nicht auf die Menschen um mich herum achtete.

Ich stieg aus und reihte mich in den Strom der Schüler ein, die durch den Tunnel zum Eingang der Akademie strebten. Dann, mit unendlicher Erleichterung, spürte ich am Rand meines Bewusstseins das vertraute Kribbeln, das sich immer einstellte, wenn ich in den *Link* zurückkehrte. Ich ließ mich in die *Verbindung* fallen, ließ meine Furcht im Nichts verschwinden.

Die nächste Störung trat in der Mittagspause auf. Ich blinzelte ein paar Mal und starrte dann auf meinen Teller, bis ich mich wieder angepasst hatte. Den ganzen Vormittag über, während ich mich im *Link* befand, hatte ich mich in völlige Stumpfheit sinken lassen und gar nicht erst versucht, gegen die komplette Übernahme durch die *Verbindung* anzukämpfen. Doch nun, da ich wieder vollkommen ich selbst war, kehrte mit einem Schlag die Furcht zurück, die ich den ganzen Morgen so wirkungsvoll unterdrückt hatte.

Ich saß allein in der Cafeteria der Akademie, einem der größten offenen Bereiche in unserem Sektor. Es war ein weitläufiger Raum mit niedriger Decke, die alle fünf Meter durch Säulen gestützt wurde. Kahl, zweckmäßig und grau, wie alles hier. Leises Gemurmel war in der matt erleuchteten Cafeteria zu hören, Schüler, die hauptsächlich den Unterrichtsstoff diskutierten.

Auf einigen Tischen standen leuchtende 3-D-Projektionskuben, in deren Innerem unterschiedliche Abbilder rotierten – entsprechend den Aufgaben, die die Schüler bearbeiteten. Eine Gruppe von Studenten studierte die inneren Strukturen von bionischen Daten-Nanoden. Eine andere beschäftigte sich mit einer Rotationsanimation des menschlichen Schädels.

Während ich zuschaute, klickte einer der Schüler den Schädel an, und das Modell wurde vergrößert, sodass man die Gehirnlappen besser erkennen konnte. Ein weiterer Klick, und die komplexen Nervennetze wurden ebenso sichtbar wie das Hirngewebe und die dünne *Link*-Hardware, die sich überall hindurchwand.

Bis wir das Erwachsenenalter erreichten und den endgültigen V-Chip erhielten, lernten und übten wir den ganzen Tag, damit wir schließlich genau wie unsere Eltern unsere Arbeitskraft der Gemeinschaft zur Verfügung stellen konnten.

Alles hier war wie immer. Ich aber hatte mich noch nicht von den Ereignissen dieses Morgens erholt. Ich musste dringend eine bessere Möglichkeit finden, meine Störungen in den Griff zu bekommen. Ich konnte mich nicht darauf verlassen, dass auch beim nächsten Mal gerade noch rechtzeitig ein Zug kam, um mich zu retten.

Und allmählich begann ich zu vermuten, dass der Junge aus der U-Bahn, der mit den blaugrünen Augen, ein Anzeichen für eine noch größere Gefahr war. Ein Anzeichen dafür, dass man mich längst schon ein paarmal als anormal gemeldet hatte.

Sobald die Meldung über eine Anomalie aktenkundig ist, wird ein Überwacher ausgeschickt, der den Bewohner diskret beobachtet und dann weiterleitet, ob die Fehlfunktion so gravierend ist, dass sie noch vor dem nächsten regulären Check-up behoben werden muss. Das ist die Aufgabe eines Überwachers: Leute zu entdecken und zu identifizieren, die unter Störungen leiden. Und sie waren Experten darin – aufmerksamer und mit einem schärferen Verstand ausgestattet als die normalen Bewohner. Sensibler als die brutalen Regulatoren für selbst winzigste Hinweise, ob jemand unverbunden war. Sie hatten auch keine auffällige Hardware oder besondere Eigenschaften. Sie waren wie Geister, die sich in der Menge verbargen, überall und nirgendwo zur gleichen Zeit.

Vielleicht hatte jemand an der Akademie bemerkt, wie ich in mich zusammensank, wenn ich aus dem *Link* glitt. Was, wenn meine Eltern oder Markan meine Zeichnungen gefunden hatten? Wenn ja, würden sie mich melden? Ich schluckte. Natürlich würden sie das tun. Loyalität war kein Begriff, den man mit »Familie« verband, Loyalität schuldete man allein der Gemeinschaft. Und selbst dann war es kein Gefühl, sondern klare, kalte Logik. *Wer Anomalien beobachtet, ist verpflichtet, sie zu melden.*

Ich blickte zu den Regulatoren, die in den vier Ecken des Raums postiert waren. Die Regulatoren in der Akademie waren jünger als die, die ich auf Patrouille in den Einkaufsbereichen und der U-Bahn gesehen hatte; sie befanden sich noch in der Ausbildung.

Mir wurde flau bei ihrem Anblick, doch dann beruhigte ich mich damit, dass ich mir keine Sorgen zu machen brauchte. Wenn jemand mich wegen dem, was an diesem Morgen in der Station geschehen war, dem Zentralsystem gemeldet hätte, dann hätten sie mich längst abgeholt. Trotzdem schaute ich immer wieder von meinem Salat auf, ließ meinen Blick über die Menge wandern, betrachtete die Regulatoren ein wenig länger, wenn es nicht auffiel, und fragte mich, wo wohl der Junge mit den blaugrünen Augen sein mochte, der Überwacher.

Sorgfältig kaute ich meinen Salat, zählte bei jedem Bissen bis fünf. Langsam. Methodisch. Ich zerbiss eine Tomate in meinem Mund, und der Saft spritzte zwischen meine Zähne. Ich hätte am liebsten die Augen geschlossen und den wilden Geschmack genossen – leichte Süße und doch nicht wirklich süß.

Ich wusste, dass all diese Produkte in unterirdischen Warmhäusern gezogen wurden, und dennoch erschien es mir wunderbar und unglaublich, dass man aus einem winzigen Samen etwas so Schönes und Komplexes erstehen lassen konnte. Ich spießte ein Stück Brokkoli mit meiner Gabel auf und kaute es nachdenklich, erfreute mich an seiner Beschaffenheit auf meiner Zunge. Und wünschte, ich könnte dieses Gefühl zeichnen, damit ich es in meinen Händen halten konnte.

»Zoel«, sagte eine Stimme neben mir, und fast wäre ich zusammengezuckt. »Ich erbitte deinen Beistand bei den Hausaufgaben, die man uns heute zugeteilt hat.«

Ich blickte zu Maximin und musste mich zurückhalten, um nicht zu lächeln. Genau wie bei mir vor drei Jahren hatten auch seine Tests ergeben, dass er für eine biotechnische Laufbahn geeignet war, und wir waren beide dazu bestimmt worden, als V-Chip-Techniker zu arbeiten, wenn wir erwachsen waren.

Aber er war ein hoffnungsloser Fall, was das Auswendiglernen betraf. Vor zwei Monaten hatte er Nachhilfe beantragt, und seitdem gehörte es zu meinen täglichen Pflichten, während der Mittagspause mit ihm zu lernen. Ich hatte ihm schon so oft gesagt, dass er um ein Programm bitten sollte, das die Erinnerungsfähigkeit verstärkte, doch er bestand darauf, dass er es auch so schaffen könnte, nur mit Üben und noch mehr Lernen.

Wären wir zu so einer Eigenschaft fähig gewesen, hätte ich denken können, er sei stur.

»Stur« war ein weiteres Wort, das ich in den archivierten alten Texten in der Zentralbibliothek kennengelernt hatte. Genau wie *glücklich, traurig, schuldig, einsam, ärgerlich, ängstlich.* Das Gesicht des Jungen mit den blaugrünen Augen blitzte wieder in meiner Erinnerung auf. Was hatte der Ausdruck auf seinem Gesicht bedeutet? Dass er ärgerlich war? Angst hatte? Nein, es war nichts davon gewesen. Und plötzlich wurde ich ganz traurig. Ich sehnte mich so verzweifelt danach, irgendetwas auf den Gesichtern meiner Mitmenschen zu sehen, dass ich mir schon alles Mögliche einbildete.

»Der Beistand wird gerne gewährt, Maximin«, erwiderte ich. »Ich muss jedoch zuerst mein Tablet herausholen.«

Ich bückte mich, um meine Tasche zu öffnen, zog das flache Tablet hervor und legte es auf den Tisch. Während ich auf den Bildschirm tippte, um den Neurochemie-Text zu laden, dachte ich weiter über den grünäugigen Jungen aus der U-Bahn nach. Vielleicht lag es einfach an seinen Augen. Bestimmt war er im *Link* abgetaucht gewesen und hatte mich weder aufmerksam beobachtet noch mein anormales Verhalten gemeldet, sondern nur rein zufällig den Blick auf mich gerichtet. Ich sollte aufhören, mir über ihn den Kopf zu zerbrechen.

»Sollen wir beginnen?«, erkundigte sich Maximin.

»Ja«, antwortete ich und achtete sorgfältig darauf, meine Stimme ruhig und ausgeglichen klingen zu lassen. Ich sah zu Maximin hin. Sein blondes Haar und seine blasse Haut schimmerten hell im Licht der Cafeteria, seine athletische Gestalt füllte fast mein gesamtes Sichtfeld aus.

Ich berührte den Kommunikator auf meinem Vorderarm. Die fünf mal fünfzehn Zentimeter große Platte leuchtete unter meiner Haut, und ich rief meine Notizen auf.

»Lies dir den Text noch einmal durch«, sagte ich. »Danach sehen wir uns meine Mitschrift an.«

Maximin nickte und nahm das Tablet, um zu lesen.

Ich schaute ihm einen Moment lang zu, dann blickte ich auf mein erleuchtetes Arm-Keyboard, um mich von meinen anderen, viel größeren Sorgen abzulenken. Im Alter von fünf Jahren wurden uns die weichen subkutanen Platten implantiert; eine Nachrüstung erfolgte, wenn wir zehn und fünfzehn waren. Auch die Haut selbst fühlte sich ganz weich an.

Wir brauchten nur ein 2-D-Bild, um meine Notizen lesen zu können, und so nahm ich einen der winzigen schwarzen, pyramidenförmigen Projektoren aus meinem Tablet Case und platzierte ihn auf dem Tisch. Mit ein paar Klicks stellte ich eine Verbindung mit meinem Kommunikator her. Ein zwanzig mal dreißig Zentimeter großer Bildschirm leuchtete flach auf dem Tisch auf, und nach einem weiteren Klick erschien darauf meine akkurate Mitschrift.

Maximin stellte mein Tablet hin und beugte sich dann vor, um meine Notizen zu betrachten.

»Wenn du möchtest, kann ich meine Mitschrift auf dein Tablet übertragen«, schlug ich vor.

»Nein, ich muss sie mir nur kurz anschauen.« Er verglich die Diagramme, die ich gezeichnet hatte, mit dem Text auf dem Tablet. »Was die elektrische Nervenstimulation betrifft: Kannst du mir auf meinen Kommunikator noch mal die Pulsfolge der Nervenzellen in Bereich eins und zwei aufzeichnen?« Er hielt mir seinen Arm hin.

»Wo ist dein Tablet?«, wollte ich wissen.

»Wenn ich sehe, wie du es zeichnest, kann ich mir das viel besser einprägen, als wenn ich mir das fertige Diagramm anschaue. Außerdem spielt mein Projektor verrückt. Zeichne es mir direkt auf den Arm.« Er stellte den entsprechenden Modus ein.

Ich nickte und lehnte mich zu ihm hinüber. Eine Haarsträhne hatte sich aus meiner Spange gelöst, doch ich achtete nicht darauf, weil ich mich ganz darauf konzentrierte, Maximin die nötigen Erklärungen zu geben, während ich die Zeichnung anfertigte. Ich fuhr mit dem Finger über seinen Arm, um die erste Pulsfolge darzustellen, dann blickte ich auf, um zu sehen, ob er alles verstanden hatte.

Und wäre fast mit dem Kopf gegen seine Nase geprallt, weil er sich so dicht über mich gebeugt hatte. Ein merkwürdiger Ausdruck lag auf seinem Gesicht. Als ob ihn Nervenstimulation nicht im Geringsten interessieren würde.

Sein Blick war auf meinen Hals gerichtet. Nun griff er nach der Strähne und drehte sie zwischen zwei Fingern. »So weich«, verkündete er atemlos.

»Maximin!«, sagte ich.

Er ließ mein Haar los und konzentrierte sich wieder auf meine Zeichnung, und ich steckte mir die lose Strähne schnell hinters Ohr. Meine Bewegung war angespannt und ungelenk.

Was war da gerade passiert? Ganz klar war das anormales Verhalten. Konnte das eine Art Test irgendwelcher Überwacher sein, um herauszufinden, ob ich anormales Verhalten meldete, wenn ich es bemerkte? Wurde ich gerade überwacht? Oder konnte es sein, dass …

Hoffnung blühte in mir auf. Was, wenn ich nicht die Einzige war, die der *Verbindung* zu entkommen vermochte?

Aber als ich Maximin wieder ansah, wirkte sein Gesicht vollkommen leer, ohne jegliche Spur jener Energie und Wachheit, die ich eben noch bemerkt hatte. Natürlich. Schon wieder war ich so auf meine eigenen Emotionen fokussiert gewesen, dass ich anfing, sie auch überall um mich herum zu sehen.

Es kostete mich Mühe, nicht in mich zusammenzusinken. Maximin vermochte doch nicht wie ich, dem *Link* zu entkommen. Er war Teil der Gemeinschaft, Teil eines größeren Ganzen, in dem jedes Lebewesen nur ein kleiner, aber wichtiger Knoten in dem Gedankennetz war, das der *Link* über uns spannte. Eine höhere Stufe der Menschheit.

Genau das vermisste ich am meisten, wenn ich aus der *Verbindung* glitt: das Gefühl von Verbundenheit und Zusammengehörigkeit, zu etwas zu gehören, was größer war als ich selbst. Nun war ich ganz allein. Was nutzten mir Farben und Glück, wenn ich dies alles mit niemandem teilen konnte?

Gemeinschaft ist unsere Pflicht, Gemeinschaft steht über allem. Heiße Schuld überkam mich, das ständige niederdrückende Gefühl, dass ich *schlecht* war. Falsch. Kaputt. Nach all den Lektionen, in denen man mir beigebracht hatte, wie zerstörerisch Individualität und Egoismus waren, weigerte ich mich nicht nur, mich selbst anzuzeigen, sondern hielt auch noch Ausschau nach jemandem, der wie ich war. Gerade hatte ich mir gewünscht, dass Maximin ebenfalls kaputt wäre. Was stimmte nicht mit mir? Allmählich begann ich die Gefahren jener frühen, barbarischen menschlichen Eigenschaften zu verstehen, die zur Zerstörung der Welt geführt hatten.

Die Mittagspause war vorbei. Maximin stieß gegen mich, als wir den schwach erleuchteten Flur entlang zu meiner Klasse gingen. Ich sah ihn neugierig an. Der ein Meter zwanzig breite Gang war so voll wie immer, und ja, auch ein bisschen eng. Aber nicht *so* eng. Doch Maximins Gesicht zeigte keinerlei Ausdruck.

Ich blieb vor meinem Klassenraum stehen; ich hatte noch eine letzte Unterrichtsstunde, Algorithmus-Design. Maximin ging weiter den Flur hinunter, drehte sich aber noch einmal um und warf mir einen langen Blick zu. Dann verlor er sich in der Menge.

Ich trat in mein Klassenzimmer und konnte nur knapp verhindern, dass ich vor lauter Überraschung stolperte: Auf dem Platz neben meinem saß der Junge mit den blaugrünen Augen.

Alle anderen setzten sich geordnet hin, holten gelassen ihre Tablets heraus und riefen auf ihren Kommunikatoren den Stoff für diese Unterrichtsstunde auf. Ich nahm ebenfalls Platz, war mir der langen Beine des Jungen bewusst, die er unter dem Tisch bis zur nächsten Reihe ausgestreckt hatte.

Überflüssiger Platz war ein Luxus, den man sich in

unterirdischen Gebäuden nicht leisten konnte, und so waren alle Klassenzimmer klein. Die durchgehenden Metalltische und die Stühle standen dicht beieinander, fünf Reihen pro Raum, damit so viele Schüler wie möglich hineinpassten.

Ich versuchte, so normal wie möglich zu atmen. Es gab keinen Grund, in Panik zu verfallen. Noch nicht.

Ich musste einfach alle anderen Gedanken beiseiteschieben und mich ganz auf den Unterrichtsstoff über algorithmische Entwicklungen konzentrieren. Aber ich konnte nicht anders und blickte immer wieder verstohlen zu dem Jungen. Er tippte gelassen etwas auf seinen Arm. Wenigstens beobachtete er mich diesmal nicht, und obwohl er so lange Beine hatte, kam er mir nicht zu nahe. Es war fast so, als würde er sorgfältig darauf achten, mich *nicht* zu berühren.

Plötzlich hörte der Lehrer auf zu reden. Alle Schüler hoben erwartungsvoll den Kopf. Muss wohl eine *Link*-Ankündigung sein, dachte ich und hoffte, dass sie nicht allzu wichtig war. Ich versuchte, den Ausdruck der anderen nachzuahmen, als ob ich mich ganz auf die *Link*-Info konzentrierte. Doch dann richteten sich die Augen aller in der Klasse auf mich.

»Zoel«, sagte der Lehrer, »achtest du nicht auf die eingehenden Informationen? Du sollst dich sofort in Raum A 117 melden.«

Der Alarm meines Herzmonitors klang laut in dem stillen Raum.

3. KAPITEL

Mit zittrigen Fingern stopfte ich mein Tablet in seine Hülle. Mein Stuhl kratzte über den Betonboden, als ich ihn zurückschob, und das Geräusch hallte in dem kleinen Raum wider. Niemand beobachtete mich; trotz meines piependen Monitors hatten sie ihre Aufmerksamkeit wieder ganz auf den Unterricht gerichtet. So schnell ich konnte, verließ ich den Raum und betete das Gemeinschafts-Bekenntnis herunter, während ich durch die Gänge zum südlichen Aufzug ging.

Ich hätte wer weiß was darum gegeben, wenn ich in diesem Moment wieder zurück in die *Verbindung* gefallen wäre. Nachdem ich das Bekenntnis noch ein paarmal aufgesagt hatte, verstummte der Monitor endlich. Aber wie oft hatte der Monitor allein heute schon gepiept? Ich musste damit einen Alarm im Zentralsystem ausgelöst haben. Ich hätte mich am liebsten selbst getreten. Wie konnte ich nur so dumm sein? So sorglos?

Mein Finger verharrte vor dem Sensorfeld, mit dem sich der Aufzug herbeiholen ließ. Ich befand mich immer noch außerhalb des *Links*. Es würde mir nicht gelingen, meine Geheimnisse länger zu verbergen. Sie würden mich erwischen und reparieren. Oder ich könnte einfach abhauen. Ich könnte zur U-Bahn gehen, den nächsten Zug nehmen und irgendwo in Central City untertauchen. Verschwinden.

Meine Hand begann zu zittern, und ein schrilles Summen hallte durch meinen Verstand. Verzweifelte Gedanken, Gedanken ohne Hoffnung. Ich straffte mich, versuchte Furcht und Panik, die durch meinen Körper rasten, zu unterdrücken. Ich würde mich nicht ewig verstecken können. Zu allem und jedem in der Stadt hatte man nur Zugang über den Chip am Handgelenk oder die Fingerabdrücke. Man würde mich sofort entdecken.

Aber dann wäre es endlich vorbei mit den Geheimnissen und dem Verbergen-Müssen. Einsamkeit und Albträume würden verschwinden. Ich wäre nicht länger kaputt. Ich würde wieder wie jedermann sonst sein, wieder komplett, Teil eines Ganzen. Es war notwendig, dass dies geschah.

Ich drückte meinen Finger auf das Sensorfeld, bevor ich es mir doch noch ausreden konnte, und hörte das Surren, als der Aufzug im Schacht nach unten fuhr. Ich hatte keine Wahl, nicht wirklich. Ich trat in die weiße Aufzugröhre und beobachtete, wie sich die Tür hinter mir schloss.

»Unterebene 1.« Meine Stimme zitterte. Der Aufzug bewegte sich, doch ich spürte es kaum. Das hier ist korrekt, erinnerte ich mich selbst. Ich tat das Richtige. Ich durfte nicht an meine Zeichnungen und die Schönheit und das Glück und an alles andere denken, was ich verlieren würde. Als die Tür lautlos aufglitt, trat ich hinaus und folgte den Nummern an den Wänden bis zu Raum 117.

Die Tür stand offen, Licht fiel von innen heraus auf den Flur.

»Ich grüße«, rief ich. »Bewohnerin Zoel Q-24 meldet sich.«

»Komm herein«, sagte eine tiefe männliche Stimme.

Ich atmete noch einmal tief durch und trat über die Schwelle. Doch dann schaute ich mich überrascht um.

Dies war kein Untersuchungsraum. Dies war ein Schlafzimmer. Es gab ein Bett, einen Schreibtisch, sogar richtige Lampen statt der Lichtzellen an der Decke.

Mir fiel plötzlich ein, dass es in einem Flügel der Akademie Wohnräume für wichtige Gäste gab, die sich auf der Durchreise befanden. Aber dann entdeckte ich in einer Ecke den Computer und mobile Diagnosegeräte. Hatten sie einen Spezialisten hinzugezogen, der sich um mich kümmern sollte? Wie viel wussten sie?

Meine Brauen mussten sich zusammengezogen haben, ein Anzeichen meiner Verwirrung, denn der kleine, rundliche Mann, der in der Ecke stand, sagte: »Jetzt komm schon herein. Wir müssen nur kurz deine Systeme überprüfen.«

Er war in mittlerem Alter, sein Haar wurde bereits schütter, und auf seiner Stirn glitzerte Schweiß. Er trug nicht das vorgeschriebene Grau, sondern stattdessen eine schwarze Uniform mit dem roten Abzeichen der Beamten. Sehr hoher Beamter. Klasse 1 und 2. Dies war keine gewöhnliche Untersuchung.

»Setz dich.« Er zeigte auf einen Stuhl neben den Geräten.

Ich schluckte und versuchte, mir meine Furcht nicht anmerken zu lassen. Ein Beamter, der zu einer unangekündigten Untersuchung herkam. Das verhieß nichts Gutes. Jener Augenblick auf dem Bahnsteig, der Junge mit den blaugrünen Augen – jemand musste gesehen haben, was ich getan hatte, und sofortige Deaktivierung gefordert haben. Ja, genauso musste es sein. Sie würden sich wahrscheinlich nicht einmal mehr die Mühe machen, mich zu reparieren. Es war alles vorbei.

Ich zwang meine Füße, zu dem grauen Stuhl zu gehen, und setzte mich.

»Sie sagten, dass du hübsch wärst.« Er lächelte mich an und tupfte sich die Stirn mit einem Tuch ab, als er auf mich zukam. Dann nahm er einen kleinen Metallgegenstand vom Instrumententisch.

»Entschuldigung, Sir?« Ich verstand nicht, was er meinte, und ich verstand auch nicht den Ausdruck auf seinem Gesicht. »Sir?«

»Sir.« Er strich sein schweißfeuchtes Haar glatt und legte sich die bereitgestellten und nebeneinander ausgerichteten Instrumente zurecht. »So respektvoll.«

Unwillkürlich runzelte ich die Stirn. Aus irgendeinem Grund, der mir unklar war, flößte er mir Unbehagen ein. Sein Benehmen kam mir auch anormal vor, aber, nun ja, ich war noch nie einem Beamten begegnet. Gehorsam den Beamten gegenüber war die Pflicht aller Bewohner. Beamte konnten nicht anormal sein … oder?

Ich hatte das merkwürdige Verlangen, aufzuspringen und wegzurennen, den Flur hinunter, fort von diesem Mann. Egal, welche Folgen das hatte.

»Keine Bange, du hast keine Probleme. Das ist alles bloß Routine.«

Ich bemühte mich, ganz normal zu atmen, damit mein Herzmonitor nicht zu piepen begann. Irgendetwas fühlte sich falsch an. Was auch immer er behauptete, dies war definitiv keine Routineangelegenheit. Der Drang wegzurennen wurde stärker, aber ich zwang mich stillzusitzen. Er war ein Beamter. Ich hatte zu gehorchen.

Doch das Unbehagen verstärkte sich, als er sich hinter mich stellte und meinen Pferdeschwanz anhob. Ich wusste, was er suchte – den Zugangsport an meinem Halsansatz. Meine Brust schnürte sich zusammen, und ich bekam kaum noch Luft. Wenn irgendetwas mit meinem Port nicht in Ordnung war, würde er es bemerken.

Und falls nicht, dann würde er mit der Überprüfung beginnen, und die Scans würden ihm alles verraten.

Das muss die übliche Prozedur sein, bevor ein Bewohner deaktiviert wurde. Ich drehte mich um und sah, wie er einen winzigen Speicherstick vom Instrumententisch nahm.

»Ich muss nur ein kleines Programm überspielen, Schätzchen. Du wirst dich an nichts erinnern können.«

Mir gefiel nicht, wie er »Schätzchen« sagte, mir gefiel weder sein Tonfall noch der Ausdruck auf seinem breiten roten Gesicht. Ehrlich gesagt, das alles fühlte sich falsch an. Und plötzlich waren Gehorsam und Pflicht vergessen – ich wusste, dass ich von hier verschwinden musste. *Jetzt.*

Doch gerade als ich aufstehen und flüchten wollte, packte er mich grob an den Haaren und trieb den Stick in meinen Port.

»Stimmaktivierungsprogramm 181«, sagte er atemlos und stellte sich dann wieder vor mich.

Ich wollte nach hinten greifen und den Stick herausreißen, doch ich konnte mich nicht rühren. Ich war komplett unbeweglich. Spüren konnte ich noch alles – ich konnte meine Arme und Beine fühlen, aber ich *vermochte sie nicht zu bewegen.*

Der Mann streckte eine verschwitzte Hand aus und legte sie auf meine Wange, dann ließ er seine Finger langsam zu meinem Hals gleiten.

Was ging hier vor?

Ich wollte zurückweichen, versuchte zu schreien, doch meine Lippen waren starr, und es kam kein Ton heraus. Er begann zu lachen. Mir lief es eiskalt über den Rücken.

Nein, wollte ich schreien. Ich wusste, er war in der

Lage, mich innerhalb von Sekunden zu deaktivieren, und ich wäre nicht fähig, ihn aufzuhalten. Er konnte wer weiß was über diesen Treiber hochladen und meine Programmierung aufbrechen und verfügte über so viele Möglichkeiten, mir wehzutun – Möglichkeiten, die ich mir nicht einmal ansatzweise vorzustellen vermochte.

Ich konnte nur in schweigendem Entsetzen dasitzen, und meine Augen brannten auf diese merkwürdige Art, wie sie es auch taten, wenn ich Angst hatte oder traurig war. Ich war plötzlich sicher, dass etwas sehr Schlimmes geschehen würde, auch wenn ich keine Ahnung hatte, was er vorhatte. Und ich verfügte nicht über die Macht, ihn zu stoppen.

Mein Herz hämmerte in meiner Brust, doch der Monitor blieb still – eine weitere Auswirkung des grässlichen Programms, unter das er mich gezwungen hatte, welcher Art es auch sein mochte. Ich hatte mich vor vielem gefürchtet, aber *dies*, was immer es war, hatte bestimmt nicht auf meiner Liste gestanden.

Meine Augen waren der einzige Teil meines Körpers, der nicht vollkommen gelähmt war, und ich ließ meinen Blick voller Panik schweifen. Es musste doch etwas geben, was ich tun konnte, doch ich sah nur mich selbst, einsam und erstarrt in diesem Raum, allein mit einem Fremden, der absolute Kontrolle über mich besaß. Ein Fremder, der sich mir nun näherte und Instrumente hielt, die ich noch nie zuvor gesehen hatte.

Ich hörte dieses hohe Summen in meinen Ohren, das gleiche wie in dem Moment, als das kleine Mädchen von der Bahnsteigkante fiel. Ich dachte kurz nach. *Natürlich.* Er mochte meinen Körper gelähmt haben, doch was war mit meinem Geist?

Panik brodelte erneut in mir auf, und ich umarmte

sie, griff mit meinen kreischenden Gedanken nach der Lampe auf dem Beistelltisch, um jedes ihrer Details mit der vibrierenden Energie meines Verstandes zu umhüllen. Aber ich konnte es nicht kontrollieren. Ich konnte es nie kontrollieren. Die Lampe zerplatzte, und mein Herz überschlug sich fast in Panik und Furcht.

Der Mann blickte auf, überrascht von dem Knall und weil es plötzlich nicht mehr so hell war.

Schrecken ließ das Summen in meinem Kopf explodieren.

Der Beamte keuchte überrascht. Im gleichen Moment flog die Tür auf, und ein schlaksiger Junge stürmte herein.

Neue Furcht überfiel mich, denn ich hatte den Jungen mit den blaugrünen Augen sofort erkannt.

Er musterte den Raum, bemerkte eine Decke und riss sie vom Bett, warf sie über den Beamten. Legte seinen Arm wie ein V um dessen Hals und drückte zu.

Hilflos zuckten die Arme des Mannes, dann sackte er nach vorn und hörte auf, sich zu bewegen.

In meinen Gedanken schrie ich, aber ich brachte immer noch keinen Ton heraus, konnte mich immer noch nicht bewegen. Der Junge schaute zu mir hin und sah das Entsetzen in meinen Augen.

»Tut mir leid, dass ich nicht früher gekommen bin«, stieß er hervor und wandte sich wieder ab. »Aber ich habe es erst zu spät verstanden.«

Was hast du verstanden?, wollte ich fragen, doch meine Stimmbänder waren immer noch gelähmt.

Er drehte sich erneut zu mir um, als ich nicht reagierte, dann wurde er rot und rannte zu mir herüber. »Verdammte Hölle. Tut mir leid. Programm 181 deaktivieren. Autorisierungscode 5789345.«

Ich war wieder frei. Meine Hände flogen zu meinem Gesicht, während ich mich hochrappelte. Schnell griff ich hinter mich, um die fremde Hardware aus meinem Hals zu entfernen.

»Nein, *nicht*!« Er streckte eine Hand aus, langte um mich herum. Hielt dann inne, bevor er mich berühren konnte. »Zieh den Stick nicht heraus, sonst fliegen wir beide auf.«

Meine Hand blieb an meinem Nacken liegen. Woher wusste er von dem Stick? Meine Erleichterung wurde augenblicklich von Furcht verdrängt.

»Warum soll ich ihn nicht herausziehen? Woher kennst du diesen Code? Arbeitest du für ihn?«

»Natürlich nicht«, erwiderte er. »Wir haben nicht viel Zeit, also beeil dich.«

Das brauchte er mir nicht zweimal zu sagen. Was auch immer hinter seinem Verhalten steckte, zumindest hatte er mich aus der lähmenden Kontrolle dieses Programms befreit.

»Wer bist du?«, wollte ich wissen. »Was machst du hier?«

»Ich heiße Adrien. Mehr kann ich dir jetzt allerdings nicht verraten.«

Ich richtete mein Haar, sorgsam darauf achtend, den Stick nicht aus dem Port zu lösen. »Bist du vom Zentralsystem?«

»Ganz bestimmt nicht«, erwiderte er heftig. »Ich will dir bloß helfen.«

Ich schlang meine Arme um mich und blickte hinüber zu dem unförmigen Haufen auf dem Bett. »Hast… hast du ihn… deaktiviert?«, flüsterte ich, während mir der ganze Schrecken all dessen, was geschehen war, erst jetzt so richtig bewusst zu werden begann.

»Nein«, sagte Adrien, »obwohl ich in Versuchung war. Aber der Tod eines Beamten würde eine Menge Nachforschungen nach sich ziehen. So wird es den Anschein haben, dass er nur ohnmächtig geworden ist. Apropos«, fügte er hinzu und zog etwas aus seiner Tasche: einen schmalen Metallzylinder, kaum größer als ein Eingabestift. Er nahm die Kappe ab, und ich sah, dass zwei winzige Nadeln aus der Spitze ragten. Er rollte den Mann auf die Seite und jagte ihm die Nadeln in den Hintern.

Ich schaute weg und rieb mir den Hals. Ein Schauer lief mir über den Rücken, als ich unabsichtlich den Stick mit der merkwürdigen Hardware streifte. »Weshalb genau soll ich den Treiber nicht herausziehen?«

Adrien blickte mich an, verschloss den Zylinder sorgfältig und steckte ihn zurück in die kleine schwarze Tasche. »Solange er drinsteckt, bist du vom *Link* getrennt, und alles wird separat auf diesem Treiber festgehalten. Keine deiner Vitalfunktionen wird aufgezeichnet. Aber in dem Moment, wenn du ihn herausziehst, werden dein wahnsinnig hoher Adrenalinwert und dein Herzschlag sämtliche Ärzte im Zentralsystem alarmieren, und sie würden uns sofort festsetzen. Zumindest würden sie die gottverdammten Kameras in diesem Flügel wieder anstellen.« Er deutete auf die kleinen schwarzen Scheiben oben an der Decke.

»Das sind Kameras?« Mir zog sich der Magen zusammen. An allen Decken und in allen Gängen gab es diese schwarzen Punkte. In den Tunneln. In den Wagen der U-Bahn. Im Esszimmer meiner Eltern.

Er nickte und streckte mir die Hand hin. »Komm jetzt, lass uns von hier verschwinden.«

»Und wohin gehen wir?«, fragte ich, immer noch schockiert von der Vorstellung, dass ich überall unter

Beobachtung stand, selbst wenn ich allein war. Aber irgendwie war es logisch, wenn ich darüber nachdachte. Fingerabdruckerkennungen reichten nicht aus, um die Bewegungen eines Bewohners zu verfolgen. Sie brauchten umfassendere Kontrolle. Wer auch immer *sie* waren.

Ich beging den Fehler, noch einmal zu dem Mann auf dem Bett hinüberzuschauen. Meine Hände zitterten. »Hatte er vor, mich zu deaktivieren?«

Ich spürte etwas Feuchtes auf meinem Gesicht. Unwillkürlich blickte ich zur Decke hoch, ob es durchtropfte. Dann berührte ich meine Wange und stellte fest, dass das Wasser aus meinen Augen lief. Ich zog die Hand schnell zurück und betrachtete sie bestürzt. Noch eine Fehlfunktion konnte ich nicht ertragen. Nicht heute.

»Komm jetzt, Zoe«, sagte Adrien sanft. »Wir müssen verdammt noch mal schnell von hier verschwinden. Ich werde dir alles nachher erklären. Versprochen.«

Und wieder überkam mich Panik. Woher kannte er meinen Namen? Nicht einfach meinen Rufnamen, sondern die Kurzform, die ich ganz allein in meinen Gedanken für mich verwendete? Ich hatte sie mir ausgesucht, als ich in den alten Texten las und herausfand, dass »Zoe« *Leben* bedeutete. Aber das konnte er gar nicht wissen!

»Wieso hast du mich so genannt?«

Er lächelte vage. »Weil es besser zu dir passt.« Immer noch hielt er mir seine Hand hin.

Ich zögerte. Betrachtete erst seine kräftigen Finger und dann den aufrichtigen Ausdruck auf seinem Gesicht.

Und plötzlich traf es mich wie ein Schlag, als ich begriff, dass er in der Lage sein musste, Gefühle zu empfinden. Denn eben die sah ich auf seinem Gesicht. Und diesmal bildete ich es mir nicht ein. Er war anders als sämtliche Menschen, die mir bis jetzt begegnet waren – seine unbekümmerte Zuversicht, seine lebhafte Stimme, die merkwürdigen Wörter, die er benutzte. Er war wach, lebendig.

Ich kannte ihn nicht, vertraute ihm nicht, doch ich wusste, bliebe ich hier, dann würde man mich garantiert aufgrund all der Anomalien und wegen dem, was gerade mit dem Beamten geschehen war, sofort deaktivieren.

Der Atem wurde mir knapp bei diesem Gedanken. Ich wollte nicht, dass das geschah. Es war schlimm genug, im Grau der *Verbindung* zu stecken, doch was befand sich hinter diesem Grau? Wie mochte der Tod sein?

Ich schloss die Augen, versuchte, das Entsetzen dieser Gedanken auszuschließen.

»Zoe.« Adriens Stimme klang ruhig, aber ich glaubte Furcht dahinter zu hören.

Ich öffnete die Augen wieder und griff entschlossen nach seiner Hand.

»Okay.«

Adrien schloss leise die Tür hinter uns. Er blickte links und rechts den schwach beleuchteten Gang hinunter, dann zog er mich nach rechts, weg vom Aufzug.

Immer wieder blickte ich wachsam über meine Schulter, als ob jeden Moment jemand in den Flur platzen und uns erwischen könnte.

Und was würde dann passieren? Von Minute zu Minute wurde mir deutlicher bewusst, dass ich nicht die geringste Ahnung hatte, wie die Welt wirklich funktionierte. Ich steckte zu tief im Schlamassel, und das Einzige, was mir den Mut verlieh, einen Fuß vor den anderen zu setzen, war Adriens Hand, die mich mit sanftem

Druck weiterzog. Seine Berührung gab mir irgendwie Sicherheit, und genau das beabsichtigte er wohl auch.

Wir kamen an mehreren Türen vorbei, als wir den Gang hinunterliefen – Türen, die sich jeden Moment öffnen konnten, und sofort hätte man erkannt, dass wir uns anormal verhielten. Dann endete der Flur.

Adrien, der mich immer noch hielt, griff mit der anderen Hand in einen Spalt, dort, wo zwei der Wände aus Betonplatten aneinanderstießen. Seine Finger schienen etwas in der Dunkelheit zu finden, einen Schalter oder eine Art Haken, und schließlich sagte er leise: »Unterebene 1 öffnen. Verifikations-Code 999452385 zur manuellen Aufhebung der Sperre.«

Ich hielt den Atem an, konnte mir nicht vorstellen, was nun geschehen mochte.

Fast wäre ich zusammengezuckt, als plötzlich ein Knirschen zu hören war. Ein Energiestoß lief meinen Arm hinunter, kribbelte in meinen Fingern. Mein Kopf summte immer noch vor Furcht.

»Was war das?«

Adrien drehte mich zur Seite. »Unser Weg nach draußen.« In dem schwachen Licht konnte ich ein leichtes Lächeln auf seinem Gesicht erkennen. Er deutete mit dem Kopf auf die Wand.

Ich folgte dem Blick seiner Augen und stellte überrascht fest, dass sich dort gar keine Wand mehr befand. Ich trat einen Schritt vor und sah, dass eine der Platten auf einer Schiene zur Seite geschwenkt war.

In dem Tunnel dahinter war es stockdunkel. Erneut begann ich zu zittern, trat aber dennoch in den Gang. Fest umklammerte ich Adriens Hand, als er stehen blieb, um den Eingang hinter uns wieder zu schließen. Die Dunkelheit war so undurchdringlich, dass ich das

Gefühl hatte, die Luft sei dermaßen schwer geworden, dass sie drückend auf mir lastete. Und sie roch auch seltsam – feucht und sauer, so wie verdorbene Milch. Ganz anders als die antiseptische Sauberkeit in den Korridoren der Akademie.

Ich berührte meinen Kommunikator, und er erhellte einen winzigen Teil der Dunkelheit. Gerade noch konnte ich eng beieinanderliegende Wände erkennen, die weiter in die Schwärze führten.

»Gute Idee«, sagte Adrien und berührte ebenfalls seinen Kommunikator. »Komm jetzt.« Es gab nicht genug Platz, um nebeneinander zu laufen, also ging er voran.

Ich war an Enge gewöhnt, aber selbst für mich war es irritierend, mich durch diesen gerade einen halben Meter breiten Tunnel zu zwängen.

Ich hob den Arm, damit ich mehr Licht hatte, doch ich konnte nur die Umrisse von Adriens Rücken erkennen. Mit einem Anflug von Furcht registrierte ich, dass wir wohl kaum eine Chance hätten zu entkommen, würde man uns in diesem schmalen Gang entdecken.

»Wie weit müssen wir noch gehen?«, flüsterte ich.

»Ich hab mir die Pläne dieses Tunnelsystems eingeprägt. Wir müssen ungefähr hundert Schritte zurücklegen, bevor wir zur nächsten Öffnung gelangen.«

»Wie hast du …?«

»Später. Ich werde dir jede Frage, die du hast, später beantworten, aber jetzt muss ich mich darauf konzentrieren, unsere Schritte zu zählen, damit wir den Ausgang nicht verpassen.«

Ich nickte, obwohl er es nicht sehen konnte. Wir gingen weiter, und unwillkürlich begann ich, in Gedanken ebenfalls unsere Schritte zu zählen, aber nervös, wie ich war, verzählte ich mich irgendwo in den Sechzigern.

Doch Adrien führte mich unbeirrt weiter, und so konnte ich nur hoffen, dass er wusste, wohin wir gingen. Wenn man uns entdeckte, wäre es unmöglich, eine logische Erklärung anzubieten.

Unvermittelt blieb Adrien stehen.

»Und jetzt?«

»Jetzt brauche ich den Sensorschalter.« Im Schein seines Kommunikators suchte er die Wand ab, und auch ich hob den Arm, damit wir mehr Licht hatten.

»Da ist er«, sagte Adrien schließlich. Er klang erleichtert, und ich begriff, dass er sich längst nicht so sicher gewesen war, wie er mich hatte glauben machen wollen. Schnell nannte er einen weiteren Aktivierungscode.

Genau wie zuvor hörte ich Beton knirschen.

»Wird denn nirgendwo ein Alarm ausgelöst, wenn sich diese Türen öffnen?«, wollte ich wissen, plötzlich besorgt. Was, wenn wir das alles hinter uns brachten, nur um herauszufinden, dass auf der anderen Seite eine Gruppe Regulatoren auf uns wartete?

»Wir haben das alles ausgearbeitet, bevor ich mit meinem Auftrag hierhergeschickt wurde. Das war von vornherein als mein Fluchtweg geplant. Allerdings«, fügte er dann hinzu, »dachte ich nicht, dass ich ihn schon so bald nutzen würde.«

Ich verkniff es mir gerade noch, ihn zu fragen, wen er mit *wir* meinte. Ich schätzte, das gehörte zu den vielen Fragen, die er später beantworten würde.

»Okay«, sagte Adrien dann. »Die Tür ist offen. Komm.«

Der Lichtschein unserer Kommunikatoren drang nicht weit durch die Türöffnung. Ich machte einen Schritt nach vorn, während Adrien die Betonplatte hinter uns zurückgleiten ließ, und stolperte, konnte mich aber gerade noch fangen, bevor ich fiel.

»Verdammte Hölle«, sagte er. »Bist du in Ordnung?«

»Ja.« Ich zuckte zusammen. »Hab mir nur den Zeh gestoßen.«

»Entschuldige, ich hätte dich warnen sollen. Das ist kein Gang, sondern eine Treppe.«

Hinter uns hatte sich die Tür nun komplett geschlossen.

»Eine Treppe …« Ich hob den Arm und sah die Betonstufen steil vor uns ansteigen.

»Ja, ich weiß, du bist Aufzüge gewohnt.« Er schien meine Angst zu spüren und schob sich vor mich. »Es gibt kein Geländer, also stütz dich mit einer Hand an der Wand ab und halte dich dicht hinter mir.«

Nachdem wir mehr als fünfzehn Stufen hochgestiegen waren, fragte ich mich, wie weit es noch hinaufgehen mochte und wohin genau die Treppe führte. Ich versuchte, nicht daran zu denken, wie steil sie hinter mir abfiel und dass es mich sicherlich umbringen würde, wenn ich kippte und nach unten stürzte. Ich hob den anderen Arm, um mich auch mit ihm an der Wand abzustützen.

»Wie weit noch?«, fragte ich schließlich. Ich war nicht außer Atem – schließlich absolvierte jeder Bewohner Abend für Abend sein Ausdauertraining. Ein gesunder Körper für eine gesunde Gemeinschaft. Doch allmählich verkrampften sich die Muskeln in meinen Oberschenkeln. Ich war ans Laufband gewöhnt, nicht daran, Treppen hochzuklettern.

»Nicht mehr weit«, erwiderte Adrien. Auch er hörte sich kein bisschen atemlos an.

Und wieder verwirrte mich das Geheimnis, das diesen Jungen umgab. Wer war er? Woher wusste er so viel? Warum half er mir?

Bevor ich die lange Liste von Fragen, die mir durch den Kopf schossen, abarbeiten konnte, mündete die Treppe in einen kleinen Absatz.

Diesmal entdeckte Adrien den Schalter ziemlich schnell, und wieder nannte er den Autorisierungscode.

Und dann, als die letzte Tür aufschwang und meine Augen von grellem Licht geblendet wurden, fand ich zumindest auf eine meiner Fragen eine Antwort.

Adrien wollte mir nicht helfen.

Er wollte mich umbringen.

4. KAPITEL

Ich zuckte zusammen und bedeckte mein Gesicht mit den Händen, obwohl ich wusste, dass es nicht helfen würde. Man starb, wenn man der Außenluft ausgesetzt war. Und wenn es einen nicht sofort umbrachte, dann würde die Strahlung schon bald Tumore hervorrufen.

Ich wandte mich um, um die Treppe wieder hinunterzurennen, doch Adrien packte mich am Oberarm.

»Lass mich!«, kreischte ich und versuchte mich loszureißen. »Oder willst du unbedingt sterben?«

Während ich darum kämpfte, freizukommen und weglaufen zu können, blitzten Bilder aus unseren Unterrichtsbüchern in meinen Gedanken auf. Haut, die verbrennt. Ein langsamer, qualvoller Tod. Inzwischen war es wahrscheinlich schon zu spät.

»Zoe!« Adrien packte mich nun an beiden Armen, hielt mich von der Treppe fern. »Zoe, sei still, sonst werden wir noch bemerkt!«

Ich zog und zerrte weiter, kratzte ihn brutal. Es war mir egal, ich wollte einfach nur fort von dieser Türöffnung, die voll vergifteter Oberflächenluft war.

Adrien stöhnte vor Schmerz, als sich meine Nägel tief in sein Fleisch gruben. Plötzlich drehte er mich herum, sodass er hinter mir stand und mich festhielt wie in einer Zwangsjacke. Ich saß in der Falle, und trotzdem wehrte ich mich, hielt den Atem an, solange ich konnte. Eiskalte Furcht ließ Schauer über meinen Rücken laufen.

Adrien drehte mich zur Tür, zur vergifteten Luft.

»Beruhige dich«, sagte er. »Verdammt, ich hätte es dir vorher erzählen sollen, aber ich wusste, du würdest niemals mitkommen, wenn ich dir verrate, dass wir an die Oberfläche gehen. Jetzt hör mir zu: Da draußen lauert nichts Giftiges!«

Ich hörte auf, gegen ihn anzukämpfen, vollkommen schockiert.

Seine Stimme war ein eindringliches Flüstern, und sein Atem bewegte das Haar über meinem Ohr.

»Es wird dich nicht umbringen, wenn du ohne Schutzkleidung dort draußen herumläufst. Im Gegenteil, es ist vollkommen harmlos. Zoe, diese Bastarde haben gelogen. Die ganze Geschichte der Alten Welt ist erstunken und erlogen.«

»Aber die Atombomben …«

»Sie haben am D-Day nur einige wenige Bomben abgeworfen. Gerade so viele, um ihre Geschichte überzeugend wirken zu lassen. Hinter alldem steckt die Community Corporation, das Unternehmen, das die Gemeinschaft erschaffen hat. Es war Absicht. Verstehst du das? Die Gemeinschaft, die Community, hat euch nicht gerettet – sie hat euch eingesperrt und versklavt.«

»Du lügst«, fuhr ich ihn an. »Die Gemeinschaft schützt uns. Das weiß doch jeder.«

Ich versuchte erneut, mich loszureißen. Ich schloss die Augen, hoffte inständig, das Summen in meinem Kopf zu hören, die Fähigkeit herbeizurufen, um die Tür mit der Kraft meiner Gedanken zu schließen. Nichts.

»Hör mich doch zu Ende an«, zischte er mir ins Ohr und verstärkte seinen Griff. »Community Corporation hat den D-Day *selbst herbeigeführt*. Und dann machten sie allen weis, sie seien die Einzigen, die uns vor der totalen nuklearen Zerstörung retten könnten. Die uns vor uns selbst retten könnten. Ein paar Generationen später hat sich niemand mehr an die Wahrheit erinnert – sie glaubten das, was man ihnen erzählt hatte. Fast alles waren Lügen. Zoe, die meisten der Regierungsgebäude der Gemeinschaft befinden sich hier auf der verdammten Oberfläche.«

Ich verrenkte mich fast, um ihn ansehen zu können. »Du … du bist so kaputt. Anormal. Du weißt ja gar nicht, was du sagst.« Ich starrte auf das Rechteck voller Licht. Es tat meinen Augen nun nicht mehr so weh hineinzuschauen. Wie lange standen wir schon hier, vollkommen ungeschützt?

»Ich bin nicht verrückt, Zoe«, erwiderte er. »Die Oberwelt ist absolut harmlos.«

Adrien lockerte seinen festen Griff ein wenig, und ich trat einen Schritt zurück. Er hielt mich an den Händen, drehte mich so, dass ich ihn nun wieder ansehen musste. »Das ist der Teil, mit dem ihr Typen aus den Untergrundsektoren immer die größten Schwierigkeiten habt: Leute wie deine Eltern haben keinen eigenen Geist, doch sie sind mit der Qualitätskontrolle beauftragt und gehören so quasi zur Mittelschicht. In anderen Bereichen der Sektoren gibt es jedoch Bewohner, die nichts als Arbeitstiere sind und auf der Oberfläche Obst und Gemüse anbauen und ernten.« Er holte tief Luft und betrachtete mich aufmerksam. »Denk nach, Zoe. Du weißt, sie haben dir Lügen darüber erzählt, was der Zweck des *Links* ist. Du weißt, dass die Hardware zu mehr dient, als nur Leute miteinander zu vernetzen. Sie schützt euch nicht, sie kontrolliert euch. Viel stärker, als sie zugeben. Das ist dir bewusst. Aber *dich* können sie jetzt nicht mehr kontrollieren, weil du dich aus der *Verbin-*

dung gelöst hast. Du bist zu einer Gefahr geworden, aber nicht für die anderen Bewohner. Du bist zu einer Gefahr für all die Beamten und Oberen geworden, die die Gemeinschaft steuern. Du bist ihr schlimmster Albtraum.«

Mein Puls begann zu rasen. Adrien hatte mich beobachtet, er wusste so vieles über mich. Aber warum hatte er mich zur Oberfläche gebracht? Damit ich starb? Dann hätte er mich auch in jenem grässlichen Raum A 117 lassen können.

Ich schüttelte den Kopf und trat eine Stufe nach unten. Obwohl Adrien immer noch meine Hände hielt, versuchte er nicht, mich daran zu hindern.

»Mit dir wegzulaufen war vollkommen unlogisch. Wir müssen zurückkehren und einen Diagnosespezialisten aufsuchen.«

Nun schüttelte er den Kopf. »Wie kannst du nur so etwas sagen? Wie kannst du dir wünschen zurückzugehen? Zuzulassen, dass sie dich neu programmieren, bis du nicht länger *du selbst* bist?«

Ich blickte zu Boden. Wie oft hatte ich mir die gleiche Frage gestellt? All die seltsamen Gedanken, die durch meinen Kopf glitten und nicht aus harten, kalten Fakten resultierten, sondern aus meiner sanften Vorstellungskraft. Die Farben. Das Licht. All die wilden Gefühle. Ja, es gab Gründe, weshalb ich mich nicht selbst angezeigt hatte, und Adrien verstand das. Es war unmöglich, aber dieser Fremde verstand mich.

»Und da ist ja auch noch deine Gabe«, fuhr er fort. »Dass du Dinge bewegen kannst, allein mit der Kraft deiner Gedanken. Telekinese. Jemand wie du ist uns bis jetzt noch nicht untergekommen.«

Ich spürte, wie sich meine Augen weiteten. Er konnte das nicht wissen. Es war unmöglich. Was mir vor Sekunden noch als tiefe Verbindung zwischen uns erschienen war, kam mir nun vor wie reines Kalkül. Er musste ein Überwacher sein. Dies war eine Falle. Hektisch schaute ich mich um.

»Ich weiß nicht, was du meinst«, behauptete ich, um Zeit zu gewinnen.

Panik stieg in mir auf. Mein Kopf füllte sich mit einem immer stärker werdenden Summen, und ich versuchte, nach meiner Gabe zu greifen, welcher Art auch immer sie sein mochte, um mit ihr die Tür zu schließen. Doch ich war viel zu durcheinander.

Als ich wieder aufblickte, sah ich, dass er mich aufmerksam musterte. Dann stutzte ich plötzlich, wegen etwas, was er eben gesagt hatte: »Wer ist *wir*?«

Er lächelte. »Du bist nicht die Einzige, die eine Gabe besitzt, Zoe. Es gibt noch andere.«

Ich horchte auf. *Andere.* Andere wie mich. Das bedeutete … ich war nicht allein?

Adrien seufzte und hob die Hände, als wolle er sich ergeben. »Bitte. Ich würde dich gern zu ihnen bringen, aber ich kann keine schreiende und um sich tretende Zoe zu ihnen zerren. Erstens würde man uns sofort erwischen, und zweitens würde ich dir so was nie antun. Du stehst jetzt nicht mehr unter der Kontrolle des *Links.* Du hast deinen eigenen Verstand, und du kannst deine eigenen Entscheidungen treffen. Ich biete dir, was die Gemeinschaft dir niemals geben wird: eine Wahl.« Und damit trat er zurück.

Ich floh augenblicklich ein paar Stufen nach unten, um von der offenen Tür wegzukommen. Doch dann, trotz des Entsetzens, das ich empfand, brachten meine widerstreitenden Gedanken mich dazu, stehen zu bleiben. Ich blickte zu Adrien hoch, versuchte, mich durch den Wirrwarr dieser chaotischen und so neuen Vorstellungen zu kämpfen.

Andere wie ich. Das hörte sich zu gut an, um wahr zu sein. Die Gedanken wirbelten durch meinen Kopf, so schnell, dass der eine schon begann, wenn der andere noch nicht zu Ende gedacht war.

Konnte ich Adrien vertrauen?

Er holte tief Luft. »Komm mit mir. Hier in der Oberwelt gibt es noch andere Menschen mit einer Gabe, frei und wirklich und *lebendig*. Ich bin einer von ihnen. So habe ich auch von deinen Bildern erfahren. Du zeichnest die Welt, wie du sie gern hättest. Ich weiß von dem Bild, das du gestern gezeichnet hast, das Porträt eines Jungen – dein Bruder, nicht wahr?«

»Woher willst du …?«

Adriens Worte überschlugen sich beinahe. »Ich weiß, dass du ihn auf der Zeichnung so dargestellt hast, wie du ihn gern im wirklichen Leben sehen würdest. Der Ausdruck, mit dem er dich angeblickt hat, das war Liebe, nicht wahr? Du hast diesen Ausdruck auf sein Gesicht gelegt.«

Mir blieb der Mund offen stehen. »Wie kannst du das wissen?«

»Das ist meine Gabe. Ich kann kurze Blicke auf die Zukunft erhaschen.«

Ich blinzelte, versuchte, die Bedeutung seiner Worte zu begreifen. Alles, was er sagte, war unmöglich. Alles, was heute geschehen war, war unmöglich. Dieser Junge, der vor mir stand, sollte genauso anormal sein wie ich? Die Oberwelt sollte sicher sein? Er sollte in die Zukunft sehen können?

Das war verrückt. Und dennoch, ich selbst vermochte Gegenstände allein durch meinen Willen zu bewegen –

das war genauso unmöglich. Und er hatte das Bild, das ich gezeichnet hatte, richtig beschrieben. Wie konnte er so viel über meine Gefühle wissen, wenn er nicht die Wahrheit sagte?

»Wenn du in die Zukunft blicken kannst, dann sag mir, was passieren wird, wenn ich nicht mit dir gehe.« Meine Stimme zitterte, und ich musste mich gegen die Betonwand lehnen, um Halt zu finden.

»Ich weiß es nicht«, stieß er hervor und rieb sich die Augen. Zum ersten Mal wirkte er unsicher. »Ich lerne immer noch, wie weit meine Gabe reicht. Ich habe nicht gesehen, was als Nächstes geschieht, aber ich hoffe trotzdem, dass du mit mir kommst. Der Widerstand wird für deine Sicherheit sorgen.«

Ich schaute hinauf in sein Gesicht, sah das dichte braune Haar, das auf die vorgeschriebene Länge geschnitten war und dennoch in alle Richtungen abstand, widerspenstig und rebellisch. Mein Blick glitt zwischen diesem Jungen mit den eindringlichen blaugrünen Augen und der offen stehenden Tür hin und her. Nach allem, was ich je gelernt hatte, war die Oberfläche lebensgefährlich, und die Dinge, die er behauptet hatte, waren schlicht unmöglich. Aber ich ahnte, dass er mit einem recht hatte: dass die Gemeinschaft uns belog, was den *Link* und den V-Chip betraf.

Welche anderen Lügen hatten sie uns noch aufgetischt? Und was würden sie tun, wenn sie herausfänden, dass ich es wusste?

»Zoe, dir ist klar, was sie mit dir machen, wenn du zurückgehst«, sagte er, als ob er meine Gedanken gelesen hätte. »Sie werden dich komplett durchchecken und dabei entdecken, dass du dich aus der *Verbindung* lösen kannst. Sie werden deine Gabe entdecken. Ich habe ein paar Leute gesehen, nachdem sie an ihnen herumexperimentiert hatten. Es war ein ziemlich grauenhafter Anblick.« Seine Stimme brach. Dann schüttelte er den Kopf und blickte auf die Anzeige auf seinem Arm. »Mist, uns läuft die Zeit davon.« Ein flehender Ausdruck trat auf sein Gesicht. In der Ferne, irgendwo auf der Oberfläche, war ein schwaches Rumpeln zu hören.

»Bitte, Zoe, lass uns hinausgehen. Komm mit mir.«

Er trat zurück und streckte eine Hand nach mir aus, zum zweiten Mal an diesem Tag. Eine Einladung. Die ich ablehnen konnte, wenn ich wollte.

Ich starrte seine Hand an, die Hand dieses kaputten Jungen, der so verrückte Sachen sagte. Ich saß in der Falle. Ich wusste, was mich erwartete, wenn ich zurückkehrte. Eine Untersuchung, die Aufdeckung all meiner Geheimnisse. Deaktivierung oder, schlimmer noch, eine Neuprogrammierung.

Ich musste plötzlich an jenen Jungen denken, der versucht hatte wegzulaufen, den Jungen, der mich in meinen Träumen heimsuchte – ich erinnerte mich an das Knacken seiner Knochen, mit dem seine Nase brach, als sie ihn zu Boden warfen. Ich blickte die Treppe hinunter, in die Dunkelheit, die nun schwach von dem Licht erhellt wurde, das durch die Tür fiel.

Es gab nur diese beiden Optionen: Entweder kehrte ich in die Gemeinschaft zurück, in dem sicheren Wissen, entweder deaktiviert zu werden oder dem *Link* nie mehr entkommen zu können. Oder ich wagte mich an die Oberfläche, wo ich entweder schnell in der vergifteten Luft sterben würde oder vielleicht doch die winzige Chance hatte zu entkommen.

Hinter Adrien erhaschte ich einen Blick auf die Oberwelt. Sie war so hell, und zunächst nahm ich nichts anderes wahr als das Licht, aber dann fand mein Blick in der Ferne etwas von Menschen Gemachtes – ein Gebäude, das groß und stabil erschien und ganz bestimmt keine Ruine war.

Bevor ich meine Meinung wieder ändern konnte, nahm ich Adriens Hand und sagte: »Dann lass uns gehen.«

5. KAPITEL

Adrien nahm seinen grauen Rucksack ab und wühlte darin herum.

»Was tust du da? Ich dachte, wir würden verschwinden.« All mein Mut würde mich wieder verlassen, wenn wir nicht bald hier herauskämen.

»Eins müssen wir noch erledigen. Ich mache es zuerst bei mir selbst, damit du zuschauen kannst.« Er wirkte wieder so gelassen, als hätte er alles unter Kontrolle, als sei er sich seiner selbst ganz sicher. Er zog ein Gerät aus Metall heraus, ungefähr so lang wie ein Stift, aber anders als das mit den Nadeln.

Von unten aus der Dunkelheit drang ein dumpfes Geräusch herauf. Wir standen da, unsere Blicke verschränkt, und versuchten, ganz ruhig zu atmen. Die Tür zur Oberfläche stand offen. Falls jemand kam, würde er das Licht sehen und wissen, dass hier etwas Anormales vor sich ging. Ich war froh, dass mein Herzmonitor deaktiviert war, und der Ausdruck auf Adriens Gesicht verriet, dass auch sein Monitor irgendwie stillgelegt worden sein musste.

Ich keuchte überrascht auf.

Adrien legte eine Hand über meinen Mund, die Augen vor Furcht geweitet, als er nach unten starrte.

»Pst!« Er sah mich an, eindringlich und lange, bevor er seine Hand wieder wegnahm. Er hielt sich dicht bei mir, und ich spürte an den Bewegungen seiner Brust, wie er sein Atmen verlangsamte.

Ein paar Augenblicke vergingen, dann schien Adrien überzeugt zu sein, dass es kein Mensch war, der sich uns näherte. Er nahm den Stift in seine Hand und jagte ihn sich in den Arm, dicht über dem Kommunikator.

»Was machst du da?«

Ein dünner Blutsfaden sickerte aus der Stelle, wo er den Stift in seine Haut gestochen hatte. Adrien drückte auf einen Auslöseschalter, und ein winziger metallener Chip fiel klirrend auf den Boden.

»Den verdammten Peilsender loswerden«, flüsterte Adrien. »Jetzt bist du dran. Gib mir deinen Arm.«

Ich schaute zur Tür. Nun, wenn ich ihm genug vertraute, um mich mit ihm nach draußen an die Luft zu wagen, dann konnte ich ihm auch dabei vertrauen. Ich hielt ihm meinen Arm hin, kniff die Augen zusammen und biss mir fest auf die Lippen, um nicht aufzuschreien, doch ich spürte nur einen kurzen Schmerz, dann war es schon vorbei.

»Fertig. Alles klar?« Er ließ seine Hand noch auf meinem Arm liegen.

»Alles klar«, erwiderte ich und versuchte, meine Panik nicht allzu deutlich in meiner Stimme durchklingen zu lassen.

Und bevor ich noch mehr sagen oder es mir gar anders überlegen konnte, zog Adrien mich hinter sich her, und wir traten durch die Tür ins Freie.

Das Licht war schockierend und schmerzhaft hell. Während der ersten Schritte schloss ich ganz fest die Augen und stolperte hinter Adrien drein.

»Hier, setz die auf.« Er reichte mir eine Brille, wie wir sie in Chemie trugen, doch diese hatte dunkle Gläser.

Ich nahm sie dankbar und setzte sie auf. Als ich dann wieder die Augen öffnete, tat das Licht mir nicht mehr weh. Adrien zog mich weiter, und nach ein paar Momenten, als ich mich an die Helligkeit gewöhnt hatte, konnte ich mich endlich umsehen.

Alles war so offen. Es gab so viel Raum.

Riesigen, entsetzlich offenen Raum, der nur von gewaltigen Gebäuden durchbrochen wurde, die sich nach oben reckten.

Das war alles, was ich sah: Gebäude aus Beton und so viel freier Platz. Die Luft war warm und feucht. Sie fühlte sich schwer an, wenn ich sie einatmete. Und sie roch irgendwie falsch, doch ich fand nicht die richtigen Worte, um es zu beschreiben. Zu vieles strömte zu plötzlich auf mich ein, um es zu verarbeiten.

Wir passierten einen riesigen Platz, der in einen Gebäudekomplex eingebettet war, und ich konnte gar nicht aufhören zu starren. Nirgendwo entdeckte ich Menschen, aber hier herrschte keine Zerstörung: Dies waren nicht die tödlichen Ruinen, die ich in meinen Geschichtstexten gesehen hatte.

Ich hatte mein gesamtes Leben damit verbracht, von einem Raum zum anderen, von Tunnel zu Tunnel zu gehen. Gut, einiges bot mehr Raum, wie die U-Bahn-Stationen oder die Cafeteria, doch das war lächerlich im Vergleich hiermit. Unten berührte ich, wann immer ich die Hand ausstreckte, stets eine Wand, eine Decke oder einen anderen Bewohner. Hier oben streckte ich meine Hand aus und fand nichts.

Wir hielten uns dicht an den Mauern, bis Adrien mich in einen schmalen Durchgang zog, der mich an die Tunnel erinnerte, an die ich gewöhnt war.

Bis ich nach oben blickte. Abrupt blieb ich stehen und ließ Adriens Hand los.

Der Himmel.

Mein Atmen war nur noch ein angestrengtes Keuchen. Was hatte ich getan? Der Himmel war direkt über mir. Er war wunderschön und entsetzlich zugleich. Genau wie in meinen Albträumen machte er mich im einen Moment ganz schwindelig, als ob ich fliegen könnte, dann wieder hatte ich das Gefühl, er würde auf mich herabstürzen und meine Lunge zusammendrücken.

Oder lag das an den giftigen Stoffen, die ich ganz sicher eingeatmet hatte?

Ich legte eine Hand auf meine Brust und begann zu keuchen. Kaum hörte ich, dass Adrien meinen Namen rief.

»Zoe! Zoe, was ist los?«

»Ich krieg keine Luft«, brachte ich gerade noch heraus, bevor ich gegen die kühle, Halt gebende Wand eines Gebäudes sank und an ihr hinunterrutschte. Der Untergrund. Ich musste in den Untergrund zurückkehren. Ich griff mir an die Kehle, schnappte nach Luft.

Adrien kniete sich neben mich, legte seine Hände auf meine Schultern und lehnte seine Stirn gegen meine. »Zoe, du hyperventilierst. Wir können hier nicht bleiben. Versuch, dich zu beruhigen, und hol tief Luft. Komm schon, ich hab doch gesehen, wie du das tust, jedes Mal, wenn du glaubst, dass dein Herzmonitor gleich losgeht. Du bist ein Profi darin. Atme ganz langsam und beruhige dich. Wir haben unser Transportmittel fast erreicht.«

Er atmete im selben langsamen Rhythmus wie ich, und unsere Blicke ließen sich dabei nicht los. Allmählich hörte meine Lunge auf zu brennen. Ich ließ zu, dass er mich hochzog, und stolperte vorwärts. Ich versuchte, weiter zu atmen, doch die Luft war so warm und feucht. Es fühlte sich *falsch* an. Ich konnte es mir genau vorstellen: wie ich die unsichtbaren, giftigen Partikel einatmete und wie sie ihren Weg in meine Organe fanden.

Ich hielt den Blick auf den schmutzigen Asphalt unter meinen Füßen gerichtet, fiel in Gleichschritt mit Adrien und zählte mit. Bei jedem dritten Schritt atmete ich ein, bei jedem sechsten aus. Links, rechts, links, rechts, links rechts, links, rechts, links.

»Du machst das großartig, Zoe. Wir sind fast da. Weiter so. Hier ist schon der Transporter.«

Ich blickte hoch und sah, wie er die Tür eines schlanken weißen Transportgefährts öffnete. Ich hatte solche Fahrzeuge bereits in den *Link*-Nachrichten gesehen, aber natürlich noch nie in der Wirklichkeit. Entweder stieg man in abgeriegelten Tunneln in sie ein, oder Männer in Schutzanzügen benutzten sie.

Adrien schob mich auf den harten grauen Sitz und schloss die Tür hinter mir, dann ging er vorn um das Fahrzeug herum und stieg auf der anderen Seite ein.

Sobald wir im Wagen saßen, ließ meine Anspannung wegen der Giftgefahr ein wenig nach. Er schien gut abgedichtet zu sein. Ich hoffte, er besaß einen vernünftigen Luftfilter.

Adrien tippte auf ein Tastenfeld neben dem Lenkrad, dann sah er zu mir herüber. »Bist du bereit?«

Ich nickte, aber ich fühlte mich alles andere als bereit.

»Oh, dein Sicherheitsgurt«, sagte er und langte über mich hinweg nach irgendwas. Ich hatte keine Ahnung, was er da tat. Er war mir ganz nahe. Ich atmete ein, und er roch so … gut. Nicht so, wie gutes Essen roch, sondern gut auf eine andere Art. Ich schluckte, als ein Kribbeln durch meinen Körper zu wandern begann.

Adrien zog den Gurt über mich und befestigte ihn. Dann setzte er sich wieder richtig hin, und wir fuhren los.

Fasziniert und verwundert blickte ich nach draußen und versuchte, alles auf einmal in mich aufzunehmen. Mein ganzes Leben lang war ich mit der U-Bahn gefahren, doch das ließ sich überhaupt nicht vergleichen. Von der Bewegung des Fahrzeugs, dem schnellen Beschleunigen und Abbremsen wurde mir ein wenig flau – ganz zu schweigen von all den Dingen, die ich durch die Scheiben sah!

Die Oberwelt war voller geometrischer Formen, quadratische und rechteckige Gebäude, manche mit Dächern wie Dreiecke, die nach dem Himmel zu greifen schienen. Ich hielt meinen Blick vom Himmel abgewandt. Mir wurde übel vor Angst, wenn ich ihn anschaute, und so konzentrierte ich mich stattdessen auf die geraden Straßen und die Gebäude auf Augenhöhe. Alles war aus Beton, so grau wie meine Untergrundwelt, doch gelegentlich blitzte Grün dazwischen auf: Unkraut, das zwischen dem Beton wuchs, manchmal Bäume und wuchernde Büsche an den Straßenrändern.

Insgesamt wirkte alles sauber. Die asphaltierte Straße, auf der wir fuhren, war glatt und eben. Die Gebäude schienen gepflegt zu sein. Funktionsfähig, genau wie Adrien es behauptet hatte.

Und doch wirkte alles merkwürdig verlassen. In meiner Welt, unten, drängten sich die Menschen. Geordnet, aber sie drängten sich. Der einzige Ort, an dem man dem Gedränge entkommen konnte, waren die winzigen funktionalen Wohneinheiten, doch selbst dort konnte ich nur in meinem bloß wenige Quadratmeter großen Zimmer wirklich allein sein. Ich konnte die Weite und Leere der Oberwelt einfach nicht begreifen. Die hohen Gebäude ragten wie unebene Zähne nach oben. Eine Albtraumlandschaft, grausam und wenig einladend.

Ab und zu begegneten wir anderen Fahrzeugen, doch die Scheiben der Wagen waren so dunkel getönt, dass man die Leute im Inneren nicht erkennen konnte.

Jedes Mal, wenn eins der Autos an uns vorbeifuhr, umklammerten Adriens Hände das Lenkrad so fest, dass die Knöchel weiß hervortraten.

Ich hörte auf, nach draußen zu starren, und konzentrierte mich auf ihn. Ich hätte nicht sagen können, wie lange unsere schweigsame Fahrt bereits andauerte – zwanzig, vielleicht dreißig Minuten? Adriens Gesicht wirkte angespannt, fast schon leer. Einen Moment lang sah es so aus, als wäre er mit dem *Link* verbunden, doch dann bemerkte ich, wie er auf seiner Unterlippe kaute.

Er war nervös. Dabei war er mir von dem Moment an, als er in den Raum des Beamten gestürmt war, so voller Selbstvertrauen erschienen. Umso seltsamer war es, ihn nun so ängstlich zu sehen.

Vielleicht hätte ich nicht mit ihm gehen sollen. Vielleicht hatte er die Übersicht verloren über das, was er tat. Was wusste ich schon von ihm?

»Befindest du dich in einem angemessenen Zustand?«, erkundigte ich mich schließlich. Meine Stimme klang in dem kleinen Fahrzeug extrem laut.

»Was?« Er sah mich an, als hätte er vergessen, dass ich auch noch da war. »Ja, mir geht's gut. Tut mir leid. Ich bin nur etwas nervös. Ich mag es nicht, in so offenem Gebiet zu sein.«

»Ich auch nicht«, erwiderte ich. »Hier ist überall so viel freier Raum.« Ich wagte es, durch die Scheibe einen Blick nach oben zu werfen, wich aber schnell wieder zurück. »Alles ist zu *groß*.«

Adrien lachte. »Nein, *diese* Art von Weiträumigkeit mag ich. Ich habe mich in den letzten Wochen so eingeengt gefühlt. Ich hasse es, unter der Erde zu sein und die Sonne nicht sehen zu können. Und es ist auch so verdammt kalt da unten. Ich begreife nicht, wie ihr das aushaltet.«

»Aber du hast doch gesagt …«

»Ich mag es nur nicht, auf Straßen zu fahren, von denen ich weiß, dass sie überwacht werden. Ich komme mir dann so ungeschützt vor. Dabei hat unsere Flucht gut geklappt, und dieses Fahrzeug wirkt von außen ganz offiziell. Also sollten uns ihre Satellitenkameras keine Probleme bereiten. Der Widerstand …« Er blickte mich an und lächelte. »Entschuldige, ich sollte dir wirklich einiges erklären, während wir weiterfahren. Mit ›Widerstand‹ meine ich unsere Widerstandsgruppe. Na ja, jedenfalls meiden wir meistens die Städte, deshalb kommt es mir ziemlich verrückt vor, hier in aller Öffentlichkeit die Straßen entlangzusausen.« Wieder schaute er mich an. »Aber du musst dir deshalb keine Sorgen machen. Ich habe schon früher Operationen in der Stadt ausgeführt.«

Einen Moment lang starrte ich ihn mit offenem Mund an, dann schüttelte ich den Kopf. »Dir ist doch klar, dass nichts von dem, was du sagst, einen Sinn ergibt?«

Er lachte erneut, und sein Lachen klang ganz anders als das des Beamten. Es klang nett. Trotz all der Gefühle und neuen Empfindungen, denen ich jetzt ausgesetzt war, wurde mir bei seinem Lachen innerlich ganz warm.

»Ich bin noch nie jemandem wie dir begegnet …« Ich hielt inne, suchte nach dem passenden Wort. »Jemandem, der so …«

Adrien hielt den Blick nach vorn gerichtet, doch er griff nach meiner Hand und drückte sie. »Du bist nicht die Einzige, Zoe. Du bist nicht länger allein.«

Er zog seine Hand zurück und legte sie wieder aufs Lenkrad, doch seine Berührung hatte eine seltsame Wärme auf meiner Haut hinterlassen. Erstaunt fuhr ich mit dem Finger über diese Stelle.

»Kannst du gleichzeitig reden und lenken?«, wollte ich wissen. »Weil ich nämlich gern einige von diesen Antworten hören würde, die du mir vorhin versprochen hast.«

»Bald«, meinte er. »Wir kommen nämlich gleich an den Checkpoint. Und außerdem«, wieder schaute er zu mir her, »kann das meine Mom viel besser erklären als ich.«

»Deine Mutter? Soll das heißen, sie ist nicht…«

»Nein, sie ist kein *Link*-Zombie.«

Ich war verblüfft. Ich hätte mir niemals auch nur die Möglichkeit vorstellen können, dass es Eltern gab, die unverbunden waren. Ich sah aus dem Fenster, aufgewühlt und irritiert von dem, was ich empfand. Dies war eine Emotion, für die ich keinen Namen hatte. Meine Augen brannten, und ich wollte sie reiben, doch als ich meine Hand hob, wurden meine Finger feucht. Es ging alles viel zu schnell. Ich schaffte es nicht, all diese verwirrenden Dinge zu entschlüsseln, denn während ich noch über eine Sache nachdachte, brach schon die nächste über mich herein.

»Was ist mit deinem Vater?«, erkundigte ich mich.

Ich wusste, es gab dringendere Fragen, aber ich war immer noch zu verblüfft von der Vorstellung, dass es Eltern gab, die frei vom *Link* waren. Wenn Bewohner erst einmal das Erwachsenenalter erreicht hatten und ihnen der letzte V-Chip implantiert worden war, vermochten sie der *Verbindung* nie mehr zu entrinnen. Ihr Leben bestand dann nur noch aus ihrer Arbeit für die Gemeinschaft, Tag und Nacht, so lange, bis ihre Körper unproduktiv wurden und man sie deaktivierte. Eltern, die dem *Link* entkamen, waren ein Ding der Unmöglichkeit.

»Er starb, als ich noch klein war«, erzählte Adrien. »Solange ich mich erinnern kann, hat es immer nur Mom und mich gegeben. Sie ist ziemlich eigensinnig.« Er warf einen Blick auf mich, und anscheinend fiel ihm auf, dass mich dieses Wort verwirrte. »Sie hat mich immer beschützen wollen. Mein Vater starb, während er einen Auftrag für den Widerstand ausgeführt hat. Deshalb hat sie es so verdammt gehasst, als auch ich vor ein paar Jahren begonnen habe, für die Rebellen zu arbeiten.« Er lachte auf.

»Und warum tust du es dann?«

»Wir sind unser ganzes Leben lang auf der Flucht gewesen. Ich kenne nichts anderes.« Er sah mich eindringlich an. »Ich muss also verdammt noch mal daran glauben, dass die Welt auch anders sein könnte. Dass wir sicher sein könnten und … frei.«

Ich nickte. *Frei.* Diese Idee war mir nicht vertraut, dennoch … ja, sie kam mir so richtig vor. »Frei« schien mir das perfekte Wort zu sein, um das zu beschreiben, wonach ich mich sehnte.

Plötzlich setzte sich Adrien aufrechter hin.

»Was ist?«, fragte ich.

»Wir sind am Stadttor.«

Ich blickte auf und sah, dass vor uns eine riesige graue Betonmauer aufragte. Die Straße führte geradewegs in einen Tunnel, der unter der Mauer hindurchlief, und als Adrien bremste und anhielt, entdeckte ich bewaffnete Wachen vor dem mächtigen stählernen Tor.

Adrien lachte nervös auf. »So, jetzt werden wir sehen, ob Mom es noch rechtzeitig geschafft hat, Kontakt zum Widerstand aufzunehmen. Wenn nicht, dürfte das ein verdammt kurzer Ausflug gewesen sein.«

6. KAPITEL

»Entschuldige«, sagte Adrien. Das Entsetzen musste auf meinem Gesicht deutlich zu sehen gewesen sein. »Ich bin sicher, sie hat die Jungs benachrichtigen können. Sie schaffen es immer, okay? Nichts, worüber man sich Sorgen machen müsste. Ich werde jetzt das Fenster öffnen, und du lässt einfach deine Sonnenbrille auf und hältst den Mund, während ich mit ihnen rede.«

Meine Finger zitterten, als ich unwillkürlich überprüfte, ob die Sonnenbrille auch richtig saß. Ich schloss die Augen, riss sie aber gleich wieder auf, als ich ein leises *Pling, Pling, Pling* auf der Windschutzscheibe hörte. Regen. Meine Brust schnürte sich zusammen, als ich an jenen Sturm dachte, der mir so große Furcht eingejagt hatte, als ich zum ersten Mal aus dem Link geglitten war. Was, wenn Adrien unrecht hatte und der Regen doch nicht ungiftig war? Es gab so vieles hier, was mich dermaßen in Angst und Schrecken versetzte, dass ich völlig fertig war.

Erst als Adrien meine Hand drückte, bemerkte ich, dass ich meinen Sitz so fest umklammerte, dass die Knöchel weiß hervortraten.

»Hey«, sagte er, »keine Bange, es wird schon klappen. Die Leute vom Widerstand organisieren so was ständig.« Dann ließ er mich los und drückte auf einen Knopf, der das Fenster öffnete.

Ein Mann in Grau näherte sich uns.

Die Wachen waren keine voll ausgebildeten Regulatoren, aber ich bemerkte, dass auch sie einige bionische Modifikationen aufwiesen. Wie etwa das metallene Sichtgerät, mit dem der Mann uns musterte und das seine obere Gesichtshälfte auf der linken Seite bedeckte. Er trug einen Helm und eine wetterfeste Uniform, aber keinen Schutzanzug und auch keine Atemmaske.

Ich schaute weg, als er sich zu uns beugte. Mein Herz hämmerte im Rhythmus des Regens, und mir kam es vor, als hörte ich die Regentropfen ebenso rhythmisch wiederholen: *Deaktiviere sie. Deaktiviere sie.*

»Zu welchem Zweck seid ihr unterwegs?«, wollte die Wache wissen und lehnte sich zum Fenster.

»Alpha Sechs Gamma Fünfzehn Annähern und Loslassen«, erwiderte Adrien und sprach jede einzelne Silbe sehr betont aus.

Der Mann richtete sich unvermittelt wieder auf, sein Gesicht wirkte absolut leer. Er machte eine Armbewegung, und das Tor glitt sanft zur Seite.

Adrien drückte den Knopf, um das Fenster zu schließen. Langsam fuhren wir los, in den Tunnel hinein.

»Was hast du mit ihm gemacht?«, flüsterte ich, nachdem wir das Tor passiert hatten. »Wieso hat er uns durchgelassen?«

»Leute vom Widerstand haben heimlich eine Art Schläfer-Programm installiert, und dies war der akustische Auslöser. Ich war nicht sicher, ob Mom ihnen meine Nachricht noch rechtzeitig weitergeleitet hatte, um die heutige Wache zu manipulieren. Aber offensichtlich hat es ja geklappt.«

»Wird er denn nicht merken, dass da irgendwas nicht stimmt? Oder einem der anderen Wachleute fällt etwas auf?«

»Nein. Das Programm löscht nicht nur seine Erinnerung an die letzten Minuten, sondern auch das Video auf seinem Erinnerungs-Stick, das das Sichtgerät aufgenommen hat. Er wird lediglich wissen, dass er sich an ein paar Minuten nur verschwommen erinnern kann.«

Ein Schauder überlief mich. Das Ganze erinnerte mich ein bisschen zu sehr an das, was der Beamte mir angetan hatte.

Ich blickte Adrien an. »Aber wie können diese Leute ihn – wie hast du es noch mal genannt? – manipulieren? Nutzen sie irgendeine Hardware dafür?«

Er konzentrierte sich aufs Fahren. »Nein, der Widerstand hat einen Weg gefunden, sich in Erinnerungsstrukturen einzuhacken. Damit haben wir sie ausgetrickst; es ist einer unserer größten Erfolge in letzter Zeit. Die vom Zentralsystem sind überzeugt, dass niemand extern ins *Link*-Netzwerk eindringen kann, aber wir haben eine Technik entwickelt, mit der wir ihren Systemschutz umgehen können, zumindest was die Beeinflussung von Wachen und Regulatoren betrifft.«

»Warum nur Wachen und Regulatoren?«

Da das Licht vom Tor her nur rund sechs Meter hereinfiel und es dann dunkel wurde, schaltete Adrien das Licht ein.

»Weil man bei ihnen bereits Unterprogramme installiert hatte, mit denen man ihre Erinnerungen auslöschen kann. Wegen einiger der grässlichen Dinge, zu denen sie die Regulatoren zwingen – es hat sie emotional beeinträchtigt.«

»Emotional?«

»Ja. Der V-Chip kann nicht die gesamte Menschlichkeit unterdrücken. Und manche Dinge sind einfach so, na ja…« Er schüttelte den Kopf. »So verdammt grausam, dass die Emotionen dermaßen stark werden, dass nicht einmal der V-Chip sie komplett auslöschen kann. Diese Gefühle haben einige Regulatoren aus dem *Link* gerissen, und glaub mir, du möchtest keinem Regulator begegnen, der ihrer Kontrolle entglitten ist. Also hat man eine ferngelenkte Löschfunktion eingebaut, die bestimmte Erinnerungen sofort wieder verschwinden lässt. Und darüber konnten wir sie hacken.«

Ich nickte im Dunkeln und stellte keine weiteren Fragen. Ich wollte nicht darüber nachdenken, was für Dinge Regulatoren taten, die so grauenhaft waren, dass es sie quasi aus dem *Link* warf, wie Adrien behauptete.

Der Tunnel war länger, als ich erwartet hatte – nicht dass ich tatsächlich in der Lage gewesen wäre, seine Länge abzuschätzen, als wir in ihn hineingefahren waren. Ich war so nervös, dass mir jede Sekunde wie eine Ewigkeit vorkam.

Wir hatten rund neunzig Meter hinter uns gebracht, als Adrien anhielt. Es war sehr dunkel hier in dem Tunnel, und das einzige Licht kam von den Scheinwerfern.

»Wieso hältst du?«, fragte ich und schaute mich nervös um, ob uns Wachen folgten.

»Weil wir hier aussteigen.« Er löste meinen Sicherheitsgurt, dann langte er über mich hinweg, um die Beifahrertür zu öffnen.

»Wieso steigen wir aus?«, flüsterte ich.

Er kletterte aus dem Fahrzeug, lief auf meine Seite herüber, öffnete die Tür noch weiter und hielt mir eine Hand hin. »Komm jetzt, wir müssen uns beeilen.«

Ich hörte, wie sich die Fahrertür öffnete. Ein Fremder stieg ein.

Furcht überflutete mich, doch es gelang mir, meinen überraschten Aufschrei zu unterdrücken.

Adrien griff nach mir, packte meine Hand und zog mich heraus und weiter in die Dunkelheit.

»Es ist alles in Ordnung. Das ist Brandon. Er wird den Wagen fahren, damit der Eindruck entsteht, dies sei ein normales Verwaltungsfahrzeug, das weiter zu seinem Ziel unterwegs ist. Falls jemand die Satellitenbilder checkt, wird er nichts Ungewöhnliches entdecken.«

»Und was ist mit den Kameras? Du hast doch gesagt, dass sie überall sind.« So schnell ich konnte, folgte ich ihm, fühlte mich selbst in diesem dunklen Tunnel ungeschützt. Die Luft in meiner Lunge war so schwer, als würde ich durch eine erstickende Decke atmen. Die Luft in den Fluren und Tunneln zu Hause war immer trocken – zu trocken, sodass Leute manchmal Nasenbluten bekamen –, eine weniger angenehme Folge der intensiven Luftfilterung. Zumindest hatte man mir das so erklärt.

»Mach dir nicht so viele Sorgen.« Adrien lachte. »Habe ich dir nicht gesagt, dass wir so etwas öfter durchführen? Sie haben auch die Kameras stillgelegt.«

Er blieb vor einer Metalltür stehen, die quietschte, als er sie öffnete. Innen leuchtete ein einzelnes Lichtpaneel, dessen Schein auf eine schmutzige Treppe fiel.

Bereitwillig trat ich durch die Tür, froh darüber, einen Weg zu nehmen, der nach unten führte, fort von all den in der Atmosphäre schwebenden Teilchen und dem entnervenden Regen.

Adrien führte mich die Treppe hinab und öffnete unten eine Luke, die in den Boden eingelassen war. Von dort ging es über eine Leiter weiter, hinunter in die Schatten.

»Du gehst als Erste. Ich komme gleich hinter dir, um die Luke zu sichern. Sieh zu, dass du dich gut festhältst.

Es ist ein langer Weg nach unten, und die Leiter kann rutschig sein.«

Ich nickte, traute mich nicht zu sprechen. Ich streckte meine Füße in die Dunkelheit, bis ich Halt auf einer Sprosse fand. Vorsichtig begann ich nach unten zu steigen, tippte auf meinen Kommunikator, um ein wenig Licht zu haben. Ich konnte lediglich die Leiter sehen und einen kleinen Bereich um mich herum. Ich schaute nach unten, doch nach ein paar Metern verschwand die Leiter in dichter Schwärze.

Sprosse für Sprosse kletterte ich hinab, versuchte, nicht daran zu denken, wie tief es hier in die Leere hinunterging. Es war kühler hier, doch es stank entsetzlich. Die Leiter war glitschig, als wäre sie mit Schleim bedeckt. Ich versuchte, nicht über die Auswirkungen von radioaktivem Schlamm nachzudenken.

Über mir auf der Leiter erklangen Adriens Tritte. Gerade als ich nach oben blickte, schloss er die Luke, und der letzte Lichtstreifen verschwand.

»Es geht ungefähr zwölf Meter nach unten«, rief er mir zu. Seine Stimme hallte. »Unten haben wir ein Depot, dort können wir uns dann Taschenlampen nehmen.«

Obwohl ich wusste, dass er das nicht sehen konnte, nickte ich und konzentrierte mich darauf, nicht von der glitschigen Leiter abzurutschen. Etwas spritzte auf, als ich von der letzten Sprosse trat.

»Was ist das auf dem Boden?«, fragte ich nervös und schwenkte meinen Arm mit dem Kommunikator, damit ich mehr erkennen konnte, doch der Boden erschien einfach nur schwarz.

Adrien stieg das letzte Stück herab und stand nun neben mir. Ich hörte etwas Metallisches klicken, dann wurde es hell.

»Oh!«, keuchte ich auf.

Wir standen in einem riesigen, kathedralenartigen Gewölbe mit bis zur Decke laufenden Stützbogen aus massivem Beton. Doch mehr als die Weite entsetzte mich das schmutzige Wasser, in dem ich gelandet war. Ich spürte, wie es meine Socken durchdrang. Riesengroße Ratten huschten weg vom Licht, und ich kreischte auf und flüchtete mich auf die unterste Sprosse der Leiter.

»Ich hätte dich gern gewarnt, aber ich war nicht sicher, ob du dann mitgekommen wärst.«

Ich starrte Adrien in dem schwachen Licht an. »Das scheint dir zur Gewohnheit zu werden, oder?«, flüsterte ich. »Beim nächsten Mal warn mich einfach.«

Er hob die Hände. »Okay, okay. Versprochen. Es ist ein bisschen gruselig hier unten, und es hat sich … nun ja … eine gewisse Nagerpopulation ausgebreitet. Aber gefährlich ist es hier nicht.« Er reichte mir ein Paar schwere, kniehohe Gummistiefel. »Zieh die an. Sie gehören neben den Taschenlampen zu unserem Vorrat hier unten.«

Ich schüttelte den Fuß, damit das Wasser aus meinem Schuh laufen konnte, und schlüpfte erst in den einen, dann in den zweiten Stiefel.

Adrien hielt mir eine Hand hin, und ich wagte es, wieder in das knöchelhohe Wasser zu treten. Es war schwarz und ölig, mit dichtem Schaum auf der Oberfläche. Und es roch entsetzlich, wie faule Eier und ranzige Butter zusammengemischt.

»Damit du auch Licht hast.« Adrien reichte mir eine schwere schwarze Taschenlampe.

Ich wischte mir die Hände an meiner Hose ab und nahm sie.

Der rechteckige Saal, in dem wir uns befanden, war

wirklich riesig, mit Betonstreben verstärkt und so hoch, dass ich die Decke kaum erkennen konnte.

Als wir ihn durchquerten, begriff ich, dass das, was mir als schwarze Kreise in der Wand erschienen war, in Wirklichkeit weitere Tunnel waren, die von hier abzweigten.

»Was ist das für ein Ort?«, fragte ich leise. »Bist du sicher, dass wir hier nicht in Gefahr sind? Keine Kameras?«

»Nein, nicht hier unten. Das ist ein alter Abwasserkanal, der bei starkem Regen auch als Flutkanal dient. Früher hat man ihn den ›Tiefen Tunnel‹ genannt. Er zieht sich über Hunderte von Kilometern durch das gesamte Stadtgebiet.«

»Und wieso habe ich dann bisher noch nie von ihm gehört? Ich meine, ich *lebe* unter der Erde.«

Adrien nickte. »In der Innenstadt hat man den größten Teil des alten Kanalnetzes entweder zerstört oder für die Infrastruktur der unterirdischen Stadt genutzt und ausgebaut. Diese Tunnel hier waren zu sehr durch Überflutungen gefährdet, deshalb hat man sie nicht einbezogen.«

Er machte ein Zeichen, dass ich weitergehen sollte, und ich folgte ihm, den Lichtstrahl meiner Taschenlampe auf den Boden gerichtet, damit ich sah, wohin ich trat.

Es stank so sehr, dass ich meinen Arm über die Nase legte. »Ich glaube, ich muss mich gleich übergeben.«

»Tut mir leid«, sagte Adrien. »Versuch einfach, nicht daran zu denken. Es wird besser werden, wenn wir erst einmal den zentralen Saal hinter uns gelassen haben.«

Ich nickte und folgte ihm und versuchte, keine platschenden Riesenschritte zu machen, sondern meine Füße so zu setzen, dass nicht viel Wasser aufspritzte. Als wir das Ende des Saals erreichten, spähte ich in die Rundungen, die wie große Münder in den Stein gefräst waren. Doch das Licht der Taschenlampe reichte kaum weiter als drei Meter in die Dunkelheit.

Adrien blieb stehen. »Hier ist der dritte Kanal auf der rechten Seite. Den müssen wir nehmen.« Er leuchtete auf einen Tunnel, der mindestens neun Meter im Durchmesser maß. Er trat hinein, und seine Stiefel ließen das faulige Wasser hochspritzen.

Ich folgte ihm, bewegte mich immer noch so vorsichtig wie möglich, um das Gespritze auf ein Minimum zu beschränken. Ich richtete meine Taschenlampe nach vorn, konnte aber lediglich den sich vor uns erstreckenden Tunnel sehen, bis er irgendwo nach links abbog.

»Wie weit müssen wir gehen?«

»Weit«, erwiderte Adrien. »Gut anderthalb Kilometer diesen Tunnel entlang, dann biegen wir in einen schmaleren ab, der zum Unterschlupf meiner Mutter führt.«

»Du kennst dich hier wirklich gut aus.«

»Ich bin quasi in den Tunneln aufgewachsen. Wir haben viel Zeit hier verbracht, als ich noch klein war, wenn oben in der Stadt Operationen durchzuführen waren. Manchmal ist eine Widerstandszelle aufgeflogen, und dann musste mich meine Mutter irgendwo verwahren, wo ich sicher war. Wie hier in den Kanälen. Immer mit einer Karte des Tunnelnetzes und einem Rucksack voller Vorräte, für den Fall, dass sie nicht zurückkäme.« Seine Stimme war zum Schluss immer leiser geworden.

»Adrien…« Ich empfand plötzlich so viel Mitleid für ihn – stellte ihn mir als kleines Kind vor, wie er ganz allein in der Dunkelheit kauerte –, aber ich fand nicht die richtigen Worte, um das auszudrücken. Dann dachte ich daran, wie er vorhin meine Hand drückte, als ich Angst hatte, und wie ich mich gleich besser gefühlt hatte.

Ich streckte meine Hand aus und ergriff seine.

Adrien schien von meiner Berührung überrascht.

»Danke. Ist schon okay.« Seine Stimme klang ein bisschen rau. »Ach, weißt du, das ist schon lange her. Egal. Du hast eben gesagt, dass du einen Berg von Fragen hast. Wir haben genug Zeit, also sag mir, was du wissen willst.«

»Einverstanden«, erwiderte ich und dachte nach. All die kleinen Teile an Information, die er hier und da eingestreut hatte, purzelten durch meinen Kopf. »Du hast gesagt, dass es den D-Day in Wirklichkeit niemals gegeben hätte. Aber wie ist es dann möglich, dass die Gemeinschaft alle so vollkommen täuschen konnte?«

Adrien schüttelte den Kopf. »Geschichte – das sind nicht nur Fakten. Geschichte ist das, was die Sieger behaupten, damit ihnen niemand die Macht entreißen kann. Die Wahrheit zu ändern, braucht Zeit. Doch je mehr Zeit vergeht, desto einfacher ist es, die Vergangenheit neu zu erfinden.«

»Und was *ist* die Wahrheit?«, fragte ich erbittert. »Was ist wirklich passiert?«

Er wich einem Brocken aus Schlamm und Dreck aus, der an der Wand klebte.

Ich verzog das Gesicht, aber wenigstens schien Adrien recht zu behalten: Es stank hier nicht mehr so schlimm. Ich wusste nicht, ob ich mich allmählich daran gewöhnte oder ob der Geruch in diesem Seitentunnel tatsächlich nicht mehr so fürchterlich war.

»Die Menschen der Alten Welt hatten bereits einige Zeit mit dem Gedanken gespielt, eine weltumfassende

Gemeinschaft zu bilden«, fuhr er fort. »Globale Unternehmen entstanden, und sie gewannen immer mehr Macht. Besonders die Community Corporation, ein mächtiges Technologie-Unternehmen mit guten Kontakten zum Militär. Den größten Durchbruch errangen sie, als es ihnen gelang, bionische Super-Soldaten zu erschaffen – technisch veränderte Menschen. Damals begriffen sie, welches Potenzial der V-Chip hatte.« Wieder schüttelte er den Kopf. »Soldaten. Irgendein durchgeknalltes Genie hatte erkannt, dass man mit dem V-Chip die Amygdala ausschalten kann.«

»Die Amygdala«, wiederholte ich und rief mir die Passagen aus meinem Lehrbuch ins Gedächtnis. »Auch Mandelkern genannt. Ein verkümmerter Bereich des Gehirns, genauso nutzlos wie der Blinddarm. Deshalb setzen sie den V-Chip ja genau dort ein, weil das die nötigen Gehirnprozesse nicht stört.«

»Noch eine Lüge«, sagte Adrien sanft.

Er führte mich um einen weiteren Haufen aus zusammengebackenem Dreck und Schlamm herum.

Ich bemerkte eine Bewegung in der Dunkelheit und schauderte. Ratten. Ich hatte noch nie zuvor Ratten gesehen. Ich hatte überhaupt noch nicht viele Tiere in meinem Leben gesehen, außer Fliegen, Mücken und manchmal Kakerlaken. Es gab auch keine fleischverarbeitenden Zentren in unserem Sektor.

»Die Amygdala ist wesentlich an der gefühlsmäßigen Bewertung von Situationen beteiligt und ermöglicht daher emotionale Reaktionen«, fuhr Adrien fort, der offensichtlich nicht bemerkt hatte, welche Wirkung die Ratten auf mich hatten. Oder er versuchte lediglich, mich abzulenken. »Doch der V-Chip dämpfte alle Gefühle, bis sämtliche Emotionen beseitigt waren. Dann weitete man den *Link* für militärische Zwecke aus, sodass Gruppen von Soldaten entstanden, die nicht länger Individuen waren, sondern eine unauflösliche Einheit, allesamt durch den *Link* mit einem einzelnen Commander verbunden. Denk das mal richtig durch«, fügte er hinzu und machte eine Handbewegung. »Mit einer Armee unter ihrem Kommando, mit Soldaten, die absoluten Gehorsam zeigten und weder patriotische Loyalität noch ein Gewissen oder Furcht kannten, hatte die Community Corporation plötzlich unglaublich an Macht gewonnen.« Er sah zu mir her. »Das war der Zeitpunkt, als sie begannen, den D-Day zu planen. Endlich konnten sie den Regierungen alle Macht entwinden und die Menschen massenweise mit dem V-Chip beglücken. Und die Massen stimmten bereitwillig zu.« Adrien lachte bitter auf und schüttelte den Kopf. »Der größte Gewinn, auf den ein Unternehmen zugreifen kann: unsere Gehirne.«

Ein Schauer lief über meine Arme, als mir langsam klar wurde, wie viel diese Leute aufgegeben hatten, und das alles wegen einer Lüge. Wie konnten sie bloß? Ich vermochte mir nicht vorzustellen, wie jemand freiwillig seine Freiheit, seinen Verstand aufgeben konnte, ohne dafür zu kämpfen. Fremdgesteuert, wie ich war, hatte ich bis jetzt nicht gewusst, was mir entgangen war, aber sie hatten in Freiheit gelebt! Sie wussten genau, wie viel sie verlieren würden.

»Menschen tun eine Menge Dinge, die keinen Sinn ergeben, wenn sie Angst haben«, erklärte Adrien, als ob er meine Gedanken gehört hätte. Seine Stimme war nun sanft, hatte den dunklen, bitteren Klang verloren. »Die Community Corporation behauptete, dass die Implantate, die sie herstellten, die Menschen gegen die Folgeschäden der Bomben schützen würden. Ich weiß, das ist völlig bescheuert. Doch Leute, die glauben, dass sie um ihr Überleben kämpfen, greifen nach jedem Strohhalm und stellen keine Fragen. Sie gingen zur Community Corporation und baten um Hilfe, und sie kamen alle mit dem V-Chip wieder heraus.«

Ein lautes Platschen hinter uns riss mich aus meinen Gedanken und brachte mich unvermittelt in die Gegenwart zurück. Ich blieb stehen und wirbelte herum, leuchtete mit meiner Lampe in die Dunkelheit.

Doch alles, was ich sah, war der Tunnel, der sich in unendlicher Schwärze hinter uns erstreckte.

»Werden wir verfolgt?« Erneut stieg Panik in mir auf.

»Keine Bange, das sind nur Ratten«, erwiderte Adrien.

Na großartig, *nur* Ratten. Ich schluckte unbehaglich und wandte mich wieder zurück. Der Kanal schien kein Ende nehmen zu wollen. Ich war an Tunnel gewöhnt, doch die Dunkelheit und die Geräusche und die fremdartigen Gerüche dieses Ortes machten mich nervös. Aber wenigstens war ich nicht allein. Doch dann dachte ich daran, wie Adrien sich hier als Kind zusammengekauert hatte, einsam und allein, und erneut schauderte es mich.

»Das ist verrückt«, sagte ich. »Ich habe mein ganzes Leben lang daran geglaubt, dass wir Überlebenden uns zu einer neuen Rasse entwickelt hätten. Einer überlegenen Rasse, weil wir unsere zerstörerischen Gefühle überwunden hatten. Und jetzt erwartest du, dass ich diesen grässlichen Albtraum glaube, nur weil du behauptest, dass es so ist?« Meine Stimme brach beim letzten Wort. Wasser lief wieder aus meinen Augen.

»Zoe«, sagte Adrien sanft, während wir weitergingen. Er sah mich an, und seine blaugrünen Augen schienen in dem schwachen Schein der Taschenlampe zu glühen. »Du weißt doch selbst seit einer Weile, dass da etwas nicht stimmt. Seit du angefangen hast, dich aus der *Verbindung* zu lösen. Du weißt, dass es nicht richtig ist. Die Beamten und Oberen haben euch alle zu Sklaven gemacht. Sie bestimmen, wie lange und wo ihr lebt, wo ihr arbeitet, wann ihr esst, wann ihr schlaft. Sie paaren euch mit genetisch passenden Partnern und erschaffen eure Kinder im Reagenzglas, und wenn ihr nicht länger produktiv und nützlich für sie seid, dann deaktivieren sie euch.« Mit der Hand, in der er die Taschenlampe hielt, unterstrich er seine Worte. »Ihr habt niemals eine *Wahl.* Ihr dürft nicht *denken.* Ihr kennt nichts als Arbeit. Sie lassen euch schuften, bis ihr kaputt seid, dann werdet ihr deaktiviert und in die Verbrennungsanlage geschmissen. Für die Gemeinschaft seid ihr nichts anderes als Hilfsmittel, keine menschlichen Wesen.« Seine Stimme wurde immer leidenschaftlicher, je länger er redete. Leidenschaft und ein inneres Feuer ließen sein Gesicht glühen, wie ich es nie zuvor gesehen hatte.

Tief in meinem Inneren war etwas Neues erwacht. So, wie er es beschrieb, kam mir unser Leben ganz furchtbar vor. Es war unfair. Ich hatte es noch nie aus diesem Blickwinkel gesehen. Die tiefe Traurigkeit in mir wurde von Ärger verdrängt. Risse brachen auf, drohten alles zu sprengen, woran ich jemals geglaubt, was ich für unerschütterlich wahr gehalten hatte. Ich spürte, wie ich zu zittern begann.

Wieder platschte es laut hinter uns. Alarmiert schaute ich mich um. »Das klang näher als vorhin«, sagte ich und klammerte mich an Adriens Arm.

Er leuchtete mit seiner Taschenlampe. »Keine Angst, da kommen wohl noch mehr Ratten.« Doch obwohl seine Worte keine Besorgnis zeigten, klang seine Stimme gepresst, und die Muskeln in seinem Arm waren hart und angespannt. »Keine Angst«, wiederholte er, diesmal jedoch lockerer, und stieß spielerisch gegen meine Schulter. »Außerdem können sie die dicken Gummistiefel nicht durchbeißen.« Das Licht der Taschenlampe hüpfte über sein Grinsen.

»Besonders tröstlich ist das nicht«, sagte ich, doch ich erwiderte sein Lächeln.

Mir fiel plötzlich auf, dass ich immer noch seinen Arm hielt. Ich ließ los, überrascht, dass ich Adrien so selbstverständlich berührt hatte. In meiner normalen Welt berührte ich niemals jemanden, aber bei ihm erschien es mir ganz natürlich. Ich fragte mich, was mir noch »ganz natürlich« vorkommen würde, je länger ich vom *Link* losgelöst war. Es gab ganze Welten zu entdecken. Dieser Gedanke flößte mir ehrfürchtiges Staunen ein – *vielleicht ist es all diese Verwirrung doch wert.*

Eine riesige Ratte huschte an mir vorbei und stieß dabei gegen mein Bein. Ich schrie auf, als weitere vorbeirannten. Ich sah zu Adrien, dachte, er würde mir versichern, dass das normal sei und dass es nichts zu fürchten gäbe.

Doch sein Gesicht war angespannt, er wirkte alarmiert. Er leuchtete in den Tunnel hinter uns, und ich entdeckte eine kleine Armee von Ratten, große, fette Ratten, manche dreißig Zentimeter lang, die auf uns zukam.

»Verdammte Hölle!« Adrien packte mich am Arm und rannte los, zog mich ungelenk hinter sich her, bis ich meine Schritte seinen angepasst hatte. Wir waren beide gut in Form und rannten schnell, spritzten uns mit Wasser voll, doch die Ratten holten bald auf. Der Boden unter mir bewegte sich plötzlich, wurde unter meinen Füßen lebendig.

Ich rutschte aus und fiel mit dem Gesicht nach vorn ins Wasser. Widerliche Rattenleiber umgaben mich, kletterten über meinen Körper und verfingen sich mit ihren winzigen Pfoten in meinen Kleidern und Haaren. Fauliges Wasser spritzte mir in Mund und Nase. Ich schlug verzweifelt um mich und schrie voller Entsetzen, versuchte aufzustehen, wollte nur noch weg von diesem ekelhaft verfilzten Fell und dem Fiepen.

Ich kreischte und hörte die Panik in meinem Kopf summen.

Und plötzlich waren all die Ratten um mich herum fort. Ich blickte auf, um zu sehen, ob Adrien sie vertrieben hatte, doch stattdessen entdeckte ich zuckende Rattenkörper, die nach allen Seiten wegflogen, als ob ich im Zentrum einer Explosion gewesen wäre. Adrien hatte sich gerade noch rechtzeitig geduckt, um nicht ins Gesicht getroffen zu werden.

Die Ratten schlugen mit einer solchen Wucht gegen die Wand, dass ihre zuckenden Körper zerrissen wurden. Ich schrie bei diesem blutigen Anblick schockiert auf.

Adrien versuchte mich hochzuziehen. Der Ausdruck auf seinem Gesicht verriet mir, wie verblüfft er war. Hieß das, dass *ich* das getan hatte?

Doch ich hatte keine Zeit, darüber nachzudenken. Ich spuckte den Rest der ekelhaften Flüssigkeit aus und schaffte es nur mit Mühe, wieder sicher auf die Füße zu kommen, bevor wir erneut losrannten.

»Wir sind fast da!«, rief Adrien mir zu. Er hielt mich nun fest an der Hand, und als ich erneut ausrutschte, bewahrte er mich davor, noch einmal hinzufallen.

Immer noch umgaben uns Ratten, und sosehr ich es verabscheute, sie anzuschauen, musste ich doch auf den Boden achten, um sicher zu sein, dass ich nicht auf einen der zuckenden Körper trat.

Und nur deshalb fiel mir auf, dass das Wasser zu steigen begonnen hatte. Es kroch bereits bis zu meinen Schienbeinen hoch, und es war kein ruhiges, stehendes Wasser mehr. Eine starke Strömung war entstanden.

»Adrien!«, schrie ich. »Das Wasser!«

7. KAPITEL

»Ich weiß!« Adrien schrie gegen die kreischenden Ratten und das wirbelnde Wasser an, das uns inzwischen bis zu den Knien reichte. »Wir sind fast da, ich schwör's.«

Doch gleich darauf war es unmöglich geworden zu rennen. Wir wateten durch das Wasser, so schnell wir konnten. Adrien zerrte mich halb hinter sich her, als ich ausglitt und stolperte. Als mir die Taschenlampe aus der Hand fiel, hatten wir kaum noch Licht, aber wenigstens konnte ich mich nun mit beiden Händen an Adrien festhalten. Doch wenn auch er seine Lampe verlieren würde, wären wir zwischen all den Ratten in der Dunkelheit verloren.

Hinter uns hallte ein Donnern von den Tunnelwänden wider.

Adrien wandte sich um, und in dem schwachen Licht konnte ich erkennen, dass sich seine Augen vor Entsetzen weiteten.

Ich brauchte mich nicht umzuschauen, um zu erraten, was auf uns zurollte: eine Wand aus brodelndem Wasser, die durch den Kanal rauschte und alles mit sich reißen würde, was ihr im Weg stand. Auch uns. Falls wir nicht *augenblicklich* hier herauskamen.

»Schneller!«, schrie Adrien. »Dort vorn!« Er richtete den Strahl seiner Taschenlampe darauf.

Ich sah einen Tunnel, der in anderthalb Metern Höhe abzweigte. Er war frei von Wasser und lag zu hoch, als dass die Ratten hätten hinaufgelangen können. Ich wusste, wir wären in Sicherheit, wenn wir es nur schaffen würden, dort hochzukommen.

»Rauf! Nach oben! Los!«, brüllte Adrien und verschränkte die Finger zu einer Räuberleiter.

Ich packte seine Schultern, stellte einen Fuß in seine Hände und schwang mich in den Tunnel, drehte mich dann um, um Adrien hochzuziehen.

Aber es war zu spät. Gerade als ich ihn an den Armen packte, traf ihn die Welle, riss ihm die Füße fort und zerrte seinen Körper zur Seite weg.

Seine linke Hand rutschte aus meiner, und ich schrie auf, als das Wasser an ihm zog.

Ich lag auf dem Bauch und umklammerte sein Handgelenk auch mit der zweiten Hand, grub die Nägel hinein, für besseren Halt, damit die kräftige Strömung ihn mir nicht entreißen konnte.

Ich würde ihn *nicht* loslassen. Ich würde ihn nicht verlieren. Immer wieder schlug sein Körper gegen die Wand, wenn das Wasser aufwirbelte und gegen ihn krachte. Adriens Gewicht zog mich Zentimeter um Zentimeter nach vorn.

»Lass los!«, schrie er, bevor das Wasser erneut über ihm zusammenschlug.

»Nein!«, schrie ich zurück, aber ich spürte, wie er mir allmählich entglitt. Der brodelnde Fluss reichte inzwischen bis zur Einmündung meines Tunnels. Das Herz sank mir bis in die Zehenspitzen, als ich begriff, dass wir am Ende beide fortgespült würden.

Wasser schwappte in meinen Tunnel, und ich zog mit der letzten Kraft, die mir geblieben war. In meiner Verzweiflung begann ich unwillkürlich auch mit meinem Geist zu ziehen. Ich zog mit jedem Gedanken, mit jedem Stück von mir, das überleben wollte, mit jeder Hoffnung, jedem Traum und jeder Erinnerung, die das Leben lebenswert machten.

»Bitte!«, stieß ich durch zusammengepresste Zähne hervor, auch wenn ich nicht wusste, wen oder was ich gerade anflehte. »*Bitte!*« Und mit dem nächsten Herzschlag war mein ganzer Körper wie elektrisiert, erfüllt von Dringlichkeit und rasender Hitze.

Adriens Körper schoss plötzlich hoch, krachte gegen mich, stieß uns beide weiter in den Tunnel. Meine Arme und Beine waren ganz schwach von all der Anstrengung, und ich hatte das Gefühl, dass mir kein bisschen Kraft mehr geblieben war.

Doch Adrien war geistesgegenwärtig genug, um uns beide auf die Füße zu bringen und weiter in den Tunnel zu flüchten, bevor noch mehr Wasser eindringen konnte.

Der Kanal führte steil nach oben. Wasser lief uns entgegen, aber der Adrenalinpegel durch unser knappes Entkommen war hoch genug, um uns schnell voranzutreiben und auf dem glitschigen Boden nicht ausrutschen zu lassen. Wenn doch einer von uns stolperte, gab der andere ihm Halt.

Irgendwann wurde es heller – heller als nur vom Schein von Adriens Taschenlampe. Wir blieben stehen und blickten uns an, brachten ein schwaches Lächeln zustande. Dann beeilten wir uns weiterzukommen, bis wir eine kleine Plattform erreichten, von der eine Leiter nach oben führte.

»Du zuerst«, erklärte Adrien schwer atmend. Es war das Erste, was einer von uns seit einer ganzen Weile gesagt hatte.

Ich nickte. Ich war zu erschöpft, um mit ihm zu streiten. Meine Arme und Beine waren vor Überanstrengung vollkommen taub. Wasser lief auf meinen Kopf herab, doch toxischer Regen und Krebsgeschwüre waren mir jetzt egal – ich hätte allem getrotzt, nur um aus den Tunneln, diesen Todesfallen, zu entkommen. Selbst wenn das hieß, dass ich an die Oberfläche zurückkehren musste.

Ich kletterte die Sprossen hinauf, schaute immer wieder nach unten, um mich zu vergewissern, dass Adrien sicher hinter mir war.

Oben versperrte uns ein halb verstopftes Kanalgitter den Weg zur Freiheit.

Ich drückte dagegen, um es zu öffnen, doch es bewegte sich nicht. Immer wieder probierte ich es, doch jeder Versuch erschöpfte und frustrierte mich nur noch mehr.

»Rutsch ein Stückchen rüber und halt dich gut fest«, rief Adrien von unten.

Ich gehorchte, und er kletterte neben mich, wobei unsere Füße kaum nebeneinander auf die schmale Sprosse passten. Ich beging den Fehler, in den Abgrund unter uns zu schauen, und zwang meinen Blick schnell wieder nach oben.

»Bekommst du es auf?«, wollte ich wissen.

Adrien wirkte äußerst konzentriert, als er das Gitter an den Ecken abtastete. Dann griff er hinter sich.

»Verdammte Hölle«, fluchte er. »Ich habe meinen Rucksack verloren. Das Stemmeisen und der Schraubenschlüssel sind weg.«

»Und jetzt?« Ich versuchte, meine Panik nicht in meiner Stimme mitschwingen zu lassen. Ich mochte mir nicht vorstellen, dass wir wieder in die Dunkelheit und ins Wasser zurückkehren mussten, um einen anderen Ausstieg zu finden.

»Zoe, glaubst du, du könntest deine Kraft nutzen, um

das Gitter wegzudrücken oder wenigstens die Bolzen zu lösen?«

Meine Augen weiteten sich. »Ich weiß nicht… ich meine… Ich habe so etwas noch nie versucht.« Ich starrte den Gitterdeckel an. »Ich weiß nicht, ob ich genug Kraft dafür habe.«

Adrien lachte.

Ich sah ihn ungläubig an. Wie konnte er in dieser Situation noch lachen?

»Zoe, du hast vorhin meinen ganzen verdammten Körper aus dem strömenden Wasser gerissen. Du ahnst noch gar nicht, wie gewaltig deine Kraft in Wirklichkeit ist.« Seine Stimme klang nun sanfter, und er legte eine Hand auf meine Schulter.

Eine merkwürdige Wärme breitete sich in meinem Magen aus.

»Glaub mir. Ich habe es in meinen Visionen gesehen.«

Sein Gesicht war meinem ganz nahe, so nahe, dass ich es genau studieren konnte. Die schmale, gerade Nase, das lockige dunkle Haar, das nun so feucht war und aus dem Wasser auf seine Wangen tropfte.

Ich schluckte, und mein Herz raste. Ich wusste nicht, ob das ein Adrenalinstoß war, hervorgerufen durch seinen Vorschlag und seinen Glauben an mein Können. Oder ob es daran lag, dass sein Gesicht meinem so nahe war, nur Zentimeter entfernt, und weil er mich so eindringlich ansah.

Ich schüttelte den Kopf. Was stimmte nicht mit mir? Die Gefahr, deaktiviert zu werden, und dass meine gesamte Welt plötzlich auf den Kopf gestellt worden war, mussten mich wohl in eine Art Delirium versetzt haben.

»Ich werde es versuchen«, flüsterte ich und löste meinen Blick endlich von seinem. Dann wandte ich mich dem Gitter zu, schloss die Augen und versuchte mich zu konzentrieren, mich daran zu erinnern, wie es sich angefühlt hatte, als ich Adrien vorhin in den Tunnel zog.

Aber wie hatte ich das bewerkstelligt? Es war jedes Mal einfach so passiert, von ganz allein. Ich schuf mir ein Bild des Gitters und der Bolzen. Kniff die Augen fester zu, hob meine Hand zum Deckel. *Verschwinde.*

Ich stellte mir vor, wie das altersschwache Gitter und die Bolzen zu Rost zerrieselten.

Verschwinde. Verschwinde. VERSCHWINDE! Ich biss die Zähne zusammen, und Schweiß lief mir über die Stirn.

Komm schon! BEWEG DICH! Bitte!

Ich öffnete ein Auge. Nichts.

»Ich schaffe es nicht«, sagte ich enttäuscht. »Ich weiß nicht, wie ich es tun soll.«

»Ich weiß, dass du es kannst.« Unglaubliches Vertrauen in mich lag in seinem Blick. »Erschaffe dir in deinen Gedanken einfach noch einmal ein Bild von dem Gitter.«

Ich biss die Zähne zusammen und starrte auf die rostigen Bolzen, die den Gitterdeckel an seinem Platz hielten. Adrien hatte recht. Wenn ich ein kleines Kind vor einem herannahenden Zug retten konnte, dann konnte ich auch das schaffen. *Komm schon, Zoe!* Ich machte die Augen zu und versuchte es erneut. Doch sobald ich sie schloss, sah ich nur noch die Ratten und das bedrohliche Wasser. Ich hatte Angst, gleich vor Erschöpfung zusammenzubrechen. Es war hoffnungslos.

»Ich kann es nicht!«, rief ich schließlich. Ich umklammerte die Gitterstäbe und rüttelte ärgerlich daran, schrie meine Frustration heraus.

Adrien legte mir beruhigend eine Hand auf den Rücken. »Ist schon gut. Mein Fehler. Ich hätte dich nicht drängen sollen.«

»Aber wie kommen wir jetzt hier raus?« Ich war so sauer. Am liebsten hätte ich gegen irgendetwas geschlagen. Das Gitter schien mir da ein lohnendes Ziel zu sein.

»Nun ja…« Adrien hob die schwere schwarze Taschenlampe. »Vielleicht funktioniert brutale Gewalt. Diese verdammten Bolzen sind ziemlich verrostet. Dreh den Kopf zur Seite. Ich will dir nicht wehtun.«

Ich duckte mich und legte schützend einen Arm über meinen Kopf. Es war ganz schön laut, als die metallene Lampe gegen den alten Bolzen schlug – das Echo sprang hinab in den Tunnel. Und ich hoffte nur, dass wer auch immer sich auf der anderen Seite des Gitters befinden mochte, all diesen Lärm nicht hörte.

Es gab ein lautes »Plop«, und wir hörten etwas Kleines, Metallenes zu Boden fallen und wegrollen. Adrien stieß einen Freudenschrei aus. »Hab ihn!«

»Lass es mich auch versuchen«, sagte ich, eifrig, ebenfalls etwas Nützliches tun zu können. Ich fand den Knall, als die Taschenlampe gegen den Bolzen schlug, ausgesprochen befriedigend.

Während der nächsten Minuten lösten wir sämtliche Bolzen. Dann hob Adrien das Deckelgitter an und schob es zur Seite. Er kletterte hinauf, schaute sich um und streckte mir schließlich mit einem breiten Grinsen die Hand entgegen.

Wir befanden uns in der Einmündung einer Abflussröhre aus Beton, in der haufenweise Blätter lagen. Es war das Bunteste, was ich je gesehen hatte. Der Anblick machte mich ganz atemlos. Ich hielt inne, den Kopf aus dem Kanal gestreckt, und schaute mich um. Überall war so viel Grün. Fasziniert und verblüfft stellte ich fest, dass ganz in der Nähe Bäume und Büsche wuchsen.

»Gott sei Dank haben wir den westlichen Ausgangstunnel erwischt«, sagte Adrien. »Von hier ist es nicht allzu weit bis zu Moms Haus. Wir müssen in den Wald da drüben, dann sind wir sicher vor den Satellitenkameras. Wir haben's fast geschafft. Komm jetzt.«

Erst dann schien er den schockierten Ausdruck auf meinem Gesicht zu bemerken. Ich war wie erstarrt.

»Zoe, bist du okay?«

Ich konnte nur nicken, starrte sprachlos auf den Wald vor mir. Es gab so viele Farben, und die Luft bewegte sich, als ob sie lebendig wäre. Sämtliche Bilder, die ich von Bäumen gesehen hatte, waren blass und matt im Vergleich zur Wirklichkeit. Wir waren immer noch durchnässt, aber mir war nicht kalt. Die Luft erschien mir merkwürdig warm und feucht, fast schon erstickend.

Ich versuchte, tief einzuatmen, doch dann begann ich zu keuchen.

»Zoe?« Adrien wirkte besorgt.

Ich blinzelte, blickte mich immer noch um, versuchte einen tiefen Atemzug zu tun.

Adrien neigte den Kopf zur Seite und musterte mich eindringlich.

»So viel Grün. Kann nicht atmen«, sagte ich, während ich nach Luft schnappte. Warum hatte ich das Gefühl, dass keine Luft in meine Lunge kam?

Adrien war alarmiert, und seine Augen wurden schmal. Doch er packte mich am Arm und zog mich aus dem Schacht. »Okay. Lass uns losgehen. Wie ich schon sagte, lebt meine Mutter ganz in der Nähe. Du hast wahrscheinlich nur eine weitere Panikattacke. Versuch, dich zu beruhigen und gleichmäßig zu atmen.«

Ich blinzelte erneut. Schluckte. Meine Kehle fühlte sich rau an. Wasser stieg mir in die Augen. Ungeschickt wischte ich mir mit dem Handrücken über die Augen.

Adrien führte uns geradewegs zu den Bäumen und dem dichten Unterholz. Der Regen hatte sich zu einem Nieseln abgeschwächt, doch dicke Tropfen kalten Wassers fielen von den Bäumen und landeten auf unseren Köpfen.

Ich krümmte mich, legte die Hände auf meine Knie und versuchte, meine Lunge mit nur einem tiefen Atemzug zu füllen. Ein einziger guter Atemzug, das war alles, was ich brauchte. Wie lächerlich das schien – atmen war doch so einfach. Warum gelang es mir nicht?

»Zoe?« Adrien drehte sich um. Bestürzt betrachtete er mich.

Und dann begriff ich endlich, wich stolpernd zurück. »Du hast gelogen!« Ich zeigte mit dem Finger auf ihn. Versuchte zu schlucken. Mein Herz raste. Nach allem, was wir durchgemacht hatten, würde ich hier draußen in der giftigen Luft sterben, nur weil ich so verzweifelt diesem Jungen mit den hübschen blaugrünen Augen und seinem Versprechen glauben wollte, dass ich nicht allein sei.

Abwehrend hob Adrien die Hand. »Die Oberwelt ist nicht toxisch! Du scheinst lediglich eine Reaktion zu zeigen. Vielleicht ist es einfach bloß die Panik, dass du hier oben bist. Ich meine, du hast bis jetzt daran geglaubt, dass es dein sicherer Tod wäre, wenn du die Oberfläche betrittst… vielleicht ist es psychosomatisch.« Doch allzu überzeugt hörte er sich nicht an.

»Oder?« Ich wollte schreien, aber ich brachte nur ein Flüstern heraus.

»Ich weiß nicht«, sagte er ruhig. »Asthma vielleicht?

Lass uns weiterlaufen, zu meiner Mom. Sie wird wissen, was zu tun ist.«

Er packte mich am Arm, zog mich weiter.

Pflanzen und Äste schlugen mir ins Gesicht. Ich konnte nur daran denken, wie viele giftige Stoffe sich hinter dem üppigen Grün verbargen. Es war, als würden die Äste nach mir greifen, um meinen Hals zu umklammern, als wollten sie mich mit ihren weichen Blättern ersticken.

Meine Beine begannen sich anzufühlen, als seien sie aus Gummi, doch Adrien verringerte sein Tempo nicht. Ich stolperte über eine riesige, moosbedeckte Baumwurzel.

»Okay, hab dich.« Adrien fing mich auf. In seinen Augen schimmerte Furcht. »Du hältst dich großartig. Hör einfach auf den Klang meiner Stimme, ja? Wir gehen so schnell wie möglich weiter.«

Ich nickte, und er zog mich voran, ging weiterhin schnell, obwohl ich nur hinter ihm herstolpern konnte.

»Sind gleich da.« Seine Stimme klang merkwürdig, ein bisschen zu hoch, zu fröhlich. »Das Haus meiner Mutter ist ein kleiner Stützpunkt in diesem Teil des Sektors. Es liegt versteckt, weit genug von der Stadt entfernt, dass hier nicht patrouilliert wird.«

Ich wusste, er versuchte mich abzulenken, aber ich konnte nur noch daran denken, dass ich den Weg nicht länger zu erkennen vermochte. Meine Brust fühlte sich an, als ob man sie in einen Schraubstock gezwungen hätte, der sich bei jedem meiner Schritte enger zusammenzog. Das Atmen wurde immer anstrengender. Am liebsten wäre ich stehen geblieben, aber ich ertrug den Gedanken nicht, noch länger nach dieser Luft schnappen zu müssen. Ich brauchte Schutz, musste diesem Grün entkommen.

Adrien führte uns um einen breiten Baumstamm herum und wechselte dann die Richtung, wich schräg von dem Pfad ab, den wir gekommen waren. Hastig schob er einen dicken Ast beiseite, sodass wir weitergehen konnten.

Die Bäume tanzten nun und lachten mich aus. Sie beugten sich gefährlich in meine Richtung, dann bogen sie sich mit spöttischem Schwung zurück.

Adrien wandte sich um und musterte mich. Er gab sich keine Mühe mehr, seine Sorge zu verbergen. Wir liefen weiter.

Mein Körper fühlte sich so schwer an. Ich blieb stehen und legte eine Hand auf meine Stirn, rieb dann meine Augen. Zufällig drang ein Sonnenstrahl direkt in sie hinein, und mein Kopf schien zu explodieren. Irgendwas stimmte nicht mit meiner Zunge. Sie verstopfte meine Kehle.

»Zoe, ich kann das Haus sehen.« Adriens Stimme klang hohl und schien von weit her zu kommen, als steckten wir wieder im Tunnel.

Ich blickte ihn aus meinen geschwollenen Augen an. Um ihn herum glühte das Licht, und er schien zu schweben. Er war ein schimmerndes Wesen aus einer anderen Welt, breitete seine hauchdünnen Flügel aus und winkte mich herbei. Ich wollte mich in seine Umarmung fallen lassen. Wir würden fliegen, und weder der Sonnenschein noch der Himmel würden mir etwas ausmachen, wenn Adrien mich nur für immer hielt.

Aber als er mich ansah, wechselte sein Gesichtsausdruck von Hoffnung zu Entsetzen.

Ich versuchte, den Mund zu öffnen, doch meine Kehle

war vollkommen zugeschnürt, und ich brachte nicht einen Laut heraus. Ich langte nach seinen Flügeln aus Sonnenschein, die uns von hier wegtragen würden zu einem Ort, an dem wir die süßeste Luft atmen konnten.

Doch stattdessen flog ich ohne ihn, aber etwas war falsch daran, denn ich fiel, tiefer und tiefer und tiefer. Wie von fern hörte ich ein Krachen, als mein Körper auf den Boden schlug und alles um mich herum dunkel wurde.

8. KAPITEL

Meine Fingernägel gruben sich in meine Kehle. Ich glitt in einen Traum und wieder hinaus, Bilder blitzten vor meinen Augen auf. Adrien schrie. Der Junge aus meinen Albträumen rannte weg, wurde gejagt. Überall war Grün. So viel Grün.

Pst, Zoe. Sei still.

Der Körper des Jungen krachte in den Dreck, Blätter verfingen sich in seinem Haar – er drehte sich um und starrte die Regulatoren an, die ihn niedergeworfen hatten. Er sah genauso aus wie mein Bruder Markan. Er rief meinen Namen, als die Männer in Blau – künstliche Muskeln, angespannt in wilder Kraft unter den gepolsterten Overalls – seinen Kopf gegen den Boden schlugen, immer und immer wieder. Blut lief ihm übers Gesicht. Der Junge, der so aussah wie mein Bruder, blickte mich ein letztes Mal an, mit einem Ausdruck, den ich nicht zu enträtseln vermochte, dann wurde sein Kiefer schlaff, die Augen rollten nach hinten.

Markan! Das wollte ich doch nicht! Lauf, Markan, lauf!

Ein anderes Gesicht. Das einer Frau. Punkte aus flüssigem Grau blubberten am Rand meines Sichtfelds, wurden dann schwarz. Gedämpfte, beschwörende Diskussionen. Im einen Moment schwebte ich durch die Luft, im nächsten war ich von Wärme umhüllt. Etwas biss mich scharf ins Bein. Ratten. Ich war bedeckt mit

Ratten, die mich bissen, mich bei lebendigem Leib auffraßen! Ich wollte meinen Mund öffnen und schreien, doch ich konnte nicht. Warum halfen die Stimmen mir nicht? Die Ratten fraßen mich! Blut rauschte mit einem schrillen Summen in meinen Ohren.

Pst, Zoe. Sei ganz still.

Die Welt wurde wieder pechschwarz.

Meine Lider fühlten sich an, als würden sie tausend Pfund wiegen. Meine Kehle brannte, doch Erleichterung überschwemmte mich, als ich erkannte, dass ich ohne Schwierigkeiten atmen konnte. Ich wollte einen tiefen, tiefen Atemzug machen, doch dann zuckte ich zusammen, denn mein ganzer Körper war wund. Bei jedem Luftholen spürte ich meine schmerzende Lunge und wie empfindlich meine Rippen waren. Es tat weh zu atmen, doch wenigstens war ich wieder in der Lage dazu.

Geräusche wurden hörbar. Stimmen. Anfangs hatte ich sie nicht wahrgenommen, doch nun wurden sie sehr laut.

»Ich kann es einfach nicht glauben, dass du sie hierhergebracht hast, nach allem, was wir besprochen hatten. Willst du uns alle umbringen? Was habe ich dir immer und immer wieder gepredigt? Geh keine unnötigen Risiken ein!«

»Mom!« Ich erkannte Adriens Stimme. »Du hast nicht gesehen, was ich gesehen habe. Ich *musste* sie retten. Was hätte ich denn sonst tun sollen? Welchen Sinn haben meine Visionen, wenn ich nicht entsprechend handle?«

»Du sollst dich auf das große Ganze konzentrieren, Adrien«, sagte die andere Stimme. Es musste seine Mutter sein. »Es stehen zu viele Menschenleben auf dem

Spiel, um so impulsiv zu handeln. Wenn du deinen Auftrag verpatzt, dann bringst du uns alle in Gefahr. Das können wir uns nicht leisten. Es steht so viel auf dem Spiel, und das weißt du.«

»Wie kannst du nur so reden?« Adrien hieb heftig gegen irgendetwas, die Wand oder einen Tisch. »Verdammte Hölle, wofür haben wir all die Jahre gekämpft? Damit sich etwas ändert! Um die Oberen daran zu hindern, die Leute weiterhin wie Dinge oder Vieh zu behandeln statt wie menschliche Wesen.«

»Man hätte dich erwischen können«, zischte seine Mutter. »Unser sicherer Unterschlupf hier hätte entdeckt werden können. Es gibt gute Gründe für unsere Vorschriften! Und sie ist bloß irgendein Mädchen. Ich dachte, das hättest du begriffen, sonst hätte ich dich niemals gehen lassen.«

»Als ob du mich aufhalten könntest. Und du weißt genau, dass sie nicht bloß irgendein Mädchen ist.«

»Ja, klar. Sie hat im Schlaf fast das ganze Haus zerlegt. Sie ist vollkommen außer Kontrolle und viel zu gefährlich, um nützlich zu sein. Deine Visionen allein sind keine Rechtfertigung dafür, den Widerstand in Gefahr zu bringen.«

Adriens Mutter seufzte. »Seit du die erste Vision hattest, redest du ohne Unterlass von ihr. Das hat dein Urteilsvermögen beeinträchtigt. Du bist besessen von ihr – was du deinen Teenagerhormonen und deiner überbordenden Fantasie zu verdanken hast. Du erfindest Gründe, warum sie für uns so wichtig sein sollte! Sie ist nicht die Prinzessin, die im finsteren Schloss gefangen ist, und du bist nicht der strahlende Prinz, der sie befreit.«

»*Hör auf!*«, schrie Adrien. »Ich kann einfach nicht

fassen, dass du so etwas sagst! Die Leute vom Widerstand glauben mir jedenfalls, was sie betrifft. Ich bin verdammt noch mal kein kleines Kind mehr, und ich kenne den Unterschied zwischen Vision und Fantasie. Ich weiß, dass das, was ich gesehen habe, real ist.«

Ihre Antwort war ein hartes Lachen. »Ach, du bist kein Kind mehr? Dann hör auf, dich wie eins zu benehmen. Wenn ich das Epinephrin nicht hier gehabt hätte, dann wäre sie gestorben. Das ist dir doch klar? Und was wäre dann aus deinen Visionen geworden?«

Ich stöhnte laut auf. Wie ich gehofft hatte, verstummten sie. Dann hörte ich Stühle über den Holzboden schrappen und spürte Adriens kühle Hand auf meinen Fingern.

»Zoe, bist du wach?«

Ich nickte kaum merklich, dann zwang ich meine Augen einen Spalt auf. Ich sah den verschwommenen Umriss seines Kopfes. Adrien schob eine Haarsträhne zurück, die mir ins Gesicht gefallen war. Seine kühle Hand wirkte beruhigend. Mein ganzes Gesicht fühlte sich steif und ein wenig geschwollen an, als steckte ich in der Haut von jemand anders.

»Wa... was ist passiert?« Meine Stimme klang heiser. Meine Lippen waren zu groß, und ich hatte einen komischen Geschmack im Mund.

»Hier, trink etwas Wasser, wenn du kannst.« Adrien hielt mir ein Glas an die Lippen.

Langsam nahm ich einen Schluck.

»Zoe, du hast eine heftige allergische Reaktion gezeigt«, erklärte er. »Wahrscheinlich wegen der Pollen oder so. Wir wissen es noch nicht genau.« Er schluckte, und es arbeitete in seinem Gesicht, als er sich zu mir beugte. »Es tut mir so leid, Zoe.«

»Das konnte doch niemand ahnen«, sagte ich mühsam. Mein Mund fühlte sich ein bisschen besser an, nachdem ich an dem Wasser genippt hatte. Ich hob eine zittrige Hand und griff nach dem Glas, um noch einen Schluck zu trinken.

»Trotzdem.« Er schüttelte den Kopf und sah aus, als ob er ärgerlich auf sich selbst wäre.

Ich nahm einen weiteren Schluck und war endlich in der Lage, meine Augen ganz zu öffnen und meine Umgebung in mich aufzunehmen.

Wir befanden uns in einem kleinen, aber nicht beengt wirkenden Raum. Es war düster, und die mit Holz verkleideten Wände waren schmutzig. Fenster gab es keine. Ich war mir ziemlich sicher, dass wir uns unter der Erde befanden. Die Luft roch anders. Kühler, nicht so feucht. Ich lag auf einer abgenutzten Couch mit einem verblichenen Blumenmuster. Jemand hatte mir ein paar Kissen unter Kopf und Rücken gestopft, um mich zu stützen.

Ich trug frische graue Kleidung, und mein Haar war sauber, doch im Raum selbst herrschte ein fürchterliches Durcheinander. Sessel waren umgestürzt, Polster auf dem Boden verstreut. Mitten im Zimmer war ein Tisch umgekippt, eins der beschädigten Beine steil nach oben gereckt. Daneben, in einer dunklen Pfütze, lag ein zerbrochener Krug.

Ich hatte noch nie etwas gesehen, was nicht ordentlich und perfekt organisiert gewesen wäre. Dies hier war das komplette Chaos. Dann fiel mir wieder ein, was ich eben mit angehört hatte.

»Habe… habe ich das getan?«, fragte ich und zeigte auf das Durcheinander.

Adrien lächelte, wirkte fast ein wenig stolz. »Es war

schon beeindruckend. So etwas habe ich noch nie erlebt. Fast so, als befände man sich mitten in einem Tornado. Ehrlich, die anderen Begabten werden verblüfft sein, wenn sie dich kennenlernen.« Er hörte auf zu reden, als er den Ausdruck auf meinem Gesicht sah. »Mach dir deswegen keine Gedanken. Es ist nichts kaputtgegangen. Ist sowieso alles nur Müll.« Er schwieg einen Moment und zeigte dann auf die Frau, die im Schatten einer Ecke stand. »Das ist meine Mutter, Sophia. Sie hat die ganzen Allergene von deinem Körper gewaschen, also solltest du erst mal keine Probleme mehr bekommen. Du bist sicher.«

Sie trat einen Schritt vor, und nun konnte ich das Gesicht der Frau mit der ärgerlichen Stimme erkennen. Sie war ganz anders, als ich erwartet hatte.

Sie war dünn, das lange blonde Haar mit Grau durchsetzt und zu unzähligen dünnen Zöpfen gedreht, die ihr über den halben Rücken hingen. Ihre dunkle Haut zeigte nicht den Karamellton von Adriens, wirkte ledrig und ausgelaugt. Sie trug eine grüne Hose und ein ärmelloses Unterhemd. Ihre Augen blickten scharf, dann aber schien sich ein Schleier darüberzulegen, als ob sie müde wäre.

Ich nickte ihr zu, unsicher, was ich sagen sollte, und überlegte, ob sie ahnte, dass ich den größten Teil ihres Gesprächs über mich mit angehört hatte.

»Ich grüße dich«, sagte ich dann, unwillkürlich die übliche Redewendung der Gemeinschaft benutzend.

Sie zog eine schmale Augenbraue hoch. »Ich grüße dich«, antwortete sie ironisch, dann schüttelte sie den Kopf und verließ den Raum durch eine Seitentür.

Ich blickte ihr hinterher. »Sie hält nicht viel von mir.«

»Ignorier sie«, sagte Adrien. »Sie ist eben …« Er brach

ab, schaute ihr frustriert hinterher. »Na ja … eben meine Mom.« Er trat näher heran. »Egal. Ich bin froh, dass du wieder aufgewacht bist. Du hast mir einen höllischen Schrecken eingejagt. Du hast nicht mehr geatmet, und ich hatte solche Angst …« Er schüttelte den Kopf, als wollte er die Erinnerung vertreiben. »Gott sei Dank hatte Mom eine Spritze mit Epinephrin in ihrer Erste-Hilfe-Ausrüstung. Kannst du dich aufsetzen? Oder musst du dich weiter ausruhen?«

»Ich möchte mich hinsetzen.« Ich versuchte, mich mit meinen müden Armen hochzustemmen. Ich war erschöpfter als je zuvor in meinem Leben.

Adrien eilte zu mir und half mir, mich aufzurichten, ordnete die Kissen neu, sodass sie meinen Kopf stützten und ich ihn nicht aus eigener Kraft aufrecht halten musste.

»Glaubst du, du kannst etwas essen?« Er hielt mir einen Teller mit einem klein geschnittenen Butterbrot hin.

Ich griff gierig zu. Ich war kurz vorm Verhungern.

»Schmeckt prima«, sagte ich mit vollem Mund. Es kam mir vor, als hätte ich seit Tagen nichts gegessen.

Er lächelte und zog sich einen Stuhl heran, saß still da, während ich aß. Ich kaute bedächtig. Er war so freundlich, so besorgt um mich. Jemand, der mich verstand. Ich konnte meinen Blick einfach nicht von ihm abwenden. Von den ausgeprägten Gesichtszügen, der schmalen Nase, den dichten Augenbrauen. Und dann waren da auch noch diese kristallklaren Augen …

»Zoe? Stimmt irgendwas nicht?«, wollte er wissen.

»Nein. Ich schau dich einfach nur gern an.«

»Oh.« Röte stieg ihm in die Wangen, und ich überlegte, ob ich etwas Falsches gesagt hatte. Doch er lächelte plötzlich und beugte sich vor. »Ich mag es auch, dich anzuschauen.«

Ich lächelte ebenfalls, und es kam mir so natürlich vor. Mir gefiel es, dass er mich auf diese Weise ansah. Mir gefiel es auch, dass ich meinem Gesicht immer einen anderen Ausdruck geben konnte, ohne Angst haben zu müssen, dass ich beobachtet, erwischt und deaktiviert wurde.

»Also, wie gefällt dir unser Geheimversteck?« Adrien lachte. »In Wirklichkeit ist es ein alter Bunker. Bis jetzt hat die Community Corporation ihn noch nicht entdeckt. Mom und ich sind vor ein paar Jahren quasi darübergestolpert, und seitdem bleiben wir ab und zu eine Zeitlang hier.«

Er lehnte sich zurück, und während er sich im Zimmer umschaute, hob er die Arme und verschränkte die Finger hinter seinem Kopf. Das Shirt spannte sich dabei eng über seiner Brust, ließ erkennen, wie sich die festen Muskeln darunter bewegten. Er war drahtig, aber keineswegs dürr. Ich konnte seine Rippen sehen, wenn er tief einatmete, doch mein Blick glitt höher, zu seiner Brust, die breiter war und ausgeprägte Muskeln erkennen ließ. Seine Lippen kräuselten sich in den Mundwinkeln, als er bei einem Gedanken lächelte, der ihm gerade in den Sinn gekommen war. Während ich ihn beobachtete, hatte ich plötzlich wieder Mühe zu atmen.

Ich richtete meine Augen erneut auf Adriens Gesicht und war überrascht, als unsere Blicke sich trafen. Er zog einen Mundwinkel höher und lächelte breit.

Ich wandte mich schnell ab, versuchte, meinem Gesicht einen nichtssagenden Ausdruck zu geben. »Ich habe deine Mutter und dich reden hören. Über Visionen von mir. Was sollte das heißen?«

Er spielte mit den Enden einer Decke, die mir weggerutscht war. »Tut mir leid, dass du das mit anhören musstest. Sie kann verdammt brutal sein. Ich weiß, dass sie es gut meint, aber…« Er zögerte, musterte mich, als ob er etwas ganz anderes sagen wollte. Dann änderte er seine Meinung und schüttelte den Kopf. »Ja, ich hatte Visionen von dir. Manchmal helfen meine Visionen uns zu entdecken, ob jemand sich aus dem *Link* befreit, und dann auch, ihn zu finden, damit wir ihn herausholen können, bevor die Gemeinschaft ihn zerbricht. Du warst mein ›Auftrag‹ an der Akademie, und dann sah ich, dass du in Schwierigkeiten geraten warst. Es war ein Notfall, deshalb musste ich dich sofort herausholen. Es gibt immer ein Risiko, aber ich bereue es nicht, nicht eine Sekunde lang.« Sein Blick war eindringlich, doch dann schaute Adrien wieder weg. »Meine Mom ist… na ja, eine Mom. Sie macht sich Sorgen. Und sie ist immer nervöser als sonst, wenn wir auf diesem Weg zurückkehren. Sie ist ja schon so lange hier.«

»Hat sie immer zum Widerstand gehört?«

»Nein.« Adrien schüttelte den Kopf. »Sie ist so aufgewachsen wie du – unter V-Chip-Kontrolle, im *Link*.«

Meine Augen weiteten sich. »Wirklich? Und wie ist sie entkommen?«

»Sie fing an, sich aus der *Verbindung* zu lösen. Sie gehört zur ersten Generation, von der wir wissen, dass einige eine Gabe entwickelten. Doch das kam nur selten vor. Mein Dad…« Adrien sprach nicht weiter.

Ich konnte den Ausdruck auf seinem Gesicht nicht exakt deuten – es schien mir eine Mischung aus Stolz und Trauer zu sein.

»Der Widerstand hatte Informanten in die Schulen eingeschleust«, fuhr er fort. »Einem von ihnen fiel sie auf. Dad hat sie rausgeholt, und dann haben sie sich ineinander verknallt.«

»Verknallt?«

»Verliebt.«

Ich runzelte die Stirn. »Was hat ›verlieben‹ denn mit einem ›Knall‹ zu tun?«

Adrien lachte leise. Er richtete den Blick nach oben – mir war aufgefallen, dass er das häufig tat, wenn er nachdachte.

»Keine Ahnung«, erklärte er dann. »Man sagt das einfach so. Vielleicht, weil Liebe manchmal so plötzlich kommt und so heftig ist. Man kann ihr nicht widerstehen. Wie der Schwerkraft.«

»Liebe ist wie die Schwerkraft?« Ich versuchte, mit dieser verwirrenden Vorstellung klarzukommen. »Das hört sich irgendwie gewaltig an.«

Er lachte und nickte dann. »Ja, aber auf eine positive Weise.«

Ich war durcheinander. Ich hatte in den Archiven so vieles Verwirrende über Emotionen gelesen, aber Liebe war das verwirrendste Gefühl überhaupt.

Und dann spürte ich plötzlich Aufregung, als mir klar wurde, dass ich mit jemandem sprach, der tatsächlich all diese beunruhigenden Gefühle bereits erlebt hatte und mir helfen konnte, sie zu verstehen.

»Hast du jemals einen ›Knall‹ erlebt? Ich meine, dich *ver*knallt?«

Adrien lachte erneut, doch diesmal klang es anders, höher als sonst. Er rutschte auf seinem Stuhl hin und her. »Ich verrat's dir bei Gelegenheit«, sagte er.

Ich nickte. Vermutlich wussten die, die außerhalb der Gemeinschaft geboren worden waren, auch nicht immer alles.

Wir sagten eine Weile gar nichts, doch es war eine angenehme Stille. Normalerweise bedeutete Schweigen für mich, dass ich aus dem *Link* geglitten war, was wiederum hieß, dass ich von allen anderen getrennt und allein war. Doch dies hier war seltsam – ein Schweigen in Gemeinsamkeit.

Ich studierte Adriens Profil, sein schmales Gesicht, die Schatten unter seinen scharfen Wangenknochen. »Kannst du mir mehr über den Widerstand erzählen?«

Er sah mich an, ein leichtes Lächeln auf dem Gesicht. »Ich schätze, jetzt, da du hier bist, wirst du bald einige von ihnen kennenlernen. Und andere, die eine Gabe haben, so wie wir. Ein paar von uns wurden hier geboren, außerhalb der Gemeinschaft, andere entkamen. Es gibt viele, die sich hier draußen verstecken, auf unbewohntem Land oder in verlassenen Gebäuden, immer auf der Flucht. Nicht alle haben sich dem Widerstand angeschlossen. Mom und ich, wir waren auch eine Weile ganz auf uns allein gestellt. Sie wollte nichts mit dem Widerstand zu tun haben; warum, hat sie mir nie so genau gesagt. Vielleicht wegen meines Vaters. Oder weil sie eine Art Vision hatte.« Adriens Lächeln verblasste, als er zu der Tür blickte, durch die sie verschwunden war. »Egal, irgendwann hatte ich keine Lust mehr, immer nur davonzulaufen, statt zu kämpfen. Ich weiß gar nicht mehr, wann sich meine Gabe zum ersten Mal bemerkbar machte.« Er zuckte mit den Schultern. »Für mich sind die Visionen so, als wüsste ich, dass das Leben viel mehr für uns bereithält – dass es meine Aufgabe ist, mehr zu erreichen. Ich habe so vieles gesehen: Bewohner, die wie Sklaven in den Minen und auf den Arbeitsfarmen schuften müssen…« Adrien schauderte. »Ich wusste einfach, eine Gabe wie meine bedeutet… na ja…« Er blickte auf.

»Sie bedeutet, dass ich die Verpflichtung habe, sie zu einem guten Zweck einzusetzen.«

Ich wusste so wenig über die Welt, die er erlebt hatte, aber seine Gefühle sprachen etwas in mir an; es war wie ein plötzliches Wiedererkennen. Wärme breitete sich in meinem Inneren aus.

»Pflicht«, sagte ich und nickte. »Pflicht ist bedeutsam.« Dies war etwas, was uns in der Gemeinschaft beigebracht wurde. Und dann überspülte mich plötzlich eine Welle der Schuld. Gestern noch hatte ich gedacht, »Pflicht« würde bedeuten, dass ich mich selbst den Regulatoren auszuliefern hätte. Jetzt wusste ich nicht mehr, was ich denken sollte.

Adrien schien meine Verwirrung zu spüren. »Pflicht ist wichtig, wenn du dich für etwas engagierst, was deinen Einsatz wert ist«, bemerkte er.

»Aber wie erkenne ich den Unterschied?« Ich runzelte die Stirn. »Gut und schlecht sind sich manchmal sehr ähnlich.«

Er zuckte mit den Schultern. »Du musst immer wieder Fragen stellen, um mehr herauszufinden. Und dann einfach deiner Intuition folgen. Deinem Gewissen.«

»Gewissen?«

»Oh, ach ja.« Er klang überrascht, lachte auf. »Das sagt dir vermutlich nichts. Also, das ist, wenn man den Unterschied zwischen richtig und falsch kennt, zwischen Gut und Böse. Dein Gewissen ist der Teil in dir, der dich dazu bringt, Gutes zu wollen und anderen zu helfen.«

Ich sah ihn fragend an. »Es ist ein Teil von mir? Wo?«

Er lachte erneut. Es war ein warmes, herzliches Lachen, das mich mit Glück erfüllte. »Tut mir leid. Wahrscheinlich denkst du, dass ich inzwischen besser darin sein sollte, solche Dinge zu erklären. Normalerweise habe ich mehr Zeit, um jemanden, der sich aus dem Link gelöst hat, auf das Leben in der Oberwelt vorzubereiten. Aber immer, wenn ich in deiner Nähe bin, werde ich…« Adriens Gesicht nahm Farbe an, und er schaute weg. »Egal, dein Gewissen ist kein körperlich fassbarer Teil. Es ist einfach da, in jedem, oder sollte zumindest da sein. Es ist ein Teil von dem, was uns zu Menschen macht. Und manchmal kann man es sogar spüren. Genau hier.« Er streckte die Hand aus, ließ sie über der Stelle schweben, wo sich mein Herzmonitor befand, zögerte. Dann sah er mir in die Augen und ließ die Hand sinken.

Ich runzelte die Stirn. »Und was ist mit meiner Gabe? Wie ist die entstanden?«

Adrien rutschte ein Stück auf seinem Stuhl zurück. »Die einfachste Antwort ist: durch Evolution. So fange ich jedenfalls immer an, es zu erklären. Sie begannen, an unseren Gehirnen herumzupfuschen und all diese verdammte Hardware einzusetzen. Sie dachten, sie könnten so die totale Kontrolle über die Menschen erlangen. Aber sie vergaßen etwas: Einer der Grundsätze des Lebens auf unserer Erde ist« – seine Augen funkelten, als er sich wieder vorbeugte und verschwörerisch grinste – »dass Organismen sich anpassen. ›Plastizität‹ nannten es die Wissenschaftler der Alten Welt, die Fähigkeit, sich zu verändern. Grundsätzlich kann sich das Gehirn neu vernetzen, auch wenn wichtige Teile zerstört oder blockiert werden. *Evolution* ist vielleicht der falsche Begriff – es ist nicht so, als ob Menschen, die sich aus dem *Link* lösen können, eine neue Spezies wären. Sie sind lediglich hoch angepasst. Wir haben begonnen, Fähigkeiten zu entwickeln, mit denen wir ihre Programmierung umgehen können. Und so trickst neuronale Plastizität die Hardware aus. Trotz all unserer Technik – das Gehirn bleibt ein Wunder.« Er gestikulierte immer heftiger, je aufgeregter er wurde. »Wir haben es nie vollkommen verstanden. Vielleicht ist es etwas, was man gar nicht völlig verstehen kann. Es gibt immer noch so viele Rätsel. Nicht zuletzt jenen Teil, der uns Menschen so besonders macht« – er hob die Hände –, »aber dennoch unfassbar ist. Wie unsere Seelen oder die Psyche oder was auch immer es sein mag, was uns zu *uns* macht.«

»Seelen?« Ich zog die Augenbrauen hoch und konnte mir gerade noch eine spöttische Bemerkung verkneifen. »Wie in den barbarischen Religionen der Alten Welt?«

Adrien lächelte und zuckte mit den Schultern. Ein Teil seines Eifers schien wieder verpufft zu sein. »Ich weiß nicht. Aber du hast es auch gespürt, nicht wahr? Diese Gefühle – als ob dir die Brust zu eng würde, weil etwas so schön ist, dass es fast schmerzt.«

Mein Mund klappte auf, vor lauter Überraschung. Er hatte recht. Genau das hatte ich empfunden. Als ich zum ersten Mal Farbe sah oder als ich meinen schlafenden Bruder betrachtete.

»Was *ist* das?«, fuhr Adrien fort. Ein Ausdruck stiller Leidenschaft lag auf seinem Gesicht. Seine blaugrünen Augen fingen selbst das kleinste bisschen Licht im Raum auf und ließen es in tausend Funken zersplittern. »Schönheit und Glück sind etwas so Gewaltiges, dass man sie nicht in wissenschaftlichen Begriffen einfangen kann. Es ist etwas, was man früher vielleicht als Zauber bezeichnet hat.«

Ich saß einen Moment lang da, auf das konzentriert, was er gesagt hatte, löste meinen Blick nicht eine Sekunde von seinem. Ich war nicht in der Lage, Adrien in allem zu folgen, aber ich beobachtete, wie seine Begeisterung ständig zunahm – so etwas hatte ich noch nie erlebt. Ich hatte noch nie so viel Gefühl auf dem Gesicht eines Menschen gesehen. Es wärmte mich innerlich, weckte helle Freude in meinem Herzen. Es war, als ob es eine Verbindung zwischen uns gäbe, als ob er mich irgendwie *kennen* würde. Als ob er in mich hineingreifen und herausfischen könnte, was ich fühlte und dachte, um es in Worte zu fassen, es auf eine Weise auszudrücken, wie ich es noch nicht gelernt hatte.

Doch ich konnte ihm nicht in allem zustimmen. Bedauernd blickte ich Adrien an. »Aber Gefühle lassen sich auf elektrische Synapsen und chemische Reaktion reduzieren. Ist es nicht genau das, was der V-Chip uns bewiesen hat? Emotionen *sind* lediglich physikalische Prozesse. Dahinter steckt keine unsichtbare Seele.«

»Nun ja, trotz der kompletten Kontrolle von Synapsen und chemischen Reaktionen ist es deinem Geist gelungen, sich zu befreien.« Adrien strahlte mich an. »Damit, dass du das erreicht hast, Zoe, bist du der letzte Beweis dafür, dass wir so viel mehr sein können als bloß die Summe der Teile, aus denen sich unser Körper zusammensetzt. Irgendetwas in dir wollte nicht länger kontrolliert werden, musste sich einfach befreien.«

Ich konnte gar nicht anders, als bei so viel Begeisterung zu lächeln. »Was deine Theorie betrifft, bin ich zwar nicht hundertprozentig deiner Meinung, aber ich mag es, wie du darüber sprichst. Du lässt das Leben so – ich weiß nicht recht – so besonders erscheinen. Kostbar.«

Adrien grinste, und sein Blick fing meinen wieder ein, bis ich spürte, dass so etwas wie Elektrizität zwischen uns hin und her floss.

»Tut mir leid, wenn ich abgeschweift bin. Ich hab

sonst nie jemanden, mit dem ich über all das reden kann. Mom will meine Ideen nicht hören – sie sagt, es käme nicht darauf an, *warum* etwas passiert, sondern *dass* es passiert. Aber wenn ich mich mit dir unterhalte, erscheint mir das so … natürlich.«

»Auch wenn ich deiner Mom recht geben könnte?«

»Nein, du bist anders«, sagte er bestimmt. »Ich habe dich dabei beobachtet, wie du die Gefühle und die Welt um dich herum entdeckt hast. Ich meine, bevor ich die Visionen von dir hatte, habe ich mich nie …« Er brach abrupt ab. »Okay, jetzt laufen mir meine Gedanken davon. Mir ist schon klar, dass es für dich ziemlich verrückt und gruselig sein muss, dass ich dich in meinen Visionen gesehen habe. Es verletzt deine Privatsphäre. Tut mir leid.« Adrien senkte den Blick. »Es ist nur so: Je mehr Zeit ich mit jemandem verbringe, desto mehr sehe ich in meinen Visionen. Tut mir echt leid. Ich versuche, es zu kontrollieren.«

»Und du hast mich wirklich gesehen?«, fragte ich. »Du bist meinetwegen an die Akademie gekommen.« Noch während ich dies sagte, spürte ich, wie bei der Vorstellung Freude in mir aufstieg. Ich lächelte. Er war meinetwegen gekommen. Oder er war wegen meiner *Gabe* gekommen. Ich runzelte die Stirn. Das wäre die logische Erklärung.

»Tut mir leid.« Adrien senkte den Kopf. Er schien mein Stirnrunzeln falsch gedeutet zu haben. »Wie ich sagte, es ist gruselig. Die erste Vision von dir hatte ich vor mehr als einem Jahr. Du warst hier. Wir haben geredet, so wie jetzt. Verdammte Hölle!« Er schlug sich mit der Hand gegen die Stirn. »Es könnte genau dieser Moment jetzt sein, den ich gesehen habe. Ist das nicht erstaunlich?«

»Aber das war nicht der Grund, weshalb du an die Akademie gekommen bist, nicht wahr? Weil du gesehen hast, wie wir uns unterhalten ...« Ich versuchte, das nervöse Kribbeln in meinem Bauch zu unterdrücken. Darauf hatte ich gewartet, darüber hatte ich reden wollen, seit ich meine Augen wieder geöffnet hatte. Ohne den *Link* und seine ständigen Anweisungen fühlte ich mich verloren. Dieser Junge hatte mir zur Flucht verholfen, doch ich hatte nicht die geringste Ahnung, wie es jetzt weitergehen könnte. Er schon.

»Nein.« Adrien schwieg, und mir sank das Herz bis in die Zehenspitzen. »Ich hatte andere Visionen über die Zukunft, eine weiter in der Ferne liegende Zukunft – zumindest glaube ich das, weil du darin anders ausgesehen hast als jetzt. Ich habe gesehen, dass du ein wichtiges Mitglied des Widerstands werden würdest. Und nicht nur das ...« Er biss sich auf die Unterlippe. »Tut mir leid, ich weiß nicht, wie ich dir das beibringen soll, ohne dich zu beunruhigen. Ich bin mir nicht mal sicher, wie viel ich dir überhaupt von meinen Visionen erzählen soll – vielleicht würde es die Zukunft verändern, wenn du vorzeitig davon erfährst. Ich weiß bis jetzt nicht wirklich, wie das alles funktioniert.«

»Erzähl's mir einfach«, bat ich, und die Verzweiflung in meiner Stimme war nicht zu überhören. »Seit ich zum ersten Mal aus der *Verbindung* geglitten bin, komme ich mir so verloren vor, so verwirrt. Du hast gesehen, was ich vermutlich tun und was ich sein werde. Bitte. Du *musst* es mir verraten.«

Er schwieg von neuem, senkte den Kopf, sodass ich seinen Gesichtsausdruck nicht erkennen konnte, während er überlegte, wie viel er preisgeben sollte. Ich langte nach seiner Hand und berührte sie leicht.

Adrien sah hoch, und mir fiel auf, wie nah wir uns waren, dass jeder sich zum anderen geneigt hatte.

Ich blinzelte ein paarmal; mir war plötzlich ganz schwindlig, doch nicht so wie vorhin, als ich ohnmächtig geworden war. Ihm so nahe zu sein, seinem dunklen Gesicht, die wechselnden Schattierungen seiner blaugrünen Augen zu sehen, all das machte mich ganz zittrig und ließ mich dahinschmelzen. Auf eine angenehme Weise, anders, als wenn ich nervös oder ängstlich war. Auf eine wirklich wundervolle Weise.

So fühlte es sich an, mit einem anderen Menschen ohne den *Link* verbunden zu sein. Ich konnte dieses Gefühl nicht beschreiben, ich spürte nur, wie es hinter meinen Augen brannte. So fühlte es sich an, nicht allein zu sein. Adrien hatte recht – mir fehlten die Worte, um diese Emotion zu beschreiben. Es war etwas, wonach ich mich immer gesehnt hatte, obwohl ich gar nicht wusste, dass es existierte. Es war ein Mysterium, und es war wunderbar.

Meine Hand lag auf seinem Handgelenk, und ich ließ meine Finger seinen Arm hinaufgleiten, ohne darüber nachzudenken, was ich da tat. Der Stoff seines Shirts war so rau im Vergleich zu seiner Haut. Meine Finger wanderten zu seiner Schulter und weiter zu der weichen Haut an seinem Hals. Ich spürte, wie sie wärmer wurde, wie sich sein Puls bei der Berührung meiner Fingerspitzen beschleunigte. Wie er in einer Weise reagierte, die nicht das Geringste mit Logik und programmierten elektrischen Impulsen zu tun hatte.

Ich machte weiter, beeindruckt von der wachsenden Innigkeit unserer Verbindung, davon, wie sich das lockige Haar an seinem Haaransatz anfühlte, wie sein Atem meine Wimpern streifte. Wasser sammelte sich in meinen Augenwinkeln.

Adrien zitterte plötzlich und kam mir noch näher, die Augen weit aufgerissen vor Überraschung.

Einen Moment lang saßen wir nur da, unsere Gesichter so nahe, während mein Herz vor Aufregung wie verrückt pochte.

In Adriens Gesicht arbeitete es; eindringlich betrachtete er mich, doch dann seufzte er erleichtert, schloss die Augen, lehnte sich vor. Ganz sanft berührten seine Lippen meine, und plötzlich fühlte ich, wie etwas in mir befreit wurde, Flügel bekam und davonflog.

»Oh Adrien!«, erklang die laute Stimme seiner Mutter von der Tür her. Ihr Gesicht wirkte wie versteinert, doch in ihren schmalen Augen lag Resignation und auch ein bisschen Traurigkeit.

Adrien wich schnell von mir zurück.

»Nun sag es ihr schon«, forderte sie ihn auf. »Dass du glaubst, sie wird einmal den Widerstand anführen. Dass du der Überzeugung bist, sie sei unsere einzige Hoffnung, die gesamte Menschheit aus der Sklaverei zu erlösen.«

9. KAPITEL

Verwirrt blickte ich zwischen den beiden hin und her. Hier lag doch sicher eine Art Missverständnis vor, oder? All meine eben aufgeblühten Gefühle erfroren in meiner Brust.

»Mom«, sagte Adrien, und er klang ärgerlich. Sein Gesicht rötete sich, als seine Mutter in den Raum trat.

Sophia verdrehte die Augen. »Es kommt jetzt eh nicht mehr darauf an, was du ihr erzählst. Oder was du mit ihr *machst.*«

»Mom!« Das war eine Warnung.

Ich berührte seine Hand in dem Versuch, ihn zu beruhigen.

»Es stimmt«, fuhr seine Mutter fort. »Du hast vergessen, dass der Stick zum Löschen ihrer Erinnerungen noch immer in ihrem Port steckt. Sie wird alles vergessen, was zwischen dem Moment lag, in dem der Stick angeschlossen wurde, und dem Augenblick, wenn er herausgezogen wird. Und ehrlich gesagt, das ist auch gut so, denn sie kann nicht bleiben. Sie muss zurückkehren.«

Meine Hand flog zu meinem Hals. Adrien hatte mir erzählt, dass alles separat auf diesem Treiber aufgezeichnet würde, aber ich hatte nicht mehr daran gedacht. Und bald würde ich auch all *dies hier* vergessen haben. Meine Hände zitterten bei dieser Vorstellung.

»Warum?«, fragte ich, meine Stimme kaum mehr als ein Flüstern.

»Sie kann nicht zurückgehen. Keiner von uns beiden«, widersprach Adrien. »Sie würden sofort eine verdammte Lobotomie bei uns durchführen, unsere Persönlichkeit verändern und uns unsere Emotionen nehmen.«

»Jetzt sei nicht so dramatisch. Du wirst natürlich nicht zurückgehen. Aber sie muss. Sie wird sterben, wenn sie hier in der Oberwelt bleibt.«

»Wieso?«, fragten Adrien und ich wie aus einem Mund.

»Ich habe ihr Blut testen lassen. Sie leidet unter einer extrem starken Allergie. Ihre Mastzellen werden immer mehr Histamine produzieren und dadurch schließlich einen anaphylaktischen Schock auslösen.«

»Dann werden wir sie eben von dem fernhalten, was ihre Allergie auslöst«, erwiderte Adrien.

»Adrien.« Sophia rieb mit zwei Fingern die Stelle über ihrer Nasenwurzel. Sie wirkte müde. »Sanjan hat den Test zweimal durchgeführt. Sie reagiert allergisch auf die meisten Arten von Schimmelsporen draußen auf der Oberfläche. Auf fast alle. Es überrascht mich, dass sie überhaupt so lange durchgehalten hat. Epinephrin ist nur ein Mittel für den Notfall – keine dauerhafte Lösung. Die Attacken würden immer schlimmer werden. Bis sie schließlich stirbt.«

»Dann bleibt sie eben hier drin.«

Sie ging auf Adrien zu, und ihre Stimme wurde weicher. »Hör zu, Schatz, es tut mir leid. Ich weiß, wie sehr du dir dies gewünscht hast. Wie sehr du deinen Visionen glauben möchtest und der Hoffnung, die sie dir schenken. Aber deine Träume und die Tatsachen passen nun mal nicht zusammen.«

Er schob ihre Hand weg, als sie sie auf seine Schulter legen wollte. »Ich weiß, was ich gesehen habe. Ich habe

Bilder von ihr gesehen draußen an der Luft, unter der Sonne. Deine Testergebnisse sind falsch.«

Sie neigte den Kopf leicht zur Seite. »Ich verstehe, dass das hart für dich ist. Aber du musst auf die Vernunft hören. Schimmelsporen befinden sich überall – sie können an den Schuhen oder auf der Kleidung hier hereingetragen werden. Selbst auf deiner Haut. Keins der sicheren Häuser des Widerstands besitzt solche Luftfiltersysteme, wie sie sie unten haben.« Sie schwieg einen Moment. »Tut mir leid, aber im Moment ist die Gemeinschaft ihre einzige Chance zu überleben.«

Adrien wandte sich mir zu, um mich anzusehen. Er wirkte nun nicht mehr so kämpferisch. »Nein. Es muss eine andere Möglichkeit geben. In einigen unserer Forschungslabore müssen sie doch solche Filtersysteme haben, wie Zoe sie braucht. Oder wir könnten …«

»Das reicht«, sagte seine Mutter scharf, und für einen Moment verlor ihr Gesicht jede Weichheit. »Der Widerstand hat nichts zu verschenken, schon gar nicht solche Ausrüstung. Sie wäre eine zu große Last, und wir sind auch so bereits verwundbar genug. Es steht einfach zu viel auf dem Spiel.«

»Okay, und was ist mit Sensibilisierungsspritzen? Wir könnten …«

»Bis eine Immuntherapie wirkt, dauert es Monate, manchmal sogar Jahre. Und mit all dem, worauf sie allergisch ist, würde es eine Ewigkeit dauern.«

Ich räusperte mich. »Wenn ich zurückginge – wäre es möglich, die diagnostischen Tests zu überstehen, ohne dass etwas als anormal auffiele?«

Sie schauten mich beide an.

»Sie werden auf deinen Memory-Chips nichts von dem entdecken, was passiert ist, während sich der Erinnerungslöscher in deinem Port befunden hat«, erwiderte seine Mutter und betrachtete mich so aufmerksam, als sähe sie mich zum ersten Mal.

»Nein, aber alles andere werden sie entdecken. Dass ich aus dem *Link* gleite, meine Zeichnungen und die Tele… – wie hast du sie noch mal genannt?«

»Telekinese«, sagte Adrien mit aschfahlem Gesicht. »Aber, Zoe, du kannst nicht zurückkehren. Es ist zu gefährlich.«

Ich wandte mich wieder Sophia zu. »Können wir ihre Untersuchungsmethoden überlisten?«, fragte ich stur.

»Ja. Wir verfügen über Subroutinen, die Erinnerungsinfos imitieren können, sodass die echten Erinnerungen versteckt bleiben. Aber, Zoe…«

»Wenn jemand die Spritzen für die Immuntherapie zu mir reinschmuggeln könnte«, fuhr ich fort, »dann könnte ich später vielleicht doch noch entkommen, ohne eine weitere Attacke befürchten zu müssen.«

Ich hielt inne, denn in meinem Geist war ein Bild aufgeblitzt, das meinen Entschluss festigte. Markan. Mein Herz füllte sich mit Hoffnung. »Und ich könnte meinen Bruder mitnehmen.«

»Kann er sich auch aus dem *Link* lösen?«, wollte Adriens Mutter wissen.

»Nein, aber vielleicht gelingt es ihm, wenn er älter ist. Ich könnte ihn jedenfalls nicht dort unten lassen. Nicht, nachdem ich all das herausgefunden habe, was ich jetzt weiß.«

Adrien schwieg. Er ging eine Weile auf und ab, rieb sich mit der Hand die Stirn, blieb dann stehen und nickte. »Ich denke, es könnte funktionieren. Wenn wir dich zurückbringen, werden sie wissen, dass dir irgendetwas Ungewöhnliches zugestoßen ist, aber nachdem der Stick entfernt ist, wirst nicht einmal mehr du sagen können, was genau es war.«

»Ich werde mich nicht erinnern können …« Ich brach ab und blickte zu Boden. »Gibt es eine Möglichkeit, meine Erinnerungen auf einen externen Memory-Chip zu laden, damit sie nicht verloren gehen? Ich meine, damit ich dann noch Bescheid weiß wegen der Immuntherapie und weshalb ich sie brauche?«

»Zu riskant«, erwiderte seine Mutter sofort. »In den falschen Händen würde der Chip zu viele belastende Informationen über Adrien und mich und den Widerstand preisgeben. Das kann ich nicht zulassen.«

»Deshalb werde ich bei dir in der Schule sein«, fügte Adrien hinzu. »Und dir dabei helfen, dass du dich erinnerst.«

»Wirst du nicht«, explodierte seine Mutter. Grob griff sie nach seinem Arm und zog Adrien weg von mir. »Das hat jetzt lange genug gedauert! Ich habe nichts dagegen, sie mit der nötigen Medizin zu versorgen, aber *du* bleibst hier. Wir sind bereits zu viele Risiken eingegangen.«

Adrien riss sich von ihr los. Seine Augen wurden schmal. »Nichts hat sich geändert. Gut, ich hätte sie wohl besser nicht aus der Akademie geholt, das sehe ich inzwischen ein. Aber selbst das war vorhergesehen. Und die anderen Visionen werden ebenfalls real werden, auch wenn ich noch nicht verstehe, wie …«

»Jetzt reicht es!« Sophias Zöpfe wirbelten um ihren Kopf, als sie auf ihren Sohn zueilte. »Sie ist verdammt noch mal allergisch gegen die ganze Welt. Begreif das endlich! Sie ist nicht diejenige, auf die du gehofft hast.«

»Tut mir leid, Mom.« Er machte einen Schritt auf sie zu. »Ich will dir wirklich nicht wehtun, aber ich *werde* zurückgehen.«

»Aber wie?«, flüsterte ich. »Sie werden sich denken können, dass wir zusammen draußen waren – dass du derjenige warst, der mich weggeschafft hat.«

Adrien schüttelte den Kopf. »Nicht, wenn ich krank bin und mir die Grippe eingefangen habe. Flu 216. Ich werde eine Woche aus dem Verkehr gezogen sein, ohne dass jemand Verdacht schöpft. Wir werden auf unserem Rückweg bei Sanjan vorbeischauen, damit er mich mit den Viren infizieren kann. Ich weiß, dass er mehrere Dosen davon hat.«

»Nein«, widersprach seine Mutter. »Das erlaube ich nicht. Ich werde ihm sagen, dass er dir nichts geben soll.«

»Mom«, begann er, nun wieder etwas sanfter, »selbst wenn sie nicht glauben sollten, dass sie unsere zukünftige Anführerin ist, wissen sie doch, dass sie Telekinese beherrscht. Für dich mag sie einfach irgendein Mädchen sein, aber im Widerstand wird man begreifen, dass sie zu wichtig für uns ist, um sie einfach aufzugeben.«

Seine Mutter trat ein paar Schritte zurück, und ihr Gesichtsausdruck veränderte sich. Sie sah Adrien eine Weile an, dann drehte sie sich auf dem Absatz um und verließ den Raum, schlug die Tür dabei heftig hinter sich zu.

Das Schweigen lastete schwer auf uns, nachdem sie gegangen war. Ich stand nahe an der Wand, verwirrt von all dem, was gerade geschehen war.

Es war Adrien, der die Stille durchbrach. »Tut mir leid«, sagte er.

»Stimmt das, was sie behauptet hat? Dass du Visionen von mir hattest, in denen ich den Widerstand anführe?«

»Entschuldige.« Er kam zu mir herüber. »Ich weiß, dass das alles ein bisschen viel auf einmal für dich ist. Der ganze Tag muss dir wie ein langer Albtraum vorkommen. Aber du wirst daraus aufwachen. Wenn erst der Erinnerungslöscher entfernt ist, wirst du dich an nichts mehr erinnern.«

»Soll mich das vielleicht trösten?« Meine Stimme wurde immer höher. »Erst heute habe ich herausgefunden, dass es einen Widerstand gibt – und du glaubst, dass ich ihn eines Tages anführen werde?« Es war tatsächlich alles zu viel. Ich wollte doch nur etwas *fühlen* und verstehen, was mit mir passierte. Und er behauptete, dass die Leute eines Tages zu mir kommen würden, weil sie Antworten von mir wollten?

Ich drückte seine Hand fester. »Vielleicht hat deine Mom recht. Ich bin ein Niemand. Ich bin kein Anführer. Ich bin für so was nicht geschaffen.«

»Du bist kein Niemand«, erwiderte er und bedeckte meine Hand mit seiner. »Aber darum geht es ja gar nicht. Selbst wenn du nicht irgendwann eine gottverdammte Anführerin wirst, werde ich trotzdem mit dir zurückgehen.«

»Ja? Wieso?« Meine Stimme zitterte. Mein Gesicht wurde plötzlich ganz heiß.

»Weil …« Adrien wich zurück und räusperte sich. »Weil du mir etwas bedeutest.«

»Wirklich?«

»Ich bin nicht zur Akademie gekommen, weil mir die Zukunft des Widerstands so viel bedeutet. Ich meine, doch, natürlich, das ist unglaublich wichtig. Und das habe ich auch unseren Anführern gesagt, damit sie alles für mich arrangieren würden. Ich bin gekommen, weil ich dich gesehen hatte und dir durch die Visionen sogar ein bisschen nähergekommen bin. Ich hätte es nicht ertragen, dich *nicht* kennenzulernen.«

Mein Herz klopfte schneller bei seinen Worten. Er wollte *mich*? Einfach mich? Nicht meine Gabe?

»Ich habe die Welt durch deine Augen wahrgenommen, habe deine ersten Emotionen mit dir empfunden.« Adrien schüttelte den Kopf, immer noch voller Staunen. »Du warst das erste Schöne, was mir nach ein paar wirklich dunklen Jahren begegnet ist. Ich hatte mich immer so angestrengt, mir eine Disziplin aufgezwungen, die mich fast umgebracht hat, nur um ein guter Kämpfer zu sein. Habe alles in mir abgetötet, was mit Gefühlen zu tun hat, weil ich dachte, sie machen mich schwach. Aber dann begannen die Visionen von dir und ...« Adrien schluckte, bevor er mich wieder ansah. »Es hat mich verändert – *du* hast mich verändert –, und es zeigte mir, um wie vieles wir kämpfen. Weshalb *ich* kämpfe. Nicht nur, weil ich wütend darüber war, was sie uns alles angetan haben. Nicht nur, weil ich Rache für meinen Dad wollte. Sondern auch, weil es so viel Gutes und Schönes in der Welt gibt, und das allein ist schon Grund genug, um zu kämpfen. Vielleicht sogar, um dafür zu sterben. Die Gefühle, die du in mir geweckt hast, noch bevor ich dir begegnet war, sind ...« Er fuhr sich mit der Hand durch die Haare. »Himmel, jetzt tue ich es schon wieder. Gebe zu viele Informationen preis. Hör zu, ich weiß, dass du mich gerade erst kennengelernt hast und dass es der denkbar schlechteste Zeitpunkt ist und dass ich ja auch gar nicht erwarte, dass du das Gleiche empfindest ...«

»Warte«, sagte ich.

Wieder sah er mich an, ganz offen, und etwas wie zögerliche Hoffnung lag auf seinem Gesicht.

Ich griff erneut nach seiner Hand. Ich hatte keine Ahnung, *was* ich alles empfand, denn meine Gefühle purzelten wild durcheinander, sodass ich sie nicht entwirren konnte.

»Ich möchte das Gleiche empfinden«, erwiderte ich,

und meine Stimme klang merkwürdig hoch. »Ich möchte das Gleiche für dich empfinden. Und …«

Ich dachte an all das, was passiert war, seit ich ihm zum ersten Mal begegnet war. Daran, wie ich ihm instinktiv vertraut hatte. Wie seine Berührung mich beruhigte und ich mich bei ihm sicher fühlte, selbst in den brenzligsten Situationen. Daran, wie er vor Eifer zu glühen schien, vorhin, als er über Schönheit sprach. Wie eng ich mich ihm verbunden fühlte. Wie sehr mich seine Nähe verwirrte.

»… vielleicht tue ich das ja auch schon«, beendete ich meinen Satz.

Er stand da wie erstarrt, vollkommen verblüfft. Dann legte er eine Hand auf meine Wange, und ich war in seinen blaugrünen Augen gefangen. Er zog mich näher an sich heran, bis seine Lippen mich einatmeten, bis wir einen Atem teilten.

Mein Körper sank in seine Arme. Seine Lippen strichen über meine, erforschten sie ganz sanft. Ich bemühte mich, seine Bewegungen nachzuahmen – langsam, unsicher, bis ich schließlich nicht mehr darüber nachzudenken brauchte. Es fühlte sich einfach *richtig* an.

Adrien stöhnte leise auf, als er meine Reaktion spürte, und schloss seine Hände um meinen Kopf, zog mich näher heran. So nah, bis ich nicht mehr hätte sagen können, wo mein Mund endete und seiner begann. Eine merkwürdige Wärme konzentrierte sich in meinem Bauch. Es war das Erstaunlichste, was ich je empfunden hatte, und es schien sich auszudehnen, zu vibrieren. Ich war überrascht, dass ich mich noch auf den Beinen halten konnte.

Bis Adrien mit einer Hand den Stick in meinem Nacken streifte.

Ich schien zu Eis zu gefrieren. Mein Herz, das davongeschwebt war, sank wieder zurück. Ich rückte von Adrien ab. All das Glück, das ich gerade noch empfunden hatte, war durchschnitten worden, von einem entsetzlichen, beißenden Schmerz.

Traurig sah ich Adrien an. Die Umstände waren gegen uns, und es gab nichts, womit wir das hätten ändern können.

»Ich werde mich nicht mehr daran erinnern können. Ich werde mich nicht mehr an dich erinnern können.« Der Gedanke an diesen Verlust verursachte mir fast schon körperlichen Schmerz. Ich schloss die Augen. Ich hatte das alles doch gerade erst gefunden – ich hatte Adrien gerade erst gefunden. Mit ihm zusammen zu sein, das erschien mir als das Bedeutsamste, was mir je geschehen war. Es würde nicht auf meinem Erinnerungs-Chip festgehalten sein, aber es war zu wichtig, um mir so einfach, für immer, genommen zu werden. Wie konnte das sein? Adrien hatte behauptet, dass unser Mensch-Sein kostbar und unzerstörbar war, aber wie konnte das stimmen, wenn man mir alles mit einem Stück Hardware zu stehlen vermochte? Es war nicht fair!

Ich versuchte, meine Gedanken tief in mir einzuschließen, damit ich diesen Moment mit ihm nicht verlor. Ich mochte weder an die Zukunft noch an die Vergangenheit denken. Ich wollte einfach nur vollkommen in der Gegenwart aufgehen.

Ich hob die Hand und fuhr seine Lippen mit einem Finger nach. Tränen sammelten sich in meinen Augen. »Du wirst nur irgendein Bewohner in der Menge sein. Ich werde dich nicht erkennen. Ich werde mich nicht mehr daran erinnern, wie man das macht …« Ich hielt ihm meine Lippen entgegen.

Schließlich löste er sich von mir, atemlos. Sein Blick brannte sich in meinen, so intensiv, wie ich es noch nie erlebt hatte.

»Hör zu, Zoe«, sagte Adrien. Seine Hände lagen fest auf meinen Schultern. »Wir werden einander wiederfinden. Ich werde dir deine Medikamente bringen. Und wir werden diesem grauenhaften, verdammten Ort erneut entkommen, dann jedoch für immer. Und ich werde dir noch einmal beibringen, wie man küsst. Ich weiß es.«

»Weil du es in einer Vision gesehen hast?«, fragte ich.

Er senkte den Blick. »Nein, nicht wirklich«, antwortete er. »Ich kann auch an etwas glauben, was ich nicht in meinen Visionen gesehen habe. Das hier ist zu stark, zu wirklich. Wir werden es wiederfinden.«

Ich schlang meine Arme ganz fest um ihn, schmiegte mich an ihn. Mein Ohr lag an seiner Brust, und ich wünschte, wir könnten ewig so stehen bleiben.

»Versprochen?«, sagte ich.

»Versprochen«, flüsterte er mir ins Ohr. Er hielt mich eng an seine Brust gedrückt und strich mir übers Haar.

Lange standen wir so da, bis Adrien sich schließlich von mir löste.

Als ich ihn fragend anblickte, erklärte er: »Ich muss noch ein paar Vorbereitungen treffen, damit wir in die Stadt zurückkehren können und meine angeblichen Eltern – sie gehören ebenfalls zum Widerstand – morgen früh, wenn der Unterricht beginnt, in der Akademie Bescheid geben, dass ich krank bin. Ich hoffe, dass ich es zurück in unsere Wohneinheit schaffe, bevor sie kommen, um mich durchzuchecken. Je eher wir zurückkehren, desto weniger Verdacht erregen wir.«

»Aber Flu 216 ist so gefährlich«, wandte ich ein. »Manche Leute sterben daran. Wenn du meinetwegen sterben würdest …« Schuldgefühle drohten mich zu ersticken. Ich stellte mir vor, wie alles Leben aus diesen schönen Augen wich. Mir wurde schlecht bei dem Gedanken. »Ich würde mir das nie verzeihen.«

»Hör damit auf.« Adrien legte eine Hand unter mein Kinn, sodass ich ihn anschauen musste. »Niemand stirbt. Sanjan wird darauf achten, dass ich die mildeste Dosis bekomme. Mir wird nichts passieren.« Er sagte dies mit so viel Zuversicht, dass ich ihm fast geglaubt hätte.

Er führte mich zur Couch. »Versuch, noch ein bisschen zu schlafen. Es ist drei Uhr in der Nacht, und ich bin sicher, dass ich ein paar Stunden brauchen werde, bis ich alles arrangiert habe. Falls du etwas brauchst – ich bin gleich nebenan. Okay?«

»Okay.« Ich bemühte mich, stark und zuversichtlich zu klingen. Bemühte mich, nicht schwach zu werden und ihn zu mir auf die Couch zu ziehen und ihn schwören zu lassen, dass er mich niemals gehen ließe. Aber er hatte gesagt, wir kämen wieder zusammen. Er hatte es versprochen. Jemandem zu vertrauen, das war brandneu für mich, doch ich hatte keine Wahl. Ich musste ihm vertrauen.

Adrien lächelte und küsste mich sanft, dann schaltete er das Licht aus, bevor er in den Nebenraum ging. Ich zog die Decke um mich fest und versuchte zu schlafen.

Ich erwachte davon, dass Adrien zärtlich über meine Augenbrauen strich. Ich setzte mich auf, noch halb in meinen Träumen gefangen und lächelnd, doch dann wurde mir mit einem Schlag schmerzhaft bewusst, dass ich ihn verlassen musste. Aber nur für eine Weile, erinnerte ich mich selbst. Und wir würden nicht wirklich getrennt sein. Er wäre bei mir in der Schule. Wir würden zusammen sein, auch wenn es mir nicht klar sein und ich mich nicht an ihn erinnern würde.

»Es ist Zeit«, sagte er.

Ich nickte und rieb mir das Gesicht, als ich aufstand. Meine Augen fühlten sich immer noch geschwollen an, waren immer noch müde. Mein ganzer Körper schmerzte, doch der Schlaf hatte mir gutgetan.

Adrien führte mich in den angrenzenden Raum, der wie eine Mischung aus Büro und Labor wirkte. In einer Ecke befand sich ein Untersuchungstisch, vor dem ein kleiner Mann mittleren Alters stand.

»Zoe, das ist Dr. Chol.«

»Ich grü… ich meine, hallo, Dr. Chol«, sagte ich. Ich war überrascht, dass er einen Nachnamen hatte. Nur Beamte besaßen richtige Nachnamen, allen anderen wurden lediglich Kennziffern entsprechend ihrer Arbeit gegeben.

Er lächelte und schüttelte mir die Hand. »Schön, dich endlich kennenzulernen. Ich habe schon viel von dir gehört.«

Ich spürte, wie ich rot wurde, als ich mich daran erinnerte, dass Adrien mich in seinen Visionen als Anführerin gesehen hatte. Glaubte dieser Dr. Chol, dass das wahr sei? Erwartete er das von mir?

»Setz dich«, forderte Adrien mich auf. »Dr. Chol ist unser leitender Arzt hier in der Gegend. Er wird deine Hardware korrigieren, damit die Störung verborgen wird, sobald du den Stick aus deinem Port ziehst und wieder mit dem *Link* verbunden bist.«

Dr. Chol setzte sich vor mir auf einen Stuhl. An den Schläfen wurde sein Haar bereits grau, doch seine Haut war glatt und nicht so ledrig wie die von Adriens Mutter.

»Wir werden das manuell erledigen, weil dein Zugangsport ja schon besetzt ist«, sagte er. »So etwas ist dir nicht unbekannt, nicht wahr?« Er zeigte auf eine Fasszange und eine fünfzehn Zentimeter lange biegsame Welle mit einer Sonde aus Metall.

Ich nickte. Ähnliche Prozeduren hatte ich mein Leben lang über mich ergehen lassen müssen, wenn mir neue Hardware eingesetzt wurde, aber die Sonde war mir noch nie so groß erschienen.

»Ich werde das Unterprogramm an die bereits vorhandene Hardware anpassen, sodass es nicht als anormal auffallen wird, wenn sie einen Scan starten.«

Er nahm das beängstigend wirkende Instrument in die Hand und schaltete einen alten Bildschirm ein, der auf dem Tisch stand. Ich nahm an, dass er ihn brauchte, um besser navigieren zu können.

»Okay. Bist du bereit?«

Ich nickte und hoffte, dass er nicht bemerkte, wie ich zitterte.

Dr. Chol stellte sich vor mich, die Fasszange in der Hand. Ich versuchte, nicht zusammenzuzucken, als er die Fasszange tief in meine Nase schob, um für die Sonde den Weg zu bereiten.

Ich umklammerte die Armlehnen, als die Fasszange immer weiter vordrang.

Dr. Chol beugte sich dicht zu mir, den Blick unablässig auf den Monitor gerichtet. Ich wimmerte leise, dann sagte er: »So, das hätten wir geschafft.«

Adrien nahm meine Hand. »Mach einfach die Augen zu, dann ist es gleich vorbei.«

Ich nickte, hörte Metall auf Metall klirren, als sich die biegsame Welle entlang der Fasszange ihren Weg suchte.

»Und … wir sind drin«, sagte Dr. Chol langsam. »Jetzt halt absolut still.«

Ich schluckte, versuchte, meinen Kopf vollkommen ruhig zu halten.

Dr. Chol hatte recht: Dieser Teil tat nicht weh – jedenfalls nicht sehr. Es war nur ein wahnsinnig unangenehmes Gefühl. Wann immer er die winzige Sonde bewegte, hatte ich den Eindruck, dass Käfer durch meinen Schädel krabbelten.

Adrien drückte meine Hand. »Du schlägst dich tapfer. Chol hat mir die gesamte Hardware installiert, was ziemlich beeindruckend ist, wenn man bedenkt, dass ich davor nie welche hatte. Er ist der Beste.«

Dr. Chol schaute mich an und zwinkerte mir zu.

Ich drückte Adriens Hand, unsagbar froh, dass er bei mir war.

Nachdem ich ungefähr zehn weitere Minuten lang versucht hatte, so still wie möglich zu sitzen, verkündete Dr. Chol, dass er fertig sei. Er zog die biegsame Welle heraus, anschließend die Fasszange.

Kaum war ich beides los, sprang ich auf und rieb mir den Kopf, um das merkwürdige Gefühl zu vertreiben. Endlich konnte ich den Schauder, den ich die ganze Zeit zurückgehalten hatte, über meinen Körper laufen lassen. Ich hüpfte ein paarmal auf und ab, dehnte meinen Nacken.

»Jetzt bist du dran«, sagte Dr. Chol zu Adrien.

Ich sah Adrien voller Mitgefühl an.

Er lachte. »Nur ein Routine-Check-up. Keine Sonde für mich, weil mein Zugangsport frei ist.«

»Ach, keine Sonde?«, fragte ich und zog die Augenbrauen hoch. Ich trat hinter ihn und schob sein dichtes Haar beiseite, um mir seinen Zugangsport anzuschauen.

Ich hatte noch nie richtig Gelegenheit gehabt, einen genauer zu betrachten. Natürlich hatte ich sie überall gesehen, aber ich konnte ja schlecht zu jemandem hingehen und fragen, ob ich seinen Zugangsport mal eben inspizieren dürfte, aus reiner Neugier.

Unter der Haut leuchteten die winzigen Lichter entlang der hauchdünnen Drähte, und ich zeichnete die wirbelnden Linien sanft nach. Die feinen Leuchtdrähte flackerten, leuchteten blau, purpurn und orange auf, entsprechend seinen Gehirnmustern.

Ich wurde rot, als mir auffiel, wie lange ich schon mit Adriens Haar herumspielte, und ließ meine Hand sinken. Adrien stieß einen Seufzer aus, und ich begriff, dass er die Luft angehalten hatte. Ich lächelte schüchtern, überwältigt von dieser vollkommen neuen Erfahrung, dass ich in jemand anders Emotionen hervorrufen konnte.

»Nein, heute kommt er recht einfach davon«, sagte Dr. Chol. Er grinste und drückte Adrien auf den Stuhl, auf dem ich eben noch gesessen hatte. »Ich werde das hier einstecken …« Er schob ein hauchdünnes Kabel in den Zugangsport an Adriens Nacken. »Voilà! Oh. Nun mach schon … Dieses Ding ist ein bisschen launisch.« Dr. Chol hieb ein paarmal mit der Faust gegen einen Monitor. »Verdammter Müll! Immer dieses Zeug aus zweiter Hand«, brummte er dabei. »Ach. Jetzt läuft er ja.« Der Bildschirm erwachte flackernd zum Leben, zeigte dann eine Übersicht über Adriens implantierte Hardware. »So, jetzt wollen wir mal überprüfen, ob er auch wirklich clean ist und ihre Instrumente nichts Anormales bei ihm entdecken können, wenn ihr zurückgekehrt seid.«

Ich nickte, betrachtete interessiert den Bildschirm. Es

sah genauso aus wie das Schema, das wir in meinem Biotechnik-Unterricht studiert hatten. Der größte Teil der hauchdünnen Hardware lag wie ein Netz über der Amygdala, aber winzige Zweige waren auch mit anderen Nervenrezeptoren überall im Gehirn verbunden.

Dr. Chol vergrößerte das Bild.

»In 3-D könnte man das alles besser erkennen«, sagte ich und beugte mich vor, um mehr zu sehen.

Dr. Chol lächelte. »Ja, aber uns stehen nun mal nicht die gleichen Ressourcen zur Verfügung wie der Gemeinschaft. Hauptsächlich bedienen wir uns bei dem, was von der Gemeinschaft aussortiert wird, oder auf den Schrottplätzen. Zeug, das man in der Gemeinschaft nicht vermisst. Aber wir kommen ganz gut damit klar.«

Ich nickte, während ich beobachtete, wie er die einzelnen Kodierungen überprüfte, um sicherzugehen, dass alles »Verdächtige« gelöscht war.

Er war zu schnell, als dass ich ihm bei allem, was er tat, hätte folgen können. Und es ist ohnehin egal, dachte ich und wich zurück. Es war ja nicht so, dass ich mir irgendwas von dem, was ich hier lernte, würde merken können.

Wenn sie dazu in der Lage waren, in Adriens Gehirn eine Architektur zu erschaffen, die der Hardware des V-Chips täuschend ähnlich war, und ihn gleichzeitig vor der Kontrolle des *Links* zu bewahren, dann musste es auch eine Möglichkeit geben, dies für alle anderen zu tun. Ich fragte mich, welche Fortschritte dem Widerstand sonst noch gelungen waren und ob dies ihr eigentliches Ziel war. Hatte Adrien nicht erwähnt, was sein Vater sich so sehr gewünscht hatte? Jeden zu befreien? Ich war neugierig, wie nahe sie dem sein mochten.

Und wie passte ich in dieses Bild? Telekinese war

etwas Erstaunliches, aber was brachte es schon für das große Ganze, wenn ich in der Lage war, nach einer Haarbürste am anderen Ende des Raums zu langen? Ich meine, ich konnte meine Gabe noch nicht einmal kontrollieren.

»Wir sind fertig.« Dr. Chol zog das Kabel aus Adriens Port und ging.

»Ich schätze, es ist Zeit zurückzukehren«, flüsterte ich.

Adrien nickte. »Mom hat einen Schutzanzug für dich besorgt.«

Ich blickte einen Moment in seine blaugrünen Augen, dann drückte ich ihn ganz fest.

Adrien wich zurück. »Ist ja gut. Es wird …«

Er beendete den Satz nicht. Seine Arme hielten mich immer noch, doch sein Gesicht war eingefallen, und er sah mit leerem Blick an mir vorbei.

Ich drehte mich um, voller Angst, was ich entdecken mochte, doch da war nichts.

»Adrien? Adrien!« Ich bemühte mich, nicht loszuschreien. »Stimmt irgendetwas nicht?«

Ich schüttelte ihn, doch er bewegte sich kaum. Ich versuchte, mich aus seinem Griff zu winden, damit ich Hilfe holen konnte, doch seine Arme hielten mich wie ein Schraubstock.

»Adrien!«, sagte ich erneut und war kurz davor, hysterisch in Tränen auszubrechen. War er kaputt?

Plötzlich blinzelte er ein paarmal und ließ seine Arme sinken.

»Adrien? Bist du okay? Ist irgendwas mit Dr. Chols Programmierung falschgelaufen?« Ich schob sein Haar weg, dort, wo sich der Zugangsport befand, doch er packte meine Hand und hielt sie fest.

»Ich hatte gerade eine Vision.« Seine Stimme klang leise und wie erstickt.

Ich schaute in sein Gesicht. Seine Haut war fleckig, die Wangen erhitzt. Ein intensiver, für mich nicht zu deutender Ausdruck lag auf seinem Gesicht.

»Was für eine?«

Adriens Blick richtete sich endlich wieder auf mich. Sein Gesicht war immer noch angespannt, der Ausdruck lag irgendwo zwischen Zorn und Angst.

Er schloss die Augen, kniff sie fest zusammen, lehnte seine Stirn gegen meine und ließ seine Hände sanft über meine Arme gleiten, als wollte er sich einprägen, wie meine Haut sich anfühlte. Als ob es ihm nie mehr möglich sein würde, mich zu berühren.

»Oh Zoe.« Sanft hob er mein Kinn an. Tränen schimmerten in seinen hellen Augen. »Versuch, mich nicht zu vergessen. Ich weiß, dass es unmöglich ist, aber versuch trotzdem, mich nicht zu vergessen.«

Adrien küsste mich. Sanft zuerst, dann immer drängender. Die Finger hatte er in meinem Haar vergraben. Was auch immer er gesehen haben mochte, es hatte ihn zutiefst erschreckt. Ich sank gegen ihn, überwältigt von der Leidenschaft seines Kusses. Und genauso leidenschaftlich erwiderte ich ihn.

Wir standen da, hielten jeder das Gesicht des anderen, um uns jedes einzelne Detail einzuprägen. Verzweifelt versuchte ich, diesen letzten, vergehenden Augenblick einzufangen, verzweifelt versuchte ich, dieses schreckliche, mulmige Gefühl in meinem Magen nicht zu beachten, das mich daran erinnerte, dass all dies für mich verloren wäre, sobald sie den Erinnerungslöscher entfernten.

Bitte, lasst nicht zu, dass ich alles vergesse!

Ich öffnete Adrien meinen Mund und versuchte, ihn so tief in mich aufzunehmen, dass meine Seele, so ich denn eine hatte, sich an das erinnern würde, was aus meinen Gedanken getilgt war.

10. KAPITEL

»Erinnerst du dich an irgendetwas aus der Zeit, während du verschwunden warst?«

»Nein.«

Ich saß auf einem Stuhl, vor einer Frau mit scharfen Zügen, die ihr Haar zu einem glänzenden, geölten Knoten zusammengesteckt hatte. In jeder einzelnen der vergangenen drei Wochen hatte ich auf diesem Stuhl gesessen. Das Netzhaut-Display ließ Daten am Rand meines Sichtfelds ablaufen. Doch ich brauchte die Sichtanzeigen nicht, um mich mit noch mehr Informationen über die Frau zu versorgen, die in ihrem dunkelgrauen Anzug und mit den straff zusammengebundenen dunklen Haaren vor mir saß. Kanzlerin Bright, die Leiterin der Akademie. Eine Woche nach meinem Verschwinden war ihr dieses Amt übertragen worden. Ich war dem früheren Kanzler nie begegnet oder sonst irgendwelchen Beamten, um genau zu sein, doch seit meinem Verschwinden sah ich eine Menge von Kanzlerin Bright. Ich hatte keine Ahnung, warum sie mich immer wieder rufen ließ – meine Geschichte blieb stets dieselbe.

»Kannst du dich an irgendetwas erinnern, was geschah, während du dich auf der Oberfläche befunden hast?«

»Nein«, wiederholte ich. »Ich weiß nicht mehr als das, was ich bei meiner Entdeckung anzugeben vermochte: dass ich mich in Raum A 117 gemeldet habe, und dann ging ich eine Straße hinunter. Ich folgte den Vorschriften für anormale Ereignisse und versuchte, einen Beamten ausfindig zu machen, bei dem ich mich selbst anzeigen konnte. Am Eingangstor C 10 meldete ich mich bei den Wachen, die das Zentralsystem kontaktierten. Ich wurde hierhertransportiert und einer Behandlungseinheit überstellt und dort ausgedehnten Untersuchungen unterzogen. Am nächsten Abend wurde ich in die Wohneinheit meiner Familie zurückgebracht.«

»Ja, das weiß ich alles«, fuhr die Frau mich an. Sie hob die Hand, um ihr Haar zu glätten, riss sich wieder zusammen. Dann nahm sie eine Tasse samt Untertasse von dem Tisch, der neben ihr stand. Während sie an ihrem Tee nippte, musterte sie mich eindringlich. »Weißt du, warum man mir diese Stelle übertragen hat?«, fragte sie, hielt dann inne, als ob sie eine Antwort erwartete, während sie mich weiter aufmerksam beobachtete. »Die Oberen haben mich speziell für diesen Posten angefordert, weil ich stets zu Resultaten gelange«, fuhr sie fort. »Sie verlangen eine Erklärung für den Angriff und die darauf folgende Entführung. Aber ich kann ihnen noch keine Erklärung liefern. Das ist sehr unbefriedigend.« Sie setzte ihre Teetasse ab und beugte sich zu mir. »Ich glaube nicht, dass es in deiner Absicht lag, jemanden zu verletzen. Ich denke, dass es eine weitere Person gab, vielleicht jemanden, der euch beide außer Gefecht gesetzt und dich dann gekidnappt hat. Ich würde dir gern helfen, doch dafür *musst* du mir verraten, was ich wissen will.« Die Kanzlerin streckte die Hand aus, berührte meine und durchbohrte mich erneut mit ihrem scharfen Blick. »Also sage mir, Bewohnerin Zoel: Wer war noch dort? Was hast du sonst noch außerhalb der Stadt gesehen?«

Ich hielt ihrem Blick stand. »Ich verfüge über keine Details bezüglich dieses Zeitraums. Man hat mich darüber informiert, dass ein Erinnerungslöscher eingesetzt wurde.«

Ihre Nasenflügel bebten leicht bei meiner Antwort. Falls sie in der Lage gewesen wäre, Gefühle zu empfinden, hätte ich gesagt, dass sie frustriert wirkte. Ihr Gesicht glättete sich wieder, und sie blickte mich ruhig an.

»Die Oberen werden dies höchst unbefriedigend finden. Anormale Ereignisse dieser Art werden als Grund für eine Deaktivierung betrachtet, doch ich habe angeordnet, dass du hier an der Akademie bleibst.«

Ihr Gesichtsausdruck veränderte sich plötzlich, und sie schien mir noch etwas sagen zu wollen, doch dann seufzte sie und überlegte es sich anders. Ihr Blick flog zu einem kleinen schwarzen Kreis an der Decke ihres Büros.

»Ich vertraue darauf, dass meine Anordnung nicht aufgrund weiteren anormalen Benehmens rückgängig gemacht werden muss. Du wirst mich augenblicklich benachrichtigen, falls du irgendeine Anomalie in deinen Systemen feststellst.«

Ich stand auf. Meine Hände zitterten leicht. »Ich werde Sie sofort informieren, falls es einen derartigen Vorfall gibt. Gemeinschaft ist unsere Pflicht, Gemeinschaft steht über allem.«

Ich hatte mich gerade zur Tür gewandt, als ich unvermittelt aus dem *Link* glitt, und ich schwankte leicht unter dem Ansturm meiner erwachenden Sinne: Ich nahm den muffigen Geruch des Teppichs wahr, den bitteren Geschmack in meinem Mund, Überbleibsel meiner täglichen Dosis Nahrungsergänzungsmittel. Und die erstickende Furcht, die mich überfiel. Mir wurde schwindlig, doch mit all meiner Willenskraft zwang ich mich, nicht die Hand auszustrecken und Halt zu suchen. Das Piepen meines Herzmonitors erfüllte den Raum.

Ich biss mir auf die Lippen, versuchte mit aller Macht, dem Ansturm standzuhalten, als meine Gefühle Welle für Welle klar und kraftvoll gegen mich anbrandeten. In meinem Kopf summte die Angst, meine Hände begannen stärker zu zittern; Hitze pulsierte durch sie hindurch. Ich zwang mich, ganz starr zu werden, nichts von der Panik zu zeigen, die jeden Teil meines Körpers erfasst hatte.

»Bewohnerin Zoel Q-24«, sagte die Kanzlerin und durchquerte den Raum mit ein paar schnellen Schritten.

Oh nein, oh nein, oh nein!

»Was ist der Grund für diese Störung?«

Ich kniff die Augen zusammen und holte tief Luft. Ich musste eine Erklärung finden, die sie mir abnehmen würde – irgendetwas, was mich vor der Deaktivierung bewahrte, die sie nur allzu bereitwillig anordnen würde.

Ich bückte mich und rieb mir das Schienbein. Ich ließ mir Zeit, atmete ruhig ein und aus und dachte an Markan. Ich musste ruhig werden, für ihn. Sollte auch er jemals aus der *Verbindung* gleiten, dann müsste er allein mit allem zurechtkommen, wenn ich nicht überlebte.

Als ich schließlich den Kopf hob und sie anblickte, hatte ich mich wieder in der Gewalt. »Ich habe die Entfernung zu diesem Stuhl falsch kalkuliert.« Ich bemühte mich, meine Stimme ebenso monoton wie zuvor klingen zu lassen. »Ich denke, der Adrenalinausstoß aufgrund des Schmerzes hat den Alarm ausgelöst.«

Sie kam näher, neigte den Kopf auf eine Weise zur

Seite, dass ihr scharfes Gesicht Ähnlichkeit mit dem eines Vogels bekam.

Irgendetwas in ihrem Blick führte dazu, dass meine Kopfhaut prickelte.

»Bist du sicher?«, fragte sie. »Berichte mir noch einmal, was gerade passiert ist.«

Ich zwang mich, ihren durchdringenden Augen standzuhalten und nicht wegzuschauen. Ich wiederholte meine Erklärung.

Sie sagte nichts, fuhr lediglich fort, mich auf diese entnervende Weise anzublicken, als könnte sie direkt in mich hineinschauen, durch meine Haut hindurch bis zu meinem nicht funktionierenden V-Chip.

»Ist es mir erlaubt zu gehen, Kanzlerin?«, fragte ich. Endlich atmete ich wieder so ruhig, dass mein Monitor nicht länger piepte.

Sie schürzte die Lippen, sodass die feinen Linien um ihren Mund stärker hervortraten. Dann rieb sie sich das Gesicht, beugte sich schließlich zu mir vor und legte eine Hand auf meinen Arm. Sie hielt inne, als wollte sie sich selbst zurückhalten, und wich wieder zurück, gab dabei hastig ihrem Gesicht einen Ausdruck, der ein Lächeln oder eine Grimasse sein mochte. Was genau es war, vermochte ich nicht zu erkennen.

Wieder hielt sie meinen Blick fest, viel zu lange, bevor sie mit dem Kopf zur Tür deutete. »Du kannst gehen.«

Ich drehte mich auf dem Absatz um und versuchte, mich so ruhig wie möglich zu bewegen, ging durch die Tür, den Flur hinunter, blieb stehen, um meinen Herzschlag zu beruhigen und meinen Monitor still zu halten. Vor den Augen der Kanzlerin aus der *Verbindung* zu fallen! Das wurde allmählich zu gefährlich.

Was stimmte nicht mit mir? Ich hatte der Kanzlerin

die Wahrheit erzählt – ich konnte mich an nichts erinnern, was geschehen war, bevor ich mich auf dieser Straße auf der Oberfläche wiedergefunden hatte.

Doch nun, da ich nicht länger mit dem *Link* verbunden war, durchlebte ich noch einmal, wie ich die staubige Straße entlanggegangen war, in einem grell orangefarbenen Schutzanzug. Die Erinnerungen erfüllten mich mit Entsetzen. Ich war auf der Oberfläche gewesen! Ich schauderte, als ich an den riesigen offenen Himmel dachte, der sich über meinem Kopf spannte. Wie war ich dorthin gekommen? Eiseskälte lief mir über den Rücken. Und wieso lebte ich noch?

Jeder Schritt, den ich tat, schien mich weiter und weiter auf Feindesland zu führen. Doch es gab keine Möglichkeit zurückzukehren. Es gab keinen sicheren Ort, keine Zuflucht für mich. Ich steckte mittendrin, war von allen Seiten umzingelt.

Diese Gedanken drückten mir die Luft ab. Panik stieg in mir auf, obwohl ich versuchte, sie zurückzudrängen. Und dennoch wurde mein Atem flacher. Ich blickte mich um. Meine Haut kribbelte, weil ich selbst in diesem leeren Gang das Gefühl hatte, beobachtet zu werden.

Unwillkürlich blickte ich zur Decke hinauf und sah die kleinen schwarzen Kreise, die dort alle zehn Schritte eingelassen waren. Irgendetwas, was diese Kreise betraf, zerrte am Rand meines Verstandes und flößte mir Unbehagen ein, auch wenn ich nicht wusste, wieso. Was, wenn es… was, wenn es eine Erinnerung aus meiner »verlorenen Zeit« war? Aber das war unmöglich. Nichts davon war wegen des Erinnerungslöschers auf meinem Memory-Chip gespeichert worden.

Panik breitete sich bei diesem Gedanken in mir aus,

ließ elektrische Funken auf meinen Armen aufblitzen. Bevor ich es kontrollieren konnte, gab es einen lauten Knall, und dünne Rauchfäden schlängelten sich aus dem schwarzen Kreis direkt über mir.

Überrascht schaute ich nach oben, dann wirbelte ich herum, als ich den gleichen Laut hinter mir hörte. Einer nach dem anderen gaben die schwarzen Kreise ein lautes »Plop« von sich, ein Zischen, dann kamen die Rauchfäden.

Ich drehte mich wieder um und eilte davon, so schnell ich es wagte. Ich musste von hier verschwinden. *Jetzt.*

Du bist dumm, dumm, dumm, beschimpfte ich mich selbst. Ich hatte doch nur jede Aufmerksamkeit vermeiden wollen, und nachdem ich drei Wochen lang nicht ein einziges Mal die Verbindung zum *Link* verloren hatte, war ich plötzlich außer Kontrolle geraten und verursachte alle möglichen Anomalien.

Ich versuchte, mich ruhig und dennoch so schnell wie möglich aus diesem Gang zu entfernen, bevor mich jemand entdeckte. Man durfte mich nicht mit dem, was eben geschehen war, in Verbindung bringen. Gerade als ich um eine Ecke biegen wollte, hörte ich laute Schritte hinter mir. Ich musste alles, was ich an Selbstdisziplin besaß, aufbringen, um mich nicht umzuschauen.

Wahrscheinlich war es nur irgendein Schüler. Nichts, worüber ich mir Sorgen zu machen brauchte.

Außer dass es so schwere Schritte waren. Richtig schwere. Es musste ein Regulator sein. In diesem Moment ging er vermutlich durch den Rauch, der aus den schwarzen Kreisen an der Decke drang. Er musste es bemerkt haben, und da ich das einzige menschliche Wesen weit und breit war, würde er wissen, dass ich etwas damit zu tun hatte.

Ich ging schnell einen schmalen grauen Gang hinunter und hoffte, ich würde es bis zu dessen Ende schaffen, zum nächsten abzweigenden Flur, bevor der Regulator um die Ecke bog.

»Stehen bleiben, Bewohnerin!«

Ich hätte anhalten und ruhig bleiben sollen. Ich hätte seine Fragen beantworten und so tun sollen, als wäre ich eine unbeteiligte Zuschauerin, die zufällig hier entlanggekommen war, als diese Kreise an der Decke einen Kurzschluss hatten. Ich hätte – aber ich tat nichts davon.

Ich rannte.

Ich lief den angrenzenden Gang hinunter, hoffte, dass mein unlogisches Verhalten den Regulator verwirren würde und für einen Moment anhalten ließ, um zu überprüfen, welches Vorgehen die Regeln in einem solchen Fall verlangten. Wie lächerlich, denn das bedeutete bloß, dass sie schließlich noch mehr Beweise für anormales Benehmen gegen mich in der Hand haben würden.

Aber ich war bereits losgestürmt und konnte das nun nicht mehr ändern. Ich zwang mich, nicht über die Schulter zu blicken, obwohl ich hörte, dass er sich nun mit schweren Schritten wieder voranbewegte. Falls es ihm gelang, mich zu scannen und eine Gesichtserkennung durchzuführen, wäre ich geliefert. Ich musste mich aus seiner Reichweite entfernen. Ich rannte schneller, beflügelt von meiner Panik. Das laute Stampfen seiner Stiefel zeigte mir an, dass der Regulator sein Tempo beschleunigte.

Ich bog erneut ab, in einen sich windenden Gang, und wusste doch, dass es nur eine Frage der Zeit war, bis er mich eingeholt hatte oder ich auf jemand anders traf, der bemerkte, dass ich mich anormal verhielt. Doch dann erkannte ich, wo ich war und warum es hier keine anderen Bewohner gab, und eine Idee blitzte in mir auf.

Ich bog scharf um eine weitere Ecke und blieb einen winzigen Moment stehen, um eine Haarspange aus meiner Tasche zu ziehen, bevor ich weiterrannte. Ich drehte mein offenes, lockiges Haar straff zusammen und steckte es fest.

Immer noch konnte ich bei jedem seiner hämmernden Schritte das hydraulische Zischen der Stiefel hören, als der Regulator hinter mir in den Gang einbog. Ich hoffte nur, er hatte mich nicht allzu deutlich gesehen.

Ich nahm eine Abzweigung nach links, die in einen anderen Korridor führte, und bremste mein Tempo ab. Schüler schoben sich in Massen durch den breiten Gang, strebten langsam an mir vorbei, der Cafeteria entgegen. Mittagszeit. Ich zwang mich, normal zu atmen, damit mein Monitor nicht losschrillte. Dann straffte ich die Schultern, nahm die gleiche stocksteife Haltung wie die anderen Bewohner ein und mischte mich unter die Menge.

Ich lauschte nach hinten und hörte, wie der Regulator die Mündung des Gangs erreichte, doch ich ging unauffällig weiter, wagte nicht, mich umzuschauen. Schüler umgaben mich auf allen Seiten, eine langsame Flut grauer Körper, die den Korridor hinunterschwappte.

Alles in mir schrie danach zu rennen, zu entkommen, doch ich zwang meine Beine, sich langsam zu bewegen. Ich hielt mein Gesicht vollkommen ausdruckslos, als der Regulator sich an mir vorbeidrängte. Er scannte die Menge, genau wie die anderen Regulatoren, die sich in der Nähe befanden, doch sein Blick glitt über mich hinweg.

Zum ersten Mal war ich dankbar für die Monotonie, dafür, dass wir alle gleich aussahen. Vielleicht hatte ich doch noch einen Ort gefunden, um mich zu verstecken. Vor aller Augen, getarnt dadurch, dass ich genauso aussah wie all die anderen ferngesteuerten Bewohner auch.

»Ich grüße dich«, sagte Maximin, als ich mich an meinen üblichen Platz an Tisch 13 setzte. Ich befand mich immer noch außerhalb des *Links*, und meine Nerven lagen blank. Ich war froh, ein vertrautes Gesicht zu sehen, und als er mich um Hilfe in Neurochemie bat, wäre ich ihm am liebsten um den Hals gefallen. Dafür, dass er so normal und verlässlich war. Aber meine Gedanken waren noch von den furchteinflößenden Ereignissen dieses Vormittags gefangen genommen.

Dazu kam, dass ich immer noch nicht die geringste Vorstellung davon besaß, was sich zugetragen hatte, während ich verschwunden gewesen war. Nicht nur, dass ich mich unvermittelt in der tödlichen Oberwelt wiedergefunden hatte, ohne die geringste Erklärung dafür – die diagnostischen Geräte hatten zudem angeblich nichts Anormales bei mir festgestellt. Keine Störung, keinen Hinweis auf meine Gabe, *nichts*! Oder hatten sie es doch festgestellt und repariert? Falls das stimmte, warum war ich dann nach drei Wochen des Schweigens wieder kaputtgegangen?

»Zoel?«, fragte Maximin.

Ich sah ihn an und merkte, dass ich nicht ein Wort von dem, was er sagte, gehört hatte.

»Entschuldige bitte meinen Mangel an Konzentration.« In Gedanken zählte ich immer wieder bis zehn, um mich zu beruhigen. Dann klickte ich mich durch die Texte auf meinem Tablet, um die Lektion zu finden, die wir gerade durchnahmen, doch meine Gedanken überschlugen sich fast. Nichts ergab einen Sinn.

Ich nahm einen tiefen Schluck von dem Obstergänzungsgetränk, das auf meinem Tablett stand. Der Geschmack des dickflüssigen Gemischs versetzte mir einen Schock. Meine Augen weiteten sich für einen Moment, und ich schaffte es nur mit Mühe, ein überraschtes Keuchen zu unterdrücken. Ich betrachtete die rosa Flüssigkeit in dem Edelstahlbecher und versuchte, die einzelnen Geschmacksnoten zu identifizieren. Pfirsich. Vielleicht auch Mango. Ich inspizierte das Getränk genauer und entdeckte winzige schwarze Körnchen. Erdbeeren. Das war der andere Geschmack. Jede einzelne Geschmacksrichtung erschien plötzlich überwältigend stark.

»Zoel?«

Ich tadelte mich in Gedanken. Ich war heute vollkommen durcheinander, doch ich musste mich wieder auf das Wesentliche konzentrieren. Genau so, wie ich es so lange eingeübt hatte. Und vor allem durfte ich nicht vergessen, was die wichtigste Regel war, wenn man sich aus dem *Link* löste: Verbirg es!

Um alles noch schlimmer zu machen, war auch der dunkelhaarige Junge mit den blaugrünen Augen wieder aufgetaucht. Derselbe, von dem ich befürchtete, dass er ein Überwacher sein könnte. Es kam mir so vor, als würden mich alle seit meinem Verschwinden genauer beobachten – ausgerechnet jetzt, da meine Störungen sich plötzlich nur so schwer unter Kontrolle halten ließen.

Ich durchforschte meine Erinnerungen. Dass er an Flu 216 erkrankt war, hatte dazu geführt, dass alle an der Akademie mit Vorrang geimpft wurden. Konnte es ein bloßer Zufall sein, dass er zum selben Zeitpunkt erkrankt war, als ich verschwand? Ich wusste nicht länger, was ich glauben sollte, ich wusste nur, dass ich mich von ihm fernhalten musste. Ich konnte mich nicht länger darauf verlassen, dass ich meine Störungen jedes Mal verbergen konnte, und obwohl der Junge während des gesamten Unterrichts nicht ein einziges Mal zu mir hergesehen hatte, hatte ich das beunruhigende Gefühl, dass er sich jedes einzelnen Atemzugs von mir überdeutlich bewusst war.

Ich war froh, als wir endlich aus dem Unterricht entlassen wurden und ich mich auf den Weg zur U-Bahn-Station machen, mich der ständigen Überwachung entziehen konnte. Ich sehnte mich nach dem Frieden und der Stille meines Zimmers. Ich hätte schwören können, dass alles viel langsamer abgelaufen war, anfangs, als die Störungen einsetzten. Es war ein allmähliches Erwachen der Gefühle, Wahrnehmungen und Empfindungen gewesen.

Heute jedoch war es mir vorgekommen, als hätte man mich in eine Wanne mit eiskaltem Wasser getaucht. Ich wusste nicht, ob es daran lag, dass ich so unvermittelt wieder damit begonnen hatte, aus dem *Link* zu gleiten, oder ob sich irgendetwas in mir gelöst hatte, während ich fort war. Die Störung war ohne Vorwarnung aufgetreten, zufällig und intensiver, als ich es je zuvor erlebt hatte. Ich hatte nicht die geringste Ahnung, warum dies so war, und das machte es nur noch erschreckender. Ich konnte es mir nicht leisten, noch mehr Aufmerksamkeit auf mich zu ziehen, als es ohnehin schon der Fall war.

Die Rückfahrt zu unserer Gebäudeeinheit strapazierte meine Nerven noch weiter. Jedes Mal, wenn der Zug sich in eine Kurve legte und die Räder kreischten, zuckte ich überrascht zusammen. Es schien, als würde er funkensprühend über meine angespannten Nerven rollen. Körper standen dicht an dicht, neigten sich gleichzeitig im

Rhythmus des Zuges zur Seite. Es schien mich zu ersticken. Ich wollte meine Augen schließen und meine Ohren verstopfen. Ich musste entkommen, mich verstecken. Aber ich konnte nirgendwohin gehen. Nirgendwo war ich wirklich sicher.

Mein Zuhause.

Überrascht stellte ich fest, welche überwältigenden Emotionen dieses Wort in mir weckte. Als ich durch die Tür trat, spürte ich, wie meine Augen brannten, und lehnte für einen Moment den Kopf gegen den Türrahmen, atmete erleichtert ein, bevor ich auf mein Zimmer zuhielt.

»Ich grüße dich, Zoel«, sagte mein Bruder, als ich an seinem Zimmer vorbeikam.

»Ich grüße dich, Markan«, erwiderte ich und blieb stehen.

Er saß vor dem Schreibtisch unter seinem Etagenbett und starrte mit leerem Blick an die Wand.

Ich kannte diese Haltung. Sie war während der verordneten Entspannungszeit vorgeschrieben. Am Nachmittag nach dem Unterricht berieselte uns die *Verbindung* mit harmonischen Klängen, versetzte die Bewohner dadurch in eine Art Trance. Diese fest einzuhaltende Pause sollte unsere Effizienz und Produktivität steigern.

Ich musste schlucken, als ich Markan betrachtete. Er wirkte so friedvoll. Aber um welchen Preis?

Ich konnte kaum den Impuls unterdrücken, in sein Zimmer zu gehen und meine Arme um ihn zu legen. Dass ich diesen Wunsch empfand, machte mich nachdenklich. Ich wusste nicht, wieso ich auf die Idee gekommen war, es könnte tröstlich sein, wenn man jemanden berührte, aber ich war mir sicher, dass dies so war.

»Sind Mutter und Vater zu Hause?«, fragte ich – eine

Ausrede, um noch ein bisschen trödeln und mit ihm reden zu können.

»Nein. Sie kommen am Abend um zehn Uhr zurück. Das solltest du wissen.«

Ich nickte. »Natürlich.« Ich konnte meinen Blick einfach nicht von ihm abwenden. Er schien im letzten Monat gewachsen zu sein. Seine Schultern wirkten breiter. Er war dreizehn, kam in die Pubertät, da musste ich wohl damit rechnen, dass seine körperliche Erscheinung sich schnell veränderte. Aber es gab keine Anzeichen, dass auch er sich aus der *Verbindung* lösen konnte, und es gab keine Garantie, dass das jemals passieren würde. Jedes Jahr brachte ihn dem Erwachsensein näher und der Unmöglichkeit, jemals noch dem *Link* zu entkommen und Emotionen zu verspüren. Und dann würde er achtzehn und für immer verloren sein. Diese Vorstellung zerrte an etwas in meiner Brust.

»Wünschst du etwas?«, fragte mich Markan.

»Nein«, erwiderte ich. »Ich werde es dich wissen lassen, wenn ich die Übungen am Laufband beendet habe, damit du deine Übungseinheit vor dem Abendessen durchführen kannst.«

Er nickte, dann richtete er seine Aufmerksamkeit wieder auf die Wand beziehungsweise auf den *Link*.

Ich warf noch einen letzten, zögernden Blick auf ihn, ging dann in mein winziges, kompaktes Zimmer und zog mich um. Doch bevor ich mit dem Training begann, schloss ich meine Tür und langte mit den Fingern in den Schlitz in meiner Matratze.

Meine Zeichnungen waren fort.

Panik bohrte sich in meine Brust. Sie konnten nicht fort sein! Ich war weder deaktiviert noch weggebracht worden. Ich griff tiefer in die Matratze. Immer noch nichts. Panisch hob ich sie an, um darunter nachzuschauen. Meine Gedanken überschlugen sich, jeder einzelne schlimmer als der vorangegangene. Wenn man sie gefunden hatte …

Da waren sie! Meine suchenden Finger griffen nach dem zerknitterten Papier, das in einem Stapel am Fußende unter der Matratze lag. Erleichtert ließ ich mich gegen die Wand sinken; mir war gleichzeitig nach Lachen und Weinen zumute.

Doch meine Erleichterung dauerte nicht lange an – es war nicht der richtige Ort, an dem meine Zeichnungen lagen. Ich achtete immer sorgfältig darauf, sie *in* der Matratze zu verstecken. Angestrengt durchforschte ich meine Erinnerungen an das letzte Mal, als ich gezeichnet hatte. Ich war mir ziemlich sicher, dass ich sie an die richtige Stelle gelegt hatte. Was … was, wenn jemand sie *gefunden* hatte?

Ich schüttelte den Kopf und verdrängte diesen Gedanken. Das war lächerlich. Ich stünde nicht hier, wenn man auch nur eine meiner Zeichnungen entdeckt hätte. Es war vollkommen unmöglich, dass man mir erlaubt hätte weiterzuleben. Ich war vermutlich unachtsam gewesen. All die Angst, der Druck und der Stress führten zu solchen Aussetzern.

Ich atmete ein paarmal tief durch und hoffte, dass ich meine Panik so weit unterdrücken konnte, dass der Herzmonitor nicht piepte. Doch ich konnte nicht verhindern, dass der Alarm in meinem Kopf losschrillte. Nichts ergab mehr Sinn. Das Gefühl der Sicherheit, der angenehmen Vertrautheit, das ich empfunden hatte, als ich unsere Wohneinheit betrat, war verschwunden.

Ich legte meine Hand an die Mauer, die mein Zimmer von Markans Raum trennte. Ich war sicher, dass er mehr sein könnte als nur eine Hülle, die mit leeren Augen auf die Wand starrte, aber ich war mir nicht mehr sicher, ob ich lange genug leben würde, um das zu erleben.

Ich wischte mir die brennenden Augen, dann ging ich und begann mit meinem Training. Solange es möglich war, sollte ich wenigstens so tun, als sei alles in Ordnung. Es tat mir gut zu laufen, den hämmernden Rhythmus zu spüren, zu spüren, wie meine Füße auf dem Band aufsetzten. Es gab mir das Gefühl, lebendig zu sein, und es schenkte mir gleichzeitig innere Ruhe. Zum ersten Mal, seit ich mich an diesem Tag aus dem *Link* gelöst hatte, war ich in der Lage loszulassen, wenn auch nur für einen Moment, und nicht weiter darüber nachzugrübeln, was sich ereignet haben mochte, nachdem ich vor drei Wochen Raum A 117 betreten hatte.

Mitten in der Nacht wachte ich auf, weil mein Herzmonitor piepte. Ich musste auch im Schlaf noch unverbunden gewesen sein. Ich krabbelte unter meiner Decke hervor. Es dauerte einige furchterfüllte Momente, bis ich begriff, dass ich mich in meinem Zimmer befand und nicht in einer rasenden Flut zu ertrinken drohte.

Ich setzte mich auf und lehnte mich mit dem Rücken gegen die kühle Wand, sog gierig den Atem ein. Mit dem Arm wischte ich mir den Schweiß von der Stirn. Einige Minuten später beruhigte sich mein Herz, und ich schloss die Augen, bemüht, nicht erneut das Grauen aufleben zu lassen, wie ich nutzlos mit den Armen im Wasser ruderte.

Markan war bei mir gewesen, drohte wie ich zu ertrinken, flehte mich an, ihm zu helfen, doch ich konnte nichts für ihn tun. Während ich versuchte, mich über Wasser zu halten, musste ich hilflos mit ansehen, wie er unterging. Er tauchte nie wieder auf, und es war meine Schuld. Entsetzen und Schuld schnürten mir die Kehle zu. Ich schluckte und ging ins Bad, um mir ein Glas Wasser zu holen.

Träume. Albträume. Dunkelheit. Ich hatte vergessen, dass auch das dazugehörte, wenn man aus der *Verbindung* glitt. Und ich hatte es bestimmt nicht vermisst. Der *Link* regelte die REM-Phasen und Schlafzyklen, und niemand wurde jemals aus dem Schlaf gerissen.

Als ich wieder in meinem Zimmer war, rieb ich mir das Gesicht mit beiden Händen. Oje, wie hatte ich das vorher nur überstanden? Wie hatte ich es geschafft, dies alles für mich zu behalten und nicht wahnsinnig zu werden? Selbst in meinem Schlaf war ich nicht sicher. Stirnrunzelnd dachte ich über meinen Traum nach. So viel Wasser war an mir vorbeigeströmt, mehr, als ich jemals im wirklichen Leben gesehen hatte. Ich schloss erneut die Augen und versuchte, die Szene noch einmal auferstehen zu lassen, doch die Erinnerung verblasste bereits.

Ich legte mich ins Bett und versuchte einzuschlafen, doch es gelang mir nicht. Schnell stand ich wieder auf, zog eine saubere Papiertüte hervor, die von unseren wöchentlichen Lebensmitteleinkäufen stammte, und den Filzstift, den ich am Fußende der Matratze versteckt hatte.

Mir war nun klar geworden, dass die Zeichnungen gefährlich sein konnten. Ich würde einen Weg finden, sie hinterher zu zerstören oder sonst wie loszuwerden, aber ich musste dieses Bild dennoch aus meinem Kopf auf das Papier bekommen. Ich legte mich vor die Wand, dicht vor die winzige Lichtzelle der Orientierungsleuchte, sodass ich das Papier sehen konnte. Ich konzentrierte mich stark, entschlossen, etwas zu lernen – irgendetwas.

Ich skizzierte die Masse des strömenden Wassers. Ein paarmal war die Erinnerung so klar, dass ich völlig von dem Gefühl überwältigt wurde, durchnässt zu sein und vor Entsetzen zu zittern. Doch dann zog ich mich zurück, damit ich das Szenarium eher von außen als von innen betrachten konnte. Ich wollte mich unbedingt an jedes einzelne Detail der Szene erinnern. Ich zeichnete weiter, versuchte nicht zu denken, nur mit meinem Stift in dem schwachen Licht zu malen.

Als ich schließlich aufhörte, hatte ich eine komplette Seite der zerknitterten Tüte mit meiner Zeichnung ausgefüllt. Ich legte den Stift weg und versuchte herauszufinden, was das Bild bedeutete. Den größten Teil nahm das tosende Wasser ein, in Schach gehalten lediglich durch die runden Wände.

Dort war eine Gestalt im Wasser – es war Markan, doch gleichzeitig schien er es nicht wirklich zu sein.

Ich runzelte die Stirn, betrachtete das Gesicht, das ich gezeichnet hatte. Markan wirkte auf dem Bild älter als in Wirklichkeit – die Wangenknochen traten stärker hervor, das Gesicht war nicht mehr kindlich rund. Immer wieder tauchte er in meinen Träumen auf – in diesem neuen Traum vom Ertrinken, aber auch in dem alten Traum von dem Jungen, der dem *Link* entkommen war und zu Tode gehetzt wurde. Immer starrte er mich mit Markans Gesicht an, den Blick von Grauen erfüllt. Und warum hatte ich beim Aufwachen stets das Gefühl, dass alles allein meine Schuld war?

»Ich grüße dich, Zoel«, sagte Maximin, als ich mich zum Mittagessen hinsetzte.

»Ich grüße dich, Maximin«, erwiderte ich und hätte beinahe gelächelt, weil er sich so vorhersehbar benahm. Dann wartete ich geduldig auf seine Bitte, ihm beim Lernen zu helfen.

»Wärst du bereit, mir auch nach dem Unterricht Hilfe zu leisten? Ich habe bereits die Autorisierung erhalten, dass du nach der Schule in meine Wohneinheit kommen darfst.«

Ich erstarrte mitten in der Bewegung, die Gabel vor meinem Mund. Es gelang mir, meine Überraschung nicht auf meinem Gesicht sichtbar werden zu lassen. Ich denke, ich hatte schon davon gehört, dass andere Schüler so etwas machten. Es passte bloß so gar nicht zu meinem Vorhaben, möglichst unterhalb des Radars zu bleiben und keinen Verdacht zu erregen.

Aber es gab keinen logischen Grund, seine Bitte abzulehnen. »Ja, ich wäre dazu bereit«, brachte ich schließlich heraus.

»Dann werden wir uns nach Unterrichtsschluss am Eingang der zentralen U-Bahn-Station treffen.«

»Einverstanden«, erwiderte ich, immer noch ein wenig verwirrt.

Wir verbrachten den Rest der Mittagspause mit Lernen, doch ich fühlte mich unbehaglich, weil meine Routine gestört war. Wenn weiterhin anormale Dinge passierten, wie konnte ich dann so tun, als ob alles normal sei?

Wir gingen zu einer anderen U-Bahn-Linie als der, die ich sonst benutzte. Etwa fünfzig Leute warteten hier schweigend, nur ab und zu war eine Stimme zu hören. Ich hatte keine Ahnung, weshalb die Stille heute so laut klang – ich hatte es in meinem Leben bisher nicht anders gekannt. Doch ohne den dumpfen Schild, den der *Link* über uns breitete, kam mir alles neu vor.

Den ganzen Tag über war ich unverbunden gewesen. Als ich die leeren Gesichter um mich herum betrachtete, dachte ich, dass ich die vergangenen drei Wochen ebenfalls als Zombie verbracht hatte, genau wie alle anderen. Der Gedanke ließ mich erschaudern.

»Ist dir kalt?«, erkundigte sich Maximin.

»War nur ein Luftzug«, behauptete ich und wich ein wenig von ihm zurück. Ich wusste, dass Nähe den Leuten um mich herum nichts ausmachte, aber ich hatte vor kurzem festgestellt, dass es verschiedene Emotionen in mir auslöste, wenn ich jemanden berührte. Wenn ich zufällig meine Eltern oder Markan streifte, fühlte sich das angenehm an. So, als ob ihre Berührung meine schlechten Träume vertreiben könnte. Es war unlogisch, das wusste ich, und ich war überzeugt, dies alles rührte lediglich daher, dass ich mir so sehr wünschte, irgendein Zeichen zu sehen, dass ich nicht so absolut und vollkommen allein war. Es konnte keine wahre Nähe in der Enge unserer Wohneinheit geben, und dennoch spürte ich sie.

Maximin lehnte sich näher zu mir, sodass ich den moschusartigen Duft seiner Seife riechen konnte. Das weckte ein ganz merkwürdiges Gefühl in mir, und ich wich zurück. Es war nicht nur das übliche seltsame Gefühl, jemandem nahe zu sein, sondern etwas, was ich nicht definieren konnte – etwas, das Unbehagen in mir auslöste. Wir passten nicht zusammen, waren wie Teile eines Puzzles, die nicht zusammengehörten.

Nach ungefähr einer halben Stunde teilte mir Maximin mit, dass wir an der nächsten Haltestelle aussteigen müssten. Er lebte weiter entfernt von der Schule als ich, aber der Tunnel vom Bahnsteig bis zu seiner Gebäudeeinheit sah exakt so aus wie unserer. Mit der gleichen niedrigen Decke, dem gleichen grauen Beton, der an den Kanten Schmutz ansetzte. Und er führte zu der gleichen Reihe von Aufzügen, die in dem achtstöckigen Wohngebäude nach oben und nach unten fuhren. Eintönigkeit war die Regel, selbst bei der Stadtplanung.

Ich blickte zu Maximin und war überrascht darüber, wie ruhig er mich betrachtete. Beinahe hätte ich die Stirn gerunzelt, weil er mich so lange ansah, bevor er schließlich den Blick abwandte.

»Hier sind wir.« Mit dem Finger berührte er eine kleine Platte neben einem der mittleren Aufzüge, und wir warteten schweigend.

Ich ließ meinen Blick über die anderen schweifen, die hier standen. Es waren hauptsächlich Heranwachsende, in unserem Alter oder jünger, die von der Akademie zurückgekehrt waren.

Der Aufzug machte »Pling«, als wir Maximins Stockwerk erreichten, und wir stiegen aus. Ich folgte ihm den Gang hinunter zu seiner Wohneinheit und beobachtete, wie er sein Handgelenk vor dem Sensor neben der Tür bewegte.

Plötzlich wurde mir bewusst, dass wir allein in der Wohneinheit sein würden. Erwachsene arbeiteten elf oder zwölf Stunden am Tag, besonders wenn sie noch jung genug waren, um sehr produktiv zu sein, und nicht so schnell ermüdeten.

In weniger als einem Jahr würde ich genauso sein wie sie. Nachdem ich die Akademie beendet hatte, würde ich den endgültigen V-Chip erhalten und in einem der Biotechnologie-Unternehmen zu arbeiten beginnen, allmählich in der Hierarchie aufsteigen, entsprechend meiner Fähigkeiten und Kenntnisse, die jedes Jahr überprüft wurden. Das heißt, wenn man mich nicht vorher deaktivierte. Und was, wenn ich niemals ertappt und ein weiterer erwachsener Zombie würde, unfähig, jemals wieder Gefühle zu empfinden? Ich wäre sicher, aber war es das tatsächlich wert? Mein Leben jeden Tag ein wenig mehr zu verlieren, innerlich vollkommen leer zu sein, während ich bis zur Erschöpfung schuftete, schlief und am nächsten Tag erwachte, damit alles von vorn begann? Und dann würde ich eines Tages mit einem genetisch passenden Partner gepaart, mit jemandem, der nichts fühlte, nichts dachte, der niemals Schönheit, Angst oder Freude kennengelernt hatte.

Ebendiese Zukunft erstreckte sich vor mir, eine düstere Straße, die einzige Belohnung dafür, dass es mir gelang, meine Anomalien verborgen zu halten.

Ärgerliche Hitze stieg mir ins Gesicht. Nein. Das wollte ich nicht. So sollte mein Leben nicht sein.

Flucht. Mit roter hämmernder Energie hallte das Wort durch meinen Kopf.

Noch weniger als zuvor vermochte ich vorherzusehen, wann meine Störungen auftraten. Die Gefühle, die mit ihnen verbunden waren, waren so überwältigend stark, dass es mir nicht immer gelang, sie zu verbergen. Gleichzeitig waren mehr forschende Blicke auf mich gerichtet als je zuvor. All dies führte dazu, dass sich die unsichtbare Schlinge, die um meinen Hals lag, enger und enger zusammenzog. Irgendwann würde sie mich schließlich ersticken.

Ich musste also vollkommen vom Radar verschwinden, so lange, bis ich nicht mehr unter ständiger Beobachtung durch die Kanzlerin, den Überwacher-Jungen mit den blaugrünen Augen und die Regulatoren stand. Dann würde ich verschwinden, mir ein Versteck suchen, in dem ich mich ungestört aus dem *Link* lösen und so lange wie möglich unentdeckt leben konnte, bis zu meiner unvermeidlichen Entdeckung und Deaktivierung. Ich war mir nicht sicher, ob sich das überhaupt machen ließ, doch ich wusste plötzlich, dass ich es versuchen musste.

Die Kanzlerin mit ihren allzu durchdringenden Augen würde mich garantiert auch weiterhin zu den wöchentlichen Treffen unter vier Augen befehlen. Eine falsche Bewegung, und alles wäre vorbei. Das flößte mir Angst ein, wenn ich allzu lange darüber nachdachte, und so versuchte ich mich zu beschäftigen und meine Sorgen zu begraben. Das war mein neuer Modus Operandi: nicht denken, einfach handeln. Ich musste unbedingt meine gesamte Energie darauf richten, nicht anormal zu sein. Routine. Ordnung ist unsere Pflicht, Ordnung steht über allem.

Ich war so in meinen quälenden Gedanken gefangen, dass ich vollkommen unvorbereitet war, als Maximin die Wohnungstür hinter uns schloss und zu mir herumwirbelte. Er schlang die Arme um mich, zog mich an seine Brust.

»Zoel, ich habe mir solche Sorgen gemacht, als du verschwunden warst«, flüsterte er. »Und ich bin so glücklich, dass du zurückgekehrt bist.«

Er brachte seinen Mund an mein Ohr und ließ seine Lippen an meiner Wange entlang nach unten gleiten, ganz dicht über meiner Haut. »Du ahnst gar nicht, wie lange ich mich schon danach sehne, dies endlich tun zu können.«

Dann näherten sich seine Lippen meinem Mund.

11. KAPITEL

»Maximin!« Ich schob ihn überrascht weg, bevor sein Mund meinen berühren konnte. In meinem Kopf summten Furcht und Verwirrung. »Was tust du da?«

Er lächelte, zeigte auf beiden Wangen Grübchen, die ich nie zuvor bei ihm gesehen hatte.

Mein Mund blieb offen stehen.

»Zoel, ich wollte dir das schon so lange sagen, seit ich bemerkt habe, dass auch du aus dem *Link* gleitest.«

Meine Brust schnürte sich vor Furcht zusammen, meine Gedanken rasten, spielten alle Möglichkeiten durch. War das ein Test? Stand ich in ebendiesem Augenblick unter Beobachtung? Ich sah mich in dem schmalen Eingangsbereich um, bevor ich wieder misstrauisch zu Maximin schaute. Dann richtete ich meinen Blick nach oben, zur Decke, in die ein kleiner schwarzer Kreis eingelassen war.

Der Ausdruck auf seinem Gesicht stimmte mich sanfter. Dies war *Maximin*, nicht irgendein spionierender Überwacher.

Und dennoch hielt ich mein Gesicht ausdruckslos und leer, zwang die Energie weg, die über meine Arme lief, und streckte wie ein Roboter die Hand aus.

»Lass uns in dein privates Zimmer gehen«, sagte ich.

Er nickte und nahm meine Hand, um mich den kurzen Gang hinunterzuziehen.

Seine Wohneinheit war genauso aufgebaut wie meine,

nur seitenverkehrt – ein kleiner Eingangsbereich, der zu einem schmalen Gang wurde, von dem vier Zimmer abgingen, nach links statt wie bei uns nach rechts, und am Ende das Badezimmer.

Wir betraten den zweiten Schlafraum.

Maximin schob die Tür hinter sich zu, immer noch lächelnd. Sein graues Hemd schien überhaupt nicht zu seinen geröteten Wangen und seinen blitzenden braunen Augen zu passen. Er wirkte so lebhaft und lebendig, dass ich ihn kaum wiedererkannte.

»Und nenn mich Max, nicht Maximin«, sagte er. Meine Hand hatte er immer noch nicht losgelassen.

Ich wurde plötzlich ganz aufgeregt und wusste doch, dass ich vorsichtig sein musste. Aber es hatte Sinn – es gab einfach keine andere Erklärung für seinen Gesichtsausdruck. Es war unmöglich, zu unglaublich, um wahr zu sein, doch auf der anderen Seite wünschte ich mir mehr als alles andere, ihm glauben zu können.

»Wann hast du angefangen, dich aus dem *Link* zu lösen?«, wollte ich wissen, immer noch hin- und hergerissen zwischen Misstrauen und Hoffnung.

»Vor drei Monaten.« Er hockte sich auf die Kante des Schreibtischs, der unter seinem Etagenbett stand, und deutete auf den Stuhl, damit ich mich setzte.

Ich blickte mich um – sein Raum sah exakt so aus wie meiner, bis hin zu dem gleichen Grauton der Wand.

»Ungefähr einen Monat, bevor du damit angefangen hast«, fuhr er fort. »Ich hatte anfangs solche Angst, aber als ich dann bemerkte, dass du manchmal im Unterricht einen so wachen Ausdruck bekamst, wusste ich, dass ich nicht allein war. Vor allem deshalb habe ich dich gebeten, mir beim Lernen zu helfen, weil ich jemandem nahe sein wollte, der ebenfalls nicht ständig verbunden ist.«

»Warum hast du denn nicht schon früher was gesagt?« Ich setzte mich auf den Stuhl, überwältigt von dem, was er gerade erzählt hatte. Und was es implizierte. *Nicht allein.* War das nicht genau das, wonach ich mich gesehnt hatte?

Ich musterte Max' Gesicht erneut, unsicher, ob ich dem, was ich sah, auch wirklich vertrauen konnte. Ein scharfer, wacher Ausdruck lag auf seinem Gesicht – eben der Ausdruck, den ich auch so gern bei meinem Bruder erblicken würde.

Ich drückte Max' Hand.

»Ich wollte es dir ja erzählen, aber irgendwie hat sich nie der richtige Augenblick ergeben. Und dann bist du verschwunden.« Er schüttelte den Kopf. »Zoel, du weißt ja gar nicht…«

»Zoe«, unterbrach ich ihn. »Ich möchte, dass du mich Zoe nennst.«

»Zoe. Das gefällt mir.« Max lächelte flüchtig. »Ich hatte einen solchen Horror davor, dich zu verlieren, als du verschwunden warst. Und ich musste immer wieder denken, dass es vielleicht einen Unterschied gemacht hätte, wenn ich es dir früher gestanden hätte.«

»Ich weiß nicht«, erwiderte ich. »Ich kann mich absolut nicht daran erinnern, was mit mir passiert ist – wo ich war, mit wem. Ich habe nicht die geringste Ahnung.«

»Und sie haben nichts Ungewöhnliches festgestellt, als du zurückgekehrt bist? Als sie dich untersucht haben?« Aufmerksam beobachtete er mich.

Ich schüttelte den Kopf. »Nein. Nichts. Nachdem ich zurückgekommen war, bin ich ständig im *Link* geblieben, die ganze Zeit. Also schien auch alles in Ordnung zu sein, wann immer sie mich erneut durchgecheckt haben. Aber…« Ich schluckte, traute mich nicht recht, meine Furcht, die ich so sehr zu verdrängen versuchte, in Worte zu fassen. »Aber jetzt, nachdem ich wieder aus dem *Link* gleite, werde ich bei der nächsten Überprüfung als anormal auffallen.«

»Ich werde dir helfen.« Max presste seine schmalen Lippen zusammen, was ihm plötzlich einen eindringlichen Ausdruck verlieh. Seine Hand umklammerte meine fester. »Ich werde nicht zulassen, dass sie dir etwas antun.«

Ich lächelte traurig. Es war nett, jemanden zu haben, der mich beschützen wollte, obwohl ich wusste, dass es nichts nützen würde.

»Max, wenn sie mich erwischen, dann kannst du auch nichts tun.«

Er zog einen Mundwinkel beim Lächeln hoch und beugte sich näher zu mir. »Vielleicht doch.«

»Wie meinst du das?«

»Zoe, begreifst du denn nicht?« Er lachte, dann zog er die Augenbrauen zusammen. Als ich nicht antwortete, wirkte er plötzlich verunsichert. »Ich dachte, wenn du genauso wie ich der *Verbindung* entkommen kannst, dann bedeutet das, dass wir noch mehr gemeinsam haben.« Er schwieg einen Moment, schluckte. »Die … die Kräfte?«

»Warte mal«, sagte ich zögernd. »Soll das heißen, du kannst auch Dinge mit deinen Gedanken bewegen?«

»Was?« Max schien verwirrt.

Ich hielt den Mund fest geschlossen, plötzlich von der Furcht gepackt, ich könnte zu viel verraten haben.

Doch gleich darauf glitt Erstaunen über sein Gesicht. »Oh Mann!«, sagte er, und seine Augenbrauen schossen nach oben. »Das hatte ich eigentlich nicht gemeint. Aber, na ja, ich denke, es ergibt schon Sinn, dass wir uns auf verschiedene Art verändern. Ich besitze eine andere Kraft.«

»Welche denn?« Ich war zutiefst erleichtert und gleichzeitig nervös, seine Antwort zu hören. Über solche Sachen zu reden kam mir gefährlich vor. Ich fragte mich unwillkürlich, ob es nicht sehr dumm war, mich nun Max anzuvertrauen, ohne auch nur einmal zu zögern, nachdem ich bis jetzt immer so vorsichtig gewesen war.

»Okay, aber erschrick nicht. Ich zeige dir jetzt, was ich tun kann.« Er schloss die Augen und saß einen Moment lang ganz still da. Dann schien die Luft um ihn herum zu schimmern, das Licht zu reflektieren.

Es dauerte nicht länger als einen Wimpernschlag, bis Max verschwunden war und die Kanzlerin vor mir saß.

Ich fiel rückwärts vom Stuhl, keuchte erstickt auf. Es war also doch ein Trick gewesen. Die Kanzlerin musste veranlasst haben, dass bei meiner letzten Überprüfung ein Unterprogramm installiert wurde. Um mich auszutricksen und dazu zu bringen, mit Max zu reden, ihm meine Geheimnisse anzuvertrauen.

In meiner Panik krabbelte ich zur Wand. Wenn ich irgendwie an der Kanzlerin vorbeikäme, dann könnte ich es vielleicht schaffen, durch die Tür …

Ich sah zu der Person, die am Schreibtisch lehnte. Plötzlich war es wieder Max, und er lachte.

»Hören Sie auf!«, schrie ich hysterisch. Auf welche Weise machte sie das? Ich griff mir an den Nacken, um nachzuprüfen, ob irgendetwas im Port steckte. »Verschwinden Sie aus meinem Kopf!«

»Zoe …« Die Person, die wie Max aussah, schien beunruhigt. »Ich bin's doch nur. Einfach ich. Okay?« Er beugte sich vor, und ich zuckte zusammen. Mein Herzmonitor schrillte los.

»Zoe, ich bin's, Max«, wiederholte er besorgt. Er streckte die Hand aus, um sie auf meinen Arm zu legen, überlegte es sich dann aber anders. »Tut mir leid. Ich wollte dir keine Angst einjagen. Die Kanzlerin war nicht wirklich hier. Ich habe einfach ihre Gestalt angenommen. Zoe, ich bin's immer noch.«

Wie ein Häufchen Elend kauerte ich auf dem Boden, die Hände abwehrend erhoben. Doch irgendetwas in seiner Stimme brachte mich dazu, ihn anzuschauen. »Aber …« Ganz genau musterte ich sein Gesicht. Es sah aus wie seins, so echt, aber ich wusste nicht mehr, worauf ich vertrauen konnte. Wasser lief mir über die Wangen.

»Oh nein, Zoe«, sagte Max, die Augenbrauen zusammengezogen. »Ich hab wirklich nicht geglaubt, dass es dir solche Angst machen würde. Ich habe nicht darüber nachgedacht. Du bist sicher. Das garantiere ich dir.«

Ich stand auf und wagte mich näher an ihn heran, immer noch misstrauisch. Ich behielt die Tür im Auge, bereit, an ihm vorbeizusprinten und zu fliehen. Er sah wie er selbst aus, und trotzdem, was er da andeutete …

»Das ist …«

»Unmöglich?«, schlug er vor. Er lächelte nun, und sein Gesicht hatte sich entspannt. »Ich weiß. Trotzdem funktioniert es.«

Ich setzte mich auf den Stuhl vor Max und streckte vorsichtig die Hand aus, um sein Gesicht zu berühren, immer noch ein bisschen ängstlich.

»Tu es noch mal«, forderte ich ihn mit zittriger Stimme auf. »Aber such dir diesmal nicht wieder die Kanzlerin aus.«

Er grinste, und eine Sekunde später saß ein Mädchen vor mir, mit heller Haut und dunklem lockigem Haar, das mit einer Spange zusammengehalten wurde.

»Das bin ja ich!«, rief ich nach einem Moment und beobachtete, wie sich auf meinem Gesicht ein Lächeln ausbreitete. Neugierig beugte ich mich vor. Wir hatten in der Gemeinschaft kaum Verwendung für Spiegel. Meine Lippen waren voller, als ich gedacht hatte, meine Wangen gerundet. Auch meine Nase war größer. Ich runzelte die Stirn, lehnte mich noch weiter vor, um mich genauer unter die Lupe zu nehmen.

Max verwandelte sich wieder in sich selbst, ein breites Grinsen im Gesicht.

Unwillkürlich betastete ich meine Nase und meine Wangen, einen Moment lang noch ganz verloren in der Erinnerung an mein Gesicht. Dann jedoch dachte ich daran, welche Auswirkungen Max' Gabe haben könnte, und sah ihn scharf an.

»Wie machst du das?«, wollte ich wissen. »Das, was ich mit meinem Willen erreichen kann, erscheint eigentlich unwahrscheinlich, dürfte aber dennoch im Bereich des Möglichen zu liegen, zumindest wenn man einige Theorien zur Energieübertragung etwas großzügiger interpretiert. Aber das …« Ich schüttelte den Kopf und zog eine seiner blonden Augenbrauen mit dem Zeigefinger nach. »Dein Körper verändert tatsächlich seine Gestalt? Wie ist das möglich? Die Energiemenge, die nötig ist für die zelluläre Reproduktion …«

»Ich scheine ein mentales Feld zu erzeugen, das allen außer mir selbst etwas vortäuscht«, unterbrach mich Max.

»Aber du hast genau wie sie ausgesehen! Wie kannst du alles bis ins kleinste Detail kontrollieren?«

»Ich projiziere kein Bild – ich bestimme einfach, wen oder was *du* siehst. Ich kann dich dazu bringen, dass du glaubst, die Kanzlerin zu sehen, und prompt siehst du sie auch. Für mich schaue ich im Spiegel immer noch wie ich selbst aus. Aber allen anderen wird auch der Spiegel das Bild zeigen, das ich sie sehen lassen will.«

»Verdammte Hölle«, flüsterte ich voller Bewunderung.

»Was?«, sagte Max.

»Nichts.« Ich runzelte die Stirn, weil ich selbst nicht wusste, woher ich diesen merkwürdigen Ausdruck hatte. Dann schüttelte ich den Kopf. Es gab wichtigere Dinge, auf die ich mich konzentrieren musste.

Ich versuchte weiter, das Rätsel zu entwirren. »Also«, sagte ich langsam, »du denkst an die Person, von der du möchtest, dass die Leute sie in deinem ... in deinem Projektionsfeld sehen? Und dann passiert das auch? Fühlst du irgendetwas dabei?«

Max nickte. »Ja, ich höre so ein ganz hohes Summen in meinen Ohren. Und dann setze ich meinen *Willen* ein, und es passiert. Anfangs war es nicht so einfach. Aber ich habe geübt.«

»Ich kann es kaum glauben«, sagte ich, immer noch geschockt. »Hast du auch die Träume?«

Seine Augen weiteten sich, und er lächelte. »Ja. Ich meine, das ist nun wirklich ein netter Aspekt von alldem.«

»Nett?«, wiederholte ich verwirrt. »Du findest wirklich, dass sie *nett* sind?«

Er wirkte unsicher. »Reden wir jetzt wieder über zwei verschiedene Dinge?«

»Meine Träume sind grauenvoll. Deine nicht?«

Max strahlte übers ganze Gesicht. »Ein paar schlimme Träume hatte ich auch. Aber die meisten sind von der anderen Art.«

»Von der anderen Art?«

»Du weißt schon«, sagte er. »Von der angenehmen Art. Lustvoll.«

Lustvoll. Ich hatte dieses Wort bisher nur im Zusammenhang mit der Alten Welt gehört. »Ich bin nicht sicher, was genau du darunter verstehst. Lust ist etwas Falsches.«

»Oh nein.« Er riss die Augen auf. »Lust ist wunderbar. Wirklich. Ich bin erstaunt, dass du das noch nicht selbst herausgefunden hast. Ich war überzeugt, jeder, der sich aus dem *Link* löst, würde es sofort entdecken, genau wie ich. Darf ich deine Genitalien sehen?«

»Was?« Meine Stimme schoss um eine Oktave in die Höhe.

»Bist du nicht neugierig? Ich könnte dir zeigen, was ich meine.« Er rückte näher, sodass unsere Beine sich berührten. Dann beugte er sich vor und legte eine Hand auf mein Knie. »Schon seit einer Ewigkeit kann ich nur noch an dich denken.«

»Ja?« Ich blickte verwirrt auf seine Hand auf meinem Knie.

»Weißt du überhaupt, wie schön du bist?«, flüsterte Max. Er nahm seine Hand weg und berührte mein Haar, schob eine Strähne beiseite, die sich gelöst hatte, griff dann nach hinten und zog die Spange heraus, die mein Haar zusammenhielt. Es fiel mir ums Gesicht, und Max beugte sich vor, sog tief den Duft ein. Sein Gesicht war meinem so nahe, dass ich plötzlich ganz unregelmäßig atmete.

»Denkst du jemals an mich?« Er zog mich näher heran und ließ seine Hände über meinen Rücken gleiten.

Ich runzelte die Stirn. »Kann sein.«

Ich konzentrierte mich auf den Druck seiner Hände. Sie glitten tiefer. Es fühlte sich irgendwie angenehm an.

Aber auch merkwürdig. Dann verstärkte er den Druck, und ich wich zurück, schoss aus dem Stuhl und stellte mich vor die Wand.

»Was hast du?«

Ich verschränkte die Arme vor der Brust. »Das ist alles noch so neu für mich. Es geht mir zu schnell. Ich will im Moment nichts mehr damit zu tun haben.«

»Oh.« Max schien überrascht. Lehnte sich wieder zurück.

Sein Verhalten begann mich zu irritieren. »Du hast mir eben erst erzählt, dass du dich auch aus dem *Link* lösen kannst und dass du diese Kraft besitzt. *Darüber* möchte ich reden.«

»Aber willst du denn nicht mehr über die Lust herausfinden?«

»Vielleicht später«, erwiderte ich unsicher.

Max nickte. »Also gut. Später. Ich kann mir vorstellen, dass das anfangs alles irgendwie verwirrend ist.«

Ich nickte und lachte auf. Es hörte sich fremd an in diesem winzigen Raum, und furchtsam hielt ich mir die Hand vor den Mund – ein reiner Reflex. Max jedoch grinste nur. Er verstand. Vor ihm durfte ich lachen. Endlich konnte ich all das teilen, was ich empfunden hatte. Ich erwiderte sein Grinsen, und mir wurde ganz warm ums Herz.

»So, dann führ mir vor, was du kannst«, sagte er.

Ich blinzelte ein paarmal und runzelte dann die Stirn. »Es kommt einfach über mich«, erwiderte ich nach einem Moment. »Ich weiß nicht, ob ich es erzwingen kann.«

Max zuckte mit den Schultern. »Seltsam. Ich kann meine Gabe kontrollieren.«

Mein Stirnrunzeln vertiefte sich. Davor hatte ich mich

immer gefürchtet. Meine Gabe war zu gefährlich, zu auffällig. Ich hatte nie daran gedacht, sie mit voller Absicht einzusetzen.

»Okay«, gab ich nach. »Ich werde es versuchen.«

Mein Blick fiel auf das Kissen, das ordentlich oben auf seinem Bett lag. Es war klein und leicht. Das sollte einfach sein. Ich starrte es an, befahl ihm, sich zu bewegen.

Nichts. Nicht mal ein Zucken. Ich streckte die Arme aus, versuchte, meine Gedanken und meine Energie zu bündeln und durch meine Finger zu schicken.

Max rutschte verlegen hin und her, während ich mich konzentrierte, die Zähne zusammenbiss und das Kissen weitere fünf Minuten lang anstarrte. Schließlich gab ich auf. Schweißperlen glitzerten in meinen Augenbrauen.

»Ich bin schon länger unverbunden als du«, sagte er. »Ich bin sicher, es wird einfacher, je mehr du übst.«

»Vielleicht«, erwiderte ich und sah das Kissen immer noch stirnrunzelnd an. Ich war frustriert, weil es nicht funktioniert hatte. Max schien so begeistert zu sein, was seine Kraft betraf, und ich war enttäuscht, weil ich ihm meine nicht hatte vorführen können.

»Also, was war los, als du verschwunden warst? Was ist passiert? Wo warst du?« Er lehnte sich so weit zurück, dass er mit dem Rücken die Wand berührte.

Ich berichtete ihm von allem, woran ich mich erinnern konnte, und es war eine Erleichterung, jemand anders als der Kanzlerin die Geschichte zu erzählen.

»Nichts fühlt sich anders an, aber ich weiß, dass etwas mit mir geschehen sein muss, mit meinem Körper. Aber warum haben die Überprüfungen nach meiner Rückkehr nichts Anormales angezeigt?«

»Ich hab mich eingeschlichen und einen Blick in

deine Akte geworfen, nachdem du zurückgekehrt warst. Du hattest tatsächlich ganz normale Ergebnisse. Aber ich habe etwas ganz anderes herausgefunden. Sie können mit uns machen, was sie wollen, und dann tischen sie uns nichts als Lügen auf.«

»Woher weißt du das?«

Er lächelte und zog eine Augenbraue hoch. »Du wärst überrascht, was du alles zu sehen und zu hören bekommst, wenn du wie die Kanzlerin aussiehst oder wie einer der anderen Lehrer. Was die Leute dir direkt ins Gesicht sagen.«

»Max!«, sagte ich. »Das ist doch gefährlich! Was, wenn sie dich schnappen?«

Er lachte. »Ich bin vorsichtig. Natürlich laufe ich nicht dauernd als die Kanzlerin durch die Gegend. Normalerweise versuche ich, jemand Unverdächtiges zu sein. Jemand, der den anderen kaum auffällt oder bei dem sie sich keine Mühe geben, sich vorsichtig zu verhalten. Außerdem weiß doch niemand, was ich kann. Sie haben nicht mal einen Verdacht. Niemand außer dir weiß Bescheid.«

Bei diesen Worten wurde mir heiß und kalt zugleich. Max hatte mir sein Geheimnis anvertraut. Andererseits war das eine weitere Last, die ich tragen musste, noch etwas, was ich nicht verraten durfte. Aber vielleicht hatte ja jeder außer den *Link*-Zombies Geheimnisse.

»Also, was hast du herausgefunden?«, wollte ich wissen. »Was versuchen sie zu verbergen, indem sie uns anlügen?«

»Ich weiß nicht über alles Bescheid, aber es ist eine Menge, Zoe.«

Meine Arme prickelten. Und diesmal war es nicht nur Furcht, auch etwas anderes kochte in mir hoch: Zorn.

Ich war so glücklich, dass ich jemanden hatte, der so war wie ich und mit dem ich reden konnte, doch was war mit den anderen? Was war mit all den Menschen, die niemals diese schönen Gefühle und Sinneseindrücke kennenlernen würden? Unterschied sich das Leben, das die Oberen uns aufzwangen – als nicht-denkende, nicht-fühlende Zombies –, denn tatsächlich so sehr davon, deaktiviert zu sein?

Was, wenn … Eine Idee loderte wie eine Flamme in mir auf. Was, wenn wir mit mehr Informationen einen Weg finden würden, die anderen zu retten, jeden das empfinden zu lassen, was Max und ich bereits fühlten?

»Max, wir müssen es herausfinden!« Ich griff nach seiner Hand. »Denk doch mal nach – all diejenigen, die mit uns in der Akademie sind, im *Link* gefangen, und nie etwas anderes kennenlernen.« Je länger ich darüber nachdachte, desto zorniger wurde ich. »Was sie uns allen antun, ist falsch!«

Max zuckte mit den Schultern, ließ aber meine Hand nicht los. »Wir können ja doch nichts ändern. Ich halte schon seit einer Weile die Ohren offen. Die Gemeinschaft ist zu groß, das ist eine globale Angelegenheit. Wir haben nicht die geringste Chance gegen etwas so Mächtiges.«

»Aber warum riskierst du dann so viel, um an Informationen zu gelangen?« Mein Zorn verwandelte sich in kribbelnde Aufregung. Ich stand auf, zog dabei meine Hand aus seiner und ging in dem kleinen Raum auf und ab. »Weil du es wissen willst, weil du es wissen *musst*. Also, ich muss es auch wissen. Vielleicht sollte es jeder wissen.«

Ich dachte an meinen Bruder und seinen leeren Gesichtsausdruck während der Entspannungszeit. Ihm nur von den Lügen zu erzählen würde nicht ausreichen. Er würde es nicht begreifen, nicht, solange er noch unter der Kontrolle der *Verbindung* stand.

»Wir brauchen mehr als nur Informationen«, fuhr ich fort, nun schon mit mehr Sicherheit. »Was, wenn wir etwas dagegen *tun* könnten?« Mir schwirrte der Kopf von all den Möglichkeiten. Ich hatte gedacht, dass Flucht die einzige Antwort wäre, aber was, wenn es noch einen anderen Weg gäbe? Einen Weg, durch den jeder Sicherheit gewinnen könnte? »Vielleicht bemühen sich die Oberen und die Beamten ja deshalb so sehr, sämtliche Informationen zu kontrollieren, weil sie wissen, dass sie uns nicht mehr im Griff hätten, wenn zu viele Leute die Wahrheit kennen würden.«

Max lachte. »Alles, was wir *tun* müssen« – er zog mich leicht neben sich, sodass sich unsere Oberschenkel berührten –, »ist, zu überleben und zu lernen, wie wir das System für uns nutzen können. Ich will dir helfen, ebenfalls zu überleben. Was auch immer mit dir in der Oberwelt geschehen ist, ist ein Grund mehr, keine Risiken einzugehen. Wir können trotzdem in Sicherheit sein und eine Möglichkeit finden, ein glückliches Leben zu führen. Du und ich zusammen.«

»Ein glückliches Leben?«, wiederholte ich ungläubig.

»Verstehst du denn nicht? Uns wurden diese Kräfte geschenkt, und wir sollten uns damit amüsieren. Wir können es nicht riskieren, sie wieder zu verlieren. Wir sind etwas Besonderes. Anders als alle anderen.«

»Aber was, wenn sich andere an der Akademie auch aus dem Link lösen könnten?« Wieder spürte ich Erregung. »Wenn das genug Leuten gelänge, dann könnten wir uns alle zusammentun und einen Weg finden, die Dinge zu ändern.«

»Zoe, du kannst nicht…« Max hielt plötzlich inne und neigte den Kopf zur Seite. »Warte. Ich hab gerade die Eingangstür gehört. Einer von meinen Eltern ist nach Hause gekommen.« Er zog mich auf die Füße. »Wir werden später weiterreden. Ich habe schon die nächste Förderungsstunde bei mir arrangiert. In zwei Tagen.«

Ich klammerte mich an seinen Arm, denn plötzlich hatte ich Angst, ihn zu verlassen, in eine Welt zurückzukehren, in der ich nicht ich selbst sein durfte. In der ich ständig befürchten musste, dass jemand meine Geheimnisse entdeckte. Wo ich dieses elende Gefühl ertragen musste, Seite an Seite mit Menschen zu gehen, die so sehr missbraucht und ausgenutzt wurden, ohne auch nur zu ahnen, dass sie Opfer waren.

Max streckte die Hand aus, um die Tür zu öffnen, doch dann blieb er stehen und wandte sich zu mir um, schloss mich eng in seine Arme. Ich lehnte meinen Kopf an seine Brust, überrascht, wie gut es sich anfühlte, so gehalten zu werden. Er hatte recht – Berührungen waren schön. Es überwältigte mich, wie sicher ich mir dabei vorkam.

Wir blieben so stehen, hielten einander fest, bis das Klacken von Schuhen im Flur widerhallte. Max ließ mich los, und ich fasste mein zerzaustes Haar schnell wieder mit der Spange zusammen.

»Ich grüße dich, Mutter. Dies ist Zoel Q-24.«

»Ich grüße dich, Maximin. Dich auch, Zoel«, erwiderte seine Mutter, das Gesicht ausdruckslos und ohne jede Emotion. »War die Förderungsstunde produktiv?«

»Ja.« Maximin drehte sich zu mir. »Wir sehen uns dann in zwei Tagen zur nächsten Stunde?«

Seine Mutter ging weiter, und Max zwinkerte mir zu.

Ich nahm meine Tablet-Tasche und eilte nach draußen. Mir schwirrte der Kopf. Noch mehr Geheimnisse, die sich über den anderen Geheimnissen auftürmten. Ich war sowohl aufgeregt als auch ängstlich. Aber wenigstens hatte ich nun jemanden, der mir half, sie zu ertragen. Die Erinnerung daran, wie sicher ich mich in Max' Armen gefühlt hatte, brachte auch dann noch ein Lächeln auf meine Lippen, als ich in dieser Nacht schon längst mein Licht gelöscht hatte.

Ich war nicht länger allein.

Am nächsten Tag in der Schule war ich mir ständig der Gegenwart von Max bewusst. Ich konnte nicht anders, immer wieder blickte ich verstohlen zu ihm hin: auf dem Flur, in der Klasse oder an unserem Mittagstisch. Nicht ein einziges Mal wirkte er anormal auf mich, und ich fragte mich, ob er mir vielleicht Tipps geben konnte. Er hatte mir erzählt, dass er in diesen Tagen meistens unverbunden war, doch soweit ich das beurteilen konnte, verbarg er es perfekt.

Beim Mittagessen ließen wir unser übliches Lernritual ablaufen – obwohl ich mich inzwischen fragte, ob er diese Förderung tatsächlich brauchte. Er schaute nur auf mich und nicht auf die Texte oder Notizen. Dazu kam die Art, wie er mich zu berühren versuchte, wann immer es möglich war. Wie zufällig streifte er meine Hand, die auf dem Tisch lag, oder er presste unter dem Tisch sein Bein gegen meines.

»Kann ich etwas ausprobieren?«, fragte er, als ich am Nachmittag darauf mit ihm in seine Wohneinheit kam. Er schloss die Tür seines Schlafraums, obwohl sein Vater und seine Mutter frühestens in einer Stunde nach Hause kommen würden.

»Was?«

»Ich möchte deine Lippen mit meinen berühren.«

»Wieso?«

»Weil ich denke, dass sich das richtig gut anfühlt. Für uns beide. Wenn's dir nicht gefällt, können wir ja aufhören.«

»Okay…«

Eifrig zog er mich an sich heran und presste seinen Mund grob auf meinen. Ich spürte, wie er mit seiner Zunge versuchte, zwischen meine Lippen zu gelangen. Es fühlte sich feucht an, und als ich meinen Mund öffnete, weil ich dachte, er wollte das, stießen unsere Zähne gegeneinander.

Steif stand ich da, die Augen offen, und musterte sein Gesicht, versuchte herauszufinden, was ich empfand und wie sich *Lust* anfühlen mochte. Ich überlegte, ob ich mich von Max lösen sollte, aber er schien so begeistert und aufgeregt zu sein, dies auszuprobieren, und so überzeugt, dass es mir auch gefallen würde. Er saugte kurz an einer meiner Lippen, was mir vor allem merkwürdig vorkam. Aber vielleicht auch ganz nett. Ich war mir nicht sicher.

Schließlich wich er zurück und lächelte. »Hast du es gespürt?« Seine Lippen waren feucht, sein Gesicht gerötet.

Ich wollte seine Begeisterung nicht dämpfen. »Hm. Kann sein.«

Aus seinem Lächeln wurde ein breites Grinsen. Es war, als würde sein gesamtes Gesicht aufleuchten, und plötzlich stellte ich fest, wie wohlgeformt es war. Eckig, mit einem breiten, starken Kinn. Er schien Stärke auszustrahlen.

Zaghaft streckte ich die Hand aus und berührte sein kurzes blondes Haar an dem Wirbel über seiner Stirn.

Max schloss die Augen und seufzte, legte seine Hand über meine und presste sie an sein Gesicht. Dann senkte er den Kopf, vergrub sein Gesicht an meinem Hals. »Du bist alles, woran ich denken kann. Deine Lippen. Dein Körper. Deine Beine. Dein Rücken.« Er legte seine Hände auf meine Hüften und zog mich gegen seinen Unterleib, liebkoste meinen Hals.

Ich lachte und wich zurück. »Es gibt noch so vieles, worüber ich mit dir reden will, und wir haben nicht viel Zeit.«

Max seufzte, hielt die Hände immer noch um mich gelegt und drückte mich vorn gegen seinen Körper. Dann stöhnte er laut auf. »Und alles, was ich tun will, ist *das*. Endlich habe ich dich hier bei mir, und ich will nicht aufhören. Ich habe schon so lange davon geträumt.«

Ich nahm seine Hand. »Vielleicht später.«

Sein Gesicht hellte sich wieder auf. Er fuhr sich ein paarmal mit beiden Händen durch die kurzen blonden Haare, dann kniff er die Augen zusammen. »Okay«, sagte er. »Gehen wir es eben langsamer an.« Er entfernte sich von der Tür, an der wir standen, und marschierte durch den Raum, hüpfte einige Male auf und ab und streckte seine Muskeln. »Langsamer angehen, langsamer angehen.«

Ich lachte. »Tut mir leid. Ich wusste nicht, dass dies so schwierig für dich sein würde.«

Er zuckte mit den Schultern und setzte sich schließlich hin. »Ist schon okay. Ich vergesse immer, wie neu es noch für dich ist. Aber wir können es ja zusammen lernen.«

»Ja.« Wieder nahm ich seine Hand, dann runzelte ich die Stirn. »Dein Puls scheint ziemlich erhöht zu sein. Wieso gibt dein Herzmonitor keinen Alarm?«

»Weil ich ihn blockiert habe.« Max grinste stolz. »Ich habe eine kurze Sequenz mit normaler Aktivität aufgezeichnet und lasse sie in einer Schleife laufen. Das kann ich auch mit deinem Monitor machen, aber dafür muss ich mir das richtige Zubehör ausborgen.«

»Wenn du *ausborgen* sagst…«, murmelte ich. »Werden sie denn nicht merken, dass etwas fehlt?«

»Ich bringe es ja einen Tag später wieder zurück. Ich besorge es morgen.«

Ich nickte. Es war gefährlich, das wusste ich. Dennoch, wenn meine Adrenalinwerte und mein Herzrhythmus nicht ständig überwacht wurden, würde mir das helfen, während der besonders intensiven unverbundenen Phasen nicht entdeckt zu werden. Gleichzeitig hasste ich die Vorstellung, dass Max sich meinetwegen in Gefahr bringen könnte.

»Ich werde darüber nachdenken. Und so lange unternimmst du nichts, ja?« Ich blickte ihm fest in die Augen, um sicherzugehen, dass er zustimmte.

Max nickte widerstrebend. »Na gut, dann vielleicht nächste Woche.«

Ich wechselte das Thema. »Ich habe über all das nachgedacht, was du mir letztes Mal erzählt hast«, sagte ich. »Es muss andere wie uns geben. Vielleicht sogar in der Akademie, oder sie fahren mit uns in der U-Bahn oder sind im Market Corridor. Wir müssen herausfinden, wer sie sind, damit wir ihnen so helfen können, wie du mir geholfen hast. Es macht einen Riesenunterschied zu wissen, dass ich nicht allein bin.«

»Aber, Zoe«, wandte er ein, und nun wirkte er nicht mehr so erfreut, »ich brauche niemand anders. Nur dich, das reicht mir. Wir zwei allein können das Geheimnis leichter bewahren. Wir können aufeinander aufpassen, ohne dass jemand etwas bemerkt. Je mehr Leute darin verwickelt sind, desto eher wird jemandem ein Fehler unterlaufen und desto leichter kann man uns erwischen.«

»Stell dir doch nur vor, Max, wenn da Leute sind wie wir, wie verängstigt sie dann sind. Die Einsamkeit ist das Schlimmste, wenn man sich aus dem *Link* löst. Das weißt du. Meine Angst war so groß, dass ich schon überlegt hatte, mich selbst anzuzeigen, damit sie mich reparieren können …« Ich schwieg, nachdem ich das ausgesprochen hatte. Inzwischen schien es mir eine Ewigkeit her zu sein. So vieles war passiert. Ich konnte mir kaum noch vorstellen, dass ich einmal bereit gewesen war, mir die Fähigkeit zerstören zu lassen, zu fühlen und *ich selbst* zu sein, egal, wie riskant es war.

Ich erstarrte.

»Was? Was ist los?«, fragte Max.

»Ich glaube, ich erinnere mich an etwas«, flüsterte ich. Langsam dämmerte mir die Erkenntnis. »Ich glaube, man hat mich gefangen genommen. Sie haben es herausgefunden.« Ich stand reglos da und schloss meine Augen ganz fest, während ich versuchte, diesen Hauch von einer Erinnerung festzuhalten. »Jemand war dabei. Ein Junge.« Ich biss mir auf die Lippen, versuchte mich zu konzentrieren, um die Züge des verschwommenen Bildes zu erkennen, an das ich mich beinahe erinnern konnte. Immer wieder griff ich mit den Fingern meines Geistes danach.

»Adrien!«, entfuhr es mir schließlich, als ich sein Gesicht erkannte. »Dieser neue Schüler, Adrien. Er war dabei.«

Max wirkte sofort aufgebracht. »Er muss dich verraten haben.«

»Ich glaube, er war dabei, als man mich gefangen nahm, oder vielleicht hat er mit den Beamten zusammengearbeitet. Oder sonst etwas«, fügte ich lahm hinzu. Ich schloss die Augen erneut, hoffte, vielleicht noch mehr herausfinden, das Gesicht mit einer Umgebung verbinden zu können, doch es gelang mir nicht.

»Wie kannst du dich an etwas erinnern, wenn ein Erinnerungslöscher in deinem Port gesteckt hat?«, fragte Max.

»Ich … ich habe keine Ahnung«, erwiderte ich und sah ihn an. »Es sollte nicht möglich sein. Es sei denn …« Ich brach ab.

»Es sei denn was?«

»Na ja«, sagte ich und formte den Gedanken aus, während ich weitersprach. »Was, wenn Erinnerungen nicht nur an einem Ort gespeichert werden? Ich meine, unsere Kräfte sind bestimmt nicht das einzig Ungewöhnliche, wozu unser Verstand in der Lage ist. Was, wenn Erinnerungen auch in anderen Bereichen unseres Gehirns nachhallen?«

»Was auch immer du damit meinst, du solltest dich in jedem Fall von diesem Adrien fernhalten.« Max wirkte angespannt, fast schon wütend. »Wenn er in alldem irgendwie mit drinsteckt, dann ist er gefährlich. Diese Leute, die Oberen, sind zu scheußlichen Dingen fähig. Sie könnten dich als Testobjekt benutzt, deine Erinnerungen entfernt oder dir sogar falsche eingepflanzt haben. Dieser Adrien ist wahrscheinlich ein Überwacher. Oder vielleicht etwas noch Schlimmeres.«

Ich nickte und ließ seine Hand los. »Lass uns nach anderen Ausschau halten, die nicht im *Link* sind – damit wir herausfinden, ob es noch welche wie uns gibt.«

»Zoe …«

»Na gut. Dann passe ich eben *allein* auf«, sagte ich, frustriert von seiner fehlenden Bereitschaft. Doch dann wurde meine Stimme wieder sanfter. »Ich weiß, du möchtest nur, dass ich sicher bin. Ich werde vorsichtig sein. Aber du musst es auch sein. Versprichst du mir das?«

»Ich verspreche es«, erwiderte er. Wir schwiegen einen Moment. Max neigte den Kopf zur Seite, sah mich eindringlich an. »Du bist so schön.«

Ich erwiderte seinen Blick. Sein blondes Haar war zerzaust, seine glänzenden braunen Augen schauten so ernst. »Du bist auch sehr wohlgeformt.«

Er zog mich wieder eng an sich. »Wenn ich erst einmal deinen Herzmonitor manipuliert habe«, sagte er, als er den Kopf hob und tief einatmete, »wirst du dich endlich entspannen können und zulassen, dass du das Gleiche fühlst wie ich.«

»Vielleicht.« Ich lachte und wandte mich zum Gehen.

Ein paar Tage später saß ich mit Max am Ende von Tisch 13, unserem üblichen Platz in der Cafeteria. Ich hatte den Projektor eingeschaltet, damit wir die Notizen dieses Tages durchgehen konnten, als ich bemerkte, dass Max plötzlich blass wurde. Sein Mund stand offen.

»Was ist los?«, fragte ich, und für einen winzigen Moment bemühte ich mich nicht, meine Besorgnis zu verbergen. Doch dann ließ ich mein Gesicht schnell wieder ausdruckslos werden und schaute mich vorsichtig um, ob irgendjemand mich beobachtet hatte.

Er richtete seinen Blick auf mich. »Zoe«, flüsterte er. »Sie haben dich gerade über den *Link* ausgerufen. Du sollst dich sofort im Diagnosezentrum auf Unterebene 2 melden.«

Ich spürte, wie sich meine Augen weiteten und mein Mund trocken wurde. Natürlich war mir bewusst gewesen, dass die Kanzlerin mich schon bald zu einem weiteren Check-up rufen lassen würde, trotzdem hatte ich gedacht, mir bliebe mehr Zeit oder dass ich im *Link* wäre, wenn es so weit war.

Doch inzwischen war ich die ganze Zeit unverbunden. Die Chancen waren nicht besonders groß, dass ich ausgerechnet in der Zeit, die ich brauchte, um von hier bis zum Diagnosezentrum zu gelangen, plötzlich in die *Verbindung* zurückfallen würde.

Das war's dann wohl.

Das war der Tag, an dem es ihnen gelingen würde, mein anormales Ich zu sehen, wie von einem Scheinwerfer angestrahlt auf dem Bildschirm mit den Untersuchungsergebnissen.

Ich hatte gedacht, dass ich mehr Zeit haben würde. Viel mehr Zeit. Mir wurde übel, doch ich stand auf und steckte mein Tablet ein, schwang mir die Tasche über die Schulter. Ich ermahnte mich, regelmäßig zu atmen und ruhig zu bleiben, damit mein Herzmonitor nicht dem ganzen Raum mein Entsetzen verkündete. Ich blickte Max nicht mehr an. Ich fürchtete, ich würde mich nicht länger zusammenreißen können, wenn ich es tat.

Mit gleichmäßigen Schritten verließ ich den Raum. Nur ein paar Leute blickten auf, als ich an ihnen vorbeikam. Wie ein Roboter passierte ich den Ausgang, trat in den schmalen Gang. Er war leer, denn um diese Zeit befanden sich die Schüler entweder in der Cafeteria oder in ihren Klassenräumen. Ich ging zum Lift, doch als ich den Arm hob, um das Handgelenk vor dem Sensor zu schwenken und den Aufzug herbeizuholen, hielt ich mitten in der Bewegung inne.

Ich wurde plötzlich von Traurigkeit überwältigt, als mir klar wurde, dass ich mich freiwillig zu meiner ziemlich sicher bevorstehenden Zerstörung begab. Ich war ein Idiot, auch nur zu glauben, dass ein Entkommen möglich war. Wenn sie mich nicht sofort nach dieser Überprüfung deaktivierten, dann bedeutete es zumindest das Ende jenes Lebens, das ich entdeckt hatte, der Person, zu der ich geworden war, meiner Gespräche mit Max – das Ende von allem, was mir nun wichtig war.

Oh nein. *Max.* Mein Magen machte einen Satz. Wenn sie meine Erinnerungs-Sticks lasen, dann würden sie auch alles über ihn herausfinden. Und es wäre ganz allein mein Fehler. Wie in meinen Träumen von Markan. Schnell zog ich meinen Arm zurück, als könnte der Sensor mich beißen.

Ich wirbelte herum und begann, in die entgegengesetzte Richtung zu gehen, weg vom Aufzug. Ein Plan formte sich vage in meinen Gedanken, als ich in einen Seitengang abbog. Vielleicht hatte ich doch eine Wahl, und so wählte ich das Weglaufen. Selbst wenn es die sichere Deaktivierung bedeutete. Ich musste es wenigstens *versuchen.* Ich würde in die U-Bahn steigen und in die Innenstadt fahren. Ich hatte keine Ahnung, wie viel Zeit mir blieb, bevor sie mich fanden, doch diesmal wollte ich nicht kampflos aufgeben.

Gerade als ich durch die Tür in den letzten Gang treten wollte, der zum Bahnsteig führte, hörte ich direkt hinter mir Schritte. Noch bevor ich mich umdrehen konnte, um zu sehen, wer es war, spürte ich, wie ein Treiber grob in meinen Zugangsport am Hals geschoben wurde.

»Du!«, brachte ich gerade noch heraus, bevor der Treiber die Kontrolle übernahm und ich gelähmt wurde.

12. KAPITEL

»Tut mir verdammt leid, dass ich dir das antun muss, aber wir haben nicht viel Zeit. Wenn du angefangen hättest zu schreien oder dein Herzmonitor losgegangen wäre, hätten sie uns beide erwischt. Das konnte ich nicht riskieren.« Die Worte strömten nur so aus ihm heraus.

Ich vermochte Adrien nur wie betäubt anzustarren, den letzten Menschen in der Gemeinschaft, dem ich vertrauen durfte. Er ließ seine Hand sinken, nachdem der Treiber fest im Port steckte. Mein Mund war, genau wie alles andere an mir, in kompletter Reglosigkeit erstarrt.

»Hör zu, ich lade dir ein neues Programm hoch, das dich mit dem *Link* rückverbindet. Damit kannst du selbst bestimmen, wann du im *Link* und wann du unverbunden sein willst. Du kannst also jederzeit in die *Verbindung* zurückkehren, wenn es nötig ist.« Er sprach so schnell, dass ich ihm kaum folgen konnte. »Du musst nur den Zugangscode flüstern: Beta Ten Gamma Link«, fuhr er fort, während er hinter mich griff und sanft meinen Pferdeschwanz anhob.

Bei seiner Berührung flackerte irgendetwas in mir auf.

»Beta Ten Gamma Link, okay?«, sagte er leise. »Das Programm wird lediglich auf deine Stimme reagieren – sie wird registriert, wenn du zum ersten Mal den Code nennst. Dann kannst du zur Überprüfung gehen, und sie werden trotz all ihrer Instrumente nichts Anormales bei dir feststellen können. Das verspreche ich dir. Wenn du es hinter dir hast, nennst du wieder den Code und bist unverbunden. Normalerweise checken sie bei solchen Überprüfungen die Erinnerungs-Sticks nicht, also hoffen wir das Beste.«

In mir schrien tausend Fragen, die herauswollten, doch mein Mund öffnete sich nicht, meine Stimmbänder brachten keinen Ton zustande. Es war ein grauenhaftes Gefühl. Und außerdem war da etwas an Adrien – irgendeine Erinnerung nagte am Rand meiner Gedanken.

Adrien fuhr sich durch die Haare in seinem Nacken. Er wirkte mitgenommen. »Ich mag mir nicht vorstellen, was du in diesem Moment denken musst, aber, bitte …« Er beugte sich vor und sah mich mit seinen blaugrünen Augen forschend an. Ein paar Sekunden lang wurde sein Gesicht lebendig, sein Blick bohrte sich in meinen, als erwartete er etwas Bestimmtes von mir, irgendein Zeichen oder Wiedererkennen – ich hatte nicht die geringste Ahnung.

Im nächsten Moment trat er zurück, und sein Gesicht erstarrte zu einer ausdruckslosen Maske, sodass er wieder wie alle anderen leblosen Schüler der Akademie wirkte.

»Geh jetzt ins Diagnosezentrum. Es wird nichts passieren. Und pass auf die gottverdammten Kameras auf. *Bitte*, sei vorsichtig!«

Er kam noch einmal näher, langte um mich herum, berührte meinen Nacken. Seine Finger waren wie ein Wispern auf meiner Haut. Dann zog er den Treiber heraus, und ich taumelte, als ich plötzlich meine Glieder wieder gebrauchen konnte, und fiel gegen die Wand.

»Warte«, sagte ich in einem lauten Flüstern und schaute mich schnell um, nachdem ich mein Gleichgewicht wiedergewonnen hatte. Doch Adrien war bereits fort. Einen Moment lang stand ich da, blickte zwischen dem Flur, durch den er verschwunden war, und der Tür, durch die es zum Bahnsteig ging, hin und her.

Meine Gedanken rasten. Ich wusste, ich war verloren, wenn ich zu fliehen versuchte. Ich wäre frei und ich selbst, aber das Ende würde kommen, und zwar bald. Oder ich konnte Adrien vertrauen, dem Jungen, der vielleicht ein Überwacher war.

»Beta Ten Gamma Link«, flüsterte ich und wurde augenblicklich zurück in den *Link* katapultiert. Die drei vertrauten ansteigenden Töne erklangen. Instinktiv hielt ich inne, bis sie verklungen waren. Die Farben sickerten aus allem um mich herum. *Die* Verbindung *in der Gemeinschaft bedeutet Frieden. Zur Zeit der Alten Welt …* Ich holte tief Luft, dann machte ich kehrt und ging zurück zu den Aufzügen.

Auf dem Weg zum Diagnosezentrum kam ich am Büro von Kanzlerin Bright vorbei.

»Bewohnerin Zoel«, sagte sie.

Ich hielt an und betrat ihr Büro.

»Ja?«

»Wieso kommst du so spät zu deinem Diagnosetermin? Wir haben dich bereits vor fünfzehn Minuten ausgerufen.«

»Ich benötigte die Benutzung der Toiletteneinrichtung«, erwiderte ich.

Ich war verblüfft. Ich befand mich in der Verbindung, aber es kam mir so vor, als stünde die Schiebetür halb offen. Ich hatte immer noch Zugang zu meinen Gedanken. Ich konnte meine Geheimnisse bewahren.

Die Kanzlerin starrte mich mit zusammengekniffenen Augen an, aber weder blinzelte ich, noch wandte ich den Blick ab, obwohl sich meine Brust unter der Anspannung zusammenzog. Ich konzentrierte mich darauf, tief ein- und auszuatmen, damit mein Herzschlag sich nicht beschleunigte.

Umarme den Link, dachte ich. *Lass das Grau sich ausbreiten …*

»Darf ich weitergehen?«

»Ja«, antwortete sie und richtete ihren Blick wieder auf das Tablet auf ihrem Schreibtisch.

Ich drehte mich um und versuchte, mich vom *Link* betäuben zu lassen, während ich den Flur weiter hinunterging. Das Diagnosezentrum lag ganz am Ende auf der rechten Seite.

Graue Stellwände zerschnitten den großen Raum in ein Gewirr kleiner Kabinen.

Der *Link* versorgte mich über das Netzhaut-Display mit einem Lageplan. Der Gang an der linken Seite war exakt zwanzig Schritte lang. Türen führten in andere Zimmer – die Operationsräume für das Installieren und Updaten der Schüler-Hardware.

»Bewohnerin Zoel Q-24 meldet sich.«

Eine kleine aschblonde Frau blickte auf. Sie saß an ihrem Schreibtisch neben der Tür. Einen Augenblick später sah sie wieder auf den projizierten Tablet-Bildschirm und tippte etwas ein.

»B-11.« Sie wirkte gleichgültig und desinteressiert.

Genauso werde ich mich auch anhören, wenn Adrien mich doch ausgetrickst und dazu gebracht hatte, mich selbst meinem Verderben auszuliefern.

Ich ging sechs Schritte den Gang hinunter und begab mich dann in den schmalen Bereich, der mit B-11 gekennzeichnet war. Ich setzte mich auf den furchteinflößenden Untersuchungstisch. Er hatte am Kopfende eine ovale, rundum gepolsterte Aussparung. Dort legte man sich mit dem Gesicht nach unten hin, damit es freien Zugang zum Nacken-Port und den Erinnerungs-Sticks gab. Sämtliche Instrumente waren in der Wand installiert, an langen Metallarmen, die man zu jedem Bereich am Untersuchungstisch ausziehen konnte.

An jedem Arm waren andere Instrumente angebracht: grell glänzende radiologische Untersuchungsschirme, ein Plug-in für den Herzmonitor, das fest verdrahtete Zugangskabel für den Nacken-Port sowie andere Mess- und chirurgische Instrumente. Das Ganze erinnerte mich an eine riesige Roboter-Spinne, die in der Wand vergraben war und lediglich ihre spindeldürren Beine nach draußen reckte, um den Untersuchungstisch zu umfangen.

Ich fühlte mich unbehaglich, und während ich mir den Nacken rieb, dachte ich an den Treiber, den Adrien erst vor ein paar Minuten in meinen Port geschoben hatte. Ich hasste es, unbeweglich zu sein. Bei der Vorstellung, dass all die kalte metallene Hardware, die dort an der Wand aufgereiht war, gewaltsam in meinen Körper getrieben wurde, verkrampfte sich mein Herz. Ich musste wieder grau werden und dem *Link* komplett die Kontrolle überlassen, doch unglücklicherweise ließ mich meine Nervosität alles mit größter Schärfe wahrnehmen.

Also probierte ich es mit Logik. Ich sollte an all das gewöhnt sein. Nach meinem Verschwinden hatten sie jeden Test dreimal durchgeführt. Ganz abgesehen davon war ich seit meiner Kindheit regelmäßig auf dem Untersuchungstisch durchgecheckt worden. Erst seit ich begonnen hatte, mich aus dem *Link* zu lösen, erschien mir all dies so *unnatürlich*.

Trotz meiner Anstrengungen, ruhig zu bleiben, war meine Brust wie zugeschnürt.

Der Techniker betrat die Kabine und zog hinter sich den Vorhang zu. Es war derselbe Techniker, der mich immer betreute.

Automatisch legte ich mich auf den Bauch und schob mein Gesicht über die Aussparung.

Der Techniker zog einen der Instrumentenarme über meinen ausgestreckten Körper und beugte sich über mich. »Zoe«, flüsterte er mir ins Ohr. »Ich bin's, Max.«

Vor Überraschung zuckte ich zusammen und drehte dann meinen Kopf zur Seite. Für einen Augenblick erschien Max' listiges Gesicht und ersetzte das des Technikers.

»Bin bereit, dir den Tag zu retten«, sagte er mit einem Lächeln, bevor er wieder das Aussehen des Technikers annahm. »Ich werde nur so tun, als würde ich die Instrumente benutzen, und anschließend den Computer manipulieren.«

Eine Welle der Erleichterung schwappte über mich hinweg. »Sollte nicht notwendig sein, ich bin verbunden«, sagte ich leise. »Ich erklär's dir später.« Ich erhaschte gerade noch einen Blick auf Max' konsterniertes Gesicht, bevor ich meinen Kopf wieder über die Aussparung legte.

Er steckte das Zugangskabel in den Nacken-Port und zog dann drei radiologische Untersuchungsschirme heran, positionierte sie rund um meinen Kopf. Ich konnte sehen, wie sich seine Füße wegbewegten, als er sich mit dem projizierten 3-D-Bildschirm an den Untersuchungstisch setzte.

Plötzlich wurde der Vorhang aufgezogen. Um zu sehen, wer es war, hob ich den Kopf leicht an und stieß ihn mir dabei an einem der Schirme.

Es war Kanzlerin Bright.

»Und wie macht sich unsere Bewohnerin, Dr. Campbell?« Sie neigte den Kopf in ihrer typischen Vogelmanier zur Seite.

»Perfekt«, erwiderte Max, vollkommen ungerührt.

Ich presste meinen Kopf tiefer in die Aussparung, damit die Kanzlerin nicht sehen konnte, wie besorgt ich plötzlich war und dass sich mein Gesicht rötete.

»Keine Anomalien, wie Sie erkennen können«, fuhr Max fort und zeigte auf die Rotationsanimation meines Gehirns.

»Hm«, machte die Kanzlerin.

Ich sah, wie sich ihre Füße auf Max zubewegten, und versuchte, so still wie möglich zu liegen.

Nach einer Minute trat sie wieder zurück. »Ja, alles erscheint normal.« Sie klang enttäuscht und verwirrt.

Metall kratzte auf Metall, als ein Instrument vom Tablett genommen wurde. »Wollen wir mal sehen, ob ihr Schmerzempfindungssystem funktioniert.«

Ich spürte die Berührung kalten Metalls an meinem Hals, gleich unter meinem Ohr. Dann, mit einer plötzlichen Bewegung, stieß sie es in mich hinein. Mein Körper flammte in Schmerzen auf und schnellte hoch. Ich schrie.

Der höllische Schmerz ließ das Summen in meinem Kopf explodieren. Instrumente fielen klirrend auf den Boden, gleichzeitig erfüllte das Schrillen meines Herzmonitors den Raum.

Die Sonde wurde herausgezogen, und die Kanzlerin fuhr herum, um nach dem Instrumententablett zu sehen, das ich unabsichtlich mit meiner Kraft gegen die Wand geschleudert hatte. Ihr Gesichtsausdruck war nicht zu deuten, doch sie schien für einen Moment ein bisschen sanfter, bevor sie sich Max wieder zuwandte.

»Ihr Schreien hat mich irritiert«, behauptete Max schnell. »Ich bin rückwärts gegen das Tablett gestoßen.«

Schweigen. Ich stellte mir vor, wie die Kanzlerin ihren durchdringenden Blick auf Max richtete. Was hatte ich getan?

Ich unterdrückte meine Furcht, damit mein Herzmonitor nicht länger Alarm gab. Das Gesicht hielt ich fest in die Aussparung gepresst und konnte doch nicht verhindern, dass ein Schweißtropfen über meine Wange rollte. Aus dem Augenwinkel erkannte ich, wie Max ruhig und methodisch die Instrumente aufhob.

Die Kanzlerin schwieg, bis er fertig war. Ich hatte keine Ahnung, was sie denken mochte. Ihre Füße bewegten sich keinen Millimeter.

»Adäquate Schmerzreaktion«, sagte sie schließlich mit ausdrucksloser Stimme. »Stellen Sie sicher, dass auch wirklich jeder Test durchgeführt wird. Gerade bei ihr können wir es uns nicht leisten, dass uns irgendetwas entgeht.«

»Natürlich, Kanzlerin«, sagte die Stimme des Technikers, jede Silbe genauso monoton wie die vorangegangene.

Ich musste mich daran erinnern, dass das wirklich Max neben mir war. Er wirkte so überzeugend. Er war nicht einmal zusammengezuckt, als ich geschrien hatte. Ich fragte mich, ob das Teil seiner Gabe war – dass er vollkommen glaubwürdig erschien, egal, welche Person er projizierte – oder ob er einfach ein so guter Lügner war.

Als die Kanzlerin ging, hallten ihre Schritte auf dem Boden wider.

Max sagte nichts mehr, führte lediglich die restlichen Tests durch und machte dabei auf dem Tablet des Technikers Notizen.

Ich war überrascht, wie genau er wusste, was er zu tun hatte, und ich fragte mich, wo er das gelernt hatte. Ich begann zu begreifen, dass es eine Menge gab, was ich nicht über Max wusste.

Er war schnell fertig, und ich fühlte seine rauen Hände auf meinem Nacken, als er das Kabel aus dem Zugangsport entfernte.

»Morgen Abend«, war alles, was er sagte, doch ich wusste, was er meinte.

Ich nickte leicht, während ich mich aufsetzte. Ich wusste, dass er Fragen hatte, aber die hatte ich auch. Eine Menge sogar. Ich wollte nicht, dass er sich in noch größere Gefahr brachte. Und ich musste ihm von Adrien erzählen, dem rätselhaften Jungen mit den blaugrünen Augen, von dem ich immer noch nicht wusste, ob ich ihm vertrauen konnte.

Ich war die ganze Nacht wach. Adrien und die Kanzlerin gaben mir so viele Rätsel auf, die mir bis in die frühen Morgenstunden die Ruhe und den Schlaf raubten. Wenn Max nicht da gewesen wäre, um mir zu helfen, hätte Adriens Programm dann auch die Diagnoseinstrumente getäuscht? War er vielleicht doch ein Überwacher? Und wenn, hätte er mich dann nicht verraten, statt mir zu helfen?

Letztlich hatte es keinen so großen Unterschied gemacht. Max war ja da gewesen. Vielleicht hatte Adrien das gewusst und nur so getan, als wolle er mir helfen, um mein Vertrauen zu gewinnen. Ein Schauer lief mir über den Rücken, als ich mir wieder ins Gedächtnis rief, wie es sich anfühlte, gelähmt zu sein, nachdem Adrien mir den Treiber in den Port gestoßen hatte. Das allein war Grund genug für mich, ihm aus dem Weg zu gehen.

Ich versuchte, all das aus meinem Kopf zu verdrängen und mich im Rhythmus des Gehens zu verlieren, im Gleichtakt der Schritte der morgendlichen Pendler, dem dumpfen Dröhnen um mich herum. Zu viele Fragen ohne Antworten konnten einen in den Wahnsinn treiben. Ich musste mich auf Lösungen konzentrieren. Die Probleme angehen. Eins nach dem anderen. Logisch. Ordentlich.

Ich stieg in die U-Bahn und hielt mich an einer Stange fest, stand nahe bei einem der dunklen Fenster. Die Türen schlossen sich mit einem Zischen, als das Luftfiltersystem ansprang. Ich schaute mich in dem grauen Wagen um, betrachtete die sauberen, ordentlichen Menschen, die alle in strammer Haltung dastanden, in perfekter Positur. Die meisten von ihnen lauschten abwesend den Morgennachrichten des *Links*.

Ein paar Regulatoren stiegen an der nächsten Station ein, und das Blau ihrer Overalls schien mir inmitten des geballten Graus geradezu ins Gesicht zu springen. Ich atmete langsam ein und aus, um sicherzugehen, dass mein Herzmonitor nicht bei ihrem Anblick losschrillte. Bisher hatte ich Glück gehabt, aber das bedeutete nicht, dass es auch heute so sein würde. Mein Blick huschte noch einmal zu den Regulatoren, bevor ich ihn auf den Boden richtete und mich leicht zur Seite drehte, damit sie mein Gesicht nicht sehen konnten.

Sie wirkten zu jung, um schon vollwertige Regulatoren zu sein. Wahrscheinlich waren sie noch in der Ausbildung und fuhren wie ich zur Akademie.

Als ich spürte, dass sich mein Herzschlag normalisiert hatte, begann ich, sämtliche Gesichter zu mustern, und versuchte dabei, nichts außer meinen Augen zu bewegen und mein Gesicht ausdruckslos zu halten. War einer von ihnen unverbunden? Verbargen einige von ihnen das gleiche Geheimnis wie Max und ich?

Ich arbeitete mich methodisch durch, von hinten nach vorn, von Gesicht zu Gesicht. Hielt ab und zu inne, um sicherzugehen, dass ich genauso dumpf wie die anderen wirkte. Ich nutzte das Fenster mit der Schwärze dahinter als Spiegel, sodass ich die Leute indirekt beobachten konnte. Ich ließ meinen Blick durch den ganzen Wagen wandern, doch an niemandem bemerkte ich etwas Ungewöhnliches.

Das entmutigte mich nicht, denn wie lange hatten Max und ich gebraucht, um einander zu finden? Vermutlich würden wir nur durch Zufall jemanden entdecken. Obwohl, wenn andere Leute so oft aus der *Verbindung* glitten wie ich, dann gab es vielleicht mehr Hoffnung.

Gerade als ich mich damit abgefunden hatte, dass ich hier niemanden finden würde, der unverbunden war, erhaschte ich einen Blick auf jemanden, der mir »anders« vorkam. Ich konnte ihn nur von hinten sehen, und ich hätte nicht in Worte fassen können, weshalb ich glaubte, dass er sich nicht im *Link* befand. Er stand gerade und aufrecht da, dennoch wirkte er nicht so abwesend wie die anderen. Etwas an der Art, wie er die Schultern hielt, kam mir wachsamer vor. Ich fragte mich, ob es mir gelingen würde, einen Blick auf sein Gesicht zu werfen, wenn wir ausstiegen. Und dann, als hätte er gespürt, dass ich ihn ansah, drehte er sich um. Mir stockte der Atem.

Adrien. Es war, als ob mein gesamter Körper auf ihn reagierte. Ich wurde rot, und mir war ganz heiß. Ich schluckte. Ich verstand nicht, weshalb ich so empfand und was das überhaupt für Empfindungen waren.

Seine blaugrünen Augen trafen meine in dem spiegelnden Glas.

In dem Moment, als unsere Blicke sich verschränkten, versteifte er sich, und ich sah, wie sich seine Finger um die Haltestange verkrampften. Seine Augen wurden plötzlich leer, sein Blick ging hinter mich.

Ich drehte mich verwirrt um, versuchte herauszufinden, worauf er starrte, aber da war nichts. Ich wandte mich wieder ihm zu.

Nach ein paar angespannten Sekunden blinzelte er und sah sich um, als müsste er sich erst wieder orientieren, wo er sich befand. Sein Kopf wackelte leicht.

Ich atmete aus und zwang mich, auf den Boden zu schauen, und fragte mich, ob ich auch so aussah, wenn ich die Verbindung zum *Link* löste und wieder hineinfiel.

Schließlich wagte ich es erneut, zu ihm hinzublicken. Seine sorgsam beherrschte Haltung hatte sich verändert. Sein Blick glitt zwischen mir und der Gruppe der jungen Regulatoren hin und her. Er machte einen Schritt auf mich zu, drängte sich dann durch die unbeweglichen Körper in dem U-Bahn-Wagen. Die Leute beachteten ihn kaum, als er sich an ihnen vorbeischob und sich dann links von mir an einer Haltestange festklammerte, um nicht das Gleichgewicht zu verlieren, als der Zug eine besonders enge Kurve fuhr.

Was tat er da? Er benahm sich anormal, direkt vor den Augen der Regulatoren. Noch schlimmer, er war zu mir gekommen, zog deren Aufmerksamkeit auch auf mich.

Mein Herzmonitor begann zu vibrieren. Ich schluckte, senkte den Kopf und schloss die Augen, um mich unter Kontrolle zu halten. Ich konnte es mir nicht leisten, dass mein Monitor lospiepte, nicht während ich hier in diesem geschlossenen Raum in der Falle saß, nicht vor all diesen Zeugen, von den Regulatoren ganz zu schweigen.

In ebendiesem Augenblick gab es eine Störung am

anderen Ende des Wagens. Ich hörte etwas aufprallen, ein lautes Krachen, das in dem sonst so stillen Wagen widerhallte.

Ich blickte auf, kurzfristig verwirrt von diesem Geräusch. Es war einer der jungen Regulatoren. Er taumelte, hielt sich den Kopf. Er hatte seine metallgepanzerte Stirn gegen die Wand geschlagen – das war es, was ich gehört hatte.

»Regulator Anderson«, sagte einer seiner Kollegen und streckte den Arm aus, um den schwankenden Regulator zu stützen. Der, den er Anderson genannt hatte, stieß seinen Arm fort. Das laute Klirren von Metall auf Metall, das durch die spezielle Stahlverstärkung ihrer bionischen Arme erzeugt wurde, klang so schrill und durchdringend, dass ich zusammenzuckte.

Einige Leute begannen, etwas in ihren Kommunikator zu tippen; offensichtlich meldeten sie diesen anormalen Vorfall.

Erleichterung überflutete mich, sofort gefolgt von Scham. Ich war froh, dass sie nicht mich meldeten, doch was war mit diesem armen Regulator? Was würde mit ihm passieren?

Er stieß einen gellenden Schrei aus, als die anderen drei Regulatoren versuchten, ihn zu überwältigen. Sie kreisten ihn ein, doch das machte ihn nur noch wilder. Er schlug mit beiden bionischen Armen auf seine Kollegen ein, schleuderte einen von ihnen quer durch den Wagen in die Menge.

Der schwere Regulator riss eine Gruppe von Leuten um, und sein Schwung wurde erst gestoppt, als er gegen eine Haltestange krachte. Die Stange brach aus ihrer Deckenverankerung, traf eine Frau am Oberkörper und brachte sie zu Fall.

Alles passierte so schnell, dass ich kaum erfassen konnte, was da geschah. Aus den Augenwinkeln bemerkte ich, wie die beiden Regulatoren immer noch mit Anderson kämpften und versuchten, ihn unter Kontrolle zu bekommen.

Dann wurde ich von der Menge gegen die hintere Wand gedrängt, und ich konnte kaum noch erkennen, was dort vorn vor sich ging. Erst nach einem weiteren schnellen Blick begriff ich, dass Adrien vor mir stand und mich mit seinem Körper schützte.

Er wandte den Kopf zu mir. »Bleib hier an der Wand«, drängte er leise. »Ein aus dem *Link* entkommener Regulator ist absolut tödlich.«

Am anderen Ende des U-Bahn-Wagens schrie Anderson auf wie ein Tier. Das Klirren von Metall auf Metall und das Schrillen mehrerer Monitore erfüllten den Waggon, denn bei mindestens zehn Leuten hatte Schmerz den Alarm ausgelöst.

Gerade als ich den Hals reckte, um über Adriens Schulter blicken zu können, drängten die beiden Regulatoren Anderson gegen die seitliche Wand. Er wehrte sich wie wild gegen ihren Griff, sein Gesicht fleckig und rot. Speichel tropfte auf das Metall, das sein Kinn verstärkte. Sein blauer Overall war zerrissen, gab den Blick frei auf noch mehr Metall, das man ihm in die Haut eingepflanzt hatte.

»Deaktivierung, Regulator Anderson«, sagte einer der Regulatoren, die ihn festhielten. »Ich wiederhole: Deaktivierung.«

Mein Herz schlug mir bis zum Hals, als ich dieses Wort hörte. Wollten sie ihn töten? Trug er eine spezielle Hardware in sich, die ihn auf einen simplen Befehl hin ausschaltete? Einfach durch Worte?

Über all dem Chaos im Zug hörte ich plötzlich ein hohes Summen in meinem Kopf.

»Nicht!«, flüsterte Adrien im selben Augenblick, als der Arm eines der Regulatoren, der Anderson hielt, von einer unsichtbaren Kraft weggerissen wurde. *Meiner Kraft.*

»Ich wollte es nicht«, sagte ich atemlos, die Augen weit aufgerissen.

Adrien starrte mich voller Panik an.

Anderson hatte diesen kurzen Moment der Freiheit genutzt und sich losgerissen. Die anderen beiden wollten sich auf ihn werfen, doch er wich ihnen aus und stürmte mit dem Kopf voran gegen die Wand. Die Sprungfedern an seinen Beinen zogen sich erst zusammen und lösten sich dann, als er mit unglaublicher Kraft vorwärtssprang. Einen Bewohner, der ihm im Weg stand, riss er mit sich. Anderson war dermaßen in Raserei versunken, dass er gar nicht erst auf ein Fenster zuhielt – sein Körper durchbrach mit einem grässlichen Krachen die Wand, Metall kreischte auf, als es gesprengt wurde.

Ein Stück der Wand war nach außen gerissen worden, und der Fahrtwind, der plötzlich in den Wagen drang, war ohrenbetäubend laut. Die Leuchten flackerten, gingen aus und wieder an, und im letzten Aufblitzen des Lichts, bevor wir von völliger Dunkelheit verschluckt wurden, sah ich, dass der Mann, den der Regulator mitgerissen hatte, auf der Spitze eines verdrehten Stücks Metall aufgespießt war. Funken sprühten, wann immer das Metall die Tunnelwand streifte. Das warf genug Licht, um zu erkennen, dass der obere Teil seines Körpers abgerissen worden war.

Anderson hatte es nicht ganz nach draußen geschafft. Eins seiner Beine hatte sich nahe am Boden in verbogenem Metall verfangen, und der ganze Wagen ruckte heftig auf den Schienen, wann immer er seinen schweren Körper drehte, um sich zu befreien.

Leute stießen von allen Seiten in der Dunkelheit gegen mich, verloren den Halt in dem ruckelnden Zug. Ich schrie und schob die Menschen weg, die mich umgaben und erstickten. Sie wurden gewaltsam von mir weggerissen – doch es war nicht das Chaos im Zug, das sie durch die Luft fliegen ließ. Ich war es gewesen, denn meine Kraft war erneut entfesselt worden.

Ich versuchte zu erkennen, ob ich jemanden verletzt hatte, aber alles ging unter in dem Heulen des Windes, dem Kreischen des Metalls auf der Tunnelwand und meinen eigenen Schreien. Ich wusste nicht, ob die Regulatoren versuchten, die Situation irgendwie in den Griff zu bekommen, und ich wusste auch nicht, wo Adrien war. Ein großer Mann fiel gegen mich, als der Zug erneut in eine Kurve fuhr, und ich ging zu Boden. Es gelang mir, das Summen in meinem Kopf früh genug einzudämmen, sodass ich ihn nicht von mir schleuderte.

An einer besonders engen Stelle schrappte das Metall noch heftiger gegen die Wand und erleuchtete den Wagen lange genug, dass ich das Chaos der durcheinandergewirbelten Körper erkennen konnte. Eine braunhaarige Frau taumelte auf das Loch in der Wand zu. Sie stolperte über das Bein des Regulators und stürzte durch das Loch in die Dunkelheit.

»Nein!«, rief ich, aber es war zu spät. Sie war bereits verschwunden. Mein klagender Schrei wurde vom Heulen des Windes verschluckt.

Das Summen von Furcht und Zorn, das ich kaum hatte beherrschen können, schien zu explodieren und aus meinem Körper zu strömen, als ich die Kontrolle verlor. Ich fühlte, wie die pulsierende Energie aus mir herausdrang, vermochte sie nicht zurückzuhalten. Im Zeitraum eines Herzschlags sah ich, wie die beiden Regulatoren sich einen Weg bahnten und auf das Loch zuhielten, aber das war jetzt auch egal – meine Kraft hatte bereits das geborstene Stück Wand gänzlich abgetrennt und den aus dem *Link* gelösten Regulator in der Dunkelheit des Tunnels versinken lassen.

Der Klang meines Schreis veränderte sich, als ich begriff, was ich gerade getan hatte. Doch mir blieb gar keine Zeit, den ganzen Schrecken zu erfassen, weil der Wagen sich auf der linken Seite plötzlich hob und wir alle zur gegenüberliegenden Wand schlitterten.

Mein Kopf schlug schmerzhaft gegen eine Haltestange, und dann stapelten sich immer mehr Leute über mir, bis ich das Gefühl hatte, erstickt zu werden. Es gelang mir, einige von ihnen wegzuschieben, und ich begriff, dass der Wagen zur Seite geneigt war. Der unnatürliche Winkel verriet mir, dass eins der Fahrwerke den Kontakt verloren haben musste. Wahrscheinlich war der Körper des Regulators unter den Zug geraten und hatte uns von der Schiene gehoben.

Jemand packte mich am Arm und schob sich zu mir heran.

»Zoe!«, schrie Adrien und übertönte das Chaos. »Wir werden gleich entgleisen und umkippen.«

Ich nickte. In meinem Kopf wurden Gedanken und Gefühle wie von einem Tornado durcheinandergewirbelt, doch einen Gedanken konnte ich festhalten: Ich war diejenige, die den Körper des Regulators unter den Zug geschleudert hatte. Also musste ich das, was ich angerichtet hatte, auch wieder in Ordnung bringen. Ein hoher Schrei löste sich von meinen Lippen, im Gleichklang mit dem Summen in meinem Kopf.

Einen schmerzhaften Moment lang spürte ich, wie mein Verstand sich teilte. Ich griff nach draußen, und mir war, als könnte ich sämtliche neun Waggons des Zuges spüren. Wir waren der vorletzte. Adrien hatte recht: Wenn wir die anderen durch unseren Schwung mit von den Schienen rissen, dann würden sich alle Wagen wie ein Akkordeon ineinanderschieben.

Ich holte tief Luft und setzte all meine Kraft ein, stellte mir dort, wo der Kontakt zur Schiene unterbrochen war, ein Gegengewicht vor und zog uns zurück aufs Gleis.

Funken sprühten, als das Fahrwerk unvermittelt wieder aufsetzte und der Wagen sich aufrichtete. Ein weiterer Bewohner flog auf das klaffende Loch an der Seite zu, doch ich konnte ihn noch rechtzeitig packen und warf ihn grob zurück. Ich war zu benebelt und verwirrt, um auf Feinheiten zu achten.

Als der Zug langsamer wurde, gingen auch die Lichter wieder an. Überall war Blut. Wie alle anderen hatten auch die Regulatoren das Gleichgewicht verloren und mit ihrem hohen Gewicht einige Leute erdrückt. Eine Person war leblos an der Wand zusammengesunken, die Augen starr nach vorn gerichtet. Um mich herum gaben sämtliche Herzmonitore Alarm, genau wie meiner.

Schwach hob ich die Hand und berührte die schmerzende Stelle an meiner Stirn, während ich meinen Blick über die surreale Szene schweifen ließ. Dann beugte ich mich vor und übergab mich. Als ich meine Hand wieder wegzog, sah ich, dass sie voller Blut war. Das Rot wirkte so hell neben dem Grau meines Ärmels.

»Beta Ten Gamma Link«, flüsterte ich. Dann fiel ich in Ohnmacht.

13. KAPITEL

Einen Tag später wachte ich in einem fremden Medizinischen Zentrum wieder auf. Das Programm der Verordneten Entspannungszeit plärrte in meinem Gehirn. *Gemeinschaft ist unsere Pflicht, Gemeinschaft steht über allem.* Drei langgezogene Töne erklangen, überlagerten jeden Gedanken. Dann kam erneut das Gemeinschafts-Bekenntnis: *Die* Verbindung *in der Gemeinschaft bedeutet Frieden. Wir sind eine höhere Stufe der Menschheit, denn wir leben in Gemeinschaft und betrachten Ordnung, Logik und Frieden als unser höchstes Gut. Gemeinschaft ist unsere Pflicht, Gemeinschaft steht über allem.*

Die lauten Töne erklangen erneut in meinem Kopf. Ich wusste, dass sie beruhigend oder dämpfend wirken sollten, aber sie verstärkten bloß meine Kopfschmerzen. Ich blickte mich in der kleinen, kalten Kabine um. Hören konnte ich kaum etwas außer den grässlichen Link-Tönen und der todlangweiligen mechanischen Stimme, die immer und immer wieder das Mantra wiederholte.

Eine Thermodecke bedeckte meinen Körper. Ich war sicher, dass sie für die korrekte Körpertemperatur sorgte, aber ich fand sie erstickend. Es kam mir vor, als sei ich gefangen: Der *Link* hatte meinen Kopf erobert, die Decke schien mich an mein Bett zu fesseln. Ich wollte schreien und den Klang des *Links* mit meiner Stimme auslöschen.

Ich war die Einzige, der es erlaubt sein sollte, in meinem Kopf zu sein!

Dann fiel es mir wieder ein – ich besaß ja das Passwort, um in die Freiheit zu gelangen. Mit rauer, kratziger Stimme begann ich zu murmeln: Beta Te…«

Ein Arzt trat durch den Vorhang. Ich drehte meinen Kopf, um ihn anzusehen, und spürte dabei den Zug des Kabels, das in meinem Nacken-Port steckte. Meine Augen weiteten sich.

Ich war verkabelt. Ich war verkabelt, und beinahe hätte ich die Worte geflüstert, die mich aus dem *Link* lösten. Die Anomalie wäre sofort von den Instrumenten erfasst worden.

Wie dumm! Jetzt war nicht der Zeitpunkt, um unachtsam zu sein. Wer weiß, was die Maschinen sonst noch aufgezeichnet hatten, während ich bewusstlos war.

Der Arzt trug die grau-rote Uniform seines Berufszweigs. Ich fragte mich, ob die Ärzte wohl Rot trugen, damit das Blut ihrer Patienten keine Flecken auf ihrer Uniform hinterließ.

Er war groß und schlank, hatte braunes Haar und eine auffallend große Nase. Er redete nicht mit mir, nahm stattdessen das Tablet, das am Fußende meines Betts hing. Dann berührte er den Bildschirm. Jede Sekunde schien sich zu einer Ewigkeit zu dehnen, während er schweigend die Informationen anklickte.

Ich räusperte mich. »Wie lautet Ihre Einschätzung meines Zustands?«

»Leichte Gehirnerschütterung, acht tiefe Schnittwunden, innere Prellungen.« Seine Stimme klang kalt und desinteressiert. »Die innere Hardware hat keinen Schaden genommen. Auf sämtliche Wunden wurde Gel zur beschleunigten Zellerneuerung gestrichen. Die Heilungsrate liegt innerhalb der normalen Parameter.« Dann blickte er von den Aufzeichnungen auf und sah mich an. »Als ich jedoch deine Bio-Informationen überprüft habe, fielen mir anormale Aktivitäten auf.«

Panik stieg in meiner Kehle wie Galle empor, aber ich schluckte sie herunter. Das Letzte, was ich jetzt brauchte, war, dass mein Monitor vor ihm losschrillte.

Der Arzt schlug die Thermodecke zurück, und in der kühleren Luft bekam ich sofort eine Gänsehaut.

Mit kalten Fingern berührte er die kleine Aluminiumscheibe, die in meine Brust eingebettet war.

Ich musste mich beherrschen, um nicht zusammenzuzucken.

Er hob den oberen Teil der münzähnlichen Scheibe ab und zog ein stabförmiges Instrument aus seinem Gürtel. Mit der Spitze des Instruments berührte er einen der winzigen Schaltkreise.

Ich verspürte einen kurzen Schock, der ein Zittern durch meinen Körper schickte. War das die richtige Reaktion? Oder bewies es, dass ich anormal war?

Was auch immer es bedeuten mochte, der Gesichtsausdruck des Arztes verriet es mir nicht. Er befestigte das Instrument wieder an seinem Gürtel und verließ die Kabine ohne ein weiteres Wort.

Ich blickte auf meinen geöffneten Herzmonitor. Luft strich über meine Haut, und ich fühlte mich entsetzlich entblößt. Dennoch traute ich mich nicht, die Decke wieder hochzuziehen, denn dann hätte ich nur noch anormaler gewirkt. Warum hatte er nichts gesagt, bevor er verschwunden war? Was hatte das Instrument angezeigt? Konnte er erkennen, dass etwas mit mir nicht stimmte? Das Wort, das er benutzt hatte, hallte in meinem Kopf wider: *anormal*. Es übertönte sogar den *Link*.

Um mich zu beruhigen, murmelte ich zusammen mit der *Link*-Stimme in meinem Kopf das Gemeinschafts-Bekenntnis.

Schließlich kehrte der Arzt in die kleine Kabine zurück. Er trug eine kleine Schachtel.

Ich hatte Fragen über Fragen, doch ich schaffte es, den Mund zu halten.

Er öffnete die Schachtel und nahm ein winziges Stück Hardware heraus. War das die Vorrichtung, mit der er mich deaktivieren würde?

Ich schluckte, versuchte, jedes Gefühl und jede Wahrnehmung dieses Moments in mich aufzunehmen, für den Fall, dass es mein letzter war.

»Herzmonitor: Batteriewechsel beginnt mit einer Aluminium-Batterie, Artikelnummer X89.« Seine Stimme klang leblos.

Ich hielt den Atem an, als er ein kleines Scheibchen aus dem Monitor nahm. Nur ein Wechsel der Batterie! Erleichterung überflutete mich. Der Monitor gab ein hohes Piepen von sich, doch den Arzt schien das nicht zu irritieren. Er setzte die neue Batterie ein, und das Geräusch verstummte.

»Batteriewechsel X89 beendet.« Er musste in ein Aufnahmegerät sprechen, das die Patientenberichte speicherte, und schien kaum noch wahrzunehmen, dass es mich gab. »Entlassung für heute 18 Uhr angesetzt.«

Er schloss den Herzmonitor wieder und ging, ohne mir einen Blick zuzuwerfen.

Ich hatte es die ganze Zeit unterdrückt, doch nun begann ich fürchterlich zu zittern. Der Arzt hatte mich wie eine Sache behandelt. Wäre ich schlimmer verletzt gewesen, hätte es größere Schäden als nur eine Gehirnerschütterung und ein paar leicht heilende Wunden gegeben, hätte er mich mit derselben Gleichgültigkeit deaktiviert.

Er hatte nicht daran gedacht, mich wieder zuzudecken. Mit zitternden Fingern zog ich mir die Decke bis zum Kinn. Vorhin hatte ich sie als erstickend empfunden, doch nun erschien sie mir nur als unzureichender Schutz gegen die schreckliche Kälte, die in mir hochkroch.

Ich empfand eine merkwürdige Sehnsucht nach meiner Mutter, wünschte mir, sie wäre hier und würde mir das Haar aus dem Gesicht streichen und mir sagen, dass alles wieder gut werden würde. Aber natürlich war sie nicht hier. Ich war sicher, man hatte meinen Eltern mitgeteilt, was geschehen war, doch sie hatten ihre Arbeit zu erledigen. Warum sollten sie Zeit mit mir vertrödeln und mir beim Schlafen zusehen? Es wäre unproduktiv, unlogisch.

Und so wartete ich allein in meiner einsamen Kabine und wiederholte ständig das Gemeinschafts-Bekenntnis, um meinen Herzmonitor am Piepen zu hindern. Versuchte, meine Gefühle zurückzuhalten, bis ich fünf Stunden später entlassen wurde.

Um nach Hause zu gelangen, musste ich die U-Bahn nehmen. Mein Herzschlag beschleunigte sich, als ich in den Wagen stieg, obwohl ich noch so schwach und erschöpft war. Innen wirkte alles so normal und ungefährlich wie in dem Waggon, in den ich vor zwei Tagen gestiegen war. Ich schloss die Augen und erinnerte mich an all das Blut. An die zusammengekrümmten Körper, die überall auf dem Boden lagen, und das Schrillen ihrer Herzmonitore.

Ich zwang mich, die Augen wieder zu öffnen, und bemühte mich, normal zu atmen. Immer noch tat mir der ganze Körper weh. Meine Hand wurde gefühllos, weil ich mich während der gesamten Heimfahrt so fest an die Haltestange klammerte.

Als ich unsere Wohneinheit betrat, hörte ich rhythmische Schritte auf dem Laufband im vorderen Raum. Ich blieb stehen und beobachtete, wie Markan gleichmäßig die Arme bewegte, während er lief. Er schaute nicht auf, bemerkte mich nicht. Ich blieb noch ein paar Minuten stehen, in der Hoffnung, er würde mich doch noch wahrnehmen, aber er starrte nur blicklos gegen die Wand. Verloren im *Link*.

Meine Eltern waren nicht zu Hause. Ich weiß nicht, was ich erwartet hatte, aber ich schätze, ich hatte lächerlicherweise auf irgendeine Art von Willkommen gehofft. Auf etwas, das mir zeigen würde, dass sie sich um mich gesorgt oder mich vermisst hatten, oder einfach nur, dass ihnen meine Abwesenheit aufgefallen war.

Ich hatte gehofft, ich würde mich besser fühlen, wenn ich in unsere Wohneinheit zurückkehrte, dass es mir dieses Gefühl von Sicherheit und Zugehörigkeit vermitteln würde, das ich manchmal empfand. Aber ein solches »Zuhause« war lediglich eine Lüge, die ich mir ausgedacht hatte, damit es mir besser ging. Diese Erkenntnis ließ mich ebenso frösteln wie jene Kabine im Krankenhaus.

Ich zog die Tür hinter mir zu, als ich in meinem winzigen Zimmer war, und ließ mich auf den Boden sinken. Endlich vergoss ich all die Tränen der Erschöpfung, die ich im Krankenhaus hatte zurückhalten müssen. Ich nahm die Pillen, die die Ärzte mir mitgegeben hatten, und schlief durch bis zum nächsten Tag.

Ich erwachte, als mich jemand an der Schulter rüttelte, und blinzelte ein paarmal.

»Max!« Ich setzte mich schnell auf und schlang die Arme um ihn. Die Seite tat mir bei der Bewegung weh, denn die Verletzungen waren noch nicht ganz verheilt, doch das war mir egal. »Wieso bist du hier?«, wollte ich wissen. Ich ließ ihn immer noch nicht los.

»Ich kam, sobald ich konnte«, erwiderte er und wich ein Stück zurück. »Ich wollte dich im Krankenhaus besuchen, aber ich habe ihr Sicherheitssystem nicht rechtzeitig knacken können.«

»Du wolltest mich besuchen?«, fragte ich überrascht. Das war sehr leichtsinnig von ihm, doch dann dachte ich wieder daran, wie ich ganz allein in dieser grässlichen Kabine gewartet hatte. Jemand hatte mich besuchen wollen, jemand war besorgt um mich, jemand hatte an mich gedacht. Ich war nicht nur irgendein Zombie, den man beliebig piksen und stupsen konnte. Jedenfalls nicht für Max.

Ich umarmte ihn erneut ganz fest. »Ich bin so froh, dass du hier bist«, sagte ich an seiner Brust. Seine Arme umschlossen mich wie Mauern – waren ein echter Schutz, eine echte Verbindung. *Freund.* Ich hatte dieses Wort in den alten Texten gefunden, und jetzt wusste ich endlich, was es bedeutete.

»Wie fühlst du dich?«, wollte er wissen.

Ich löste mich nun doch von ihm und blickte ihn an. Max war auf das Bett heraufgeklettert, saß schräg auf der Kante und ließ die Beine baumeln. Ich streckte mich. Ich war immer noch ein wenig schläfrig, aber mir fiel auf, dass mein Körper schon nicht mehr so wehtat.

»Besser. Ich bin okay.«

»Was ist in der U-Bahn passiert?« Wir umarmten uns

zwar nicht mehr, doch nun nahm er meine Hand und malte mit seinem Daumen Muster darauf. Jede Berührung vertiefte die Verbindung zwischen uns und flüsterte mir zu: *nicht allein, nicht allein, nicht allein.* »In den *Link*-Nachrichten ist nicht darüber berichtet worden, und aus meinen anderen Quellen habe ich nur erfahren, dass es einen Defekt am Zug gab. Die Kameras sind zusammen mit der Beleuchtung ausgefallen, sodass es keine Aufzeichnungen gab, die ich mir hätte beschaffen können.«

Ich wollte mit ihm schimpfen, weil er beinahe schon wieder ein Risiko eingegangen wäre, doch ich wusste, dass es nichts nützen würde. Und so erzählte ich ihm von dem jungen Regulator, der aus der *Verbindung* geglitten war.

»Es war, als hätte Adrien gewusst, was passieren würde«, sagte ich. »Wir müssen mit ihm Kontakt aufnehmen.«

»Kommt gar nicht in Frage. Ich vertraue ihm nicht«, entgegnete Max düster und ließ meine Hand los. »Wie sollte er denn wissen, was geschehen würde, wenn er nicht irgendwie darin verwickelt war? Vielleicht hat er das alles veranstaltet, um dich dazu zu bringen, deine Gabe zu demonstrieren.«

»Wie kannst du nur so etwas sagen?« Ich wich zurück. »Das war schon das zweite Mal, dass er mir geholfen hat.«

»Du hattest seine Hilfe überhaupt nicht nötig, als du über den *Link* zur Überprüfung gerufen wurdest.« Er ballte die Hände zu Fäusten. »Ich hatte schon alles geregelt. Und du kannst dir auch nicht sicher sein, dass das, was er getan hat, beim Scannen unentdeckt geblieben wäre.«

Ich schüttelte den Kopf. »Max, ich dachte, du fändest das aufregend. Das bedeutet doch, dass es da draußen noch jemanden wie uns gibt. Vielleicht hat er, du weißt schon…« Ich beugte mich vor. »Kräfte wie wir. Das war es doch, was wir wollten – Leute finden, die so sind wie wir.«

»Das ist, was *du* wolltest.«

Ich blickte ihn verwirrt an. »Möchtest du das denn nicht auch? Jetzt, wo du siehst, wie wichtig das ist?«

»Wir sind sicherer, wenn es nur uns beide gibt. Dann wäre es viel leichter, nicht entdeckt zu werden.«

»Aber wie lange? Der Unfall mit dem Zug war doch nur ein Beispiel dafür, wie viele Möglichkeiten es gibt, dass etwas schiefgehen kann. Wir brauchen mehr Leute auf unserer Seite.«

»Wieso? Was denkst du denn, was daraus werden soll? Eine Armee vielleicht, oder was?« Max war verärgert, aber ich verstand nicht, weshalb.

»Nein, natürlich nicht.« Ich war gereizt. »Das habe ich doch gar nicht gemeint. Ich will nur…« Ich sprach nicht weiter.

»Du willst nur herumlaufen und leichtsinnigerweise irgendwelche Leute ins Spiel und uns in Gefahr bringen«, warf Max mir vor.

Ich saß da, angestrengt atmend. Warum war Max so schwierig? Ich war plötzlich wieder müde, und in meinen Augen sammelte sich Wasser.

»Oh nein, Zoe, das hätte ich nicht sagen sollen.« Sanft legte er eine Hand auf meinen Arm. »Ich weiß doch, dass du gerade erst etwas Entsetzliches durchgemacht hast. Die Vorstellung, dass ich nicht bei dir war, um dir zu helfen…« Eindringlich sah er mich mit seinen braunen Augen an, suchte meinen Blick. »Du bist alles für mich, das weißt du, nicht wahr? Nur du bist mir wichtig, ich denke an nichts anderes als an dich. Alles, was ich tue, tue ich, damit wir sicher sind.«

»Ich würde niemals etwas unternehmen, was uns in Gefahr bringt«, versicherte ich und wischte mir die Augen. »Ich dachte nur, er könnte uns vielleicht helfen.«

»Uns«, wiederholte er, nun schon etwas sanfter. »Dann gibt es also ein ›Uns‹? Ein ›Wir‹?«

Verdutzt sah ich ihn an. »Ja, natürlich.«

»Was ich meine, ist das: Ich möchte, dass es ein ›Wir‹ gibt. Ich will, dass wir zusammen sind. Du weißt schon, *zusammen*. Wenn du noch einmal verletzt würdest…« Er schüttelte den Kopf und schluckte, bevor er mir wieder in die Augen schaute. »Es hat mich begreifen lassen, dass ich nicht ohne dich sein möchte. Nicht sein kann.« Max nahm meine Hand. »Wenn wir alt genug sind, kann ich meine Kräfte dazu nutzen, um zu arrangieren, dass man uns zu ehelichen Partnern macht. Da bin ich ganz sicher.«

»Eheliche Partner?«, wiederholte ich verblüfft. »Du meinst, wir sollen hierbleiben und zulassen, dass man uns den endgültigen V-Chip einsetzt? Aber dann wären wir doch nie wieder unverbunden!«

»Zoe, entspann dich.« Er wedelte mit der freien Hand. »Ich werde eine Möglichkeit finden, um die Hardware und das System auszutricksen.«

»Selbst wenn wir einen Weg fänden, dem V-Chip zu entgehen«, erwiderte ich und spürte, wie Entsetzen nach mir griff, als ich daran dachte, was es bedeuten würde, für immer in der Gemeinschaft zu bleiben, »eheliche Partner zu sein, das heißt auch, dass sie Kinder für uns erschaffen würden.«

Ich dachte an das kleine Mädchen, das über den Bahnsteig getanzt war, und stellte mir vor, wie sie älter und immer weniger menschlich wurde nach jedem Mal, wenn man ihr einen neuen V-Chip einsetzte. Schon bei der Vorstellung wurde mir übel. An jenem Tag in der U-Bahn-Station hatte ich gedacht, ich hätte ihr das Leben gerettet. Aber hatte ich das tatsächlich getan? Sie würde erwachsen werden und vergessen, wie es einmal gewesen war, etwas zu *fühlen*.

Max lachte. »Ich will mich nicht fortpflanzen.« Er schien meine düstere Stimmung nicht zu spüren und nichts von meinen Gedanken zu ahnen. »Ich will nur dich. Für mich selbst.« Er beugte sich vor, und seine Stimme klang plötzlich tiefer. »Verstehst du denn nicht? Ich möchte mein Leben mit dir verbringen. Ich möchte, dass du da bist, wenn ich abends ins Bett gehe und wenn ich morgens aufstehe.«

»Oh.« Ich dachte darüber nach. Ich wusste nicht, wie Max sich das vorstellte: dass wir unser gesamtes Leben in der Gemeinschaft verbringen könnten und trotzdem sicher wären. Aber da war auch die Art, wie er darüber sprach – jeden Morgen neben jemandem aufzuwachen. Nicht allein zu sein. Nie wieder. Ich lächelte.

Und dennoch erfüllte mich Max' Zuversicht mit einem dumpfen Unbehagen. Es schien zu einfach, zu leichtsinnig. Andererseits verspürte ich heißes Glück, dass jemand mich wollte. Nicht einmal meine eigenen Eltern wollten mich. Nicht wirklich. Ich war lediglich Teil ihrer Pflicht gegenüber der Gemeinschaft. Sie vermissten mich nicht, wenn ich fort war, und es interessierte sie nicht, dass ich verletzt worden war – Max *wollte*, dass er und ich eine Familie waren. In einer Familie war die Bindung doch sicher noch stärker als unter Freunden.

»Ja, das gefiele mir«, erwiderte ich schließlich. »Ich würde gern mit dir eine Familie bilden.«

Max grinste und stieß erleichtert den Atem aus. Mir war gar nicht aufgefallen, dass er ihn angehalten hatte. Er zog mich an sich, legte seine Lippen sofort auf meine. Er hielt mich ganz fest, dann schwang er seine Beine aufs Bett und legte sich neben mich.

»Ich will derjenige sein, der dich beschützt«, flüsterte er in mein Ohr. Seine Hände glitten tiefer, legten sich fest um meine Taille. »Du weißt, dass ich dich beschützen kann, oder?«

»Ich habe nie das Gegenteil behauptet.« Ich löste mich von ihm und stützte mich auf einen Ellbogen. Sein blondes Haar war zerzaust, und ich lächelte und streckte die Hand aus, um es zu glätten.

Max grinste. In seinen Grübchen fing sich das Licht.

»Du hast also deine Notizen mitgebracht und die Hausaufgaben für mich?«, fuhr ich fort. Die Art, wie er mich ansah, war mir unangenehm, und ich wurde rot. »Oder war das nur eine Entschuldigung, um herzukommen?«

»Ja, ich habe die Notizen mitgebracht.« Max lachte. »Ich habe mein Tablet schon mit deinem verbunden, während du noch geschlafen hast.«

»Dann lass uns ein paar von den Hausaufgaben erledigen, damit wir nicht anormal erscheinen, falls jemand hereinkommt.«

»Du solltest jetzt nicht lernen. Du sollst dich ausruhen. Ich musste dich einfach sehen und dir klarmachen, dass ich in der Lage bin, mich um dich zu kümmern.« Sein Blick glitt an mir vorbei, richtete sich auf einen Punkt an der Wand. »Ich werde dafür sorgen.«

»Was?« Alarmiert richtete ich mich auf. Irgendetwas

an der Art, wie er das gesagt hatte, flößte mir Furcht ein. »Wie meinst du das, Max? Wie willst du dafür sorgen?«

Er lächelte und wedelte mit der Hand. Sein Gesicht entspannte sich. »Unwichtig. Mach dir keine Gedanken. Ich bin immer vorsichtig. Alles wird besser werden. Du wirst schon sehen.«

14. KAPITEL

Ich ging den Korridor hinunter, als jemand vor mir abrupt stehen blieb und ich gegen ihn lief. Vor lauter Überraschung ließ ich meine Tablet-Tasche los, die klirrend auf den Boden fiel. Ich ging in die Hocke und versuchte, meine Irritation zu verbergen, genau wie jede andere anormale Reaktion, doch dann blickte ich auf und sah, dass es Adrien war. Meine Augen weiteten sich kurz, bevor ich mein Gesicht wieder ausdruckslos werden ließ. Sein Tablet war bei unserem Zusammenstoß ebenfalls zu Boden gefallen, und er hatte sich genau wie ich gebückt.

Wann immer ich an diesem Tag daran gedacht hatte, Adrien wiederzubegegnen, hatte ich ein komisches Ziehen in meinem Magen gespürt. Und nun, als er vor mir stand, wusste ich nicht, welche Frage ich ihm zuerst stellen sollte.

»Ich habe eine Möglichkeit gefunden, unbemerkt in eure Wohneinheit zu gelangen«, flüsterte er mir zu. Er drehte den Kopf leicht zu mir, hielt den Blick aber weiterhin auf den Boden gerichtet. »Wir treffen uns morgen um acht in deinem Schlafraum.«

Ich machte den Mund auf, um etwas zu sagen, doch Adrien ließ mich nicht zu Wort kommen.

»Ich werde dir alle deine Fragen morgen beantworten«, sagte er schnell, dann richtete er sich wieder auf.

Ich hockte noch einen Moment da, blickte ihm perplex hinterher. Seine große, schlaksige Gestalt verschwand eilig um eine Ecke. Und mir wurde endlich klar, dass es Aufmerksamkeit wecken würde, wenn ich noch länger hier kauerte, also stand ich auf und ging weiter zur Cafeteria.

Es kostete mich Mühe, meine Aufregung zu verbergen und meine überreizten Nerven zu beruhigen. *Endlich.* Ich würde Antworten erhalten. Adrien wusste so vieles. Er mochte gefährlich sein, und ich musste auf der Hut bleiben, doch ich sehnte mich verzweifelt nach Antworten. Ich war mir nicht sicher, ob er auch aus dem *Link* gleiten konnte, aber er war definitiv nicht verbunden. Und er hatte Zugang zu hochentwickelter Technik. Unwillkürlich fragte ich mich, ob er eine Möglichkeit kannte, wie wir unentdeckt bleiben oder vielleicht sogar dem endgültigen V-Chip entgehen konnten. Es war eine so zerbrechliche und kostbare Hoffnung, dass ich mich kaum traute, sie in Gedanken zu fassen.

»Seit wir hergekommen sind, redest du von nichts anderem als ihm«, beschwerte sich Max während unserer Förderungsstunde an diesem Abend.

Ich wandte mich um und sah ihn an. »Und?«

»Und vielleicht habe ich es satt, immer nur von ihm zu hören! Er will sich mit dir in deinem Schlafzimmer treffen? Hältst du das für sicher? Wir brauchen ihn nicht, und er ist das Risiko nicht wert. Ich habe dir doch gesagt, dass *ich* dich beschütze.«

Ich schob seine Worte mit einer Handbewegung beiseite. »Das hat doch nichts mit Schutz zu tun. Es geht darum herauszufinden, was er weiß. Er muss so sein wie wir. Ich will erfahren, was er weiß, und ihn auf unsere Seite ziehen.«

Max stand auf. Sein Gesicht war gerötet. »Die Einzigen, die auf unserer Seite sein müssen, sind *wir selbst.*«

Ich hörte auf, auf und ab zu gehen, denn Max' Gesichtsausdruck verriet mir, dass er vor Wut kochte.

»Was stimmt nicht mit dir?«, wollte ich wissen.

»Was mit mir nicht stimmt?«, wiederholte er ungläubig. »Mit mir stimmt nicht, dass ich Tag und Nacht an nichts anderes als an dich denken kann, während du offensichtlich deine ganze Zeit und Energie darauf verwendest, an *ihn* zu denken.«

Ich warf die Hände hoch. »Natürlich denke ich an ihn. Weil ich das Gefühl habe, dass er Dinge weiß, die uns nützlich sein könnten ...«

Max unterbrach mich. »Das ist mir egal!« Er schrie die Worte fast.

Ich war so verdattert, dass ich nichts mehr sagte.

»Verstehst du denn nicht?«, fragte er und zog mich an sich. »Ich will, dass du nur an mich denkst.« In seinen Augen schien ein Feuer zu brennen, als er seine Hand um meinen Nacken legte und meinen Mund an seinen zog. »Küssen«, sagte er und hielt mich immer noch in dieser engen Umarmung. »Das nennt man küssen. Ich habe alles Mögliche über das herausgefunden, was die Menschen in der Alten Welt miteinander geteilt haben.«

»Wie hast du was herausgefunden?«, fragte ich überrascht. »Und wo?«

»Ich habe mich ins Büro eines Beamten geschlichen, der hier zu Gast war, und seine Sachen durchsucht. Ich habe noch nie so etwas gesehen wie die Daten, die er auf seinen Text-Tablets hatte.«

»Max! Wie konntest du nur? Das ist leichtsinnig.«

»Das ist nicht leichtsinnig, nicht mit meinen Kräften. Ich habe mich so wie den Beamten aussehen lassen und bin geradewegs in den Raum marschiert. Egal, willst du nun hören, was ich herausgefunden habe, oder nicht?« Er nahm meine Hände fest in seine.

Mir gefiel das nicht, und ich kniff die Lippen zusammen. Dennoch nickte ich zögernd.

Max beugte sich vor und presste seinen Mund sofort auf meinen, zog sich dann zurück. »Das nennt man Küssen«, wiederholte er. »Und ich habe entdeckt, was eheliche Partner in der Alten Welt miteinander getan haben. Und glaub mir, sie haben nicht bloß herumgesessen und darauf gewartet, dass man im Zentrum ihre DNA in einem Reagenzglas zusammenmischt.«

»Moment mal, meinst du so was wie Leidenschaft?«, sagte ich alarmiert. »Die in den historischen Texten beschrieben wird? Diese tierhafte Schwäche, die die Menschen der Alten Welt zu Fall gebracht hat?«

»Ja, aber Leidenschaft ist nicht so. Das habe ich dir doch neulich schon klarzumachen versucht.«

»Aber warum hat ein Beamter so etwas auf seinem Tablet?«, fragte ich verwirrt.

»Das ist ja die größte Lüge von allen«, erwiderte Max. »Du wirst es nicht glauben, aber die Oberen, die Beamten, alle, die Verantwortung tragen …« Er machte eine Pause. »Keiner von ihnen ist mit dem *Link* verbunden, Zoe. Sie alle sind frei.«

Ich kam mir vor, als hätte mir jemand in die Magengrube geschlagen.

»Das kann nicht wahr sein«, flüsterte ich. »Sie behaupten doch, dass der *Link* uns allen ein besseres Leben schenkt, ein friedliches Leben. So steht es in sämtlichen Geschichtstexten. In unserem Gemeinschafts-Bekenntnis.« Ich schwieg. Die Gedanken wirbelten durch meinen Kopf. »Wenn es wirklich ein besseres Leben wäre, dann wären sie selbst auch verbunden. Und wenn sie tatsächlich fühlen könnten, dann würden sie uns das nicht antun. Sie könnten nicht …«

Max sah mich eindringlich an. »Sie können, und sie tun es. Sie tun es nun seit mehr als zweihundert Jahren. Halten uns andere als Arbeitstiere, während sie selbst tun und lassen und fühlen, was immer sie wollen.«

»Aber wenn sie selbst Empfindungen haben, dann wissen sie doch auch, wie schlimm es ist, sie zu verlieren. Das ist …« Meine Stimme versagte. Meine Gedanken schienen übereinander zu stolpern. »Das ist unmenschlich!«

Max zog plötzlich sein Shirt über den Kopf. Er hatte eine breite, muskulöse Brust, von feinen blonden Härchen bedeckt. Das Metall des kreisrunden Herzmonitors mitten auf seiner Brust schimmerte im Licht.

»Es ist schrecklich, ich weiß. Aber vergiss es, Zoe. Das Einzige, was wir tun können, ist, all das zu vergessen und uns so viel Spaß wie möglich zu verschaffen.« Er langte nach mir und packte den Saum meines Shirts.

»Warte, Max, ich weiß nicht …«

Seine Stimme klang tief und atemlos vor Erregung. »Wir haben das verdient, du und ich. Wir können uns jetzt für all das entschädigen, was sie den Menschen gestohlen haben.« Er zog eine Spur glühender Küsse über meinen Nacken.

Hitze stieg mir in die Wangen. Meine Gedanken rasten, während mein Körper in einer Art und Weise reagierte, die ich nicht verstand. Alles geschah viel zu schnell. Er war so stürmisch, hielt und küsste mich, als wollte er mich verschlingen.

Alles an Max war heiß und kalt. Eben noch hatten wir uns gestritten, und nun benahm er sich wieder vollkommen anders. Er war rücksichtslos und wild, aber er sorgte sich auch so sehr um mich. Er wollte meine Familie sein. War das nicht genau das, was auch ich mir wünschte? In meiner Verwirrung gab ich nach und erwiderte seinen Kuss.

Max legte seine Hände auf meine Hose und wollte sie öffnen.

»Stopp!«, rief ich, riss mich los und wich an die hinterste Wand zurück. Das Wort war mir über die Lippen gekommen, noch bevor mir bewusst war, dass ich es aussprechen würde.

»Wieso? Was ist los?« Max' breite Brust hob und senkte sich, als er mich verwirrt anstarrte. Er wollte zu mir kommen, doch ich hob die Hand.

»Warte, das geht mir zu schnell. Ich verstehe ja noch nicht einmal, was das überhaupt soll.«

»Warum nicht?« Max' Stimme klang plötzlich hart. »Du willst mich bloß nicht. Ist das der Grund?«

»Das habe ich doch gar nicht gesagt. Natürlich will ich dich. Aber ich mag jetzt nicht mehr darüber reden«, erwiderte ich und spürte wieder dieses Brennen in meinen Augen. Das lief vollkommen falsch. Normalerweise fühlte ich mich bei Max sicher, aber jetzt wäre ich am liebsten sonst wo gewesen, nur nicht hier bei ihm. »Ich bin zu dir gekommen, weil ich dachte, du würdest mir helfen, einen Plan zu entwickeln. Nicht deshalb.«

Auch Max hob seine Stimme. »Neulich hast du behauptet, du wolltest mit mir zusammen sein. Also, *das hier* bedeutet zusammen zu sein, das ist es, was *normale* Leute miteinander tun. Vielleicht bist du doch nicht so frei vom *Link*, wie du glaubst.« Seine Stimme wurde immer lauter. »Dort draußen gibt es eine ganz andere Welt, und die Oberen, die nicht einen einzigen Tag ihres

Lebens verbunden waren, wissen Bescheid übers ›Zusammensein‹. Weil das etwas ganz Normales ist. Weil sie keine hirnlosen Freaks sind …«

»Schön«, unterbrach ich ihn. »Dann bin ich eben nicht normal.« Die Feuchtigkeit in meinen Augen floss über. Kaputt. Er hatte gesagt, ich sei kaputt. Ich war zu kaputt, um im *Link* zu bleiben, und nun war ich auch zu kaputt, um richtig frei zu sein von der *Verbindung*. »Und ich will gar nicht normal sein. Ich will auch nicht mehr mit dir zusammen sein.« Ich riss die Tür seines Schlafzimmers auf. So schnell, dass ich fast rannte, stürmte ich zur Eingangstür.

»Warte, Zoe.« Max holte mich ein und packte mich grob am Arm.

»Lass mich los!« Ich befreite mich aus seinem Griff. Ich schmeckte Salz zwischen meinen Lippen und merkte, dass mir das Wasser nun heftig aus den Augen rann.

»Zoe, hör auf, es tut mir leid.« Das hörte sich ehrlich an. »Das ist überhaupt nicht so gelaufen, wie ich es gehofft hatte. Jetzt warte doch.«

Mit dem Handrücken wischte ich mir die Augen und sah ihn an. Er schien aufrichtig, aber ich war immer noch zu verärgert; dabei hätte ich noch nicht einmal genau sagen können, wieso. Ich wollte einfach nur nach Hause, wo alles einen Sinn ergab. Wo meine Eltern an dem quadratischen Tisch sitzen würden, mit ihrem perfekt abgemessenen Essen. Logisch. Ordentlich.

»Wir sehen uns morgen in der Schule, Maximin.« Ich blickte ihn nicht an, als ich die Wohneinheit verließ, und schaffte es kaum, meine Schritte ruhig und gleichmäßig zu halten, während ich zur U-Bahn ging.

Ich ging Max auch am nächsten Tag aus dem Weg, blieb absichtlich im *Link*, sodass ich ihn ignorieren konnte.

Nicht so sehr, weil ich mich über ihn geärgert hatte, sondern weil ich bis jetzt noch nie so intensive Gefühle erlebt hatte wie bei unserem Streit; sie waren sogar noch stärker als Furcht. Es tat immer noch weh, wenn ich an seine Worte dachte, die sich in meinen Kopf bohrten wie ein kriechender Virus. *Hirnloser Freak.* Ich wusste nicht, was »Freak« bedeutete, aber ich mochte den Klang des Wortes nicht und auch nicht die Art, wie Max' Stimme sich anhörte, wenn er es aussprach – so hart und hässlich.

Außerdem hatte er unrecht. Ich war kein Zombie mehr. Ich hatte einfach nicht die gleichen Gefühle wie er, die Gefühle, die er sich von mir wünschte. Und nun war ich sicher, dass ich ihn verloren hatte. Ich wusste nicht mehr, wohin ich gehörte. Nicht zu den Zombies und auch nicht zu ihm. Wieder war ich allein.

Ich blickte mich in der Cafeteria um und sah, dass Adrien nahe der Wand saß. Sein Anblick drängte die Tränen zurück, die mir in die Augen hatten steigen wollen. Wenigstens würde ich heute Abend Antworten bekommen.

Max stupste unter dem Tisch meinen Fuß an. Das hatte er schon während der ganzen Mittagspause getan, und diesmal sah ich ihn schließlich an.

»Nachhilfe heute Abend bei dir?«, fragte er mit sanfter Stimme.

Ich nickte kurz, dann stand ich auf und brachte mein Tablett weg.

Ich merkte, dass Max während der ganzen Fahrt zu mir nach Hause etwas zu sagen versuchte. Kaum hatten wir mein Zimmer betreten, wollte er mich in seine Arme ziehen, doch ich hielt ihn mit meiner ausgestreckten Hand auf Abstand.

»Zoe, ich fühle mich …« Er kniff die Augen zusammen. »Mir fehlen die Worte, um auszudrücken, wie ich mir vorkomme – falsch, schlecht, als ob ich das, was ich zu dir gesagt habe, nicht hätte sagen sollen. Ich würde am liebsten die Zeit zurückdrehen und die Worte nicht aussprechen, aber das kann ich nicht.«

»Pst«, machte ich. »Mein Bruder ist nebenan.«

»Der ist auf dem Laufband. Er hört nichts.« Max nahm die Hand, mit der ich ihn zurückgewiesen hatte, und umschloss sie mit seinen Fingern. »Das ist doch auch für mich noch alles so neu. Ich brauche dich.« Er sah mich traurig an, aufrichtig. »Ich will mit dir zusammen sein, selbst ohne Leidenschaft. Das weißt du, oder?«

»Vielleicht«, erwiderte ich und hatte das Gefühl, als müsste ich gleich wieder weinen. »Ich weiß nicht, was du damit meinst, dass du mit mir zusammen sein willst. Du *bist* mit mir zusammen. Und ich mit dir. Du bist der Mensch, der mir« – ich starrte die Wand an, suchte nach dem richtigen Wort – »von allen am *wichtigsten* ist. Das ist vielleicht nicht der richtige Ausdruck. Du gibst mir das Gefühl, dass wir eine Familie sind. Es tut mir manchmal so weh, dass sich niemand in meiner eigentlichen Familie mit mir verbunden fühlt. Es ist, als wären wir irgendwelche Gestalten, die zufällig in der gleichen Wohneinheit leben. Ohne dass uns irgendetwas zusammenhalten würde.« Ich griff nach Max' Händen. »Das ist nicht richtig. Zwischen den Mitgliedern einer Familie sollte es eine Art Band geben. Familie sollte heißen, dass du für jemanden etwas ganz Besonderes bist, selbst wenn du dem Rest der Welt völlig egal bist. Das empfinde ich für dich. Du bist meine einzige wahre Familie.«

»Familie wie eheliche Partner?« Max drückte meine

Finger. Sein Gesicht wirkte angespannt, aber es lag auch Hoffnung darauf.

»Ich weiß es nicht, Max.« Ich fühlte mich hilflos. »Mir ist ja nicht einmal klar, was du damit meinst, aber ich fürchte, du willst, dass es etwas ganz anderes bedeutet. Reicht es denn nicht, sich wie eine Familie zu fühlen? So wie früher, in der Alten Welt, unter Geschwistern. So, wie ich gern mit meinem Bruder verbunden wäre.«

»Bruder?« Seine Stimme war voller Abscheu. Er ließ meine Hände fallen. »Ich will nicht dein Bruder sein!«

Mein Gesicht musste verraten haben, wie sehr mich seine Worte verletzten.

Max stöhnte auf. Seine Schultern sackten herab. »Ich tue es schon wieder. Sage böse Dinge. Aber ich möchte eben mehr als nur dein Bruder sein.« Er schloss den Abstand zwischen uns, legte seine Hände um mein Gesicht und beugte sich vor, drückte seine Lippen ganz sanft auf meine.

Zum ersten Mal entspannte ich mich wirklich und ließ zu, dass er mich küsste. Versuchte, das prickelnde Gefühl zu verstehen, das in mir erwachte. Ich hob gerade die Hand, um sein Gesicht zu berühren, als eine der Deckenplatten sich verschob und jemand ins Zimmer sprang.

Max erholte sich schneller von der Überraschung als ich und stürzte sich auf die Gestalt, im selben Moment, als ich »Nein! Warte!« rief.

Max griff Adrien an, riss den schmalen Jungen ohne Anstrengung zu Boden. Mit einem Bein kniete er sich auf Adriens Brust, um ihn unten zu halten, und schlug ihm brutal ins Gesicht.

Ich machte einen Satz nach vorn und packte Max'

Arm, gerade als er zum nächsten Schlag ausholen wollte.

»Hör auf, Max, das ist Adrien!«, sagte ich mit einem rauen Flüstern. »Er hat mir erzählt, dass er eine Möglichkeit gefunden hätte, unbemerkt hier hereinzukommen.«

Auf Max' angespanntem Gesicht lag ein Ausdruck, den ich nicht kannte. Es wirkte wie Zorn, doch es war mehr als das. Es machte mir Angst.

»Lass ihn los«, zischte ich und zerrte an seinem Arm.

Schließlich erhob sich Max.

Adrien blieb noch einen Moment liegen, eine Hand an seiner Nase, bevor er sich langsam aufsetzte. Als er seine Hand wegnahm, sah ich, dass Blut daran klebte.

Ich keuchte auf. »Ich hole dir Papier«, sagte ich zu ihm. »Und bleib weg von der Tür«, fügte ich hinzu, weil ich mir plötzlich Sorgen machte, dass mein Bruder den ganzen Lärm bemerkt haben könnte.

Ich öffnete die Tür und spähte vorsichtig hinaus. Aus dem großen Zimmer klang das gleichmäßige Laufgeräusch herüber, und ich stieß einen erleichterten Seufzer aus. Gut so, dann hatte Markan nichts gehört.

Ich nahm etwas Toilettenpapier, und als ich in mein Zimmer zurückkehrte, standen Max und Adrien sich gegenüber, jeder auf einer anderen Seite des winzigen Zimmers, und sahen sich kalt an. Das lief überhaupt nicht gut.

»Es tut mir so leid«, sagte ich und reichte Adrien das Papier. »Ich habe ihm erzählt, dass du kommst, aber wir waren trotzdem überrascht.«

»Ist schon okay«, erwiderte Adrien und brachte ein Lächeln zustande. »Ich wünschte, ich hätte Gelegenheit gehabt, um euch zu warnen. Ich bedaure es, wenn ich euch erschreckt habe«, fügte er an uns beide gewandt hinzu.

»Bedauern?«, wiederholte ich verwirrt. »Das Wort ist mir nicht vertraut.«

»Es bedeutet, dass ich mich schlecht fühle«, erklärte Adrien und dachte einen Moment nach, bevor er den Satz weiterführte, »und wünschte, ich hätte dich nicht verletzt oder dir Angst gemacht.«

Etwas bedauern. Ich nickte und fügte es im Geiste meiner Liste von Wörtern hinzu, die Gefühlsregungen bezeichneten. Es schien mir ein wichtiges Wort zu sein.

»Also, wie bist du hier hereingekommen?« Max stieß sich von der Wand ab und stellte sich zwischen Adrien und mich. »Und wieso bist du hier?«

»Wir haben Mitglieder des Widerstands in der Wohnung über dieser einquartiert. Wir haben den Boden über einem gemeinsamen Lüftungsschacht aufgehebelt.«

»Widerstand?«, fragte Max. Seine Augen verengten sich.

»Kommt, wir setzen uns«, schlug ich nervös vor. »Adrien, warum erzählst du nicht alles von Anfang an?«

»Ja, natürlich.«

Max' Gesicht wirkte immer noch hart. Er zog mich neben sich auf den Boden. »Du kannst den Stuhl nehmen«, sagte er zu Adrien.

Max' Benehmen verwirrte mich. Ich verstand es nicht, und es gefiel mir nicht.

»Ich weiß nur nicht genau, wo ich beginnen soll«, meinte Adrien.

»Hast du auch eine besondere Kraft? Wenn du dich aus dem *Link* löst?«

»Max!«, ermahnte ich ihn scharf.

»Schon in Ordnung«, sagte Adrien. »Ja, ich habe auch eine Kraft, aber wir nennen es Gabe.«

»Und welche?« Max' Stimme klang rau und beharrlich.

»Ich habe Visionen von der Zukunft.« Adrien hielt Max' ärgerlichem Blick gelassen stand und wandte sich dann mir zu. »Deshalb habe ich an dem Tag im Zug auch gewusst, dass wir Probleme bekommen.«

Dann informierte er uns knapp über unseren Ausflug in die Oberwelt. Meine Fragen, meine Verwirrung – die Träume vom Wasser, meine Erinnerungen an den Wald, all dies fand innerhalb von zehn Minuten eine Erklärung. Es erschien fast zu einfach. Irgendetwas nagte im Hintergrund an meinen Gedanken. Es gab noch etwas, was er ausgelassen, etwas, was ich vergessen hatte. Wie betäubt saß ich da, während Adrien redete.

»Was ist das, diese Widerstandsbewegung?«, unterbrach ihn Max.

»Im Prinzip eine seit langem bestehende Rebellengruppe«, erklärte Adrien. »Es gab sie in der einen oder anderen Form von Anfang an. Einige Leute konnten entkommen, bevor sie gechipt wurden, und schrieben auf, was damals nach dem D-Day tatsächlich geschah. Aber sie hatten nicht die Macht, die Ereignisse aufzuhalten. Ohne Macht sind wir eigentlich immer noch. Die Bewegung war niemals stark genug, um der Regierung erfolgreich Widerstand zu leisten oder offen gegen sie zu kämpfen. Wir beschränken uns hauptsächlich darauf, eine Art Heimat für ungechipte Menschen zu bieten, als Möglichkeit für die, denen es gelingt, der Regierungskontrolle zu entkommen.«

»Also unternehmt ihr im Grunde gar nichts?«, meinte Max grob.

»Das habe ich nicht gesagt.« Adrien sah ihn an. »Wir finden, dass es lebenswichtig ist, gut vorbereitet zu sein für die Zeit, wenn wir über genug Menschen und Macht verfügen, um einen Aufstand zu wagen. Wir besorgen uns Waffen, rekrutieren Spione unter den Oberen und arbeiten an einer Technik, mit der wir die Technologie der Gemeinschaft bekämpfen können. Wir versuchen, Möglichkeiten zu finden, mit denen wir den *Link* für immer ausschalten können, damit die Menschen wieder eine Stimme bekommen.« Nun sah Adrien mich an. »Und wenn es so weit ist, wird der Widerstand alle nötigen Mittel bereitstellen, damit sich die Menschen gegen die Bastarde erheben können, die sie versklavt haben.«

»Und wann soll diese große Revolution stattfinden?«, fragte Max sarkastisch.

Adrien senkte den Blick, und plötzlich erschien er mir traurig und unsicher. »Wir haben noch für keine größere Bevölkerungsgruppe einen Weg entdeckt, um den *Link* endgültig zu deaktivieren. Solange uns das nicht gelingt, ist auch keine dauerhafte Veränderung möglich.«

»Was machst du dann hier an der Akademie?«, wollte ich wissen.

»Ich halte Ausschau nach Leuten, die unverbunden sind. Ich bin eine Art Anwerber. Ich meine, Visionen sind nicht der verlässlichste Weg, um sicherzugehen, dass wir an einer Akademie jeden entdeckt haben, der sich vom *Link* befreit hat.« Verlegen schaute er zu Boden. »Trotzdem. Meine Aufgabe ist es, so viele wie möglich zu finden, sie auf die Oberwelt vorzubereiten und ihnen dann mit Hilfe des Widerstands die Flucht zu ermöglichen.«

Flucht. Laut sprach er das Wort aus, das ich mich in meinen Gedanken kaum zu flüstern getraut hatte.

Konnte ich es wagen, daran zu glauben? Konnte es wirklich sein, dass es einen Ort gab, an dem wir ohne die ständig wie ein Fallbeil über uns schwebende Bedrohung der Deaktivierung leben konnten?

»Und Markan«, sagte ich unvermittelt. »Wir müssen auch Markan mitnehmen. Es ist mir egal, dass er noch verbunden ist.« Ich erklärte das mit einer solchen Entschlossenheit, dass ich mich fast ärgerlich anhörte. Ich blinzelte, überrascht von mir selbst, doch Adrien nickte.

»Ja, natürlich«, sagte er, aber dann nahm sein Gesicht wieder diesen gequälten Ausdruck an. »Ihn können wir mitnehmen, weil die Hoffnung besteht, dass er sich genau wie du vom *Link* befreit. Deine Eltern jedoch müssen bleiben. Wir haben bis jetzt keinen Weg gefunden, den endgültigen V-Chip zu entfernen, ohne die Bewohner damit umzubringen. Selbst wenn sie nicht mehr unter dem Einfluss der Gemeinschaft und des *Links* stehen.«

»Wieso?«, wollte ich wissen. »Ihr besitzt doch bestimmt die technischen Mittel, die Hardware zu entfernen.«

»Das ist nicht das Problem. Der endgültige V-Chip, den man den Leuten einpflanzt, sobald sie das Erwachsenenalter erreichen, übernimmt die komplette Kontrolle über die Hirnfunktionen – auch die lebenswichtigen. Das heißt, sie sind vollkommen abhängig von der Hardware. Wir können die Menschen zwar eine Zeitlang mit Maschinen am Leben erhalten, aber sie erleiden schließlich unweigerlich den Hirntod.«

»Das ist alles so grässlich«, flüsterte ich, während ich versuchte zu begreifen, was er gesagt hatte. »Wie können menschliche Wesen ihresgleichen so etwas antun?«

»Mach dir keine Sorgen.« Max rückte näher und legte

einen Arm um meine Schultern. »Ich würde niemals zulassen, dass dich jemand verletzt.«

»Aber Max«, sagte ich und rückte entnervt von ihm ab, »hier geht es doch nicht allein um mich. Es gibt so viele Leute da draußen, die verletzt werden. Wir müssen ihnen helfen.«

Sein Gesicht verhärtete sich. »Du kannst nicht jeden retten …«

Adrien fiel ihm ins Wort. »Vielleicht nicht jeden, aber etliche. Ich weiß, dass es mindestens noch ein Mädchen gibt. Vor ein paar Tagen hatte ich eine Vision von ihr. Ich habe mich bedeckt gehalten, damit niemandem auch nur irgendetwas Anormales an mir auffiel, aber nachdem ich sie in der Vision gesehen hatte, musste ich mit dir Kontakt aufnehmen. Sie heißt Molla und ist auch auf der Akademie, aber ein Jahr unter euch. Sie ist seit ein paar Wochen unverbunden, aber sie kommt nicht gut damit klar. Wenn wir sie nicht bald erreichen, werden sie sie mit Sicherheit zerstören.«

»Was für Kräfte hat sie?«, fragte Max und sah Adrien böse an.

Adrien schüttelte den Kopf. »Keine Ahnung, das hat meine Vision nicht gezeigt. Ich bin noch nicht mal sicher, ob sich die Gabe überhaupt schon manifestiert hat. Ist ja noch nicht so lange her, seit sie unverbunden ist, und manchmal dauert es eine Weile, bis sich die Gabe zeigt.«

»Vielleicht sollten wir abwarten, bis wir entscheiden können, ob sie es wert ist«, sagte Max. »Es hat doch keinen Sinn, Entdeckung zu riskieren, wenn sie nicht über genug Kräfte verfügt, um für uns nützlich zu sein. Sie wäre nur totes Gewicht.«

»Totes Gewicht!« Mir blieb der Mund offen stehen. »Sie ist ein *Mensch*, Max!«

Er machte eine Handbewegung. »Du weißt schon, was ich meine.«

»Nein, das weiß ich nicht«, sagte ich, plötzlich voller Wut.

Adrien neigte den Kopf zur Seite und lauschte. »Dein Bruder ist nicht mehr auf dem Laufband. Und diese Wände sind höllisch dünn. Wir können nicht riskieren weiterzureden.«

»Gut.« Die Enttäuschung über Max schüttelte mich regelrecht. »Ich werde versuchen, morgen mit Molla zu reden. Wirst du sie mir zeigen?«, fragte ich Adrien.

»Ja«, flüsterte er. »Aber sei vorsichtig. Neue Unverbundene können sehr instabil sein; manchmal kämpfen sie dagegen und zeigen sich selbst an. Und die Kanzlerin beobachtet dich sehr genau, seit du verschwunden warst, also musst du verdammt gut überlegen, wie du dich Molla näherst. Wenn sie ängstlich ist, zieh dich sofort zurück, sonst könnten wir alle erwischt werden.«

Ich nickte. »Ich werde vorsichtig sein. Und ihr zwei verschwindet jetzt.«

Max presste die Kiefer zusammen. »Erst, wenn er verschwunden ist.«

»Max!« Ich schaffte es kaum, meine Stimme unter Kontrolle zu halten. Für all das, was er heute Abend von sich gab, hätte ich ihn am liebsten geohrfeigt.

»Lass gut sein«, sagte Adrien ruhig. Er sah mich an, als wollte er noch etwas sagen. Doch nach einem Moment schloss er den Mund, schüttelte den Kopf und stieg die Leiter zu meinem Hochbett hinauf. Dann schwang er sich durch die quadratische Öffnung in der Decke.

Mir blieb fast das Herz stehen, als die Tür zu meinem Zimmer plötzlich geöffnet wurde. Es war Markan.

Vor Überraschung hätte ich beinahe einen Schrei ausgestoßen. Um ihn zu unterdrücken, ballte ich hinter meinem Rücken die Hände zu Fäusten und grub mir die Nägel in die Handflächen.

Markan war verschwitzt vom Laufen, doch seine Augen blickten scharf und wach, als er sich im Raum umschaute. Dann sah er zwischen Max und mir hin und her, runzelte die Stirn.

Max und ich standen still da. Ich hielt den Atem an und hätte am liebsten nach oben geblickt, um mich zu überzeugen, dass Adrien verschwunden war, doch ich widerstand der Versuchung. Ich zwang mich, meinen Blick auf Markan ruhen zu lassen, denn ich wusste, ich würde garantiert etwas verraten, wenn ich nach oben schaute.

»Ich habe Stimmen gehört«, sagte Markan, den Kopf zur Seite geneigt, als er mich mit unheimlich scharfem Blick betrachtete.

»Maximin und ich haben eine Aufgabe für die Akademie diskutiert.« Meine Stimme klang ein wenig zu hoch, obwohl ich versuchte, sie zu kontrollieren.

Markan blickte zu Max. »Ich dachte, ich hätte mehr als zwei Stimmen identifiziert.«

Mein Hals versteifte sich, doch Max zuckte nicht einmal zusammen.

»Das war inkorrekt«, erwiderte er gelassen.

Markan schaute sich noch einmal um, doch dann ging mein Bruder, zog die Tür hinter sich zu.

Kaum war die Tür sicher geschlossen, flog mein Blick nach oben. Die Deckenplatte war nicht richtig zugeschoben. Markan hatte nicht bemerkt, dass sie leicht schief stand, denn sonst wären wir alle gemeldet worden. Adrien sagte nichts, und auch Max und ich schwiegen, während wir beobachteten, wie er die Platte über uns an ihren Platz schob.

Ich sah zu der Tür, die Markan eben hinter sich geschlossen hatte. Wenn er nur einen Moment früher hereingekommen oder wenn er nach oben geblickt und ihm die Platte aufgefallen wäre … Eisiges Entsetzen zog mir die Brust zusammen.

Ich wollte etwas sagen, doch Max legte mir einen Finger auf die Lippen und schüttelte den Kopf. Sein Blick ging zur Tür, und ich wusste, was er dachte. Markan könnte immer noch lauschen. Schließlich waren wir alle darin geschult worden, Anomalien zu erkennen und zu melden.

Adrien hatte eben noch davon gesprochen, dass man frei und unabhängig von der Gemeinschaft bei den Rebellen leben könne, doch plötzlich fragte ich mich, ob das nicht nur ein flüchtiger Traum war. Mir sank das Herz, als die Gewissheit wuchs, dass der Tag nahte, an dem ich nicht so viel Glück haben würde – wenn die Oberen herausfanden, was ich war. Aber was ich bis jetzt überhaupt nicht begriffen hatte, war die grausige Erkenntnis, dass ausgerechnet mein Bruder dies alles so einfach enden lassen könnte. Mein Bruder, den ich so verzweifelt zu retten versuchte.

15. KAPITEL

Ich entdeckte Molla zum ersten Mal in der überfüllten Cafeteria und versuchte, mir ihr Gesicht einzuprägen. Auf den ersten Blick wirkte sie unauffällig, genau wie wir anderen auch. Das war das Problem mit den gleichförmigen Anzügen und den praktischen Haarschnitten: Man konnte uns kaum unterscheiden. Sie sah aus wie die meisten Mädchen um sie herum, doch ich bemerkte ein paar Sommersprossen auf ihrer Nase.

Je länger ich sie beobachtete, desto deutlicher sah ich, dass es weitere Unterschiede gab. Kleinigkeiten. Etwa wie sie mit den Zehen wippte oder am Riemen ihres Tablets herumfingerte. Die Leute um sie herum gingen mit ruhigen, gemessenen Bewegungen, sie jedoch strahlte nervöse Unruhe aus.

Ich verstand, weshalb Adrien beunruhigt war. Aber wenigstens hatte sie bisher dem Drang widerstanden, sich selbst anzuzeigen. Das war ja schon was.

Dennoch bekam ich Angst, wenn ich sie nur beobachtete. Immer wieder schaute ich hastig zu den noch nicht voll ausgebildeten Regulatoren, versuchte herauszufinden, ob einer von ihnen dem unruhigen Mädchen Aufmerksamkeit schenkte. Ihre Gesichter waren ausdruckslos. Es war unmöglich zu erkennen, was sie dachten. Außerdem war es der Job der Überwacher, auf eher subtile Anomalien zu achten, und Überwacher konnten überall sein.

Ich ließ meinen Blick durch den Raum schweifen, so unauffällig wie möglich. Das fehlte mir gerade noch, dass ich selbst anormal wirkte, während ich mir Sorgen um Molla machte. Aber die Vorstellung, dass jeder der Schüler, mit denen ich Tag für Tag in meiner Klasse hier an der Akademie saß, ein Überwacher sein könnte, der insgeheim für die Oberen arbeitete, ließ mir einen Schauer der Angst über den Rücken laufen.

Trotz meiner Furcht stand ich nach ein paar Minuten auf und begann Richtung Molla zu gehen. Wie Adrien gesagt hatte, würde es nicht lange dauern, bis man dieses Mädchen entdeckte. Wir mussten als Erste an sie herankommen. Doch die Flut der Schüler, die die Cafeteria verließen, versperrte mir den Weg, und als ich die Säule erreichte, an der sie eben noch gestanden hatte, war Molla fort.

Der Rest des Tages verlief ebenso enttäuschend. Sie war in keiner meiner Klassen, da sie ein Jahr hinter mir war. Einmal erhaschte ich in einem der Korridore einen Blick auf sie, doch ich konnte mich ja nicht einfach durch den Strom der Schüler zu ihr drängen, ohne Aufmerksamkeit auf mich zu ziehen. Wann immer ich die Klasse wechselte, war ich noch frustrierter als zuvor. Aber dann hatte ich doch noch Glück. Kurz vor meiner letzten Unterrichtsstunde sah ich, wie Molla in den Toilettenräumen verschwand. Eine bessere Chance würde ich nicht bekommen.

So schnell ich es wagte, durchquerte ich den Korridor und folgte ihr in den Toilettenraum. Ich blickte unter die Türen. Nur ein Paar Füße. Ich betrat die Kabine neben ihr und zog hastig die Kappe des Stifts ab, den ich von zu Hause mitgebracht hatte. Ich riss ein paar Blätter von der Klopapierrolle ab und kritzelte eilig eine Nachricht darauf. *Du bist nicht allein. Wir werden bald mit dir Kontakt aufnehmen. Halt dich bis dahin ruhig und hör auf, die ganze Zeit herumzuzappeln. Spül das runter, wenn du es gelesen hast.* Ich schob das Papier unter der Trennwand hindurch und zischte: »Molla!«

Ich sah, wie ihre Füße zögerten. Dann kam langsam eine Hand in Sicht, und Molla hob das Papier auf. Nach einer Minute hörte ich erneut die Toilettenspülung und atmete tief durch. Gut. Ich schloss die Tür auf, ging zum Waschbecken und warf Molla einen Blick zu.

Sie war blass und starrte mich an, mit so weit aufgerissenen Augen, dass es aussah, als würden sie ihr gleich aus dem Kopf springen. Doch dann wirbelte sie herum und schoss aus dem Raum.

Ich wollte ihr hinterherrufen, doch dann kam ein anderes Mädchen herein. Ich streckte meine Hände unter den Wasserhahn und tat so, als würde ich sie mir waschen. Ich stand da, hielt meine Finger länger als nötig unter das Wasser, um zu verbergen, dass sie zitterten. Max hatte recht. Es war ein gewaltiges Risiko. Ich hatte nicht darüber nachgedacht, was ich tun würde, wenn Molla mir nicht glaubte oder wenn man sie schnappte und sie mich verriet. Ich hoffte, dass sie meine Nachricht tatsächlich hinuntergespült hatte, so wie ich es ihr aufgetragen hatte. Dann war sie weggerannt. Was, wenn sie geradewegs zu den Regulatoren gelaufen war?

Ich zwang mich, den Rücken stocksteif zu halten, und trat wieder auf den Flur. Den restlichen Tag über hielt ich mein Gesicht ausdruckslos, aber insgeheim war ich voller Angst, dass ich alles gefährdet hatte. Ich wollte Adrien ein Zeichen geben und ihn wissen lassen, was passiert war. Ich hatte so dringend helfen und etwas tun wollen, doch vielleicht hatte ich schon bei meinem ersten Versuch Adriens gesamte Mission ruiniert.

An jenem Abend wartete ich ungeduldig, bis ich sah, wie sich die Deckenplatte bewegte. Ich atmete tief aus und flüsterte die Worte, die mich vom *Link* befreiten.

»Ich hab versucht, mit Molla zu reden«, platzte ich heraus, kaum dass ich die schattenhaften Umrisse seines Körpers sah, der sich durch die Öffnung schob. Ich hatte auf meinem Bett gesessen, kniete mich nun aber hin und redete weiter, während Adrien es sich neben mir gemütlich machte. »Aber ich glaube, ich hab es verpatzt. Sie ist weggerannt! Was, wenn ich alles noch schlimmer gemacht habe? Was, wenn wir jetzt alle in Gefahr sind?«

»Zoe.« Adrien packte meine wild gestikulierenden Hände und schüttelte den Kopf. »Das hast du gut gemacht. Du hast den ersten Kontakt hergestellt. Das war verdammt großartig. Sie wird jetzt vorsichtiger sein, und hoffentlich hat sie weniger Angst, wenn wir uns ihr das nächste Mal nähern.«

»Aber …«

»Aber nichts«, sagte er fest. »Bei allem, was wir tun, gibt es Risiken. Aber es geht uns gut. Wir sind sicher. Außerdem bin ich überzeugt, dass ich dank meiner Gabe eine Vision hätte, wenn wir in Gefahr wären aufzufliegen. Mach dir also keine Sorgen.«

»Hast du immer Visionen, bevor etwas passiert?«, fragte ich ängstlich.

Ich sah im schwachen Schein des Orientierungslichts neben meinem Bett, wie sich seine vollen Lippen zu einem Lächeln verzogen. »Was glaubst du denn, weshalb ich hier so lange überlebt habe? Deshalb schickt mich der Widerstand auf länger andauernde Missionen.

Weil ich drohende Gefahr sehen kann, bevor irgendein Schaden angerichtet wird.«

Ich saß einen Moment ruhig da, dachte über das nach, was er gerade gesagt hatte. Es war tröstlich zu wissen, dass wir nicht vollkommen blind in eine gefährliche Zukunft tappten. Dennoch erschien mir das zu gut, um wahr zu sein. »Wird aus deinen Visionen denn immer Wirklichkeit?«

»Bei einigen kann ich das noch nicht beurteilen, aber ich denke schon.« Adrien lehnte sich mit dem Rücken gegen die Wand, und ich konnte die Umrisse seines mir zugewandten Gesichts erkennen. »Die meisten Visionen haben sich erfüllt, aber manche sind nicht eingetreten – jedenfalls glaube ich das. Ich weiß einfach, *dass* etwas passieren wird, nicht *wann* oder *wie*. Ich versuche, meine Visionen zu ›schärfen‹, damit ich den Zeitrahmen besser abschätzen kann. Ich bin noch nicht perfekt, aber ich werde besser und besser.« Er lächelte wieder.

Ich sah ihn zweifelnd an. »Wie kannst du sie beeinflussen? Meine Gabe schlägt einfach los.«

»Anfangs war das bei mir genauso. Aber dann begann ich zu üben, wie ich die Bilder scharf einstellen kann, wenn ich eine Vision habe. Klar ist es verdammt frustrierend, weil ich warten muss, bis eine kommt – ich kann sie nicht herbeibefehlen. Aber wenn ich etwas sehe, dann versuche ich, die Vision zu verlangsamen, auf Einzelheiten zu achten – irgendwas, damit ich mehr Kontrolle habe, statt sie über mich hereinbrechen zu lassen. Und seit ich daran arbeite, zeigen meine Visionen tatsächlich mehr Details.« Adrien rückte ein bisschen näher zu mir. »Das ist übrigens auch etwas, worüber ich mit dir reden wollte. Du solltest üben, deine Gabe zu benutzen.«

Ich schauderte, als ich nur daran dachte. Es schien alle meine Kraft zu verschlingen, meine Gabe *nicht* zu nutzen. Sie war flüchtig, unvorhersehbar, wie ein in mir eingesperrtes Monster, und es schien nur eine Frage der Zeit, bis ich jemanden verletzte oder erwischt wurde. Ich hielt sie tief in mir verschlossen, versteckt mit all meinen anderen Gefühlen hinter der Maske der Ausdruckslosigkeit.

»Überleg doch mal, wie viel besser es wäre, wenn du sie herbeirufen könntest, wenn du sie brauchst. So wie Max es mit seiner Gabe macht«, sagte Adrien.

»Es kommt mir immer so riskant vor, wenn er seine Macht benutzt.«

»Es muss aber nicht so sein, nicht grundsätzlich«, erwiderte Adrien, und ich glaubte, einen Hauch von Missfallen auf seinem Gesicht zu erkennen. »Max geht eine Menge Risiken ein, nach dem, was ich mitbekommen habe. Aber wenn du hier zu Hause üben würdest, wo niemand dich beobachten kann, dann könntest du es schaffen, deine Gabe zu kontrollieren. Ich könnte dir helfen.«

»Sie zeigt sich immer dann, wenn ich nicht bewusst daran denke«, sagte ich. »Wie ein Reflex. Und selbst dann passiert nicht unbedingt das, was ich vorhabe. Wie in der U-Bahn.« Ich schluckte. Der Schmerz jenes Morgens stieg wieder in mir auf und erstickte mich fast. »Menschen sind wegen meiner Gabe *gestorben*!«

»Nein, Zoe, das siehst du vollkommen falsch.« Adriens leise Stimme klang eindringlich. »Menschen haben an jenem Morgen aufgrund deiner Gabe *überlebt*! All die Leute in dem Zug durften weiterleben, weil du in der Lage warst, den Wagen wieder zurück auf die verdammten Schienen zu setzen. *Ich* habe an jenem Tag überlebt, und es war nicht das erste Mal, dass du mir das Leben gerettet hast.«

Ich vermochte den Ausdruck auf seinem Gesicht nicht zu enträtseln. Es war so frustrierend, Emotionen nicht zu verstehen. Und dann wechselte sein Ausdruck auch schon, bevor ich mehr herausfinden konnte.

»Würde es dir etwas ausmachen, es einmal zu probieren?«, fragte er. »Wir fangen mit etwas Einfachem an, zum Beispiel diesem Kissen.«

Ich nickte widerstrebend, und Adrien rückte neben mich. Wir blickten beide auf das Kissen auf meinem Bett.

»Also, aus irgendeinem Grund scheint deine Gabe am besten zu funktionieren, wenn du dich in einer Notsituation befindest. Es könnte Furcht sein oder Adrenalin oder irgendeine andere Reaktion, die dir den Zugang zu deiner Gabe öffnet. Vielleicht könnten wir sie mit dem richtigen Auslöser beeinflussen, und dann, mit der Zeit, kannst du sie beliebig einsetzen.«

Ich nickte, starrte unverwandt auf das Kissen. Ich schaute es intensiv an, prägte mir sein Aussehen ein und versuchte, es mit meinem Willen anzuheben. Ich konzentrierte mich ganz fest, schloss die Augen, biss die Zähne zusammen. Und wartete auf das hohe Summen, das gewöhnlich meine Gabe zu begleiten schien.

Nichts. Ich versuchte es zu erzwingen. Meine Blicke bohrten Löcher in das Kissen, während ich Erinnerungen an Furcht und Entsetzen sammelte und durch meine Augen auf das Kissen zu lenken versuchte.

Plötzlich nahm Adrien das Kissen und warf es auf mich. Ich keuchte überrascht, dann fühlte ich den sanften Aufprall, als es mein Gesicht traf.

»Warum hast du das getan?«, wollte ich wissen.

»Ich dachte, dass Überraschung vielleicht irgendwie helfen würde.«

Wir starrten uns an. Adrien sah auf mein zerzaustes Haar, meinen verwirrten Gesichtsausdruck, und sein Mund verzog sich langsam zu einem breiten Grinsen. Seine Schultern bebten vor unterdrücktem Gelächter. Es dauerte nicht lange, bis ich mich anstecken ließ und mein Lachen mit dem Kissen dämpfte, das er nach mir geworfen hatte.

Adrien wischte sich die Augen. »Okay, diese Strategie funktioniert ganz eindeutig nicht. Vielleicht müssen wir es beim nächsten Mal mit etwas Gefährlicherem probieren.«

»Wenn du mir Angst einjagen wolltest, war ein Kissen vermutlich nicht die beste Wahl.«

»Okay, beim nächsten Mal probieren wir es mit etwas anderem«, sagte Adrien, immer noch lachend. »Trotzdem war es eine gute erste Übung. Denk immer daran, Zoe: Versuch es weiter. Finde heraus, was dir diese Kraft gibt, und halte es fest.«

»Aber wenn ich meine Gabe benutze, kann ich sie nicht immer so einsetzen, wie ich möchte.« Ich blickte düster drein. »Sie ist unsicher. Ich habe keine Möglichkeiten, sie so zu kontrollieren, dass ich niemanden verletze.«

»Das Risiko wirst du wohl oder übel eingehen müssen. Nur so kannst du besser werden. Erst musst du erreichen, dass du Zugang zu deiner Gabe erlangst, dann können wir uns Gedanken darüber machen, wie sie zu kontrollieren ist.« Das Lächeln verschwand von seinem Gesicht, und er wurde ernst. »Da ist noch etwas, was ich dir sagen muss. Wegen der Zeit, als du verschwunden warst. Ich wollte es neulich nicht vor Max erwähnen.«

»Wieso?« Ich runzelte die Stirn. »Ist es etwas Schlimmes?«

Adrien zog die Brauen zusammen. »Sanjan – der Typ von uns, der sich auf so was spezialisiert hat – meinte, du hättest eine derart schwere allergische Reaktion niemals zeigen können, wenn du nicht schon vorher den Allergenen ausgesetzt gewesen wärst. Vielleicht hatte irgendjemand von der Oberwelt Schimmelsporen an seiner Kleidung, und du bist damit in Berührung gekommen. Obwohl ein indirekter Kontakt eigentlich nicht ausreicht, um so etwas auszulösen.« Er zuckte mit den Schultern.

»Schimmelsporen«, wiederholte ich, und mein Stirnrunzeln vertiefte sich.

Adrien nickte. »Ja, die Anfälle würden schlimmer, je öfter du dem Auslöser ausgesetzt bist. Aber«, und nun hellte sich sein Gesicht wieder auf, »es gibt eine Behandlungsmethode, die wir ausprobieren können.« Er griff nach oben in die Öffnung und holte einen Aluminiumbehälter hervor. »Sie nennt sich Immuntherapie. Ich habe den Wirkstoff mitgebracht, als ich zurückgekommen bin. Allerdings muss man ihn regelmäßig injizieren.«

»Wie lange?«

»Es könnte Monate dauern. Und es ist keine dauerhafte Lösung. Wenn man nicht mehr spritzt, tritt die Allergie eventuell wieder auf.«

Ich ließ die Haarsträhne los, die ich mir um den Finger gewickelt hatte. »Aber es funktioniert?« Mein Blick glitt wieder zu Adrien.

»Ich hoffe es.« Adrien hielt inne, öffnete den Behälter noch nicht und musterte mich. »Vertraust du mir? Du hast es schon einmal getan. Ich hoffe, du bist auch jetzt bereit dazu.« Er sah das Zögern in meinen Augen und fuhr sich mit der Hand durchs Haar. »Hör zu, ich will dich nicht drängen, aber je eher wir damit anfangen, desto früher sehen wir, ob es wirkt, und können damit beginnen, unsere Flucht zu planen.«

Bei dem Wort »Flucht« schoss Aufregung durch meinen Körper. Ich nickte.

»Gut. Sobald deine Allergie neutralisiert worden ist oder der Widerstand einen sicheren Ort gefunden hat, an dem du mit ihr leben kannst, werden wir alle Unverbundenen, die wir entdecken konnten, mitnehmen und von diesem gottverdammten Ort verschwinden.«

»Und eines Tages, wenn meine Allergie nicht länger ein Problem ist, kann ich anderen Leuten helfen zu entkommen.«

Ein Lächeln legte sich auf seine Lippen. »Du willst dich dem Widerstand anschließen?«

»Natürlich! Was sonst sollte ich denn tun, wenn wir erst mal entkommen sind? Ich will Molla helfen. Und ich will sie aufhalten, diese … diese … mir fällt kein Wort für die Oberen ein, das zu dem passt, was sie uns antun.«

»Ich bin für gottverdammte, widerwärtige Bastarde.«

Ich lachte. »Einverstanden.« Mein Blick glitt zu dem kleinen Behälter, der neben ihm stand. »Also, wohin wird die Nadel gesetzt?«

Adrien zog die Augenbrauen hoch. »Bist du sicher?«

»Ganz sicher«, erwiderte ich und verlor mich für einen Moment in dem Aquamarinblau seiner Augen. Wir hatten so wenig Farbe in unserer Welt, dass seine Augen im Gegensatz zum Grau der Wände und seines Anzugs doppelt so ungewöhnlich wirkten. Und außerdem schien sich, wann immer ich in seine Augen blickte, in meinem

Inneren etwas zu lösen, wie ein Eiswürfel, der in einem Warmhaus dahinschmilzt.

»Großartig.« Er grinste. »Roll deinen Ärmel hoch.« Er öffnete den Behälter und zog ein schmales Röhrchen heraus, ungefähr so groß wie ein Stift. Dann löste er die Kappe an einem Ende, und nun waren zwei winzige Nadelspitzen zu sehen.

»Das ist ein Cocktail aus allen sieben Allergenen. Die Immunisierung beginnt mit geringen Dosierungen. Wir erhöhen dann deine Toleranz Schritt für Schritt, und wenn du den Allergenen das nächste Mal dort draußen ausgesetzt bist, werden sie hoffentlich harmlos für dich sein.«

Ich hielt ihm den Arm hin, und Adrien kam mit der Spritze näher.

»Ist nur ein kleiner Pikser.« Er biss sich auf die Unterlippe, während er sich konzentrierte. Dann stützte er meinen Oberarm mit seiner kühlen Hand und stieß die Nadeln hinein. Ich zuckte zusammen, doch er zog sie schnell wieder heraus.

»Das war's. Wir werden eine Zeitlang damit weitermachen, dann werden wir ein paar Haut- und Blutproben testen, um zu überprüfen, ob es wirkt.«

»Du stehst auch hier unten in Kontakt mit dem Widerstand?«

»Natürlich. Da sind die Leute, die meine Eltern spielen. Andere von uns sind in allen Sektoren verborgen. Wenn es so weit ist, werden sie uns helfen, alles für die Flucht zu koordinieren.« Er verschloss den Aluminiumbehälter wieder und kniete sich hin, um ihn zurück in die Öffnung zu schieben. »Also dann, Zoe, gute Nacht.« Sein Gesicht wurde weicher, als er das sagte.

»Oh, warte«, bat ich und legte eine Hand an sein Bein,

um ihn aufzuhalten. »Was machen wir mit Molla? Wie kommen wir an sie heran, ohne Verdacht zu wecken? Wir können nicht zulassen, dass sie sie erwischen. Und wir können nicht zulassen, dass sie sie … deaktivieren.« Das letzte Wort flüsterte ich nur.

Adrien nickte. »Es wäre zu gefährlich, sie hierherzubringen. Wir haben ja gesehen, was beim letzten Mal beinahe passiert wäre, als dein Bruder hereinkam. Obwohl …« Er unterbrach sich, überlegte. »Ist schon erstaunlich, dass sie dir und Max erlaubt haben, so oft zusammen zu lernen – Schulbeamte sind normalerweise zu misstrauisch, um zu erlauben, dass Leute sich treffen.«

»Wieso?«

»Nun, denk mal darüber nach. Ihre Kontrolle über uns hängt an einem winzigen Teil Hardware in den Köpfen der Leute.« Adrien streckte die Hand aus und tippte mir mit den Fingern an die Schläfe. »Wenn du dir vorstellst, wie riesig die Zahl der Menschen ist, die sie versklavt haben, und wenn du dir dann überlegst, dass es in jeder Generation immer mehr Leute gibt, die unverbunden sind, dann ist da etwas im Gange …« Adrien schüttelte den Kopf und ließ seine Hand sinken.

Überrascht stellte ich fest, dass ich während der ganzen Zeit, als seine Fingerspitzen meine Haut berührten, die Luft angehalten hatte.

»Deshalb zwingen sie die meisten von euch, unter der Erde zu leben. Um die Umgebung so genau wie möglich kontrollieren zu können. Und weil etwas so Simples wie eine Berührung der Auslöser für Fehlfunktionen sein könnte. Deshalb erlauben sie ja auch, dass in Familien jeder sein eigenes Schlafzimmer haben darf, selbst Eheleute. Es wäre viel effizienter, wenn alle in einem einzigen Raum schliefen. Aber sie wissen, dass sich Bande formen können, wenn Menschen engen körperlichen Kontakt haben. Bande, die möglicherweise stärker werden könnten als die Kontrolle des V-Chips.«

»Wirklich?« Ich lächelte, denn diese Vorstellung erstaunte mich.

»Nun ja, für den endgültigen V-Chip gilt das nicht. Nichts kann den austricksen. Aber sonst, ja. Das ist in unserer Natur begründet.« Er lehnte sich vor. »Dass der V-Chip funktioniert, liegt zum Teil auch daran, dass die Leute ihn akzeptieren. Menschen würden fast alles aufgeben, wenn sie glauben, dass sie dann sicher sind und keine Schmerzen leiden müssen. Ich meine, ich verstehe das. Wirklich. Es ist so verdammt viel einfacher, eine simple Lösung zu akzeptieren – selbst wenn man sich dafür belügen lassen muss. Viel schwieriger ist es doch, genug Kraft in sich zu finden, um sich gegen die Flut zu stellen und zu sagen, ihr könnt mich mal! Ich weigere mich!« Während er dies sagte, hatten seine Augen leidenschaftlich gefunkelt, doch nun wirkte er wieder gelassener und lachte sogar ein bisschen über sich selbst. »Entschuldige, ich kann mich wirklich in das Thema hineinsteigern.«

»Es hört sich so einfach und gleichzeitig so unmöglich an.« Ich empfand eine Mischung aus Traurigkeit und Freude.

Adrien beugte sich zu mir. Sein Gesicht kam meinem ganz nahe. »Ich weiß.«

Er hatte ein so hübsches Gesicht, mit seiner hellbraunen Haut und den dichten Augenbrauen und, ganz besonders, mit diesen Augen. Ich lehnte mich vor, damit ich sie besser betrachten konnte. Aus der Entfernung wirkten sie grün, doch aus der Nähe konnte ich am äußeren Rand der Iris ein dunkleres Grün erkennen, das in der Mitte mit einem durchscheinenden Blau verschmolz, mit einer Million türkisblauer Punkte, die zu funkeln schienen. Ich fand, das war auch für Adrien selbst eine treffende Bezeichnung – alles an ihm funkelte, und diese Funken sprangen auf mich über, bis ich innerlich ebenfalls funkelte. In diesem Moment fühlte ich mich plötzlich so glücklich und zufrieden, wie ich es noch nie zuvor gewesen war.

Eine Erinnerung blitzte auf – Adriens Gesicht, noch näher, als es jetzt war. Seine Lippen auf meinen, seine Hände, die meinen Kopf umfassten, und ein Gefühl, als ob ich fallen würde, als ob mein Magen verschwunden und durch heiß flackerndes Feuer ersetzt worden wäre.

Mir stockte der Atem, und ich wich zurück, hob eine Hand an meine Lippen, schockiert von dieser Erinnerung. »Adrien«, flüsterte ich, völlig außer Atem von der Intensität dieser Bilder.

Auf seinem Gesicht schien für einen Moment ein Hauch von Bestätigung zu liegen, doch gleich darauf verschloss es sich wieder, und ich blieb ohne Antwort. »Ich sehe dich morgen in der Akademie, Zoe«, wisperte er. Sein Blick hielt noch für einen Moment meinen gefangen, bevor sein Gesicht zur Maske wurde.

Er stand auf, schob die Deckenplatte noch ein Stück zur Seite und zog sich nach oben in die Dunkelheit.

Ich beobachtete, wie er verschwand, meine erstarrten Finger noch immer an meinen Lippen, bis ich schließlich wieder allein war.

In meinen Träumen in dieser Nacht durchlebte ich noch einmal diese merkwürdige, aufwühlende Leichtigkeit, die ich beim Anblick von Adriens lebhaftem Gesichtsausdruck empfunden hatte. Wie seine Augen aufblitzten, als er mich ansah. Wie Glück sich in mir ausgebreitet hatte, je länger wir zusammensaßen.

Doch dann, als gerade wilde Freude in mir aufzusteigen begann, wechselte der Traum zu meinem alten Albtraum. Diesmal jedoch setzte er früher ein. Mein Bruder und ich krochen durch den Wald. Ich konnte die Blätter riechen, spürte die unvertraute Brise und hörte die unzähligen Geräusche um uns herum.

In meinem Traum hatte Markan sich mir zugewandt, und ich musterte ihn. Er war größer, älter. Seine Gesichtszüge waren eher scharf als weich.

Pst, Zoe, hatte er gewispert. *Mach keinen Lärm!*

Aber ich war verwirrt. Wir waren auf der Oberfläche, doch ich wusste, dass ich dort nicht sein sollte. Und Markan sollte sich nicht so verhalten. Er benahm sich anormal. Ich war verpflichtet, anormales Benehmen zu melden.

Pst, Zoe, sei ganz leise.

Aber ich war nicht leise. Ich machte Lärm. Ich hörte meine Stimme, und es schien, als wäre ich entzweigerissen: als hörte ich mich schreien, um die Regulatoren auf der Lichtung, an der wir uns vorbeischlichen, zu alarmieren – und als würde ich gleichzeitig voller Grauen beobachten, was geschah.

Die Regulatoren rannten aus allen Richtungen herbei, zertrampelten die grünen Büsche unter ihren Füßen. Ich sah, wie Markans Gesicht vor Entsetzen schneeweiß wurde. Er lief weg, doch sie waren schneller.

Von da an war es derselbe Traum wie immer: sein Kopf, der gegen den Boden krachte, wie sie ihn aufhoben, sein Gesicht voller Blut. All das Schreien und Schlagen.

Während des ganzen nächsten Tages wollte mich die

Erinnerung nicht loslassen. Mir war übel, und so hörte ich es kaum, als der Lehrer für Mikro-Hardwaretechnik den Kopf aus der Tür steckte und meinen Namen rief, als ich vorbeiging.

Ich legte die Hände an die Seiten und blieb stehen. »Ja?«

»Ich bitte um deine Hilfe beim Einräumen der Materialien.«

»Ja, Sir«, erwiderte ich, insgeheim irritiert.

»Hier, bring das bitte in den Geräteraum.« Er reichte mir ein Tablett mit Feinsicherungen.

Ich sah ihn an, versuchte zu verbergen, wie alarmiert ich plötzlich war. Was, wenn es sich bei meinem Lehrer in Wirklichkeit um einen Überwacher handelte? Furcht erfüllte mich. Natürlich. Es hatte einen Sinn, dass sich die Überwacher nicht nur als Schüler ausgaben. Lehrer hatten doch die perfekte Ausrede, um ihre Schüler während des Unterrichts anzusehen, uns zu beobachten, während wir glaubten, dass niemand hinschaute.

Ich nahm das Tablett und ging zu der kleinen Kammer, die sich im hinteren Bereich des Klassenraums befand. Ich war nicht im *Link*, aber ich wollte die Worte, die mich verbunden hätten, nicht flüstern, damit der Lehrer sie nicht mit anhören konnte. Ich betrat die Kammer und suchte in den Regalen, die vom Boden bis zur Decke reichten, nach einem freien Platz, auf dem ich das Tablett abstellen konnte.

Ich hatte nicht bemerkt, dass der Lehrer mir folgte, bis er die Tür hinter uns schloss. Scharf zog ich den Atem ein, doch es gelang mir, einen Aufschrei zu unterdrücken. Ich saß in der Falle. Er würde mich hier festhalten, bis die Regulatoren kamen, mich wegzerrten und zu meiner Deaktivierung brachten.

Ich wandte mich um, um ihm ins Gesicht zu sehen, und im gleichen Moment begann sein Körper zu schimmern, und er verwandelte sich in Max. Er zeigte ein ausgesprochen zufriedenes Grinsen.

»Max!«, kreischte ich. Mein Adrenalinspiegel sank, als Erleichterung mich überflutete. Ich stellte das Tablett ab und schlug ihm mit beiden Händen gegen die Brust. »Ich kann nicht glauben, dass du mir eine solche Angst eingejagt hast!«

»Ich muss mit dir reden. Ich wollte dir keine Angst machen.«

»Beim nächsten Mal wäre eine kleine Warnung hilfreich«, erwiderte ich, immer noch atemlos von dem Schock. »Ich dachte, du wärst...« Ich brachte den Satz nicht zu Ende und schlang die Arme um mich.

»Hey, ist doch alles okay.« Max' Gesicht hatte einen sanften Ausdruck, und er griff nach meinen Händen. Als er lächelte, zeigten sich seine Grübchen.

Ich atmete langsam ein und aus, und das Entsetzen versiegte.

»Ich bin fast verrückt geworden, wenn ich an dich gedacht habe.« Max legte seine Hände um meine Taille. »Und ich habe beschlossen, bei Molla zu helfen. Ich tue, was immer du willst.« Er lachte. »Au, meine Hand, Zoe!«

Erst da bemerkte ich, wie fest ich seine Finger umklammerte und dass sich meine Nägel in seine Haut gegraben hatten.

Er beugte sich vor, und in dem dämmrigen Licht hier in dem engen Raum zeichneten sich seine breiten Schultern und sein festes Kinn ab. »Gut zu wissen, dass ich dir was bedeute.«

»Natürlich bedeutest du mir etwas«, sagte ich. »Und du willst also mit Molla Kontakt aufnehmen? Wie?«

»Genau wie eben bei dir. Ich tue so, als wäre ich ein Lehrer. Ich versuche, sie nachher noch zu erwischen. Ich werde ihr sagen, dass ich auf sie achtgeben und ihr zeigen werde, wie sie ihre Gefühle verbergen kann, damit sie den Regulatoren nicht auffällt.«

Ich lächelte, und das letzte bisschen Enttäuschung löste sich auf. »Max, das ist gut. Denk nur, wie viel besser sie sich fühlen wird. Und hier…« Ich zog einen kleinen Treiber aus der Tasche, den Adrien mir gegeben hatte für den Fall, dass ich noch einmal eine Gelegenheit fand, mit Molla allein zu sein. »Gib ihr dieses Upgrade, dann wird sie genau wie ich nach Belieben in den *Link* wechseln oder rausgehen können.«

Max nahm den Treiber und nickte, dann sah er mich an. »Ich möchte dich glücklich machen; das ist das Einzige, was ich will.« Seine Stimme war tiefer geworden. »Ich weiß, dass ich dich bedrängt habe. Ich bin eben immer so…« Er unterbrach sich, runzelte die Stirn. »Keine Ahnung. Frustriert. Wütend. All die Gefühle lassen sich manchmal nicht mehr kontrollieren. Aber das passiert nur, weil du mir so viel bedeutest.«

»Ich verstehe.« Ich dachte plötzlich an Adrien und das Bild, das mir gestern, am Ende unseres Treffens, vor Augen gestanden hatte – dieses Bild, das vielleicht eine Erinnerung daran war, dass ich ihn geküsst hatte. Es machte mir plötzlich ein schlechtes Gewissen, hier mit Max zu sein.

»Du verstehst das? Wirklich?« Max klang überrascht.

»Klar«, antwortete ich. »All diese Gefühle… sie sind dermaßen verwirrend, dass einem die Gedanken manchmal durcheinandergeraten.« Ich wusste nicht, ob ich das zu Max oder eher zu mir selbst sagte.

»Genau.« Er lächelte.

»Ich sollte jetzt gehen, bevor irgendjemand merkt, dass ich verschwunden bin. Ich bin so froh, dass du Molla helfen willst.« Ich drückte seine Hand ein letztes Mal.

»Bis gleich beim Mittagessen.« In seinen Grübchen fing sich das Licht.

Ich wollte gerade die Klinke herunterdrücken, doch bevor ich hinausgehen konnte, wurde die Tür von der anderen Seite aufgerissen. Ich sprang zurück, instinktiv wurde mein Körper starr und reglos. Ich bemühte mich, meinen Herzschlag im normalen Bereich zu halten – bis ich merkte, dass es Adrien war.

»Ich hatte gerade eine Vision«, sagte er und schloss die Tür hinter sich. Als er sich zu uns umdrehte, war sein Gesicht blass und angespannt vor Sorge. »Sie werden Molla gleich schnappen.«

16. KAPITEL

»Was machen wir jetzt?«, flüsterte ich.

»Abwarten. Wir müssen erst mal nachdenken«, erwiderte Max, der Adrien anstarrte. »Vielleicht sollten wir uns ganz raushalten, wenn sie sie sowieso schon verdächtigen. Wir müssen uns nicht mit Absicht ins Unglück stürzen.«

»Keine gute Lösung. Wenn sie geschnappt wird, redet sie. *Du* bist vielleicht sicher«, sagte Adrien durch zusammengebissene Zähne und sah dann von Max zu mir. »Aber Zoes Tarnung wird auffliegen. Kümmert dich *das* vielleicht?«

Max stieß Adrien hart gegen die Brust. »Ich hab mich schon um Zoe gekümmert, bevor du überhaupt…«

»Hört auf!« Ich stellte mich zwischen sie. »Für so was haben wir jetzt keine Zeit.«

Max' Nasenflügel weiteten sich, doch er trat zurück und hob die Hände. »Also, was hast du gesehen, du kleiner Prophet?«

»Max, du musst Molla aus ihrer Klasse holen. Sie werden in Gemeinschafts-Geschichte ein Video über ein bestimmtes historisches Ereignis, eine Massen-Deaktivierung, sehen – und das wird sie zum Weinen bringen. Sie wird *laut weinen*. Sie überwachen sie bereits, und damit wird sich ihr Verdacht endgültig bestätigen. Bitte, Max. Denk dir eine gute Ausrede aus oder nimm irgendeine Gestalt an, aber hol sie da raus und gib ihr das Upgrade, damit sie selbst bestimmen kann, wann sie unverbunden ist und wann nicht. Meinst du, du schaffst das?«

»Zweifelst du etwa an meinen Kräften?« Max trat vor, schloss den Abstand zwischen sich und Adrien.

Adrien hob die Hände. »Natürlich nicht. Ich weiß, was du kannst, deshalb habe ich dich ja auch darum gebeten.«

»Und was werdet ihr zwei unternehmen?« Max' Stimme klang immer noch böse.

»Wir werden uns – hoffentlich! – ins Zentralsystem einhacken und Mollas Akte abändern, damit sie sie nicht länger auf dem Radar haben.«

Max schwieg einen Moment. »Gut. Aber ich mache das nur, um Zoe zu schützen, nicht, um dir zu helfen.« Er schob Adrien weg, lehnte sich dicht zu mir und flüsterte: »Ich würde alles tun, damit du sicher bist.«

Ich spürte Max' Atem heiß an meinem Hals, und mir war unbehaglich bewusst, dass Adrien nur ein Stück entfernt stand und uns beobachtete.

»Bis nachher«, sagte ich. »Und pass auf dich auf.«

Max nickte und verschwand. Als ich wieder zu Adrien sah, war sein Gesicht zu einer harten, unlesbaren Maske geworden. Er schluckte, und ich beobachtete, wie sein Adamsapfel auf und ab hüpfte.

»Lass uns gehen«, sagte er, und seine Stimme klang leicht distanziert. »Wir trennen uns und bewegen uns ganz normal, wenn wir hier rausgehen. Wir müssen so nicht-anormal wie möglich erscheinen.«

Ich nickte, und bevor ich noch etwas sagen konnte, hatte er den kleinen Raum bereits verlassen. Ich folgte Adrien, in exakt abgemessenen und kontrollierten Schritten. *Ordnung ist unsere Pflicht, Ordnung steht über allem*, wiederholte ich in Gedanken. Doch eigentlich stand über allem, dass ich ruhig bleiben musste. Ich musste die Befürchtungen und Bilder aus meinem Kopf vertreiben, was mit Molla geschehen würde, wenn wir versagten.

Wir gingen durch vertraute Flure und Korridore. Es wimmelte von Schülern, denn es war die Zeit, in der die Klassen gewechselt wurden. Ich hielt den Blick geradeaus gerichtet, wagte nur verstohlen zu Adrien hinzuschauen, um nicht den Anschluss zu verlieren. Ich bog ab, wenn er abbog, blieb stehen, wenn er stehen blieb, alles mit perfekt einstudierter Gleichgültigkeit.

Wir hielten an, nachdem wir in einen kurzen Flur eingebogen waren. Eine hellgraue Tür verschloss uns den Zugang zu dem gesperrten Bereich. Adrien hatte mir erzählt, dass wir dort einen der wenigen Zugangspunkte zu den Daten des Zentralen Großrechners der Akademie finden würden.

Ängstlich hielt ich den Gang im Auge, während Adrien den Chip an seinem Handgelenk austauschte. Als das erledigt war, wandte er sich mir zu und lächelte, aber ich hatte dennoch die Furcht in seinen Augen aufblitzen sehen. Er war nicht sicher, ob es funktionieren würde.

Mein Herzschlag beschleunigte sich, und es gelang mir kaum, ihn unter Kontrolle zu halten, als Adrien sein Handgelenk vor den ID-Scanner hielt. Es piepte laut, und ich stieß den Atem aus, den ich unbewusst angehalten hatte. Ich blickte noch einmal besorgt den Flur hinauf und hinunter, doch er war immer noch leer. Nach einem Moment wechselte das kleine Licht am Scanner von Rot zu Grün, und wir hörten das willkommene Geräusch einer Tür, die zur Seite glitt.

Erleichtert seufzte ich auf, als wir den schmalen, leeren Gang betraten. Unsere Schritte hallten laut von den weiß getünchten Wänden wider. Schweiß sammelte sich in meinem Nacken. Adrien mochte es gelingen, später das Video zu löschen, das zeigte, wie wir diesen Bereich betraten, doch wenn uns ein Angestellter hier entdeckte, dann gäbe es keine Erklärung für unsere Anwesenheit.

Adrien verschwand in einer Nische, und ich folgte ihm. Es war so still hier, dass ich jeden seiner Atemzüge hören konnte. Er zog einen kleinen Treiber aus seiner Tasche und steckte ihn in einen Port in der Wand.

»Was ist das?«, fragte ich kaum hörbar.

Er lächelte mich an. »Eine Ablenkung.« Dann wandte er seine Aufmerksamkeit wieder den hier angebrachten Geräten zu. Projektoren, die in die Wand eingelassen waren, leuchteten auf und schufen einen orangefarbenen 3-D-Würfel, der eine Kantenlänge von etwa einer Handbreit hatte. Fasziniert beobachtete ich, wie Adriens Finger sich mit unglaublicher Geschwindigkeit über der grafischen Benutzeroberfläche bewegten. Er biss sich auf die Lippen, während er sich konzentrierte, und wirkte zuversichtlich – als ob er so etwas schon hundertmal getan hätte. Vielleicht hatte er es ja auch. Ich beobachtete ihn und fragte mich, was er wohl schon alles erlebt haben mochte, um so gelassen und ohne Angst hier neben mir in der Nische zu stehen.

»Fertig«, flüsterte er schließlich und wich zurück. Ich hörte, wie eine Tür irgendwo weiter unten im Flur geöffnet wurde, dann erklangen Stimmen. Adrien schob mich schnell weiter in den Schatten am Rand der Nische, zog mich an sich. Nervös blickte ich ihn an. Er war so groß, dass er den Kopf in einem merkwürdigen Winkel beugen musste, um auf mich herabzuschauen. Wir standen dicht voreinander, atmeten im gleichen Rhythmus. Ich sah, wie ein Schweißtropfen an seinem Hals hinabrollte. Vielleicht war Adrien doch nervöser, als er zeigen wollte.

Die Stimmen näherten sich, und ich lehnte mich instinktiv gegen Adriens Brust, wünschte mir, einer von uns hätte die Gabe, uns unsichtbar zu machen. Wir wagten nicht mal mehr zu atmen, als die Schritte näher und näher kamen. Wir standen in der Ecke, verborgen, aber ganz gewiss nicht gänzlich außer Sicht. Und wir konnten nirgendwohin flüchten, falls wir entdeckt wurden.

Die Schritte einer der Personen schienen zu stocken, ganz in unserer Nähe. Irgendetwas klirrte, als ob etwas zu Boden gefallen wäre. Keine Schritte mehr. Ich konnte den kleinen schwarzen Scanner sehen, nur ein Stück vom Schatten unseres Verstecks entfernt. Der Systemtechniker kam herüber und bückte sich langsam, um das Gerät aufzuheben.

Ich packte Adrien am Shirt, umklammerte das Stück Stoff fest mit meiner Faust, während ich versuchte, das hohe Summen, das in meinen Ohren erklang und meinen Arm vibrieren ließ, zum Verstummen zu bringen. *Nein.* Das war nicht der rechte Zeitpunkt, um die Kontrolle zu verlieren. Gebetsmühlenartig wiederholte ich in Gedanken das Gemeinschafts-Bekenntnis, doch ich konnte das Zittern meiner Hand nicht völlig unterdrücken. Ich blickte in Adriens Augen, und die Panik darin verriet mir, dass auch er spürte, wie meine Kraft loszubrechen drohte.

Der Techniker hielt inne, schien sie ebenfalls zu spüren. Er war in die Hocke gegangen, um den Scanner aufzuheben, hielt ihn in der Hand und verharrte so. Ein Stück entfernt waren auch die anderen Schritte verklungen, und ich hörte eine Stimme unterdrückt etwas rufen. Der Mann richtete sich unvermittelt wieder auf, hängte den Scanner an seinen Gürtel und ging dann methodisch weiter den Gang hinab.

Meine Hände zitterten immer noch, und ich fühlte ein Brennen in den Augen, während ich gegen das Beben ankämpfte, das meinen ganzen Körper schüttelte.

Adrien hielt mich noch einen Moment lang fest an sich gedrückt. Als meine Hände endlich wieder ruhig waren, löste er sich sanft von mir und hob die Hand, um mir anzuzeigen, dass ich warten sollte. Dann spähte er vorsichtig auf den Gang und bedeutete mir, ihm zu folgen.

Ich blickte links und rechts den Flur hinab. Als ich zu Adrien aufholte, hatte er ein weiteres Gerät hervorgeholt und hielt es direkt vor den Daumenabdruck-Scanner.

»Bleib hier, bis ich dich rufe«, flüsterte er. Die Tür öffnete sich mit einem Zischen, und er schlüpfte hinein.

Einige angstvolle Sekunden lang wartete ich.

»Alles klar«, sagte Adrien ruhig, und ich folgte ihm. Übereinander angebrachte zwei- und dreidimensionale Monitore füllten den kleinen Raum. Es gab drei verschiedene Workstations, doch die Stühle davor waren leer.

»Wohin sind denn die Systemingenieure und die Techniker verschwunden?«

Adrien hob das Gerät, mit dem er den Daumenabdruck-Scanner getäuscht hatte, und schloss die Tür hinter uns, dann setzte er sich an eine der Konsolen und begann, schnell etwas in die Bedienfläche des 3-D-Würfels einzugeben.

»Ich habe eine Fehlfunktion in den Servern des Akademie-Großrechners ausgelöst, die sich auf Unterebene 4 befinden. Es ist Aufgabe dieser drei Techniker, die Unterebenen 3 bis 8 zu überwachen. Wenn du dich auf eines bei diesen *Link*-Zombies verlassen kannst, dann darauf, dass sie ihren Aufgaben nachkommen. Außerdem«, fügte er mit einem Lächeln hinzu, »habe ich in meiner Vision gesehen, dass wir problemlos hier hineingelangen.«

»Und hast du auch gesehen, dass wir problemlos wieder rauskommen?«

»Mach dir darüber keine Gedanken«, meinte Adrien und wedelte mit der Hand. Dann fuhr er fort, weitere Befehle einzugeben. »Bin gleich so weit.« Er zog seine dichten Augenbrauen zusammen, während er sich konzentriert durchs Dateienverzeichnis der Schüler-Akten arbeitete.

Blitzschnell leuchteten Codes auf der Bedienfläche auf, während er eine Firewall nach der anderen hackte. Er war *gut*. Alle Akademie-Schüler lernten fortgeschrittenes Programmieren. Ich war eine der Besten in meiner Klasse, aber ich vermochte Adrien kaum zu folgen.

»Wieso kannst du das alles?«, flüsterte ich voller Bewunderung.

Adrien grinste. Sein Gesicht wurde von dem orangefarbenen Leuchten des Kubus erhellt. »Ich hacke mich in die Schutzvorrichtungen der Gemeinschafts-Technik ein, seit ich laufen und sprechen kann. So ist nun mal das Leben im Widerstand.« Als er zu einem schwierigeren Code kam, biss er sich auf die Unterlippe.

Ich schwieg, wollte ihn nicht ablenken. Aber ich war so nervös, dass ich in dem Raum auf und ab zu wandern begann. Meine Beine zitterten. Niemand konnte wissen, wie viel Zeit uns blieb, bis die Techniker zurückkehrten.

»Geschafft. Die Videoaufzeichnungen von diesem Flur sind gelöscht und durch eine Schleife mit Bildern des leeren Flurs ersetzt. Niemand, der die Aufzeichnungen überprüft, wird wissen, dass wir hier waren.« Er zoomte auf eine Akte. Mollas Beurteilung flimmerte über den Projektionswürfel.

»Wie lange beobachten sie sie schon?«, fragte ich leise.

»Seit ein paar Wochen. Sie ist schon sechsmal wegen eines anormalen Ereignisses gemeldet worden.« Er deutete auf den Würfel, um es mir zu zeigen. »Beim achten Eintrag werden die Bewohner zur Überprüfung weggeschafft. Oder gleich deaktiviert, wenn es ein eindeutiger Vorfall ist, so wie es Molla heute geschehen wäre.«

»Ich hoffe, Max hat sie noch rechtzeitig erwischt.«

»Ich sehe keine Hinweise im System, das ist ein gutes Zeichen«, erwiderte Adrien.

Ich atmete erleichtert aus.

»Okay, dann lass uns diese Akte in Ordnung bringen.« Er schwieg, während sich seine Finger schnell bewegten. Dann lächelte er. »So, jetzt sind es nur noch zwei Meldungen.«

Ich wäre am liebsten vor Glück herumgehüpft. Wir hatten es geschafft. Eine Welle guter Gefühle schwappte über mich hinweg. Molla war okay, und ich hatte keinen Zweifel daran, dass Max eine Möglichkeit finden würde, ihr das Upgrade zu geben, sodass sie in Zukunft nicht mehr so großer Gefahr ausgesetzt wäre. Jeder, der mir etwas bedeutete, war in Sicherheit.

Adrien gab erneut etwas auf der Bedienfläche ein, um die veränderte Datei zu schließen, als er plötzlich innehielt und sich vorbeugte. »Moment mal, was ist das denn?«

»Was?«, fragte ich und beugte mich ebenfalls vor, um den Würfel besser betrachten zu können, und blickte auf eine grüne Spalte mit gestapelten Ordnern. Die meisten Akten zeigten ein tiefes Grün, doch einige leuchteten heller. »Meinst du diese Sammlung von Dateien?«

Adrien klickte ein paarmal, dann weiteten sich unsere Augen. Als er die Verzeichnisse beiseiteschob, waren weitere Dateien zu sehen, noch mehr Schüler-Akten. Und jede enthielt weit mehr als zwanzig Meldungen über anormales Verhalten.

»Sechs andere?«, flüsterte ich. »Was bedeutet das? Sind sie alle unverbunden?«

»Es ergibt keinen Sinn«, sagte Adrien und schüttelte den Kopf. »Es sollte nicht so viele Unverbundene an der Akademie geben. Und warum hat man sie nicht schon vor einer Ewigkeit herausgepickt, zur Untersuchung gebracht und repariert?« Er biss sich auf die Lippen und klickte ein paar andere Dateien an. »Obwohl …« Wieder bewegten sich seine Finger rasend schnell, und ich sah, wie weitere Ordner den Kubus füllten.

»Wonach suchst du?«, erkundigte ich mich leise.

»Nach der Statistik über anormale Aktivitäten in diesem Distrikt. Hm.« Noch mehr Klicks, noch mehr Codes folgten, und ich beobachtete ihn dabei. Er gelangte zu einem neuen Verzeichnis. Nur ein paar Dateien leuchteten in diesen Spalten auf.

»Was ist das?«

»Die Aufzeichnungen über anormale Aktivitäten bis jetzt. Lange Zeit hat es kaum welche gegeben«, erklärte er. »Aber dann ist die Anzahl plötzlich sprunghaft angestiegen.«

Ich sah ihn fragend an. »Könnte es einen besonderen Auslöser dafür gegeben haben?«

»In dieser Generation gibt es mehr Unverbundene als je zuvor, das stimmt.« Adrien runzelte besorgt die Stirn. »Aber das da ist mehr als nur ungewöhnlich.« Er hielt inne, und seine Augen weiteten sich. »Verdammte Hölle, Zoe, sieh dir das an!« Er hatte sich die markierten

Dateien vorgenommen und ging sie durch. Nun war er auf eine ganz spezielle gestoßen.

Ein Profil erschien vor uns auf dem Würfel und drehte sich. Es war meines.

Ich hatte plötzlich das Gefühl, dass alle Luft aus meiner Lunge gewichen war. Doch es waren nicht die Aufzeichnungen über mich, die Adriens Aufmerksamkeit geweckt hatten. Am Ende meiner Akte befanden sich Links zu anderen Profilen. Es waren vier. Er öffnete den Link, der gelb blinkte.

Es war mein kleiner Bruder Markan. Und gleichzeitig auch nicht. Dieser Junge war älter, hagerer, und er trug einen veralteten Anzug. Es war der Junge aus meinen Träumen.

Ich las auf der Seitenleiste, was über ihn vermerkt war.

Bewohner: Q-24, Daavd. DEAKTIVIERUNG 12.4. 2274.

Zusammenfassung des Schadensberichts: Nach insgesamt elf gemeldeten anormalen Vorfällen und einer versuchten Korrektur der Hardware suchte Bewohner D. Q-24 zu entkommen. Festgenommen, als die ihn begleitende Schwester Zoel die Regulatoren auf der Oberfläche, Koordinaten 9.103.23, alarmierte. Lösung: Sofortige Deaktivierung von D. Q-24 bei Festnahme. Bewohnerin Z. Q-24 wurde nach Löschen der Erinnerungen in die Familieneinheit reintegriert.

»Nein«, flüsterte ich und streckte die Hand nach dem Würfel aus. Ich wollte mehr Informationen. Ich hatte Mühe zu atmen. Ich fühlte mich, als hätte mir jemand einen Schlag in die Magengrube versetzt. »Nein!«

Ich schnappte mir den Würfel, gab in meiner Verzweiflung jeden Code ein, der mir einfiel, um an mehr Informationen aus dieser Datei zu gelangen. Doch alles blieb leer, und als ich dennoch beharrlich weitermachte, blockierte mich schließlich eine Firewall.

Es musste falsch sein, was da stand. Es war unmöglich. Ich schüttelte heftig den Kopf. »Adrien, was befindet sich noch in dieser Datei?« Meine Stimme klang viel zu hoch, fast schon hysterisch. Mein Herzmonitor piepte, doch das war mir egal. Das alles musste falsch sein! »Zeig mir, was sich noch in der Datei finden lässt!«

Ein schriller Schrei wollte sich über meine Lippen drängen. Meine Arme zitterten vor Emotionen und meiner Kraft, aber diesmal interessierte es mich kaum, ob ich die Kontrolle behielt. Es war mir vollkommen egal, ob meine Gabe losschlug und die Geräte aus den Wänden riss, die Türen bersten ließ und das gesamte Zentralsystem lahmlegte. Ich konnte diesen ganzen Irrgarten aus Beton zum Einstürzen bringen und den Ort unserer Gemeinschaft zu Staub zerfallen lassen. Ich würde alles tun, um das auszulöschen, was ich gerade gesehen hatte.

Das Gerät, das Adrien auf den Tisch gelegt hatte, piepte. »Verdammt, Zoe, wir müssen von hier verschwinden. Sie haben den Fehler behoben und werden jeden Moment zurückkommen.«

Ich hörte ihn kaum. Ich starrte auf die grünlichen Umrisse des älteren Bruders, der aus meiner Erinnerung verschwunden war, und ich ballte die Hände so fest zusammen, dass meine Fingernägel sich in die Haut bohrten. Mein Magen verkrampfte sich vor Schmerz.

Die bruchstückhaften Albträume. Die Allergie. Ich *war* bereits auf der Oberfläche gewesen, hatte mich den Schimmelsporen ausgesetzt. Ich war auf der Oberfläche gewesen und hatte meinen Bruder an die Regulatoren verraten. Bittere Galle stieg mir in die Kehle. Ich hatte noch einen Bruder gehabt. Und ich hatte ihn verraten.

Adrien sammelte all seine Ausrüstung ein und wandte sich schließlich um, um mich anzusehen. Auf seinem Gesicht lag eine Mischung aus Sorge und Furcht.

Ich fühlte, wie ein Zornesschauer mich durchfuhr, scharf und elektrisierend, wie Zorn mich bis in die Fingerspitzen erfüllte und meine Kopfhaut vor Energie prickeln ließ.

»Zoe, hör auf. Zoe!« Adrien packte meine sich hektisch bewegenden Hände, zwang mich, ihn anzusehen. »Wir müssen hier raus. Jetzt.«

Ich schüttelte den Kopf, die Zähne zusammengepresst. Ströme von Wasser liefen mir über die Wangen. Ich riss meine Hände aus seinen. »Er muss versucht haben, mich mitzunehmen, als er geflohen ist. Er wollte nicht allein sein, also nahm er mich mit. Und dann habe ich ihn umgebracht!«

»Du warst erst vier Jahre alt!« Adrien zog mich von der Konsole weg, und als ich mich wehrte und dorthin zurückkehren wollte, stellte er sich vor mich und nahm mein Gesicht zwischen seine Hände. »Denk an die anderen«, sagte er sanft und blickte mich eindringlich an, so lange, bis ich still dastand. »Wenn wir hier erwischt werden, geraten auch Max und Molla in Gefahr. Wir müssen verschwinden. Kannst du dich wieder in den *Link* zurückfallen lassen?«

Ich starrte Adrien an, sah ihn und nahm ihn doch nicht wahr. Er packte mich an den Oberarmen und zwang mich, ihm in die Augen zu schauen. Einen Moment lang gab mir das wieder Halt, fühlte ich mich mit etwas Realem verbunden statt mit diesen unkontrollierbaren Emotionen, die in mir tobten und aus mir herauszubrechen drohten. Schließlich nickte ich und trat zurück, doch ich fühlte mich benommen, und mir war schwindlig.

Ich wollte es – ich wollte in den *Link* zurückkehren. Ich wollte meinen zermalmenden Schmerz in dem betäubenden Strom der kalten Logik und Ordnung des *Links* versinken lassen. Aber ich verdiente keinen Trost. Ich hatte meinen Bruder getötet. Ich verdiente jedes bisschen dieser Leere und der Kälte. Ich verdiente es, in diese bodenlose Schwärze zu fallen, die in mir aufriss wie ein zerklüfteter Abgrund.

Adrien schüttelte mich, holte mich in die Gegenwart zurück. Ich hob meine schweren Lider und sah ihn an. »Beta Ten Gamma Link. Sag es, Zoe!«

Ich hatte einen älteren Bruder. Meinetwegen war er deaktiviert worden. Es war meine Schuld. Meine Schuld. Meine Schuld. *Meine Schuld.* Ich umklammerte meinen Bauch und sank zu Boden. Ich war so schwer. Ich wollte durch den Boden sinken und verschwinden. Ich wünschte, es hätte mich nie gegeben.

Aber ich war ein betrügerischer Feigling, und so sagte ich es. Ich hasste mich selbst, während ich dumpf Adriens Worte nachsprach: »Beta Ten Gamma Link.«

»Lass uns gehen.« Er zog mich an der Hand hoch und zerrte mich aus dem Raum. Wir liefen durch den langen, leeren Korridor, seine Hand um meine wie ein Anker, als er uns vorsichtig aus dem gesperrten Bereich herausschleuste.

Er führte mich in einen anderen Korridor und in den breiten Eingang eines Klassenzimmers. Der Raum war leer, aber ich hörte Fußgetrappel aus dem Gang auf der anderen Seite. Der Unterricht musste vorbei sein. Wenn wir uns zu lange hier aufhielten, würde bemerkt werden, dass wir unserem strikten Stundenplan nicht folgten.

Die *Link*-Nachrichten strömten in meinen Kopf. Die Infos und Fußnoten auf meinem Netzhaut-Display, die am Rand meines Sichtfelds abliefen, waren hell und stärkend und tröstlich vertraut. Ich konnte alles in der Eintönigkeit der *Link*-Einflüsterungen vergessen. Wenn ich es zuließ, würde mich die *Verbindung* den plötzlichen scharfen Schmerz und meine Schuld vergessen lassen.

Das Licht im Eingang schien zu verblassen, die Farben verblassten vor meinen Augen.

»Bleib so lange verbunden, bis ich heute Abend in dein Zimmer komme. Versprich mir das«, forderte Adrien.

Ich nickte.

»Bis dann. Pass auf dich auf.« Er sah mich mit einem Blick an, den ich nicht deuten konnte, in dem so etwas wie Furcht oder Zögern liegen mochte, dann schüttelte er den Kopf, drückte seine Lippen auf meine Stirn.

Sanft schob mich Adrien aus dem Eingang auf den Flur, und irgendwie gelang es mir, meine Füße in Bewegung zu setzen. In meinem Inneren stieg ein grimmiger Schrei auf, wie ein wildes Tier, das sich mit seinen Klauen freikämpfen will, doch das graue Geplapper des *Links* erstickte ihn schon bald.

17. KAPITEL

In dieser Nacht lag ich auf dem Bett, starrte an die Decke, und jeder Atemzug riss eine neue Wunde in meiner Brust auf. Adrien kam in mein Zimmer, doch ich sprach nicht mit ihm und bewegte mich auch nicht. Er schien mich zu verstehen. Er erzählte mir, dass Max sich in einen Hausmeister verwandelt und das Video unbrauchbar gemacht hatte, bevor Molla es sehen und vor allen anderen einen Gefühlsausbruch haben konnte. Dann hatte er ihr das Upgrade gegeben, sodass sie hoffentlich erst einmal in Sicherheit war.

Adrien erzählte mir auch, dass er versucht hatte, mehr über diese sechs Unverbundenen herauszufinden, auf deren Dateien wir gestoßen waren, doch die Informationen über sie waren hinter einer wahren Sicherheitsfestung verschlossen, die nicht einmal er mit all seinen Hacker-Fähigkeiten aufbrechen konnte. Was unserer ständig anwachsenden Liste eine weitere Frage hinzufügte, die wir nicht beantworten konnten.

Ich nickte, während Adrien sprach, doch ich hörte ihm nicht richtig zu. In Gedanken war ich weit entfernt, wie schon den ganzen Tag. Beim Abendessen wäre ich fast durchgedreht, als ich Markan beobachtete und mir dabei einen anderen Bruder vorstellte. Daavd.

So dumm! Wie dumm von ihm, eine Vierjährige auf seiner Flucht mitzunehmen! Doch sofort fühlte ich mich wieder schuldig, weil ich ihm dies zum Vorwurf machte, während sein Tod doch ganz allein mein Fehler war.

Meine Brust zog sich vor Schmerz zusammen. Ich hatte mich nach dem Abendessen aus dem Link gelöst, weil ich wusste, dass ich all diesen Kummer verdient hatte. Ich dachte daran, welche Gefühle ich für Markan entwickelt hatte und wie sehr ich mir wünschte, ihm nahe zu sein, weil ich intuitiv wusste, dass Familie wichtig war.

Vielleicht hatte Daavd das Gleiche empfunden. Hatte mich mitgenommen, weil er mich retten wollte. Und ich hatte ihn verraten. Die Bilder aus meinem Traum stiegen vor mir auf. Wie er ins Grün der Blätter krachte. Das Blut. Ich konnte mich nicht mehr ertragen. Ich konnte es nicht mehr ertragen, in diesem Körper zu sein, in dieser verabscheuungswürdigen, verdammten Haut.

»Zoe, was machst du da?« Adriens Stimme brach in meine Gedanken ein.

Überrascht blickte ich auf. Ich hatte vergessen, dass er hier war. Er hatte meine Hände sanft in seine genommen, und verwirrt sah ich das Blut unter meinen Fingernägeln. Ich hatte mir die Nägel so fest in die Oberarme gebohrt, dass sie bis ins Fleisch gedrungen waren. Verwirrt starrte ich Adrien an. Meine grauenvollen Gefühle hatten ein so gewaltiges Durcheinander geschaffen, dass es nicht so schnell entwirrt werden konnte.

»Ich will weg von mir selbst«, flüsterte ich. Ich zog die Knie an meine Brust, legte die Arme darum und wiegte mich vor und zurück. »Aber ich kann nicht. Ich stecke hier drin fest, in meinem Kopf, mit all den scheußlichen Erinnerungen, Gefühlen und Gedanken.«

»Oh Zoe«, sagte Adrien, und seine Stimme klang so sanft. Er zog mich an seine Brust und streichelte mir mit langsamen Bewegungen übers Haar.

Ich schloss die Augen, wusste, dass ich diesen Trost nicht verdient hatte, aber ich brachte nicht die Kraft auf, mich von Adrien zu lösen. Ich konnte nicht einmal mehr weinen. Es war, als hätte sich all der Schmerz in mir zu einem scharfkantigen Stein zusammengeballt, der mein Inneres zerriss.

»Zoe, es tut mir so furchtbar leid.« Er hatte die Augenbrauen zusammengezogen. Sein Gesicht schien widerzuspiegeln, was ich empfand, als wollte er meine Trauer teilen. Warum er das wollte, verstand ich nicht, aber es gab mir das Gefühl, nicht so allein zu sein. Und schon empfand ich neue Schuld, weil er meinetwegen litt.

Noch lange, nachdem Adrien an diesem Abend wieder durch die Öffnung verschwunden war, starrte ich an die Decke. Er war noch jemand, dem ich etwas bedeutete. Noch jemand, der meinetwegen verletzt werden konnte.

In all der Zeit war es meine größte Sehnsucht gewesen, nicht allein zu sein, doch nun begriff ich, um wie viel sicherer es war, wenn es niemanden gab, dem man wehtun, den man verlieren konnte. Wenn ich erwischt wurde, wenn mein Schmerz sich zeigte oder meine Kräfte aus Versehen losschlugen, weil ich so in meinen Schuldgefühlen versunken war, dann wäre das Leben von uns allen in Gefahr. Ich mochte es verdient haben, für das zu leiden, was ich getan hatte. Ich mochte es sogar nötig haben, doch ich konnte mir diesen Luxus nicht leisten. Ich hatte keine Zeit mehr, um zu weinen.

Ein paar Tage später fuhren Max und ich mit der U-Bahn zu seiner Wohneinheit. Ich hatte keine Lust gehabt mitzukommen. Ich wollte einfach nur im *Link* bleiben.

Mich betäuben lassen, kontrolliert sein, wenn ich mich jeden Abend zu einem Ball zusammenrollte, mich so klein wie möglich machte. Es kam mir vor, als könnte ich einfach verschwinden, wenn ich es nur fest genug versuchte.

Aber ich wusste, dass es anormal wirken könnte, wenn ich die Förderungsstunden mit Max beendete. In der Schule verhielt ich mich wie ein Automat, versuchte abzutauchen in ein Leben als *Link*-Zombie – eine nicht-denkende, nicht-fühlende Maschine.

Max schob hinter uns die Tür zu seinem Zimmer zu. Er lächelte, dann griff er hinter sich und langte nach seiner Tasche. »Hör zu. Ich weiß, dass du traurig warst, also habe ich etwas für dich besorgt.« Er wandte sich mir zu, die Hände hinter dem Rücken versteckt. Er grinste, zeigte seine Grübchen.

Ich starrte desinteressiert an die Wand, hörte kaum zu, denn mich drückte das Gewicht der Trauer nieder, die wieder über mich hereingebrochen war, kaum dass ich mich aus dem *Link* gelöst hatte. Aber ich wusste, dass ich etwas sagen sollte.

»Was denn?«

»Etwas ganz Besonderes, extra für dich.«

Ich blickte auf und trat näher.

»Mach die Augen zu.« Max wackelte mit den Augenbrauen.

»Max«, sagte ich, und zum ersten Mal seit einer Woche gelang mir ein kleines, nervöses Lächeln. »Was ist es?«

»Du sollst die Augen zumachen«, beharrte er.

»Na gut.« Ich schloss gehorsam die Augen und hörte etwas klicken.

»So, noch geschlossen halten«, flüsterte er. Ich spürte

seinen Atem dicht an meinem Gesicht und konnte das Lächeln in seiner Stimme hören. »Und jetzt *riech* mal!«

Immer noch verwirrt, sog ich tief die Luft ein und riss unwillkürlich die Augen auf. Es war das Unglaublichste, was ich je gerochen hatte. Ich hätte schwören können, dass ich es beinahe geschmeckt hätte, allein von diesem Aroma her. Ich blickte in die kleine Schachtel, die Max mir entgegenhielt, und sah darin ein Stück von etwas Dunklem, feucht Schimmerndem liegen.

»Was *ist* das?«, fragte ich ungläubig, beugte mich vor und schnupperte noch einmal daran.

»Das nennt man Schokoladenkuchen.« Er grinste. Offensichtlich freute ihn meine Reaktion. »Warte, bis du ihn gekostet hast.« Er holte die andere Hand hinter seinem Rücken hervor, in der er zwei Gabeln hielt.

Ich zögerte. »Wirklich?«

Max lachte. »Nun nimm dir schon einen Bissen.«

Ich verdiente keine solche Freundlichkeit, und fast hätte ich abgelehnt. Aber Max schien so begeistert zu sein, dass ich mir ein kleines Stückchen nahm. Es war so süß, süßer als alles, was ich je gekostet hatte. Und es schien in meinem Mund zu schmelzen, weich und cremig. Unwillkürlich stöhnte ich auf. Und nahm mir eifrig noch ein Stück, ein wesentlich größeres diesmal.

Max lachte, und sein ganzes Gesicht strahlte auf, während er mir zuschaute.

Ich zeigte auf die andere Gabel. Ich wusste, ich sollte kein solches Vergnügen genießen dürfen, aber es war das erste Mal, dass ich etwas Angenehmes empfand, seit ich von Daavd erfahren hatte. Daavd. Sein Name schnürte mir immer noch die Kehle zu. Doch ich schob den Gedanken beiseite und rang mir für Max ein Lächeln ab.

»Mir fällt kein einziges Wort ein, das beschreiben

würde, wie gut das schmeckt«, sagte ich. »In meinem gesamten Wortschatz findet sich kein Begriff, der diese Köstlichkeit erfassen könnte – wie wird das noch mal genannt?«

»Kuchen. Schokoladenkuchen.«

»Kuchen«, flüsterte ich voller Bewunderung, dann leckte ich meine Gabel ab. »Woher hast du ihn?«

Er legte seine Gabel in die leere Schachtel und stellte sie auf den Boden. »Ich habe ihn probiert, als ich neulich so tat, als wäre ich ein Beamter. Sie hatten eine Veranstaltung – ein Haufen Oberer hat sich getroffen, um sich zu unterhalten und zu essen.«

»Worüber haben sie denn geredet?« Ich blickte ihn erstaunt an.

»Über nichts!« Max lachte. »Und über alles. Ich meine, sie haben meistens übereinander geredet oder über andere, die nicht auf der Party waren.« Er zuckte mit den Schultern, immer noch lachend. »Weißt du, ich war hingegangen, weil ich gehofft hatte, ich würde mehr darüber herausfinden, was so auf der Welt passiert. Aber keiner von ihnen hat über globale Konzerne oder ähnliches gesprochen. Sie haben sich darüber unterhalten, was für Sachen die Leute anhatten, und sie haben alle ziemlich viel gelacht, obwohl ich meistens nicht verstanden habe, was so komisch daran sein sollte.« Er schüttelte den Kopf, lächelte fast ehrfürchtig. »Zoe, so was hast du noch nie gesehen. Und das Essen...« Max verdrehte die Augen. »Du glaubst, der Kuchen würde gut schmecken? Sie hatten Fleisch, und ich rede von *richtigem* Fleisch. Und dann dieses Zeug, das sie Wein nennen. Das hat zuerst herb geschmeckt, doch später hat sich mir davon der Kopf gedreht, und ich kam in Hochstimmung.« Er lachte, als wäre die Erinnerung so deutlich, dass er sie noch einmal durchlebte. »Beim nächsten Mal werde ich eine Flasche mitgehen lassen, damit du ihn auch probieren kannst.«

»Max«, sagte ich, und die Sorge lag mir schwer wie ein Stein im Magen. Er schien zu glauben, dass das alles so großartig war, aber bedachte er denn nicht, in welche Gefahr er sich brachte?

All die Gefühle, die ich in der vergangenen Woche durchlebt hatte, brachen erneut über mir zusammen. Lasteten noch schwerer auf mir. Ich durfte nicht noch jemanden verlieren, der mir etwas bedeutete.

Ich legte eine Hand auf seinen Arm. »Max, es freut mich, dass du so viel Spaß hattest, aber du solltest so etwas nicht noch mal tun. Das ist es nicht wert. Nur ein kleiner Fehler, und sie werden bemerken, was du bist. Was du zu tun vermagst. Und dann werden sie dich mir wegnehmen. Ich würde dich verlieren, so wie ich …« Die Worte schienen in meiner Kehle festzustecken. »So wie ich meinen Bruder verloren habe.«

Max schüttelte den Kopf und wedelte mit den Händen, als wollte er all meine Bedenken wegwischen. »Zoe, es ist ganz anders. Überhaupt nicht gefährlich. Verstehst du das denn nicht? Wir brauchen nicht zu fliehen. Wir können auch hier sicher leben. Wir können bleiben und jeden Abend Kuchen essen und Wein trinken, bis es uns zu den Ohren rauskommt.«

»Und was ist mit den Regulatoren? Den Überwachern? Der Kanzlerin? Mit jedem Moment, den wir hier in der Gemeinschaft bleiben, riskieren wir, erwischt zu werden.«

»Lass das mal meine Sorge sein. Ich habe viel Zeit mit diesen Oberen und der Kanzlerin verbracht. Es wird weit einfacher sein, sie zu umgehen, als du dir vorstellen magst.«

Er nahm meine Hände in seine, und das Funkeln in seinen Augen war irgendwie ansteckend. Max war so zuversichtlich, so voller Selbstvertrauen. Sein Charisma war beinahe stark genug, um mich trotz meiner Traurigkeit und Schuld mitzureißen.

»Du und ich, Baby«, flüsterte er, und sein strahlender Blick suchte meinen. »Wir können uns unser eigenes Leben schaffen. Nur du und ich. Wären wir im Widerstand, kämen wir nur so gerade eben über die Runden. Wären immer auf der Flucht, würden eine Schlacht schlagen, die wir nicht gewinnen können. Aber mit dem, was ich zustande bringe, hätten wir ein gutes Leben. Wir könnten haben, was immer wir wollen. Wir könnten glücklich sein.«

Ich hätte ihm beinahe glauben können. Vielleicht glaubte ich ihm sogar. Vielleicht gab es diese seltsame Welt, in die er dank seiner Gabe verschwinden konnte, und vielleicht gelänge es ihm sogar, mich mit sich fortzureißen in diese Welt von Schokoladenkuchen, richtigem Fleisch und prickelnden Getränken, die einen die ganze Nacht lachen ließen. War das nicht besser als diese ganze erstickende Sorge und Schuld? Wäre es nicht wunderbar, wenn ich mich auf diese Weise verlieren könnte, wenn ich es Max überließe, für alles zu sorgen? Wenn ich so tun könnte, als gäbe es keinen Schmerz und keine Trauer?

»Aber was ist mit all den anderen Leuten?«, fragte ich.

»Hm?«, brummte Max. Er lächelte immer noch und sah mir in die Augen.

»Diejenigen, die nie etwas anderes sein würden als Zombies? Wie können wir dasitzen und Kuchen essen, während sie immer noch in Gefahr, immer noch Sklaven sind?«

Er zog die Augenbrauen zusammen. »Wir können den Zombies nicht helfen«, erwiderte er. »Wir können lediglich uns selbst retten. Aber am wichtigsten ist doch, dass wir *dazu* in der Lage sind. Wir können in Sicherheit sein. Zusammen. Und glücklich.« Erneut nahm er meine Hände.

Der Kuchen lag mir plötzlich wie ein Stein im Magen, zog mich tiefer und tiefer hinab. Ich wich ein Stück zurück.

»Das hört sich nach einem netten Leben an, Max. Wirklich. Aber ich glaube, ich könnte mich selbst nicht mehr ertragen, wenn wir alles hätten und die Leute um uns herum nichts. Ich denke, der Widerstand kann uns zur Flucht verhelfen und uns in Sicherheit bringen – und was noch wichtiger ist, wir können dann anderen helfen. Wir brauchen einen guten Plan, für alle von uns. Ich werde heute Abend mit Adrien darüber reden, und später können wir uns alle treffen.« Ich nahm meine Tablet-Tasche und hängte sie mir über die Schulter.

»Adrien?«

Max' Stimme klang so kalt, dass ich beunruhigt aufblickte. Auf seinem Gesicht zeichneten sich plötzlich Flecken ab, er hatte die Augen halb zusammengekniffen, und seine Nasenflügel weiteten sich.

»Adrien?«, wiederholte er böse. »Du triffst ihn heute Abend?«

»Ja.« Meine Stimme zitterte, weil er sich plötzlich so verändert hatte. »Wir müssen alle zusammenhalten.«

»Nicht mit ihm!«, explodierte Max. »Zusammen, das sind nur wir, du und ich. Nicht er.« Wütend schlug er gegen die Wand, und ich zuckte zusammen.

»Was stimmt seit einiger Zeit nicht mehr mit dir?«, fragte ich, und nun wurde auch ich laut. »Hör auf, auf irgendwas einzuschlagen. Und hör auf zu schreien. Jedes Mal, wenn wir uns sehen, fangen wir schließlich an zu streiten.«

Max stieß heftig den Atem aus und fuhr sich mit den Fingern durchs Haar. »Alles lief gut, bevor dieser Bastard aufgetaucht ist.«

»Du bist derjenige, der für nichts und wieder nichts unnötige Risiken eingeht, sich in die Büros von Beamten schleicht und auf irgendwelche Feste geht und Kuchen isst!« Kaum hatte ich das ausgesprochen, bekam ich ein schlechtes Gewissen, und dennoch machte ich weiter. »Ich weiß überhaupt nicht mehr, wer du eigentlich bist«, fuhr ich fort. »Ständig verschwindest du in irgendwelchen Verkleidungen und verbringst Zeit mit den Oberen. Es kommt mir so vor, als wärst du bereits ein Teil dieser anderen Welt geworden, einer Welt, von der ich nicht das Geringste weiß. Und du erzählst mir auch nicht alles. Das spüre ich.« Ich sah ihn eindringlich an. »Du hast Geheimnisse vor mir, oder?«

Max sagte zunächst nichts darauf, doch sein Gesichtsausdruck wurde weicher. »Komm schon«, meinte er schließlich, zog mich eng an sich und schlang seine Arme um mich. »Lass uns nicht mehr streiten.«

Ich fühlte mich plötzlich erschöpft. Ich wollte nach Hause und schlafen. Alles war so kompliziert – meine Beziehung zu Max, das elektrisierende Summen meiner Kraft, die jeden Moment losschlagen konnte, der Schmerz aus dem Wissen, was ich meinem älteren Bruder angetan hatte.

Es tat gut, so gehalten zu werden. Wenn Max so wie in diesem Moment war, dann konnte ich vergessen, wie verdreht und schmerzlich alles geworden war. Sanft strich er mir über den Rücken. Er konnte so liebevoll sein, wenn er wollte. Ich ließ mich gegen ihn sinken.

Max presste mich an sich und drückte seine Lippen auf meinen Hals.

Ich schob ihn weg. »Nein, Max.«

»Warum?«, fragte er, und auf seinem Gesicht lag eine Mischung aus Ärger und Schmerz.

Seine Stimmungen wechselten so schnell, dass ich kaum mithalten konnte. Ich seufzte und rieb mir die Schläfen. Gefühle waren so anstrengend. Ohne sie war das Leben viel einfacher gewesen.

»Immer schiebst du mich weg«, beschwerte er sich. »Vielleicht weiß mich dieses neue Mädchen – wie heißt sie noch? Megan? Morgan? – ja mehr zu schätzen als du«, fügte er bitter hinzu.

Ich trat zurück, verletzt. Seine Lippen hatten sich höhnisch verzogen. Und obwohl er eigentlich so gut aussah, wirkte sein Gesicht in diesem Moment wie eine Fratze.

»Vielleicht sollte ich nicht mehr herkommen«, sagte ich leise. Ich wich weiter zurück, zitterte am ganzen Körper.

»Stopp.« Max packte mich am Arm. Er wirkte verwirrt und nicht mehr so hart. »Warte. Ich weiß nicht, warum ich immer wieder solche Sachen sage.« Er ließ mich los und fuhr sich mit der Hand durch die Haare. »Ich wünsche mir einfach so sehr, dass wir zusammen sind, und dann kommst du her und stößt mich im letzten Moment zurück. Ich kann immer nur an dich denken, die ganze Zeit. Du bist alles, was ich will.« Seine Stimme klang unnormal hoch, als ob sie gleich brechen würde, und ich sah ihm an, wie verletzt er war. »Warum kannst du mich nicht genauso wollen?«

»Oh Max.« Ich legte eine Hand an seine Wange und wünschte, ich könnte den verletzten Ausdruck wegwischen. »Ich wollte nicht … Es tut mir leid …«

»Nicht«, sagte er scharf, und sein Ausdruck verhärtete sich wieder. »Sprich das Wort nicht aus. Nicht in Bezug auf mich.«

Ich hatte keine Ahnung, wie zwischen uns alles dermaßen hatte schiefgehen können. Ich war Gift. Jeden, den ich berührte, verletzte ich. Ich wusste nicht, was ich Max sonst noch sagen sollte, und so wandte ich mich um und ging. Diesmal versuchte er nicht, mich aufzuhalten.

Nachdem ich die Tür zu meinem Zimmer geschlossen hatte, stand ich einfach da und ließ den Tränen freien Lauf. Während der gesamten Heimfahrt in der U-Bahn hatten sie in meinen Augen gebrannt. Obwohl ich mir selbst versprochen hatte, keine Schwäche zu zeigen, erlaubte ich es mir dieses eine Mal nun doch. Aus den Tropfen wurde eine Flut, erstickende Schluchzer, die ich kaum unterdrücken konnte. Ich bedeckte meinen Mund mit den Händen, doch ich wusste, dass ich immer noch zu laut war. Ich langte nach oben, nahm mein Kopfkissen vom Bett und drückte mein Gesicht hinein, um das Schluchzen zu dämpfen. Ich ließ mich neben meinem Schreibtisch auf den Boden sinken. Ich hatte nicht gewusst, dass Schmerz so lange anhalten konnte.

Mir taten schon die Rippen weh. Trotzdem rief ich mir immer wieder Max' Gesichtsausdruck ins Gedächtnis. Wieso konnte ich ihn nicht auf die Weise gern haben, die er sich wünschte? Ich hasste es, ihn zu verletzen. Andererseits verletzte er auch mich. Und Daavd … *Oh Daavd!* Wozu waren Gefühle gut, wenn ich offensichtlich doch nur Schmerz zu empfinden vermochte?

»Zoe, ist alles in Ordnung mit dir?«, klang Adriens beunruhigte Stimme von oben herab. Er ließ sich fallen, landete fast geräuschlos auf meinem Bett und kletterte dann eilig die Leiter zu mir herunter.

»Mir geht's gut«, behauptete ich, benutzte noch ein Taschentuch und warf es in den Abfalleimer. »Es ist nur… Max und ich…«

»Hat er dir wehgetan?« Adriens Stimme klang zornig.

»Was?« Ich blickte auf. »Nein, natürlich nicht. Wir…« Ich suchte nach den richtigen Worten. »Wir scheinen uns nur dauernd misszuverstehen.«

»Tut mir leid.« Er legte einen Arm um mich, wollte mich an sich ziehen, doch ich wich zurück. Ich würde es nicht ertragen, den gleichen Ausdruck von Schmerz auf dem Gesicht noch eines Menschen zu sehen, der mir etwas bedeutete.

»Komm«, flüsterte Adrien und zog an meiner Hand.

Ich nickte und folgte ihm die Leiter hinauf auf mein Bett, damit er außer Sicht war, falls jemand hereinkam. Die ganze Zeit atmete ich tief durch, um mich wieder zu beruhigen.

Eine Weile saßen wir schweigend nebeneinander.

»Alles tut so weh, seit ich angefangen habe, mich aus dem *Link* zu lösen«, sagte ich schließlich leise und wischte mir mit dem Arm über die Augen. »Ich komme mir vor, als bestünde ich aus lauter Einzelteilen, die alle pochen und schmerzen und kaum von meiner Haut zusammengehalten werden. Als ob sie irgendwie auseinanderbrechen könnten und ich in alle Richtungen zerrissen würde.« Ich hielt inne, blickte hinauf an die Decke und schüttelte den Kopf. »Nichts mache ich richtig. Ich weiß nicht, wie man ein menschliches Wesen ist. Alles geht daneben. Ich kann einfach nicht…«

»Es tut mir leid, Zoe.« Adrien legte eine Hand an meinen Nacken und zog meinen Kopf zu sich heran, bis seine Stirn meine berührte. »Es tut mir so leid. Aber Schmerz gehört nun mal zum Mensch-Sein.«

»Aber ist es das wert?« Ich blickte in seine blaugrünen Augen, die meinen so nah waren. »Was, wenn die Gemeinschaft doch recht hat? Wäre es nicht besser, wenn niemand Schmerz oder Kummer ertragen müsste? Wären wir ohne nicht besser dran?«

Sein Gesichtsausdruck wurde weich. »Zoe, ich weiß, wie viel Kummer du zur Zeit empfindest, aber glaub mir, wir wären ohne Schmerz nicht besser dran. Ich weiß auch, dass du in letzter Zeit nur negative Gefühle erfahren hast, aber glaub mir, du wirst auch wieder die positiven erleben.«

Ich wich zurück. »Wie Lust vielleicht?« Meine Stimme brach. »Max kann an nichts anderes denken.«

»Nein, nicht nur Lust. Es gibt viele andere wie … ich meine …« Er unterbrach sich, wandte seinen Blick von mir ab. »Wie Liebe.« Seine Stimme klang weich. »Es ist ein Wort, das so viele unterschiedliche Bedeutungen hat. Besonders in Bezug auf die Familie. Egal, wie weh sie dir tun.« Adrien lehnte den Kopf gegen die Wand, sah in unbestimmte Fernen.

»Dann kann Liebe aber nichts besonders Tolles sein«, sagte ich. »Sie kommt mir ausgesprochen unlogisch vor. Mein Bruder wurde getötet, weil er mich liebte.«

»Nein«, erwiderte er mit fester Stimme. »Es war nicht Liebe, die ihn umgebracht hat. Es war dieses verdammte System.« Seine Wimpern glitzerten in dem schwachen Licht. Als er weiterredete, klang seine Stimme eindringlich. »Liebe zwischen zwei Menschen kann das Leben lebenswert machen. Wirkliche Liebe zwischen zwei

Menschen …« Er schluckte plötzlich, blickte auf seine Hände. »Sie ist wie eine unglaubliche Explosion von Freude. Sie geht viel tiefer als normales Glück. Sie füllt dich bis tief ins Innerste aus, gibt dir das Gefühl, eins zu sein.« Er hustete leicht. »Na ja, weißt du, zumindest behaupten die Leute das. Und Freundschaft ist auch eine Art von Liebe.«

Ich dachte wieder an meinen Streit mit Max. »Max findet nicht, dass Freundschaft genug ist.«

Adriens Gesicht, eben noch so freundlich und offen, verhärtete sich. »Nun«, sagte er widerstrebend, »ich schätze, es ist ziemlich schwierig, mit diesen intensiven Gefühlen und Empfindungen fertigzuwerden, die alle auf einmal und so plötzlich auf einen einstürmen. Max ist nie beigebracht worden, wie er damit klarkommen kann. Vermutlich überwältigt ihn das alles.«

»Er kommt mir nicht überwältigt vor. Sondern einfach nur wütend.«

Adrien zuckte mit den Schultern. Er lächelte, ein bisschen traurig, dann zog er die Augenbrauen zusammen. »Wut gehört auch dazu. Sie ist ein sehr mächtiges Gefühl. All diese Emotionen, die euch beiden zu schaffen machen – eigentlich hättet ihr lernen sollen, damit umzugehen, als ihr noch Kinder wart, doch diese Möglichkeit hat man euch geraubt. Ich bin sicher, eure Gefühle füreinander sind ziemlich stark. Und er ist ein Teenager, also …« Adrien kratzte sich am Kopf und wich meinem Blick aus. »Also ist das ziemlich hart für ihn, verstehst du?« Er wurde plötzlich rot.

Ich sah ihn verdutzt an, schniefte und putzte mir ein letztes Mal die Nase. »Nein, ich verstehe *nicht*, was du damit meinst. Und warum verfärbt sich dein Gesicht?«, wollte ich wissen. »Geht es dir gut?«

»Mir geht's bestens«, behauptete er, doch sein Lachen klang viel zu hoch und irgendwie seltsam. Seine Augen weiteten sich, und er gab ein ersticktes Geräusch von sich. Dann kratzte er sich erneut am Kopf und sah weg.

»Jetzt komm schon, weshalb hat dein Gesicht diese Farbe?«

Adrien lachte. »Weil mir das alles irgendwie peinlich ist. Es ist mir sogar peinlich, zugeben zu müssen, dass es mir peinlich ist.«

»Wieso?«

»Weil das ein verdammt intimes Gesprächsthema ist.« Sein Ausdruck wurde wieder angespannt. »Aber ich sag dir eins, Zoe: Lass dich von Max, diesem Grobian, zu nichts drängen.«

»Du hast aber eben *nicht* gesagt, dass Verlangen negativ ist.«

»Ist es auch nicht.« Adrien zögerte, senkte den Blick. »Nicht, wenn beide es empfinden. Aber es muss sich richtig anfühlen.«

»Richtig anfühlen?« Frustriert warf ich die Hände hoch. »Ich werde das nie begreifen.«

»Doch, wirst du«, versprach er mir und lächelte. »Ich werde es dir beibringen.« Dann wurde sein Gesicht erneut rot. »Ich meine, ich wollte damit nur … ich könnte dir mehr über Emotionen beibringen, dir erklären, welche Wörter sich auf Gefühle beziehen.«

Ich zeigte auf ihn. »Ein rotes Gesicht bedeutet Verlegenheit. Ich lerne schnell.«

Er lachte, und nun entspannte sich sein Gesicht. Adriens Lachen hörte sich fast wieder normal an, und sein Klang machte den tiefen Schmerz in meinem Herzen ein wenig erträglicher.

»Ich mag es, wenn du lachst«, sagte ich. »Und es

würde mir gefallen, wenn du mir das alles beibringen könntest.«

»Okay.« Adrien lächelte mich an, aber auf eine andere Weise als sonst. Es kam mir vor wie ein ganz privates Lächeln, nur für uns beide gedacht, und ich spürte, wie es mir ums Herz ganz warm wurde, allein beim Anblick dieses Lächelns. Max mochte der erste Freund sein, den ich gefunden hatte, doch nun war auch Adrien mein Freund. Freundschaft fühlte sich angenehm an. Vielleicht hatte Adrien ja recht. Vielleiht konnte man genug positive Gefühle ansammeln, als Ausgleich zu den negativen.

»Komm jetzt, ich gebe dir deine Spritze, dann üben wir wieder, wie du deine Gabe unter Kontrolle bekommst. Je besser dir das gelingt, desto erfolgreicher kannst du dich gegen das System auflehnen und dafür sorgen, dass das, was Daavd und dir passiert ist, nie mehr jemand anders zustoßen wird.«

Ich nickte und spürte neue Entschlossenheit. Ich begriff, was Adrien mir anbot: einen Weg aus meiner Schuld, einen Weg, meinen Kummer aus mir herausströmen zu lassen. Und er machte mir noch etwas anderes klar: Immer wieder hatte ich gesagt, ich wolle anderen helfen, etwas *tun*, aber ich war nicht bereit gewesen, meine gewaltigste Fähigkeit zu nutzen. Ich wappnete mich. Es war Zeit, dass sich das änderte.

18. KAPITEL

»Hast du irgendwelche anormalen Ereignisse erlebt?« Der Falkenblick der Kanzlerin schien mich zu durchdringen, als ob sie direkt in mein Gehirn sehen und erkennen könnte, dass mein V-Chip nicht funktionierte.

Ich atmete gleichmäßig ein und aus. »Nein, Kanzlerin«, erwiderte ich.

Sie beugte sich vor, und die Fältchen um ihre Augen vertieften sich, als sie mich anstarrte. Irgendetwas an ihrem Blick war merkwürdig, als würde er sich in meinen Kopf bohren und an etwas Vertrautem zerren, was tief in meinem Verstand verborgen lag. Die Härchen an meinen Armen richteten sich auf.

»Erzähl mir von den anormalen Ereignissen, die dir zugestoßen sind.« Ihre Stimme klang sanft, aber ihr Gesichtsausdruck wirkte eindringlich und zeigte zudem eine Ungeduld, wie ich sie noch nie bei ihr bemerkt hatte.

Ich starrte zurück, plötzlich nervös geworden. Ich hatte mich wieder mit dem *Link* verbunden, aber dennoch hatte ich das Gefühl, dass sie wusste, dass irgendetwas mit mir nicht stimmte. Ich zwang mich, ruhig zu bleiben.

»Ich habe nichts Anormales erlebt.«

Ihre Augen wurden zu Schlitzen, und ihre Nasenflügel bebten. »Erzähl mir von anderen Schülern, die anormale Erlebnisse haben.«

»Ich kenne keine anderen Schüler, die anormale Erlebnisse haben«, log ich und bemühte mich, den nervösen Unterton in meiner Stimme zu glätten.

Die Kanzlerin presste die Kiefer zusammen. Sie wirkte wütend, stand auf und kam um ihren Schreibtisch herum. Sie beugte sich vor, brachte ihr Gesicht dicht vor meines. So dicht, dass ich ihren sauren Atem roch.

Es begann mit einem sanften Schnurren in meinem Kopf, nicht wie sonst gleich mit dem hohen Summen. Und es kam schneller, seit ich daran arbeitete, ein Funke, der zu einer gierigen Flamme erwachte, die unglücklicherweise immer noch unbeherrschbar war. Bis jetzt vermochte ich meine Gabe weder zu kontrollieren noch in eine bestimmte Richtung zu lenken. Ich spürte, wie sich die Kraft unter meiner Haut aufbaute, meine Arme hinunterlief und danach brannte, aus meinen Fingern zu brechen. Meine Augen wurden riesengroß, als ich versuchte, das Fortschreiten meiner Gabe zu verlangsamen. Nicht hier! Nicht jetzt!

Ich senkte den Blick, saugte die *Link*-Informationen, die am Rand meines Sichtfelds flackerten, in mich auf, versuchte, meine Kraft zurückzudrängen. Ich dachte an alles Mögliche, nur nicht daran, dass die Kanzlerin bloß ein paar Zentimeter von meinem Gesicht entfernt war. Oder ich versuchte es zumindest.

Es gelang mir, das Summen zu dämpfen, aber meine Furcht war immer noch allzu greifbar. Ich konnte jeden Moment die Kontrolle verlieren. Es versetzte mir einen scharfen Stich, als ich erkannte, dass sie etwas wusste. Auf irgendeine Weise hatte sie etwas darüber herausgefunden, was in mir vorging.

Denk an etwas ganz Banales. Denk an etwas Banales.

Ich ließ mein Gesicht zur Maske werden. Leicht desinteressiert, passiv und konform. Die einstudierte Leere, die ich perfektioniert hatte.

Sie zog sich unvermittelt zurück und setzte sich wieder auf ihren Platz. Ein merkwürdiges Lächeln spielte um ihre Lippen.

»Du bist entlassen, Zoe«, sagte die Kanzlerin, wedelte mit der Hand und wandte den Blick ab.

Ich stand auf und drehte mich um, langsam, methodisch.

Setz einen Fuß vor den anderen. Schau dich nicht um.

Ich ging zur Tür, die sich mit einem Zischen hinter mir schloss.

Die Kanzlerin war noch nie zuvor so beharrlich gewesen. Was hatte sich geändert? Was wusste sie? Es war Wochen her, dass sie mich zu sich hatte rufen lassen, aber es war dumm gewesen zu glauben, dass ich deshalb sicher sei. Kalte Furcht schnitt bei diesem Gedanken wie ein Messer durch mich hindurch.

Und dann, plötzlich, stockte mir der Atem in der Kehle. *Zoe.* Die Kanzlerin hatte mich Zoe genannt. Meine Gedanken rasten. Woher wusste sie, dass ich mir diesen Namen gegeben hatte? Aber vielleicht hatte ich mich auch nur verhört. Ich war inzwischen so paranoid, dass ich mir Dinge einbildete, die mich ängstigten.

An jenem Abend saß ich in meinem Zimmer, den Rücken gegen die Wand gelehnt und die Knie bis zum Kinn hochgezogen, und wartete sorgenvoll auf Adrien. Wir hatten jede Nacht an meiner Gabe gearbeitet, obwohl ich immer noch nicht in der Lage schien, sie zu kontrollieren. Es war mir gelungen, einen Schuh schweben zu lassen und das Kissen von meinem Bett zu stoßen, aber immer noch arbeitete meine Kraft ungenau, war unberechenbar. Es war so frustrierend. Adrien predigte mir, dass ich es weiter probieren müsse, doch ich kam mir einfach nur wie eine Versagerin vor.

Aber ich musste weiterüben. Das einzig Konkrete, was ich hatte, um gegen die schmerzhaften Erinnerungen an Daavd anzukämpfen, war meine Entschlossenheit, später einmal anderen wie ihm zu helfen. Tagsüber an der Akademie erledigte ich alles wie ein Roboter; meine Gedanken waren allein darauf gerichtet, nach Hause zurückzukehren, um wie jede Nacht mit Adrien zu üben.

Ich saß im Halbdunkel da, während ich wartete, und versuchte, die Deckenplatte mit meinem Willen dazu zu bringen, dass sie sich bewegte. Nichts. Die Zeit schien mit quälender Langsamkeit zu vergehen. Schließlich, als ich gerade einen Krampf im Nacken bekam, weil ich so lange nach oben gestarrt hatte, hörte ich das vertraute metallische Kratzen, als die Platte weggeschoben wurde.

Adrien landete mit seinen langen Beinen auf meinem Bett, und augenblicklich überkam mich eine Welle der Erleichterung. Mit Adrien würde alles besser. Er wusste immer, wie er etwas in Ordnung bringen konnte.

»Warum hast du so lange gebraucht?«, wollte ich wissen.

»Tut mir leid«, antwortete er. »Ich musste mich nach der Schule rausschleichen und Kontakt mit dem Widerstand aufnehmen. Ich bin gerade erst zurückgekommen.«

»Wieso? Worüber hast du mit ihnen geredet?«

Er setzte sich, schaute mich nicht an. »Ich musste meine Hardware überprüfen lassen.«

Mein Magen krampfte sich vor Besorgnis zusammen, als ich seine seltsame Stimmung spürte. Sonst schien er immer so gelassen, so zuversichtlich. Dieser nervöse Adrien machte mir Angst.

Er griff nach meiner Hand und lächelte schwach. »Hey, es gibt nichts, worüber du dir Sorgen machen müsstest«, sagte er schnell. Nun sah er mich an, hielt meinen Blick fest. »Alles okay. Sie haben mich durchgecheckt, und alles ist normal.«

»Wie bist du dann auf die Idee gekommen, es sei was nicht in Ordnung?«

Er wandte den Blick wieder ab. »Die Kanzlerin hat mich heute in ihr Büro rufen lassen.«

Mein Herzmonitor begann zu summen. »Mich auch.«

Überrascht sah Adrien mich an.

»Sie weiß irgendwas, oder?« Ich versuchte, die Panik aus meiner Stimme herauszuhalten, doch es gelang mir nicht ganz.

»Nein.« Adrien ließ meine Hand los und machte es sich bequem. »Das heißt gar nichts. Seit du zurückgekommen bist, lässt sie dich regelmäßig zur Befragung in ihr Büro rufen und schickt dich zu Routine-Checks. Und soweit ich das beurteilen kann, lässt sie sämtliche Schüler, einen nach dem anderen, zu sich kommen und befragt sie, weil sie nach anormalem Verhalten Ausschau hält.«

»Aber warum sollte sie das tun, wenn sie nicht irgendwas wüsste?«

»Keine Ahnung.« Adrien schüttelte den Kopf. »Ich weiß es einfach nicht. Komm jetzt, es ist Zeit für deine Immuntherapie.«

Ich nickte, als er die vertraute Spritze aus der Schachtel nahm.

»Gibt es schon Ergebnisse von meiner Blutprobe?«

Wieder schüttelte er den Kopf. »Nein, noch nicht, aber sie sollten bald kommen.«

Ich rollte den Ärmel hoch, und Adrien verabreichte mir die Injektion. Ich beobachtete ihn dabei, wie er die Spritze wieder wegpackte. Er schien so abwesend, sein Blick wirkte nicht richtig fokussiert.

»Irgendwas stimmt nicht«, sagte ich. »Je früher wir die Ergebnisse von der Blutprobe bekommen und je eher wir unsere Flucht organisieren können, desto besser. Ich glaube, bis dahin werde ich nicht mehr richtig atmen können.« Ich hielt inne. Adrien war ungewohnt still. »Du verschweigst mir etwas«, stellte ich ruhig fest. »Hat es etwas mit der Kanzlerin zu tun?«

Einen Moment lang schloss er die Augen, dann lächelte er mich sanft an. »Du bist die Einzige, der ich nichts vormachen kann. Du kennst mich zu verdammt gut.«

Ein Teil von mir wollte ihn fragen, warum das so sein mochte. Wie konnte ich ihn so gut kennen, wenn ich ihm doch erst vor kurzer Zeit begegnet war? Und woher wusste ich so genau, dass seine Behauptung hundertprozentig stimmte?

Doch stattdessen sagte ich nur: »Also, was ist los?«

Unbehaglich schüttelte Adrien den Kopf. »Das ist ja das Problem. Ich weiß es nicht. Ich kann mich nicht erinnern. Ich meine, ich habe das Gefühl, dass alles gut gelaufen ist, doch sobald ich versuche, mich an Einzelheiten aus dem Gespräch mit der Kanzlerin zu erinnern, verschwimmt alles. Ist das bei dir auch so?«

»Nein.« Ich runzelte die Stirn. »Ich kann mich an alles erinnern. Glaubst du, sie haben bei dir eine Art Erinnerungslöscher installiert? Einen, den sie beim Widerstand nicht entdecken können?«

Tief stieß er den Atem aus. »Keine Ahnung. Möglich wäre es. Wenn wir ihre Technologie austricksen können, dann können sie das bei unserer vermutlich auch.« Adrien klang frustriert. »Aber um einzugreifen, müssten sie ja erst einmal herausgefunden haben, dass ich zum Widerstand gehöre. Und wenn sie's wüssten, warum schnappen sie mich dann nicht einfach und bringen mich in eine ihrer verdammten Verhöreinrichtungen?«

»Aber du hast immer noch das Gefühl, dass etwas nicht in Ordnung ist?«

Adrien verschränkte die Arme hinter seinem Kopf und lehnte sich gegen die Wand, blickte nach oben an die Decke. »Ich habe einfach das Gefühl, dass da irgendetwas ist, etwas, was am Rand meines Verstandes lauert. So als ob alle Puzzleteilchen da wären, ich sie aber nicht richtig zusammensetzen kann.« Er schüttelte den Kopf, als wollte er seine Gedanken klären. »Ich hatte eine Vision, gleich nachdem ich ihr Büro verlassen hatte. Vielleicht steckten meine Gedanken deshalb vorher in einer Art Nebel.«

»Ist dir das schon mal passiert? Dass du dich nicht mehr richtig erinnern kannst?«

»Vielleicht. Seit ich mit meiner Gabe besser umgehen kann, verändert sich alles – meine Visionen, die Art, wie sie sich manifestieren.« Er ließ die Arme sinken, wirkte unruhig. »Ich weiß es einfach nicht. Und ich hasse es, wenn ich etwas nicht weiß.« Er schien unsicher zu sein, fast schon ein wenig ängstlich.

»Hey.« Ich rückte näher zu ihm. »Mach dir keine Sorgen deswegen, ja?« Ich hob den Kopf, zwang Adrien, mich anzusehen. »Es wird alles wieder in Ordnung kommen. Wir werden schon herausfinden, was los ist. Das sagst du doch auch immer, oder?«

Er lehnte den Kopf auf eine Faust, schloss die Augen.

»Oder?« Ich blieb beharrlich.

Nun sah er mich doch wieder an, lächelte flüchtig. »Ja. Nur – es gibt so vieles, was schiefgehen kann.« Er hielt inne, als würde er sich verkneifen, was er gerade hatte sagen wollen. »Ich kann es mir nicht leisten, bei dieser Mission die Kontrolle zu verlieren«, fuhr er dann fort. Seine Stimme klang wieder etwas fester. Und doch hörte er sich plötzlich nicht so an wie sonst, sondern wie der Adrien aus der Akademie. Alle Spuren von Furcht und Verletzlichkeit, die ich eben noch wahrgenommen hatte, waren verschwunden.

Ich zog die Brauen hoch. »Du musst mir nichts vormachen«, sagte ich. »Du erzählst mir doch immer, dass es okay ist, Gefühle zu zeigen. Wieso lässt du es jetzt bei dir nicht zu?«

Für einen Moment verlor sein Gesicht seine Härte, verschloss sich aber gleich wieder. Er zog sich leicht zurück. »Ich kann mir jetzt keine Schwäche leisten. Ich war immer so zuversichtlich und mir meiner selbst so sicher, vor allem wegen meiner Gabe. Seit einiger Zeit jedoch… ich habe schon Dutzende Missionen durchgeführt, aber irgendetwas an dieser kommt mir anders vor. Als könnte ich nicht mehr so wie sonst auf meine Visionen vertrauen, und dabei verlassen sich doch so viele Leute auf mich.« Seine Stimme wurde plötzlich heftiger. »Wenn dir irgendetwas passieren würde, nur weil ich es nicht rechtzeitig gesehen habe…«

»Adrien…« Ich rückte wieder näher zu ihm, bis wir nebeneinander auf dem Bett saßen, und verschränkte meine Finger mit seinen.

Er wirkte immer noch so distanziert, doch seine Hand erwiderte den Druck meiner Finger. »Hör zu, wegen der Vision, die ich hatte, als ich das Büro der Kanzlerin verließ: Es gibt noch jemanden hier an der Akademie, der unverbunden ist. Ich schätze, das hat mich ebenfalls beunruhigt.« Er blickte zur Seite.

»An *unserer* Akademie? Noch jemand?«, fragte ich.

Adrien nickte, und wir sahen uns einen Moment lang schweigend an. Wir wussten beide, wie merkwürdig es war, dass sich so viele Unverbundene an einem Ort sammeln konnten.

»Ist er einer von denen, deren Dateien wir neulich entdeckt haben?«, wollte ich wissen.

»Nein, er hat erst vor kurzem an unsere Schule gewechselt. Er ist in Mollas Jahrgang. Ich bin nicht daran gewöhnt, so viele Unverbundene auf einmal zu koordinieren. Das hier entwickelt sich allmählich zu einer wirklich schwierigen Mission. Ich wünschte, wir könnten uns alle treffen. Dann würden wir auch herausfinden, ob jeder von ihnen zur Kanzlerin gerufen wurde. Und ob ihnen dabei irgendetwas Merkwürdiges aufgefallen ist.«

»Warte«, sagte ich. »Max hat einen sicheren Ort entdeckt, an dem wir uns treffen können, wenn es nötig sein sollte. Wenn die Kanzlerin irgendwas vorhat, müssen wir uns alle zusammentun, um herauszufinden, was es ist. Wie wär's, wenn ich Max bitte, alles zu arrangieren, und dir dann morgen Bescheid gebe, wo und wann wir uns treffen?«

Einen Moment wirkte Adrien unsicher, doch dann nickte er. »Aber nur, wenn er sich wirklich sicher ist, dass es nicht gefährlich ist.« Er richtete sich auf, um zu gehen, aber dann hielt er inne und wandte sich zu mir um, sein Gesicht wieder ganz sanft. »Pass auf dich auf«, flüsterte er, und seine Stimme klang eindringlich in dem stillen Raum. »Bitte, versprich mir, dass du auf dich aufpasst. Keine unnötigen Risiken! Versuch nicht, mit dem

Jungen Kontakt aufzunehmen, und sprich auch nicht mit Molla oder Max in den Klassen oder auf dem Flur. Es ist offensichtlich, dass sie uns intensiver beobachten als je zuvor.«

Ich antwortete nicht darauf.

»Bitte!«, sagte Adrien und hockte sich wieder hin, zog mich plötzlich ganz fest in seine Arme. »Bitte«, wisperte er in mein Ohr. »Pass auf dich auf. Für mich. Versprochen?«

Ich brachte kein Wort heraus. Ließ mich für einen Moment gegen ihn sinken, erstaunt. Es fühlte sich so richtig an, so gut, von Adrien gehalten zu werden. Irgendetwas in meiner Brust, irgendein wildes Ding, schien zu explodieren.

»Versprochen?«, wiederholte er, seine Stimme zum Zerreißen gespannt. Von der Ruhe, die er sonst stets ausstrahlte, war nichts mehr übrig.

Seine Arme schlossen sich fester um mich. Ich hielt ihn genauso fest. Und seine Nähe ließ dieses wilde Ding in mir schweben, als würde ich höher und immer höher fliegen.

»Ich versuch's.« Ich bog mich ein wenig zurück, blickte in seine Augen. Unsere Gesichter waren nur Zentimeter voneinander entfernt, und ich bemerkte, wie lang seine schwarzen Wimpern waren, wie kräftig seine Brauen, wie tief seine Augen in den Höhlen lagen – und mein Magen machte auf einmal ganz komische Sachen.

Mein Blick wanderte über seine gerade Nase bis zu seinen vollen Lippen. Und dann tat ich, was mir als das Natürlichste auf der Welt erschien. Es war, als stießen zwei Magneten, die man auseinandergezogen hatte, endlich wieder zusammen. Ich beugte mich vor, und unsere Lippen berührten sich so unglaublich sanft. Ich schloss die Augen, und mein Mund schien mit seinem zu verschmelzen. Ich achtete nicht auf Lippen oder störende Zähne oder Zungen oder sonst was – ich fühlte nur eine helle Freude, die heiß in meinem Inneren brannte.

Adriens Augen waren geöffnet, und er blickte mich an, als stünde er unter Schock. Sein Körper blieb vollkommen starr.

Ich wich zurück. Oh nein, ich hatte genau das Falsche getan.

Doch dann, so schnell, dass ich kaum wahrnahm, was er tat, legte er eine Hand leicht an meinen Nacken und zog mich wieder zu sich heran. Er küsste mich, sanft noch, doch ich konnte dahinter eine verzweifelte Sehnsucht spüren, als ob er eine Ewigkeit auf diesen Kuss gewartet hätte.

Mit der anderen Hand packte er mich am Rücken, zog mich auf die Knie, näher zu sich heran. Ich erwiderte seinen Kuss, vergrub meine Finger in seinem dichten dunklen Haar, zog ihn gegen mich. Der Kuss war nicht länger sanft, sondern rau vor Verlangen, als ob ich Adrien nicht nah genug sein, als ob ich nicht genug von ihm bekommen könnte.

Seine Hände glitten zu meiner Taille, liebkosten mich. Diese Berührung weckte Gefühle in mir, wie ich sie noch nie zuvor empfunden hatte. Ich stöhnte leise auf, und über seinen Körper lief ein Schauer. Ich klammerte mich fester an Adrien, wollte jeden Teil meines Körpers mit ihm verbinden.

Das war es also, was Max mit »Lust« gemeint hatte. Max. Der Gedanke an ihn ernüchterte mich augenblicklich. Ich keuchte auf und zog mich zurück.

Adrien sah mich einen Moment lang schweigend an, beobachtete mich, verwirrt, atemlos. Ich hatte mich abgewandt, und die Träne, die über meine Wange rollte, brannte auf meiner Haut.

Adrien zögerte einen Moment, dann hauchte er einen schmetterlingszarten Kuss auf meine Wange. »Gute Nacht, Zoe.« Er schob die Platte beiseite, und schon war er fort.

Ich blickte ihm hinterher. Dann legte ich mich hin, mein Gesicht heiß von der Erinnerung an das, was eben geschehen war. Ich berührte meine Wangen, meine Lippen, durchlebte alles noch einmal.

War es falsch? Ich fühlte mich schuldig, als ob ich Max betrogen hätte. Von Anfang an hatte er befürchtet, ich könnte mich nach Adrien sehnen statt nach ihm. Ich hatte geglaubt, dass er überreagierte, aber vielleicht hatte er nur bemerkt, was ich in meiner Naivität nicht wahrnehmen wollte: dass die Luft vor Spannung nur so knisterte, wann immer Adrien und ich zusammentrafen.

Ich zog das Kissen unter meinen Kopf und kniff die Augen fest zusammen. Schlafen. Ich musste jetzt schlafen. Aber ich konnte nicht aufhören, daran zu denken, wie Adriens Lippen sich auf meinen angefühlt, wie seine Arme auf meinem Rücken gelegen und mich an ihn gezogen hatten. Voll Verlangen, voller Sehnsucht. Und der Druck seiner Brust an meiner …

Ich wälzte mich unter der Decke hin und her und fragte mich, ob ich jemals einschlafen würde.

Am nächsten Tag schlich ich mich in den Gang, der zu dem Treffpunkt führte, von dem Max uns erzählt hatte, achtete darauf, mich strikt an seine Anweisungen zu halten und auf der linken Seite zu bleiben, außerhalb des Blickfelds der Kameras. Ich betrachtete die Tür und zog versuchsweise die dünne Karte, die Max mir gegeben hatte, über das leuchtende Zugangsmodul. Max hatte erzählt, dass er Kopien von der Karte eines Administrators gemacht hatte, und erklärt, dass den unverbundenen Administratoren, anders als uns, keine Chips ins Handgelenk eingepflanzt wurden. Sie benutzten solche Zugangskarten.

Die Tür glitt auf, und ich trat in den Raum.

»Zoe, gut, du bist da.« Adrien schob mich weiter, blickte dann links und rechts den Flur hinunter, bevor er die Tür hinter mir schloss.

Mein Gesicht brannte plötzlich vor Hitze. Ich legte eine Hand an meine Wange und ging eilig weiter in den Raum. Rote Wangen bedeuteten Verlegenheit, erinnerte ich mich und wurde erst recht wieder rot.

Ich richtete meine Aufmerksamkeit auf den Raum, in dem bereits Max und Molla saßen. Er war vollgestellt mit Kisten, Stühlen und Tischen. Einige waren ordentlich aufeinandergestapelt, andere kaputt und nicht mehr funktionstüchtig. Alles lag unter einer dicken Staubschicht.

Max und Molla saßen an einer Seite des Raums auf Metallstühlen, Adrien stand auf der anderen an der Wand. Molla wirkte furchtsam und klammerte sich an Max' Arm.

Ich blickte zwischen den beiden hin und her, überrascht zu sehen, dass sie sich so an ihm festhielt, und noch mehr überraschte mich, dass er nichts dagegen hatte. Max wirkte zwar nicht sonderlich begeistert, dass sie so an ihm hing, aber – na ja, er gab sich offensichtlich Mühe.

Ich lächelte Max an, wurde aber gleichzeitig von Schuldgefühlen überschwemmt. Er war so nett zu Molla. Und in mir brannte die Erinnerung an die vergangene Nacht mit Adrien.

Max sah mich an, und schnell senkte ich den Blick. Ich log ihn an. Nach allem, was wir zusammen durchgemacht hatten, nach allem, was er mir bedeutete, verbarg ich etwas vor ihm. Es war kein gutes Gefühl, aber ich brachte es nicht über mich, ihm davon zu erzählen. Noch nicht.

»Hi, Molla«, sagte ich und ging zu ihr. »Schön, dich zu sehen.«

Sie zitterte. Schaute Max an.

»Ist schon in Ordnung«, meinte er. »Du kannst Zoe vertrauen. Sie war diejenige, die als Erste Kontakt mit dir aufgenommen hat, erinnerst du dich noch?«

Sie nickte und lächelte mich schüchtern an. »Ja, ich erinnere mich.«

»Ich bin so froh, dass wir uns alle hier treffen können«, sagte ich und nahm eine von Mollas Händen, drückte sie. »Es ist wichtig zu wissen, dass wir nicht allein sind, dass es da draußen Leute wie uns gibt, die uns helfen und uns in Sicherheit bringen werden.«

»Nur damit das klar ist«, mischte sich Max ein. »Ich bin bloß deshalb hier, weil Zoe und ich zusammen da drinstecken. Und wenn das bedeutet, dass wir mit Hilfe dieser Widerstandsbewegung abhauen, okay, dann bin ich eben dabei. Aber eins möchte ich doch wissen: Was genau erwartet der Widerstand als Gegenleistung von uns?«

Adrien holte zwei Stühle heran, ließ sich auf einen sinken und deutete auf den anderen, damit ich mich ebenfalls setzte.

Aber mir gefiel nicht, wie sich das entwickelte, dass der Raum praktisch in zwei Lager aufgeteilt war. Also packte ich den Stuhl und schob ihn mehr in die Mitte. Auf neutrales Gebiet.

»Zoe hat doch schon gesagt, was der Widerstand will: euch in Sicherheit bringen.«

Max grinste. Dann beugte er sich zu Adrien, und plötzlich lag etwas Drohendes in seinem Blick. »Ja klar«, sagte er. »Sie wollen uns nur wegen unserer Kräfte. Um die für sich zu nutzen.«

Adrien blieb ruhig. Er neigte den Kopf zur Seite. »Ich will nicht lügen. Sie sind auch an euren Gaben interessiert. Aber wir würden euch auch dann helfen, wenn ihr keine Gabe hättet und nicht unverbunden wärt.«

Max verdrehte die Augen. »Und wie groß ist diese Bewegung? Über wie viele Mitglieder genau reden wir?«

»Ich weiß über die Details der einzelnen Zellen nicht Bescheid. Nur den jeweiligen Führern wird diese Information anvertraut.«

»Wenn das nicht praktisch ist«, spottete Max. »Was weißt du überhaupt?«

»Max«, sagte ich scharf. »Adrien will uns nur helfen.«

»Wirklich?« Max stand auf. »Ich bin mir da nicht so sicher. Denk doch mal nach, Zoe. Deine Probleme haben erst angefangen, nachdem er hier aufgetaucht war – dieser Beamte, der dich zur Überprüfung befohlen hat, eine neue Kanzlerin taucht auf… Niemand hatte je zuvor auf dich geachtet.«

»Damit war doch früher oder später zu rechnen, nachdem ich angefangen hatte, mich aus dem *Link* zu lösen. Und das gilt übrigens auch für dich, Max«, fügte ich hinzu. »Für jeden von uns, für uns alle. Deshalb müssen wir ja auch zusammenhalten…«

»Er taucht einfach aus dem Nichts auf«, unterbrach mich Max, »und er weiß alles über dich. Dann macht er dir diese wunderbaren Versprechen von einem Ort, an dem wir in Freiheit leben und anderen helfen können.

Kommt dir das nicht ein bisschen zu perfekt vor? Als ob er dir genau das erzählen würde, was du hören möchtest, damit du tust, was er will. Wieso siehst du eigentlich nicht …«

»Hör auf, Max!« Meine Stimme klang schärfer, als ich es beabsichtigt hatte, aber er gab einen solchen Unsinn von sich!

»Und was ist mit deinen Kräften?«, fuhr Max fort und wandte sich wieder an Adrien, der immer noch gelassen auf seinem Stuhl saß. »Zukunftsvisionen? Sag mir, du großer Prophet – was siehst du? Wie schaut meine Zukunft aus?«

»Ich weiß es nicht«, erwiderte Adrien ruhig. »Ich kann nicht bestimmen, worüber ich Visionen habe, und dich habe ich bisher in keiner gesehen.«

»Aber du hast Zoe gesehen«, entgegnete Max. »Was ist mit ihrer Zukunft?«

Adriens Blick glitt kurz zu mir. »Ihre Zukunft ist, was immer sie daraus machen will.«

»Was zum Teufel soll das denn heißen? Entweder hast du was gesehen oder nicht. Vor lauter Lügen kriegst du deine eigene Geschichte nicht mehr auf die Reihe.«

»Max, hör auf.« Ich rückte meinen Stuhl zwischen die beiden. So hatte ich mir dieses Treffen wahrhaftig nicht vorgestellt. »Es ist zu riskant, uns mehr als dieses eine Mal hier zu treffen, also sollte etwas dabei herauskommen. Adrien hat einen weiteren Unverbundenen entdeckt. Deshalb wollten wir mit euch sprechen.«

»Er ist in deiner Stufe, Molla.« Inzwischen merkte man Adrien doch an, welche Mühe es ihn kostete, ruhig zu bleiben. Ich wusste, er wollte die Situation retten, doch er konnte sich kaum noch beherrschen.

Er blickte Molla an, während er mit ihr redete, doch

sie hielt den Kopf gesenkt. Das zierliche Mädchen zitterte vor Nervosität.

»Welche Kräfte besitzt er?«, wollte Max wissen.

»Er heißt Juan«, sagte Adrien und ließ endlich seinen Ärger über Max durchklingen. »Und seine Gabe hat mit Musik zu tun. Ich hatte Visionen von ihm, in denen er Cello spielt. Er ist phänomenal, ein Genie, und er kann die Stimmung der Leute damit beeinflussen.«

»Also kann er irgendein Instrument spielen, das sich Cello nennt. Weshalb zur Hölle sollten wir unser Leben riskieren, um ihn zu retten? Was könnte er schon für uns tun?«

»Musik ist extrem wichtig«, erklärte Adrien. »Sie gehört zum Mensch-Sein dazu. Unsere Fähigkeit, Schönheit auszudrücken, ist genau das, was diese Generation brauchen wird, um Kraft zu schöpfen und Hoffnung zu spüren. Kreativität, künstlerischer Ausdruck – das gehört zum Besten, wozu Menschen fähig sind. Außerdem, wenn er Stimmungen beeinflussen kann, dann vermag er große Mengen ruhig zu halten, andere Menschen abzulenken …«

Max schien keineswegs beeindruckt. »Taktisch ist das nutzlos.«

»Max!«, sagte ich und fragte mich, weshalb mich seine unsensiblen Bemerkungen überhaupt noch überraschten. Ich hatte versucht, ruhig zu bleiben, doch die Spannung zwischen den beiden Jungen ging mir allmählich auf die Nerven.

»Ich stelle nur das Offensichtliche fest.«

Adrien knirschte mit den Zähnen. »Der Widerstand bietet jedem, der unverbunden ist, Sicherheit.«

Max verdrehte erneut die Augen. »Versuch mir doch nicht einzureden, dass ihr das nicht auch so sehen würdet. Wenn dein Widerstand überleben möchte, dann sollte besser jemand so wie ich denken – sich auf das Wesentliche konzentrieren. Nur kalkulierte Risiken eingehen. Warum sollten wir uns für ihn in Gefahr bringen?«

»Weil es gottverdammt richtig ist, das zu tun«, fuhr Adrien ihn an.

Max gähnte übertrieben.

Ich sprang auf. Ich war so wütend auf ihn, dass ich mich nicht mehr beherrschen konnte. »Auf Partys zu gehen und Schimpfwörter zu lernen, das ist das Risiko wert, ja? Aber nicht das Leben dieses Jungen?«

Max wandte sich mir zu. In seinem Gesicht arbeitete es. »Ich tue, was ich tun muss, um zu überleben. Und was für einen Zweck haben all diese Emotionen und Kräfte, wenn ich damit nicht das tun kann, wozu ich Lust habe? Warum sollte ich alles, was ich mir aufgebaut habe, für einen Fremden riskieren? Ich kenne diesen Kerl doch nicht einmal.«

»Weil er ein Mensch ist, genau wie wir.« *Wie mein Bruder.* Ich sprach es nicht aus, doch Max schien zu ahnen, was ich dachte.

»Zoe, krieg es doch endlich in deinen Kopf«, sagte er hitzig. »Du kannst nicht jeden retten.«

»Weshalb nicht?«

»Deshalb! Weil sie dich dann deaktivieren werden.« Max packte mich grob an den Schultern, zwang mich, ihn anzusehen. »Du musst endlich anfangen, nach ihren Regeln zu spielen.«

»Das reicht!«, sagte Adrien und schlug Max' Hände weg.

Max wirkte wütend. »Wag es ja nicht, mich anzufassen, du Bastard!« Er stieß Adrien hart gegen die Brust.

Adrien stolperte und fiel nach hinten. Sein Kopf drohte gegen einen Stapel Metallbehälter zu schlagen, war nur Zentimeter von den scharfen Kanten entfernt, als ich »Stopp!« schrie.

Ich streckte die Hand aus, als könnte ich ihn auffangen. Ich dachte nicht nach, hörte nur, wie das hohe Summen in meinem Kopf zum Leben erwachte – und Adriens Körper hielt mitten im Fallen inne.

»Du tust es«, sagte Adrien. Er klang begeistert, obwohl er reglos in der Luft hing, die scharfen Kanten immer noch so nah an seinem Schädel. »Halt mich fest«, fügte er hinzu. »So, wie du es geübt hast. Versuch daran zu denken, wie richtig sich das anfühlt, was du gerade tust.«

Ich blinzelte, und das Summen ließ nach, nun, da ich bewusst versuchte, es festzuhalten. Ich schloss die Augen, um mich zu konzentrieren. Doch je mehr ich mich anstrengte, desto schwächer wurde meine Kraft. Einen Moment lang geriet sie ins Stocken, und Adrien sank einen Millimeter tiefer.

Ich ließ mich erneut von der Panik überwältigen, ließ mir die Kontrolle entgleiten, damit ich Kontrolle bekam. Es war ein schwieriger Balanceakt, als würde ich gleichzeitig gehen und stehen bleiben, ziehen und wegstoßen, aber plötzlich spürte ich, wie ich mich mit dem perfekten Gleichgewicht verband. Und obwohl ich die Augen immer noch geschlossen hielt, konnte ich Adrien sehen, wenn auch nicht mit meiner normalen Sicht – es war, als könnte ich *spüren*, wie sein Körper in winzigste geometrische Teilchen zerlegt war, von denen sich jedes perfekt ans andere anpasste.

Auch alles um ihn herum nahm ich in jedem Detail überscharf wahr. Irgendwie konnte ich all die Ecken und Kanten fühlen – als würde ich sie auf irgendeine Weise umhüllen, als hätte ich sie alle in meinen Verstand gezogen. Das Summen in meinem Kopf wurde wieder stärker, als ich die Konturen von Adriens gesamtem Körper erfasste.

Ich streckte meinen Arm aus, um die Energie zu lenken. Ich spürte, wie sich sein Körper von dem Stapel aus Metallbehältern weghob.

»Mach weiter«, sagte Adrien, immer noch aufgeregt.

Ich bewegte ihn noch höher, bis er dicht unter der Decke schwebte. Er war nicht schwer – eigentlich spürte ich gar kein Gewicht. Die Schwerkraft schien außer Kraft gesetzt. Es gab nur einen dreidimensionalen Raum und Objekte, die ihn ausfüllten.

Ich öffnete die Augen. Eine Welle von Kraft jagte durch meine Adern, bereit, in einem alles blendenden Licht aus meinen Augen zu brechen. Dann sah ich den Ausdruck auf den Gesichtern von Max und Molla. Max lächelte auf eine merkwürdige Art, die ich nicht zu deuten vermochte, und Molla klammerte sich in einer Mischung aus Entsetzen und Ehrfurcht an seinen Arm. Sie stand jetzt neben Max.

Ich blickte nach oben und bemerkte, wie Adrien immer wieder leicht gegen die Decke prallte. Ich blinzelte ein paarmal. Meine Kraft schwoll an und wurde wieder schwächer. Ich begann an mir zu zweifeln.

Ich zog Adrien nach unten, doch ich verlor die Kontrolle, bevor ich ihn ganz heruntergebracht hatte. Das Summen verstummte, und Adrien plumpste das letzte Stück herab und landete mit einem Ächzen auf dem Betonboden.

»Es tut mir so leid«, sagte ich und lief zu ihm, um ihm aufzuhelfen, doch er stand bereits wieder auf den Füßen.

»Das war verdammt großartig, Zoe«, sagte er und umarmte mich.

Ich versteifte mich, warf unbehaglich einen Blick in Max' Richtung, bevor ich mich aus Adriens Umarmung wand.

Adrien schien es nicht zu stören; offensichtlich war er noch zu aufgeregt, um beleidigt zu sein.

»Du hast sie kontrolliert!« Seine Augen funkelten, und mir stockte der Atem, genau wie in der vergangenen Nacht.

Max löste sich von Molla und nahm mich ebenfalls in die Arme, schwang mich einmal herum, bevor er mich wieder absetzte.

Ich lachte, und mir war ganz schwindelig. So lange war es mir nicht mehr gelungen, meine Gabe richtig aufzurufen. Insgeheim hatte ich schon befürchtet, dass sie nicht mehr funktionierte. Erneut Zugang zu ihr zu haben, bewirkte, dass ich mich ausgeglichener und wieder mehr als Herr der Lage fühlte.

»Wenn ich das doch nur immer schaffen würde!«

»Mit mehr Übung wirst du das auch«, erklärte Adrien.

»Ausnahmsweise gebe ich ihm recht«, sagte Max. »Wir können zusammen üben, bei mir zu Hause.«

Ich nickte und bemühte mich, nicht zu Adrien zu schauen, als ich mich wieder daran erinnerte, wie kompliziert die Situation geworden war. Ich musste unbedingt mit Max über meine Gefühle für Adrien reden, auch wenn ich selbst nicht genau wusste, was ich empfand. Als ob auch Adrien mein Freund wäre, genau wie Max. Und doch viel mehr.

»Ich werde versuchen, mit Juan Kontakt aufzunehmen«, sagte Adrien. »Eigentlich hatte ich noch eine Weile warten wollen, bevor ich uns alle von hier wegbringe ...« Er sah mich an, dann wieder Max. Ich wusste, was er dachte. Er hatte noch warten wollen, damit die Immuntherapie besser wirken konnte. »Aber ich denke, wir sollten diesen letzten Unverbundenen auf Trab bringen und so schnell wie möglich verschwinden. Ich spüre, dass die Kanzlerin uns enger und enger einkreist, bereit zuzuschlagen. Und die Vorstellung gefällt mir nicht.«

Er schien sich unwohl zu fühlen. Das Treffen mit der Kanzlerin musste ihn wirklich ziemlich nervös gemacht haben.

»Und wie verschwinden wir?«, wollte Max wissen.

»Das erledigen meine Kontaktpersonen beim Widerstand. Sie koordinieren unsere Flucht, überprüfen, welchen Weg wir nehmen können, und beschaffen die Codes, die wir brauchen, um das System zu hacken. Und sie sorgen dafür, dass uns genug Spielraum bleibt, um unentdeckt zu entkommen. Dann legen sie unsere Route fest und in welchen sicheren Unterkünften wir Halt einlegen, bis wir sicher sein können, dass wir eventuelle Verfolger abgeschüttelt haben. Wenn alles vorbereitet ist, werden wir zu jedem einzelnen von euch Kontakt aufnehmen. Haltet euch bereit, um jederzeit verschwinden zu können. Bald. Und schnell.«

»Und Markan? Wie kriegen wir ihn nach draußen?«, fragte ich.

»Daran arbeiten wir noch. Wir werden einen externen Treiber benutzen müssen, mit einem Programm, das ihn dazu bringt, uns zu folgen, ohne dass er Ärger macht, bis wir alle in Sicherheit sind.«

Ich hob die Hand und rieb mir unbehaglich den Nacken.

»Tut mir leid«, sagte Adrien, der dies beobachtet hatte.

»Ich weiß, dass du das furchtbar findest, aber es ist immer noch die sicherste Methode.«

Ich nickte. »Natürlich.«

Plötzlich stieß Molla einen Schrei aus.

Ich zuckte zusammen und schaute zu ihr. Einen Moment lang hatte ich vollkommen vergessen, dass sie da war, so unscheinbar und still, wie sie stets wirkte.

»Da kommt jemand!«, zischte sie in Panik.

Mein Herz schlug mir bis zum Hals. *Nein.*

Max ließ sich hinter einen der umgekippten Tische fallen, verschwand im gleichen Augenblick außer Sicht, als sich die Tür öffnete.

Ich eilte zur Wand, an der einige Möbelstücke aufgestapelt waren, doch Molla stand immer noch wie angewurzelt mitten im Raum. Bevor ich ihr zuflüstern konnte, dass sie sich verstecken sollte, betrat ein Mann in brauner Uniform den Raum. Er war von mittlerer Größe, und an seiner Kleidung ließ sich erkennen, dass er einer der Hausmeister war.

Er sah Molla gleichgültig an und folgte ihrem entsetzten Blick zu mir. »Ihr dürft nicht hier sein. Ihr habt keinen autorisierten Zugang. Das ist anormal.« Dann hob er die Hand, um seinen Kommunikator zu berühren.

19. KAPITEL

Ich sah, wie Adrien sich anspannte, bereit, sich aus dem Schatten heraus auf den Mann zu stürzen, doch bevor er das tun konnte, richtete sich hinter dem umgestürzten Tisch die Kanzlerin auf.

»Halt«, sagte sie ruhig, anscheinend an den Mann gerichtet, doch ich wusste, dass ihre Worte auch für Adrien galten.

Adrien erstarrte und blickte Max ungläubig an. Er hatte dessen Gabe noch nie in Aktion gesehen.

»Kanzlerin Bright«, sagte der Mann, und seine Hand blieb in der Luft hängen.

Sie neigte den Kopf zur Seite und bedachte ihn mit einem ihrer Falkenblicke. »Und was tust *du* hier?«

»Ich gehöre zu einer Wiederverwertungseinheit und habe im Gang gearbeitet, als ich Stimmen hörte. Das war anormal, und deshalb habe ich nachgesehen.«

»Arbeitest du allein? Hast du irgendjemandem gesagt, dass du deinen Posten verlässt, um dich um Dinge zu kümmern, die dich nichts angehen?«

»Anormale Ereignisse gehen jeden bewussten Bürger etwas an«, erwiderte er robotermäßig. »Und nein, niemand weiß, dass ich hier bin.«

»Gut«, sagte Adrien, der sich von hinten herangeschlichen hatte, während der Arbeiter mit Max redete. Adrien hob ein schweres Winkeleisen und schlug dem Mann damit auf den Kopf.

Ich keuchte auf, als der Mann zu Boden sank, und hielt mir eine Hand vor den Mund, um einen Schrei zu unterdrücken.

Adrien blickte zuerst mich an, dann das Winkeleisen, das ihm klirrend aus der Hand fiel. Er trat einen Schritt zurück, als ob es giftig wäre.

Max verwandelte sich wieder in sich selbst. Heftige Wut rötete sein Gesicht. »Ich dachte, deine Visionen würden dich immer vor Gefahr warnen. Wieso hast du das nicht gesehen, du Prophet?«

»Ich weiß es nicht«, erwiderte Adrien, und er hörte sich genauso aufgebracht an. Er fuhr sich mit den Fingern durchs Haar. »Das sollte eigentlich unmöglich sein. Es sollte nicht…« Einen Moment lang wirkte er verloren, hilflos und verzweifelt.

Ich wollte zu ihm gehen und seine Hand nehmen, doch ich stand vor lauter Schreck da wie erstarrt.

»Und was machen wir jetzt?« Ich versuchte, nicht hysterisch zu klingen. Ich musste ruhig bleiben. Ich ging zu dem Mann hinüber, der auf dem Boden lag. Seine Brust hob und senkte sich mit jedem Atemzug. Okay. Wir alle mussten ruhig bleiben. Logisch denken.

»Ein Schlag auf den Kopf löscht seine Erinnerung nicht aus, und er hat unsere Gesichter gesehen«, fuhr ich fort, und während ich sprach, versuchte ich, mir einen Plan auszudenken. Ich wandte mich an Adrien. »Hast du irgendeine Ausrüstung dabei, mit der man seine Erinnerung löschen kann?«

»Nein.« Adrien schaute mich an, beide Hände immer noch an seinem Kopf. »So was trage ich fast nie mit mir herum, falls man mich mal durchsuchen sollte.«

»Du hättest ihn nicht bewusstlos schlagen sollen«, meinte Max und bewegte sich wütend auf ihn zu. »Ich hatte alles unter Kontrolle. Ich hätte ihm einfach befehlen können, nicht zu erwähnen, dass er mich gesehen hat.«

»Es hätte ihn nicht interessiert, was du sagst«, erklärte Adrien. »Die Vorschriften verlangen, dass er sämtliche Details eines anormalen Vorfalls meldet, ohne Ausnahme. Wenn es dann einen Oberen betrifft, ignorieren sie es einfach, aber wenn die Kanzlerin den Bericht des Mannes gesehen hätte, wären wir alle hundertprozentig dran gewesen. Das Risiko wollte ich nicht eingehen.«

»Und wie sorgen wir jetzt dafür, dass er nichts verrät? Deaktivieren wir ihn? Können wir seinen Erinnerungs-Stick entfernen?«, wollte Max wissen.

»Max! Wie kannst du so etwas sagen?«, fuhr ich ihn an.

»Hör zu, er hat uns gesehen. So wie ich das beurteile, heißt es jetzt nur noch: er oder wir. Da fällt mir die Wahl nicht besonders schwer«, erwiderte er. »Außerdem hat er einen endgültigen V-Chip. Der Mann bleibt sein Leben lang ein Zombie. Was für ein Unterschied besteht da schon?«

Ich durchbohrte ihn mit meinem Blick. Dann wandten wir uns beide Adrien zu, doch der hatte uns gar nicht zugehört.

Adrien starrte immer noch auf den Mann, und immer noch spiegelte sich der Schock auf seinem Gesicht wider. »Ich weiß nicht, warum ich es nicht habe kommen sehen.« Seine Stimme klang viel zu hoch, und Frustration lag darin. »Das ist noch nie zuvor passiert. Ich habe mich immer auf meine Visionen verlassen können.«

»Darüber werden wir uns später Gedanken machen.« Ich legte ihm kurz eine Hand auf die Schulter, um ihn zu beruhigen, dann hockte ich mich neben den Mann.

Logik. Ordnung. »Erst müssen wir uns überlegen, was wir mit ihm machen.«

»Wie habt ihr das denn beim Widerstand gehandhabt, bevor ihr all diese hochentwickelte Technik erfunden habt?«

»Tja, unglücklicherweise musste der Widerstand manchmal Leute deaktivieren«, sagte Adrien grimmig. »Aber eine Deaktivierung würde immer noch zu einer Untersuchung führen, und zudem würde ich etwas so Barbarisches niemals tun. Aber vielleicht ...« Er richtete seinen Blick auf die Wand, die Brauen nachdenklich zusammengezogen.

»Was ist?«, fragte Max.

»Nun ja ...« Adrien betrachtete den Mann erneut und runzelte die Stirn. »Ich habe einmal beobachtet, wie ein Widerstandskämpfer manuell Erinnerungen gelöscht hat.« Er schaute schnell zu mir. »Allerdings ist das nichts sehr Schönes.«

»Würde er ...« Ich betrachtete den bewusstlosen Mann, und mir lief ein Schauer über den Rücken. »Wäre er hinterher noch okay?«

Adrien biss sich auf die Lippe. »Wenn ich es richtig mache ... ja, dann wäre er in Ordnung. Sein Kurzzeitgedächtnis wäre verschwommen, aber ansonsten ginge es ihm gut.«

»Und was ist, wenn du es nicht richtig machst?«

Adrien blickte zur Seite und schwieg. Er schloss die Augen und schluckte. Als er sie wieder öffnete, wirkte er entschlossen und konzentriert. »Zoe, bring mir mein Tablet. Max, zieh ihm das Hemd aus, und dann drehen wir ihn auf den Bauch, damit ich mit der Arbeit anfangen kann.«

Meine Hände zitterten, als ich Adrien die Tablet-

Tasche brachte. Er öffnete sie, während Max den Mann auf den Bauch rollte.

»Achte darauf, dass sein Kopf auf der Seite liegt und dass er gleichmäßig atmet«, wies Adrien Max an, während er sein Tablet herausnahm.

Zu meiner Überraschung öffnete er es nicht, sondern hielt es schräg und schlug es dann leicht gegen den Betonboden. Er zog die beiden Hälften der Geräteummantelung auseinander, sodass dass man die Elektronik sehen konnte.

Adrien hielt inne, blickte zu mir auf. »Hast du eine Haarklammer übrig?«

Ich zog ein Klämmerchen aus meinem Haar und reichte es ihm, ohne irgendwelche Fragen zu stellen.

»Molla, pass auf, ob noch jemand kommt«, sagte er und bog dann die beiden Metallenden auseinander, sodass ein langer, schmaler Pin entstand. »Max, siehst du den Ventilator dort drüben in der Ecke?«

Max nickte.

»Zieh das Kabel raus und bring es mir bitte.«

Max tat, worum Adrien ihn gebeten hatte.

Adrien versuchte derweil, den Pin so flach wie möglich zu bekommen. »Zoe, bring mir einen von den kaputten Stühlen dort.«

Ich kehrte mit dem Stuhl zurück, Max mit dem ausgefransten Kabel. Adrien war damit beschäftigt, vorsichtig einen der hauchdünnen Drähte aus dem Tablet zu holen.

»Was machst du da?«, wollte Max wissen.

Adrien antwortete nicht, biss sich nur auf die Lippen. »Kann ich noch eine Haarklammer haben?«

Ich zog eine zweite heraus und reichte sie ihm. Er benutzte sie wie eine Pinzette und schob den winzigen

Draht unter eine Ansammlung weiterer dünner Drähte. Schließlich atmete er tief aus. »So. Das sollte genügen.«

»Wofür?«, fragte Max.

»Ich habe die Energie umgeleitet, damit ich die Stromstärke im Tablet regulieren kann.«

Ich schnappte nach Luft, als ich die einzelnen Teile vor Adrien liegen sah, und begriff, was er vorhatte. »Du wirst ihn mit einem Stromstoß töten.«

»Ich will nicht *ihm* einen Stromstoß versetzen«, sagte Adrien schnell, »sondern seinem Erinnerungs-Chip.« Dann wandte er sich Molla zu. »Okay, jetzt brauche ich dich. Du musst deine Gabe einsetzen – du kannst durch Objekte hindurchsehen, nicht wahr? Ich muss diesen Pin hier«, er hob meine Haarklammer hoch, »in seinen Kopf einführen. Aber mein Plan funktioniert nur, wenn der Pin Kontakt mit dem Chip bekommt. Ich brauche dich quasi als mein Röntgengerät; du musst mir sagen, wann ich an Ort und Stelle bin. Ich weiß, dass du das kannst.«

Mir blieb vor Überraschung der Mund offen stehen. Ich hatte mich immer gefragt, ob Molla überhaupt eine Gabe besaß und ob sie sich schon manifestiert hatte.

Mollas ängstlicher Blick glitt zu Max.

Er nickte. »Zeig ihnen, was du kannst, Molls.«

Sie kam näher und kniete sich neben den Kopf des Mannes. Ich wich zurück, um ihr Platz zu machen. Ich fühlte mich nutzlos, und ich wusste, das Einzige, was ich tun konnte, war, niemandem im Weg zu stehen.

»Und warum haben wir ihm das Hemd ausgezogen?«, erkundigte sich Max.

Adrien wischte sich mit dem Arm einen Schweißtropfen von der Stirn und schluckte. »Um es als Lappen für das Blut zu benutzen.«

Mir drehte sich der Magen um. Adrien schluckte erneut. Dann schob er den Pin direkt neben dem Zugangsport ins Gewebe.

»Max«, sagte er. »Halt den Stuhl. Wir werden das Bein wie einen Hammer benutzen, um das Ding da tief genug hineinzutreiben.«

Ich zwang mich zuzuschauen, obwohl ich jedes Mal zusammenzuckte, wenn sie die dünne Haarklemme ein Stück weiter in den Schädel des Bewusstlosen trieben.

Ein Blutsfaden sickerte über den Hals des Mannes. Sanft wischte ich ihn mit dem Hemd weg.

»Okay, Molla, bin ich schon nahe dran?«, fragte Adrien. Seine Stimme klang angestrengt.

»Noch etwas mehr als einen Zentimeter«, flüsterte sie. »Und du musst ihn leicht biegen, mehr nach links.« Sie zeigte auf den Schädel des Mannes, und Adrien nickte. Nach einigen weiteren sanften Schlägen mit dem Stuhlbein auf den Pin hob Molla die Hand. »Da. Du hast es geschafft. Die Nadel hat jetzt Kontakt.«

Adrien führte einen letzten leichten Schlag aus. »Ich möchte, dass er ein bisschen in den Stick eindringt, aber nicht zu tief, Wie sieht's jetzt aus?«

»Gut«, bestätigte sie.

Adrien atmete tief aus. »So, und jetzt brauchen wir Strom«, sagte er und zog eine Grimasse.

Max reichte ihm das Kabel.

Adrien führte das zerfranste Kupferteil des Kabels in die eine Seite des Tablets. Dann hob er es an, sodass die andere Seite den metallenen Pin berührte, der aus dem Schädel des Mannes ragte.

»Zoe, kannst du das Kabel jetzt bitte einstecken?«

Ich nickte, dann schluckte ich. Ich nahm das Kabel, zögerte jedoch einen Moment vor der Steckdose in der

Wand. Was, wenn es nicht funktionierte? Was, wenn ich den Mann umbrachte, indem ich den Stecker in die Steckdose steckte? Mein Magen schnürte sich bei diesem Gedanken zusammen.

»Zoe?«, sagte Adrien. »Soll ich das für dich machen?«

»Nein«, erwiderte ich und zwang mich, meine Stimme ruhig zu halten. »Ist schon passiert.« Ich schob den Stecker in die Steckdose.

Es gab ein leichtes »Plop«, Funken sprühten aus dem Tablet, und der Kopf des Mannes zuckte kurz.

Adrien zog das Tablet vom Pin weg. »Okay«, sagte er und lächelte. »Ich denke, wir haben es geschafft.«

»Und er ist wirklich in Ordnung?« Ich eilte zurück zu dem Mann, legte meine Hand auf seine Brust. Immer noch hob und senkte sie sich. Immer noch atmete er. Ich grinste Adrien an.

»Es sollte ihm gut gehen«, sagte er und stieß einen gewaltigen Seufzer der Erleichterung aus. Mit einem zittrigen Lachen räumte er seine »Ausrüstung« zusammen. »So, und jetzt sollten wir von hier verschwinden. Max …«

»Hab schon einen Schritt weitergedacht«, erklärte Max, und im nächsten Moment sah er haargenau so aus wie der Hausmeister, der auf dem Boden lag. »Wahrscheinlich hat er irgendwo einen kleinen Wagen stehen, wenn er Möbelstücke transportiert hat. Ich werde ihn dort hineinlegen, dann decken wir ihn zu, und ich fahre ihn in einen anderen Bereich, weit weg von diesem Teil der Akademie.«

Adrien nickte. »Aber beeil dich. Wenn er aufwacht, wird sein Herzmonitor wegen der Schmerzen losschrillen, und jemand wird kommen, um nachzusehen. Doch bis dahin solltest du schon längst wieder fort sein. Zoe und Molla, ihr geht jetzt, aber seid vorsichtig. Bleibt im blinden Bereich der Kameras.«

Ich nickte, und Molla und ich schlüpften aus der Tür.

Ich verbrachte den Abend damit, auf meinem Bett zu liegen, an die Decke zu starren und mich zu fragen, was aus dem Arbeiter geworden sein mochte. Ging es ihm gut? Hatte das manuelle Löschen funktioniert? Mein Magen schnürte sich bei dem Gedanken zu, dass wir trotz allem versagt haben könnten. Die Erinnerung an unser anormales Benehmen könnte immer noch auf dem Erinnerungs-Stick des Mannes gespeichert sein, und wenn das der Fall war, dann war es nur eine Frage der Zeit, bis uns die Regulatoren holten. Wir konnten nicht hundertprozentig sicher sein, sondern lediglich hoffen, dass unsere Entscheidung, den Angestellten leben zu lassen, nicht uns das Leben kosten würde.

Ich musste kurz eingeschlafen sein und fand mich plötzlich in meinem Albtraum wieder. Nur dass es diesmal nicht Daavd war, der gejagt wurde, sondern Max. Die Regulatoren hatten ihn gehetzt, und ich hatte ihn nicht gerettet. Ich hatte ihn ihm Stich gelassen, zugelassen, dass er verletzt wurde.

Genauso, wie ich es im richtigen Leben getan habe.

Ich musste es Max sagen. Bevor ich noch mehr Zeit mit Adrien verbrachte, bevor ich ihn wieder küsste… Die Vorstellung, Adrien zu küssen, sandte einen Schauer der Erregung über meinen Rücken. Dem eine Welle von Schuldgefühlen folgte. Es gab schon so viele andere Lügen in meinem Leben, dass ich es nicht ertrug, wenn auch noch eine zwischen Max und mir stand. Obwohl ich ihm nicht geben konnte, was er sich wünschte, war er doch mein bester Freund. War er immer noch Familie.

Ich stand auf, schaute in Markans Zimmer, doch er war noch nicht zu Hause. Es gefiel mir, die Wohneinheit ganz für mich allein zu haben. Es kam so selten vor, dass ich allein und unbeobachtet war.

Ich schob die Tür zu meinem Zimmer auf und zuckte vor Schreck zusammen. »Adrien!«

»Tut mir leid.« Er grinste und kam von der Leiter herunter. »Ich wollte dich nicht erschrecken.«

»Was machst du hier?« Ich blickte durch die offene Tür, um sicherzugehen, dass Markan nicht gerade jetzt durch die Vordertür trat. »Mein Bruder muss jeden Augenblick nach Hause kommen.«

»Entschuldige, aber ich musste dich einfach sehen«, erwiderte er und kam näher.

Ich hörte auf, mich umzuschauen, und lächelte ihn an. Allein seine Nähe reichte, um die Anspannung aus meinen Muskeln weichen zu lassen und durch prickelnde Erregung zu ersetzen.

Adriens Ausdruck schien sich zu verdüstern.

»Was ist los?«, wollte ich wissen.

»Nichts.« Sein Gesicht hellte sich wieder auf, als er lächelte, und seine blaugrünen Augen funkelten. Er kam noch näher und nahm sanft meine Hand.

Mein Magen schlug bei seiner Berührung einen Purzelbaum.

Er legte die andere Hand an mein Gesicht, und ich begann zu zittern. Dann küsste er mich, sanft und ohne Eile. Als ob es eine Frage wäre und er auf meine Antwort warten würde.

Ich hatte mir ja selbst schon so viele Fragen gestellt nach unserem Kuss in der vergangenen Nacht, doch in dem Moment, als seine Lippen meine berührten, vergingen alle meine Zweifel und Ängste.

Ich ließ mich gegen ihn sinken, und meine Gefühle brachen sich Bahn bei diesem Kuss. Er reagierte darauf, zog mich hart an sich, und dies ließ mein Herz noch schneller schlagen. Mein Herzmonitor begann zu piepen, doch das störte mich nicht. Er hatte schon ewig nicht mehr gepiept. Der Kuss war es wert, dass er das jetzt tat.

Ich zog Adrien näher, schmiegte mich an ihn, doch gerade als ich meine Hand ausstreckte, um meine Finger in seinem Haar zu vergraben, stieß er mich weg.

»Was …«, begann ich noch ganz verträumt, doch dann war es plötzlich nicht mehr Adrien, der vor mir stand.

Sondern Max.

All die Erleichterung, die ich eben noch empfunden hatte, verflüchtigte sich sofort. Ein heftiger Schmerz traf mich wie ein Hieb in den Magen, nahm mir den Atem.

»Ich wusste es!«, schrie er mich an und schlug mit der Faust gegen die Wand meines Zimmers. Sein Gesicht war rot vor Zorn.

Ich schluckte. Ich erstickte fast an meinem Schuldgefühl. »Max, es tut mir so leid. Ich wollte es dir ja erzählen.« Ich griff nach ihm, doch er riss seinen Arm weg.

»*Was* wolltest du mir erzählen?«

Ich blickte zur Seite. Heiß brannte das Wasser in meinen Augen.

»*Was* wolltest du mir erzählen?«, wiederholte er, noch zorniger. Er kochte vor Wut, aber ich konnte den Schmerz dahinter sehen und hören. Dieses eine Mal trug er keine Maske. »Dass dein Herzmonitor losgeht, wenn er dich küsst, aber nicht bei mir?«

»Du weißt, wie wichtig du mir bist, oder?« Meine Augen schwammen in Tränen.

»Aber?« Er spie das Wort förmlich aus.

»Aber ich empfinde auch etwas für Adrien. Es ist… ist wie…« Ich stolperte über meine eigenen Worte, als ich sah, wie zornig seine Nasenflügel bebten. Ich musste jetzt alles gestehen. »Wie ein Zusammengehörigkeitsgefühl.«

»Sag das nicht.« Max' Stimme klang hart, ärgerlich. »Du meinst das doch gar nicht.«

»Doch. Tut mir leid. Es ist einfach passiert. Ich habe nicht darum gebeten, dass es geschieht, aber es ist nun mal geschehen. Ich wollte dich nie verletzen, Max. Und ich wollte es dir sagen…«

Er kam auf mich zu und packte mich an den Oberarmen, seine Finger wie ein Schraubstock.

»Au, Max, du tust mir weh.«

»Du verstehst es nicht. Er ist ein Lügner. Er trickst dich aus. Der ganze Widerstand ist kein bisschen so, wie er behauptet.« Er senkte die Stimme. »Er ist keiner von uns. Er benutzt dich.«

»Tut er nicht.« Ich versuchte, mich aus seinem Griff zu lösen. »Bei ihm fühle ich mich…«

»Wie?«, schrie er und stieß mich weg. »Sag mir, wie du dich bei ihm fühlst! Ich bringe den Bastard um!«

»Hör auf, Max! Sonst hört dich noch jemand.« Ich ging wieder zu ihm, wollte ihn berühren, doch er schüttelte mich ab und starrte mich auf eine Art an, dass irgendetwas in mir zusammenschrumpfte. »Es tut mir so leid«, flüsterte ich.

Max wandte sich ab und hieb erneut gegen die Wand, so fest, dass man hätte fürchten können, er schlüge eine Delle hinein. Er stieß einen Schrei reiner Wut aus, und ich zuckte zusammen.

»Ich werde nicht zulassen, dass er dich bekommt!«

»Max«, wisperte ich und legte eine Hand auf meine schmerzende Brust. Adrien hatte mir einmal erzählt, dass Herzen brechen konnten, wenn man zu tief verletzt wurde. Ich hatte damals nicht verstanden, was er damit meinte, doch nun begriff ich es. Mir brach das Herz, doch ich konnte jetzt nicht aufhören. Max verdiente es, alles zu erfahren.

»Ich denke, ich habe Adrien schon gehört, bevor du und ich ... ich meine ... ich glaube, ich habe angefangen, etwas für ihn zu empfinden, als ich fort war. Ich kann mich nicht an alles erinnern, aber ich bin sicher, dass es damals begonnen hat. Noch bevor wir beide Freunde wurden«, fügte ich leise hinzu. Ich wollte etwas finden, irgendetwas, was ihm ein wenig von seinem Schmerz nahm.

»Ich hätte dich an jenem Tag, als du verschwunden bist, retten sollen. Ich wollte dir ja auch zu Hilfe kommen, aber er hat dazwischengepfuscht«, sagte er böse.

»Hör auf ...«

»Zoe, hör mir zu!«, unterbrach er mich scharf. »Du weißt nichts über ihn. Denk mal darüber nach. Aber er weiß alles über dich aus seinen Visionen. Er weiß, was er zu dir sagen muss. Ist das nicht ein bisschen verdächtig? Und was den Widerstand betrifft: Ich hab mich mal umgehört, und sie machen alle möglichen Experimente mit chemischer Kriegsführung und zwingen Leute zu irgendwelchen Dingen. Sie sind genauso schlimm wie die Gemeinschaft. Und Adrien hilft ihnen, an dich heranzukommen. Er bringt dich dazu zu *denken*, dass du ihn magst, damit du für sie arbeitest. Sie brauchen deine Gabe. Aber ich bin ganz anders«, fügte er hinzu und beugte sich zu mir. Seine Stimme klang eindringlich. »Ich will *dich*. Einfach nur dich.«

Er packte mich und legte seinen Mund auf meinen und drängte mich gegen die Wand, erdrückte mich fast mit seinem Gewicht.

»Hör auf!« Ich versuchte, ihn wegzuschieben, doch er war stärker.

Dann hörte er auf, meinen widerstrebenden Mund zu küssen, doch er hielt mich immer noch dort gefangen, seine Hände an beiden Seiten neben meinem Kopf an der Wand.

»Du wirst mich wollen«, sagte er böse. »Eines Tages. Ich werde dich dazu bringen, dass du mich willst.«

»Lass mich gehen«, flüsterte ich, und plötzlich war alle Geduld verschwunden, und etwas Schlimmeres erfüllte mich, etwas, was ich nie erwartet hätte, in Max' Nähe zu spüren: Furcht.

»Geh weg«, sagte ich mit fester Stimme, so wütend auf ihn, weil er mir Angst eingeflößt hatte. Der Zorn weckte ein Summen in meinem Kopf. »Bevor ich dich gehen *lasse*!«

Max lachte düster auf, wich zurück und hob die Hände, als wolle er mir zeigen, dass er mich nicht länger festhalten würde. »Kapierst du das denn nicht? Deshalb bist du ja so perfekt für mich: weil auch in dir eine dunkle Seite verborgen ist.«

Seine Worte trafen mich wie eine Faust in den Magen. Also hatte er es auch erkannt – die Schuld, die wie ein Gewicht um meinen Hals hing. Er wusste, dass ich tief in mir drin eine Betrügerin war. Was ich meinem Bruder angetan hatte, würde mich mein Leben lang zeichnen.

Mir gelang es schließlich, ein »Vielleicht« zu flüstern. »Aber es ist immer noch Adrien, den ich will.«

Max trat einen weiteren Schritt zurück. Eine ganze Weile stand er still da, und ich konnte sehen, wie sein

Adamsapfel hüpfte, als er schluckte. Es war ein beängstigendes Schweigen. Schließlich hob er den Unterarm, um sich die Augen zu wischen, und verließ eilig den Raum.

Ich fühlte mich wie ausgehöhlt, als wäre alles Gute aus mir herausgekratzt worden.

Ich hatte Max verletzt. Ich hatte einen weiteren Menschen, der mir etwas bedeutete, betrogen. Ich wollte ihn zurückrufen, irgendwie versuchen, alles wiedergutzumachen, ihm helfen, die Wunden zu schließen, die ich geöffnet hatte, aber ich wusste nicht, was ich sagen sollte.

Die Vordertür schloss sich hinter Max.

20. KAPITEL

Am nächsten Tag ging ich wie immer neben Max zur Cafeteria. Wir waren in unserer Routine gefangen, zusammengezwungen, um keinen Verdacht zu erregen. Er konnte mir nicht aus dem Weg gehen, doch die wütende Hitze, die sein Körper ausstrahlte, verriet mir, dass es ihn unglaubliche Anstrengung kostete, an meiner Seite zu bleiben.

Und er wusste mich trotzdem zu ignorieren. Ich pickte nur an meinem Essen, während ich ihn neben mir spürte, wie einen schweigenden Felsen voll brodelnder Wut. Immer und immer wieder versuchte ich, seinen Blick zu erhaschen, aber er schien nicht ein einziges Mal zu bemerken, dass ich überhaupt existierte. Schließlich gab ich es auf.

Dann, als ich gerade aufstehen und mein Geschirr zusammenräumen wollte, hörte ich einen leisen Schrei von der anderen Seite des Raums.

Meine Augen weiteten sich, als ich den Hals reckte, um zu sehen, was da vor sich ging.

Ein Junge schrie und schlug um sich, um sich von den beiden Regulatoren loszureißen, die ihn gerade gepackt hatten. Es war Juan, der Junge, den Adrien mir gezeigt hatte – der Junge, der ebenfalls dem *Link* entkommen konnte.

»Helft mir!«, schrie er. »Bitte, helft mir doch!«

In Panik betrachtete ich all die passiven Gesichter um

mich herum in der Cafeteria. Alle schauten gleichgültig zu. Dann richtete ich meinen Blick wieder auf Juan.

Es war ihm gelungen, sich von einem der Regulatoren loszureißen, aber der andere hatte ihn immer noch fest im Griff. So ruhig wie möglich suchte ich den Raum ab. Es gab noch mehr Regulatoren, überall. Sie überwachten den Rest von uns, als warteten sie darauf, dass jemand eine Reaktion zeigte.

Schwindel packte mich, als ich plötzlich erkannte, was in diesem Moment geschah. Es war genau der gleiche Albtraum wie der von Daavd. Zorn loderte in mir auf, und ich spürte, wie meine Gabe antwortete, wie die Energie augenblicklich in meine Fingerspitzen sprang.

Einer der Regulatoren zog eine Spritze heraus.

Ich konnte nicht hier stehen und einfach zuschauen bei dem, was passierte. Ich konnte nicht nichts tun. Nicht diesmal.

Das Summen in meinem Kopf hatte betäubende Stärke angenommen. Ich wollte aufstehen, doch unter dem Tisch schlossen sich Max' Finger wie ein Schraubstock um meinen Arm. Ich schaute ihn an, wusste, dass sich die Panik in meinem Blick zeigen musste. Überrascht blinzelte er, als ob er etwas auf meinem Gesicht erkennen würde, was er noch nie zuvor gesehen hatte. Unauffällig schob er seine Beine herüber, schlang sie wie eine Fessel um meine und warnte mich mit einem kaum merklichen Kopfschütteln. Hilflos wandte ich mich wieder dem Jungen zu.

Doch meine Gabe ließ sich nicht so einfach beruhigen. Ich spürte, wie mir die Kontrolle entglitt, doch es gab nichts, wohin ich meine Kraft hätte lenken können. An einem Nachbartisch fiel eine Gabel zu Boden, unbemerkt in all dem Aufruhr. Ein Tablett in meiner Nähe, beladen mit Nahrung, glitt erst zur linken, dann zur rechten Seite.

Max umklammerte mich fester.

Juan sank bewusstlos zu Boden. Die Regulatoren zerrten ihn aus dem Raum. Er hing schlaff zwischen ihren Armen, seine Füße schleiften über den Boden.

Mir war schlecht. Um mich herum begannen alle, ruhig ihre Sachen einzusammeln, als ob überhaupt nichts geschehen wäre.

Sie sind Monster. Wir alle sind Monster.

Ich stand auf, hätte beinahe vergessen, meine Tasche mitzunehmen, als ich aus dem Raum eilte. Ich war ein Monster. Irgendwie hätte ich das alles verhindern können, aber ich wollte Max' Sicherheit nicht gefährden. Oder meine eigene. Die Gabe hatte in meinen Fingerspitzen gelegen. Ich hätte Juan retten können. Aber ich hatte es nicht getan.

Ich lief zu den Toilettenräumen, damit ich meine aufgestauten Gefühle in der Privatsphäre einer der Kabinen loslassen konnte. Ich presste mir die Fäuste gegen den Mund, damit ich nicht schrie. Meine Kraft tobte immer noch in mir, bettelte darum, befreit zu werden. Vorsichtig ließ ich einen winzigen Teil meiner Kraft los, ließ zu, dass sie meinen Körper so heftig schüttelte, dass ich gegen die Tür der Kabine flog. Ich ließ mich auf den Boden sinken und schlang die Arme um mich, als könnte ich auf diese Weise all die Energie in mir zurückhalten.

Max wartete auf mich, als ich wieder herauskam. Er packte mich grob am Arm und zerrte mich zur Wand, damit wir den Schülern nicht im Weg waren, die zu ihrer nächsten Unterrichtsstunde unterwegs waren. Er behandelte mich rauer als sonst. Härter und kälter, als er es je vor dem vergangenen Abend getan hatte. Aber ich hatte es verdient.

»Versprich mir, dass du nichts Dummes tun wirst«, zischte er mir ins Ohr.

Ich schüttelte den Kopf, und mir wurde von neuem übel, als mir wieder die Bilder von Daavd und Juan, wie sie weggezerrt wurden, vor Augen traten.

»Wir müssen ihm helfen. Es hätte genauso gut einer von uns sein können.« *Ich hätte es sein sollen*, fügte ich im Stillen hinzu.

»Hör auf!«, erwiderte Max kurz angebunden. »Vertraust du mir?«, fügte er dann hinzu, seine Stimme immer noch hart.

Ich schluckte und spürte, wie sich meine Kehle wieder zuschnürte. Ich wusste nicht, weshalb er sich noch so sehr um mich sorgte, nachdem ich ihn dermaßen verletzt hatte, doch ich nickte.

»Dann vertrau mir, wenn ich dir sage, dass ich mich darum kümmern werde«, erklärte er und zog uns zurück in den Strom der Schüler.

Unsicher sah ich Max an.

»Ich verspreche es. Nur unternimm bis dahin nichts Gefährliches«, flüsterte er.

Der Rest des Tages ging im Nebel unter. Ich hatte mich wieder mit dem *Link* verbunden, weil ich mir selbst nicht trauen mochte. Ich war so überzeugt davon gewesen, dass ich nicht tatenlos daneben stehen würde, wenn so etwas im wirklichen Leben noch einmal geschah. Dass ich handeln würde. Ich würde niemals zulassen, dass sie jemand anders wegbrachten, so wie sie Daavd weggebracht hatten. Aber ich hatte einfach dagestanden. Schon wieder. Hatte es zugelassen.

Ich kniff fest die Augen zusammen, und doch lief die

Szene immer wieder vor mir ab. Daavds Gesicht wurde durch das von Juan ersetzt, als ich alles von neuem in meinen Erinnerungen sah, bis ich fürchtete, ich könnte das Wasser nicht länger zurückhalten, das schon den ganzen Tag aus meinen Augen zu strömen drohte.

In dieser Nacht blickte ich nicht auf, als ich hörte, wie die Deckenplatte weggeschoben wurde. Ich hatte mich zu einem Ball zusammengerollt, mein Gesicht im Kissen versteckt.

»Zoe«, sagte Adrien, seine Stimme schwer von Gefühlen. »Bist du in Ordnung?«

Ich antwortete nicht. Er berührte mich an der Schulter, doch ich zuckte zurück.

»Zoe, sieh mich an. Der Widerstand kümmert sich darum. Wenn sie irgendetwas unternehmen können, dann werden sie es auch tun.«

Ich setzte mich auf, und zum ersten Mal an diesem Tag erwachte Hoffnung in mir. »Glaubst du, sie können ihn herausholen?«

Adrien zögerte einen Moment. »Du musst dich damit abfinden, dass wir manchmal gar nichts mehr tun können. Wenn sie jemanden, der unverbunden ist, erst einmal an einen anderen Ort gebracht haben, ist es praktisch unmöglich, ihn zurückzuholen, bevor er neu programmiert wurde… oder sie ihm andere Dinge angetan haben.«

»Wie ihn deaktivieren, meinst du.« Neuer Schmerz brannte in meiner Brust.

Adrien wollte mich an sich ziehen, doch ich schob ihn weg.

»Nein, ich verdiene keinen Trost. Ich bin ein Monster. Ich habe einfach dagestanden und zugesehen, als das passierte.« Ich ließ den Kopf hängen und begann leise zu schluchzen.

»Ich dachte, ich hätte mich geändert«, fuhr ich zwischen zwei Schluchzern fort. »Früher war ich wenigstens noch durch den V-Chip betäubt, aber welche Entschuldigung habe ich jetzt?«

»Zoe, hör auf damit!«, sagte Adrien hitzig. »Egal, was du unternommen hättest, sie hätten uns alle gleich mit weggeschleppt! Max und ich, wir standen auch einfach da. Hältst du uns für Monster?«

»Nein«, erwiderte ich automatisch.

»Warum willst du dann die ganze Schuld auf dich nehmen? Warum willst du die Last verdammt noch mal allein tragen? Es ist nicht dein Fehler. Es ist die Schuld der Kanzlerin und all der Oberen, die uns das angetan haben.«

Ich schüttelte den Kopf, als Adrien mich erneut an sich ziehen wollte. »Aber du hättest es sein können, oder Max oder …« Meine Stimme brach. »Oder Markan.«

»Solche Sachen solltest du nicht denken.«

»Welchen Unterschied würde das schon machen?« Ich starrte auf die Wand. Mir war so elend. »Ich habe das scheußliche Gefühl, dass es keinen gäbe. Dass ich jeden verrate, der mir zu nahekommt. Wie meinen eigenen Bruder. Und jetzt auch Max. Er wollte doch nur, dass ich ihn begehre.« Ich drehte mich um und sank an Adriens Brust zusammen. Die Tränen flossen plötzlich heftiger.

Adrien hielt mich ganz fest. »Was bedrückt dich sonst noch? Zoe, du machst mir Angst.« Seine Stimme klang angespannt.

Ich hörte einen dumpfen Aufprall, als Markans Tür zur Seite geschoben wurde.

»Versteck dich, schnell«, flüsterte ich Adrien zu und schob ihn zur Leiter. »Schließ die Deckenplatte und versteck dich im Bett, dicht an der Wand.«

So leise er konnte, kletterte er die Leiter hinauf. Ich ging zur Tür, um zu horchen. Ich hörte Schritte, doch sie gingen an meiner Tür vorbei zum Badezimmer. Ich seufzte und lehnte den Kopf an die Wand. Adrien blieb still.

Ich stieg nun ebenfalls die Leiter nach oben. Adrien hatte sich hingelegt; er war so groß, dass er die gesamte Länge des Betts in Anspruch nahm. Ich legte mich ebenfalls hin, mit dem Gesicht zu ihm, doch ich ließ so viel Platz zwischen uns, dass sich nur unsere Knie berührten. Unter dem Kissen ballte ich meine Hände zusammen.

»Erzähl mir mehr über Hass«, sagte ich leise.

»Nein.« Er legte einen Arm wie ein Kissen unter seinen Kopf. Wir waren nahe genug beieinander, dass ich den Minzgeruch in seinem Atem riechen konnte.

»Erzähl mir davon«, beharrte ich.

Er stieß einen Seufzer aus, rieb sich die Schläfe mit der freien Hand. »Hass ist ein starkes Gefühl. Eins der stärksten, das wir Menschen empfinden.«

»Aber was genau *ist* Hass?«

Adrien runzelte die Stirn, dachte nach. »Ich weiß nicht genau, wie ich ihn beschreiben soll. Wie er zu definieren ist. Es ist so, als ob Wut auf irgendetwas oder irgendjemanden so stark würde, dass sie dich verschlingt. Das Leben ist so hart, und die Leute sind so verdammt grausam zueinander, dass ich manchmal denke, dass Hass das Gefühl ist, das uns Menschen am leichtesten fällt.«

»Und er bringt die Menschen dazu, dass sie einander deakti… sich gegenseitig töten wollen?«

Adrien nickte.

»Hast du schon mal jemanden gehasst?«

»Natürlich. Ich hasse die Oberen und dieses verdammte *Link*-System, das uns alle in diese Lage gebracht hat…« Er kam näher, drehte den Kopf leicht zur Seite. »Ich hasse die Leute, die *dich* in Gefahr gebracht haben.«

Seine blaugrünen Augen funkelten im schwachen Schein des Orientierungslichts. Unsere Gesichter waren nur fünfzehn Zentimeter entfernt. »Aber was viel wichtiger ist, das Gegenteil von Hass ist Liebe…« Er schaute zur Seite und fuhr sich mit der Hand durch die Haare. Dann kehrte sein Blick mit einer Intensität zu mir zurück, wie ich sie nie zuvor an ihm bemerkt hatte.

Er rückte näher.

Nur noch sieben Zentimeter.

Noch fünf.

Die knisternde Spannung zwischen uns war zehnmal stärker, als ich sie in der anderen Nacht gespürt hatte. Ich legte eine Hand auf meinen Herzmonitor und versuchte gleichmäßig zu atmen, um wieder ruhiger zu werden.

»Dann erzähl mir noch einmal von der Liebe«, flüsterte ich.

Adrien rutschte noch näher, zog meine Hand von dem Monitor weg und verschränkte seine Finger mit meinen.

»Hass ist eine starke Emotion, aber…« Er schwieg, blickte auf unsere Hände. Sein Daumen rieb über meinen, ließ kleine elektrische Funken durch meinen Körper wandern. »Ich ziehe es vor zu glauben, dass Liebe viel mächtiger ist. Obwohl es mir manchmal scheint, als ergebe Liebe keinen Sinn – dennoch, dass es sie überhaupt gibt, kommt mir wie ein Wunder vor.« Er schloss die Augen, wich ein kleines Stück zurück. »Ich habe so vieles gesehen. Hass und Tod, Zerrissenheit und

Schmerz. Leute, die zu überleben versuchen und denen es misslingt.« Sein Gesicht verriet, wie sehr ihn diese Erinnerungen verfolgten. »Die Leute sind begierig nach Macht und bereit, alles zu tun, um sie zu erlangen. Aber Liebe?« Adrien sah mich wieder an. »Eine Liebe, die Menschen dazu bringt, sich füreinander aufzuopfern – alles zu geben, selbst ihr Leben? Ich habe das nie verstanden.«

»Adrien«, sagte ich und drückte seine Hand fester.

Er lehnte seine Stirn gegen meine. »Liebe sollte es nicht geben, aber sie existiert. Sie ist die größte Anomalie, manche würden sogar sagen, der größte Defekt der gesamten menschlichen Rasse. Aber sie ist auch die wunderbarste Anomalie, das habe ich inzwischen begriffen. Und ich würde alles für dich aufgeben, selbst wenn du nicht das Gleiche für mich empfinden solltest.« Adrien schluckte. »Weil ich dich liebe.«

Er stieß tief den Atem aus und setzte sich auf, stützte die Ellbogen auf die Knie und massierte sich mit beiden Händen die Schläfen, sodass ich sein Gesicht kaum erkennen konnte.

Ich hörte mein Herz bis in die Ohren schlagen. Reglos saß ich da, viel zu schockiert, um wirklich zu begreifen, was Adrien sagte.

Adrien sah mich an, unsicher, wie ich reagieren würde. Seine Stimme klang plötzlich irgendwie abwesend. Losgelöst. »Kurz bevor du zur Akademie zurückgekehrt bist, hatte ich eine Vision. Ich sah, wie ihr euch geküsst habt, du und Max. Deshalb habe ich nicht über das gesprochen, was ich empfinde. Aber je mehr Zeit ich mit dir verbracht habe und nachdem wir uns vorgestern Nacht geküsst hatten, konnte ich nicht länger nichts sagen.«

»Meine Gefühle für Max sind sehr stark«, erwiderte ich. Adrien zuckte zusammen, also redete ich schnell weiter. »Aber sie sind nicht so, wie du vielleicht glaubst.« Ich setzte mich auf. »Er war der Erste, der für mich da war, als ich zurückkam und so viel Angst hatte und mich einsam fühlte. Aber er wollte immer etwas von mir.« Ich machte eine Pause. »Mehr, als ich ihm geben konnte – ich wusste nicht, warum das so war. Ich habe es erst vor kurzem erkannt, und deshalb haben er und ich auch gestritten.«

»Du bist mir keine Erklärung schuldig«, sagte er schnell und wollte aufstehen.

»Adrien.« Ich packte ihn am Arm, um ihn aufzuhalten. »Bei diesem Streit ging es um *dich*. Weil ich Max erzählt habe, was ich für dich empfinde. Was ich schon ziemlich lange empfinde, wie ich glaube, aber was ich bisher nicht in Worte fassen konnte. Ich …« Meine Stimme klang zittrig, als ich es endlich aussprach. »So viel mir Max auch bedeutet, meine Gefühle für dich sind stärker. Auch wenn ich sie nicht richtig verstehe, weil sie so intensiv sind.«

Adriens Gesicht erstarrte. Er ließ sich langsam wieder auf das Bett sinken. »Stimmt das?« Seine Stimme war kaum zu hören.

Ich nickte und sah, wie die Unsicherheit langsam aus seinem Gesicht wich und sich in Hoffnung verwandelte. Als ob er von innen heraus aufblühte.

»Ich denke …«, begann ich leise, dann atmete ich tief durch. Ich war verwirrt. Ich blickte zur Seite und spürte, wie mich eine Welle von Erinnerungen überschwemmte. Wie mich die Gefühle verwirrten, die Adriens Berührungen in mir auslösten. Die knisternde Spannung zwischen uns. Aber es war mehr als das. Da waren die vielen Male, wenn wir uns unterhalten hatten. Diese Verbundenheit, die ich nur mit ihm und niemandem sonst auf der Welt empfand. Die Art und Weise, wie er meine Gefühle in Worte zu fassen vermochte, die Art, wie er das Leben betrachtete, seine Hoffnungen und Träume, die Art, wie er mir eine völlig neue Welt eröffnet hatte. Wenn ich mit ihm zusammen war, brachte er mich dazu, meine eigenen Träume zu träumen, mir meinen eigenen Weg zu suchen. Adrien brachte das Beste in mir zum Vorschein.

Ich blickte ihn wieder an, und die Erkenntnis überwältigte mich, ließ mein Glück wie das strahlendste Silber funkeln.

»Das, was du eben beschrieben hast – das ist genau das, was ich fühle. Es ist *Liebe*«, sagte ich ehrfürchtig und lachte gleichzeitig aus Freude über diese Erkenntnis. Ich mochte gar nicht glauben, dass ein einziger Tag so dramatisch entgegengesetzte Emotionen bereithalten konnte. »Ich *liebe* dich, Adrien.«

Er blinzelte, war verblüfft. »Sag das noch mal«, flüsterte er.

Ich lachte und zog ihn zu mir. »Ich liebe dich«, flüsterte ich ihm ins Ohr.

Dann riss er mich in seine Arme, zerdrückte mich fast in der einen Minute, um mich in der nächsten so zu küssen, als könnte er niemals genug davon bekommen.

Ich lachte über seine ehrliche, unglaubliche Freude und erwiderte seinen Kuss. Wir küssten uns eine kleine Ewigkeit lang, klammerten uns aneinander, ein wenig unbeholfen zuerst und völlig überwältigt.

Morgen, ich würde morgen über all unsere Probleme nachdenken. Jetzt gab es nur Adrien für mich.

Wieder hatte ich das Gefühl zu schweben, doch diesmal schienen wir gemeinsam nach oben zu steigen – als ob ich nicht zu sagen wüsste, wo mein Körper aufhörte und seiner begann. Schließlich löste er sich von mir, hielt mein Gesicht aber immer noch mit seinen Händen umfasst.

Dann begann Adrien zu lachen. »Zoe, schau nach oben«, sagte er.

Ich tat es und sah mein Kissen über uns schweben und sich drehen. Verblüfft schnappte ich nach Luft, und es fiel herunter, genau auf meinen Kopf.

Adrien lachte noch mehr und küsste mich erneut. »Ich kann verdammt noch mal kaum glauben, dass dies hier geschieht«, sagte er. »Ich meine, ich habe dich in meinen Visionen gesehen. Ich wusste, dass du wichtig für den Widerstand bist, aber ich hatte nicht gesehen, wie wichtig du für mich werden würdest. Lange Zeit war mein Leben so hart – und die Welt ist zu kaputt, als dass ich hätte glauben mögen, dass ich einmal so glücklich sein könnte.« Er lachte immer noch, und seine Augen blitzten.

Seine Worte ließen auch mich innerlich glühen.

Adrien wich ein Stück zurück, blickte mich an, als müsste er sich selbst davon überzeugen, dass ich tatsächlich hier war, in seinen Armen.

»Ich hatte diese Vision von dir und Max und glaubte, ich hätte dich verloren. Und dann hast du mich angeschaut, als wäre ich ein Niemand, oder, schlimmer noch, jemand, vor dem du dich fürchten müsstest. Aber gerade als ich dachte, ich müsste mich damit abfinden, dass du mich für immer vergessen hättest, sah ich einen Hauch von Erinnerung aufblitzen, einen kleinen Hinweis, dass du vielleicht …«

Wasser stand in seinen Augen, und der Kummer, den er empfunden hatte, strömte zu mir hinüber. Ich wollte diesen Kummer verschwinden lassen. Ich wünschte mir, dass er so etwas nie wieder fühlen müsste.

Ich schnitt ihm das Wort mit einem sanften Kuss ab. »Es ist Wirklichkeit geworden«, sagte ich schließlich. »Wir haben uns wiedergefunden, und du wirst mich niemals mehr verlieren.«

Adrien lächelte, beugte sich zu mir, um mir einen Kuss zu geben, einen tiefen Kuss, in dem all das lag, was sich in ihm aufgestaut haben musste: Leidenschaft und Hoffnung, Furcht und Kummer.

Schließlich löste er sich von mir. Es war spät geworden, doch ich wollte nicht, dass Adrien mich verließ.

»Wir werden schon bald woanders sein«, flüsterte er mir zu und strich mir mit der Hand durch das Haar um mein Gesicht. »Du wirst in Sicherheit sein.«

»Wenn wir schon so bald fortgehen …«, sagte ich, nachdem wir ein paar Minuten geschwiegen hatten. »Was ist dann mit meiner Allergie?«

Er hielt mitten in der Bewegung inne, die Finger in meinem Haar. Ich spürte, wie sein Körper sich anspannte.

»Wir müssen weg, dringend«, sagte Adrien schließlich im Flüsterton. »Die Kanzlerin … wir haben ja schon darüber gesprochen. Ich habe ein schlechtes Gefühl. Als ob ich die Dinge nicht mehr richtig erkennen könnte. Ich weiß nicht, warum ich auch heute nicht gesehen habe, was passieren würde.« Er klang besorgt. Zog die Augenbrauen hoch. »Irgendetwas stimmt nicht mehr mit meiner Gabe. Und wenn ich meinen Visionen nicht vertrauen kann, sitzen wir komplett im Dunkeln. Es ist zu riskant.«

Ich schlang die Arme um ihn und drückte ihn. »Ich bin sicher, dass sich das mit deinen Visionen wieder klären wird.« Ich schloss die Augen, wünschte mir schuldbewusst, dass ich für immer so bleiben könnte. Doch plötzlich spürte ich, wie er in meinen Armen starr wurde.

Ich riss die Augen auf, dachte, meine Eltern oder Markan hätten die Tür zu meinem Zimmer geöffnet, aber sie war noch immer fest geschlossen. Ich sah Adrien an. Sein Gesicht wirkte wie eingefroren, seine Augen blickten ins Leere.

»Adrien!«, flüsterte ich und schüttelte ihn. Sein Körper war starr. Adrien antwortete nicht. Mein Herzmonitor war kurz vorm Losschrillen. Doch dann blinzelte Adrien und sah wieder aus wie er selbst.

»Adrien, ist alles in Ordnung?«

Er war blass, und auf seiner Stirn glitzerte Schweiß. Ich hatte diesen Ausdruck schon früher gesehen. Er hatte eine Vision gehabt.

»Hat es mit Juan zu tun?«, fragte ich besorgt.

»Nein.« Er schaute mich mit großen Augen an. »Wir müssen fliehen. Sofort. Morgen.«

»Weshalb?« Ich setzte mich auf, war nun genauso alarmiert wie er. »Was hast du gesehen?«

»Molla ist schwanger.«

21. KAPITEL

»Moment mal – was?«, fragte ich, vollkommen verwirrt. »Das kann doch gar nicht sein. Sie ist noch viel zu jung. Sie hätten sie gar nicht in die Befruchtungsklinik gelassen.«

»Es gibt auch andere Möglichkeiten.« Adrien schlug mit der Faust in seine Handfläche. »Max! Dieser gottverdammte, elende Idiot!«, fügte er hinzu und wirkte plötzlich wütend. Dann wandte er den Blick ab. »Tut mir leid. Ich hätte damit nicht so vor dir herausplatzen sollen. Ich meine…« Er schluckte. »Ich kann verstehen, wenn du jetzt… eifersüchtig bist.«

»Ich verstehe das nicht«, sagte ich schnell. »Ich dachte, er hätte so starke Gefühle für *mich*.«

»Hm… na ja…« Adrien sprach nicht weiter, blickte nach oben, als ob er überlegen müsste, wie er sich am besten ausdrücken sollte. »Manchmal kann man auch gleichzeitig für mehrere Personen starke Gefühle entwickeln.« Er fuhr sich mit der Hand durchs Haar. »Egal, wichtig ist nur, dass wir sie von hier wegbringen. Sofort. Molla war nie besonders gut darin, ihre Gefühle zu verbergen. Sie wird nicht wissen, was sie tun soll, und sie wird spüren, dass irgendwas nicht stimmt. Und irgendjemand dürfte das herausfinden. Wenn das passiert, sind wir *alle* dran.«

Ich runzelte die Stirn. »Warte kurz. Es war eine Vision von der Zukunft, oder? Also werden sie vielleicht irgendwann Liebe füreinander empfinden. Das ist gut«, fügte ich hinzu und lächelte, als ich kurz darüber nachdachte. »Es würde ihn glücklich machen, wenn er jemanden findet, der seine Gefühle erwidert.«

»Zoe, es ist mir nicht so vorgekommen, als läge es noch sehr weit in der Zukunft. Ich denke, dass sie bereits schwanger ist. Jetzt. Wir müssen schnellstens verschwinden.«

Ich fühlte nagende Schuld, als ich Markan am nächsten Morgen beim Frühstück musterte, doch gleich darauf verspürte ich Entschlossenheit – ich mochte bei Daavd versagt haben, aber Markan würde ich retten. Wir würden ihn fortbringen. Er wäre bei mir in Sicherheit, und obwohl er noch nicht unverbunden war, wäre er sicher und frei. Die Vorstellung erfüllte mich mit Glück.

Trotz meiner Sorge um Juan und Molla musste ich mich sehr anstrengen, um nicht breit zu grinsen, wann immer meine Gedanken zu Adrien wanderten. Zu *meinem* Adrien. Ich wünschte, ich könnte juchzen vor Glück, ein Juchzen, das in den eintönigen Tunneln von den Wänden zurückgeworfen würde. Ich hätte am liebsten auf dem grauen Bahnsteig der U-Bahn-Station getanzt und gelächelt, bis mein Gesicht in zwei Hälften brach. Ich konnte mich gerade noch zurückhalten, bevor ich tatsächlich lächelte; stattdessen setzte ich mich an den Tisch, um mein Proteinplätzchen zu essen.

Ich bemerkte, dass mein Vater mich beobachtete, mit einem unangenehm wachsamen Blick. Ich aß einen großen Bissen Brot, obwohl er mir fast in der Kehle stecken blieb. Nur noch kurze Zeit, dachte ich. Nur noch kurze Zeit, und ich wäre frei von dem uns überwachenden Auge der Gemeinschaft. Adrien hatte gesagt, dass er unsere Flucht arrangieren und dass sie vielleicht noch heute stattfinden würde. Dann durfte ich ich selbst sein. Durfte offen sagen und tun, was mir gefiel, fühlen, was ich wollte.

Schließlich war mein vielleicht letztes Frühstück in der Gemeinschaft beendet, und ich verließ die Wohneinheit durch die vordere Tür. Ich ging durch den Tunnel der Gebäudeeinheit und versuchte angestrengt, nicht so zu wirken, als ob ich mich beeilte. Es waren nur wenige Leute mit mir unterwegs, und ich verlangsamte meine ungeduldigen Schritte und passte sie ihren ruhigen an.

Eine Frau mit kurz geschnittenem rotem Haar brach aus der üblichen Formation aus, um dicht neben mir zu laufen. Ich blickte zu ihr hinüber, doch ihr Gesicht war ausdruckslos. Wir gingen weiter. Ihr Gesichtsausdruck veränderte sich nicht, doch sie blieb in meiner Nähe. Meine Gedanken rasten. War sie eine Überwacherin? Eine Agentin des Widerstands? Würde ich gefangen oder gerettet werden? Ich begann vorsichtig, den Tunnel am Rand meines Sichtfelds zu scannen, und hielt Ausschau nach einer Abzweigung, in die ich verschwinden konnte, falls ich einen Fluchtweg brauchte.

Die Frau beugte sich leicht zu mir und flüsterte: »Nimm die Tür zum nächsten Betriebsraum.«

Meine Augen weiteten sich, doch ich behielt meinen gleichmäßigen Schrittrhythmus bei. Versuchte, so nicht-anormal wie möglich zu erscheinen. Ich zog die Tür zum nächsten Betriebsraum auf der linken Seite auf, als ob ich das jeden Tag tun würde. Die Frau folgte dicht hinter mir. Die Türen in diesem Tunnel wurden auf die alte Art geöffnet, per Hand, sodass ich meinen Arm nicht vor den Scanner halten musste. Ich blickte mich argwöhnisch in dem Raum mit der veralteten Ausrüstung und den Röhren um, bis die Frau die Tür hinter uns schloss.

Die Frau begann zu schimmern, und dann stand Max vor mir. Ich atmete vor Erleichterung tief aus.

»Zoe, du bist nicht mehr sicher. Wir müssen fliehen, nur wir beide. Jetzt.«

»Hat Adrien dich geschickt?«, fragte ich aufgeregt. »Steht unser Plan?«

»Zoe, hör zu!«, sagte er und packte mich an den Armen. »Ich weiß, du wirst es nicht glauben wollen, aber Adrien ist nicht der, für den du ihn gehalten hast. Er ist ein Überwacher. Er hat die ganze Zeit für die Kanzlerin gearbeitet. Er hat sogar Juan gemeldet!«

»Hör auf!« Ich wich zurück, und plötzlicher Ärger wallte in mir auf. »Ich habe jetzt wirklich genug von deinen lächerlichen Verdächtigungen. Allmählich wird deine Abneigung gegen ihn gefährlich – ausgerechnet jetzt, wenn er dafür sorgen wird, dass wir alle sicher von hier entkommen.«

»Ich wusste, du würdest mir nicht glauben.« Er schüttelte den Kopf, wirkte plötzlich müde. »Aber vielleicht wirst du es glauben, wenn du es aus seinem eigenen Mund hörst.« Max hockte sich hin und begann, eine Tablet-Projektion auf dem Boden aufzubauen.

»Wir haben keine Zeit für so was! Wir sollten die Leute vom Widerstand finden, damit wir Juan, Molla und Markan herausholen können.«

»Genau das hatte ich ja vor, als ich auf das hier gestoßen bin«, sagte er, und nun hörte er sich wütend an. »Ich hatte mich nach der Schule versteckt und die Gestalt eines Regulators angenommen. Ich wollte herausfinden, wo sie Juan festhalten, doch sie schauten mich nur merkwürdig an und meinten, er sei bereits weggebracht worden.«

»Oh nein!« Ich ließ mich neben ihn auf den Boden sinken. Wir waren gescheitert. Mein Magen zog sich bei diesem Gedanken schmerzhaft zusammen. Wir hatten unsere Chance verpasst.

»Also habe ich mich ins Büro der Kanzlerin geschlichen, weil ich dachte, vielleicht wäre irgendwo aufgezeichnet, wohin man ihn gebracht hatte.«

Ich blickte Max verdutzt an.

Er bemerkte es und lachte bitter auf. »Ist es so überraschend, dass ich versuchen würde, ihm zu helfen, Zoe? Denkst du wirklich so von mir?«

»Tut mir leid.« Ich legte eine Hand auf seinen Arm. Er hatte so viel riskiert.

»Als ich in ihrem Büro saß und ihre Dateien durchsucht habe, habe ich das hier gefunden. Mit dem Datum von vor zwei Tagen.« Seine Stimme klang grimmig.

Max schob einen fingernagelgroßen Speicherstick in das Tablet, und gleich darauf startete das Video. Es begann mit einem Bild vom Büro der Kanzlerin. Sie saß an ihrem Schreibtisch und blickte auf. Eine andere Person betrat das Büro. Mein Herz schien für einen Moment stehen zu bleiben. Es war Adrien.

»Setz dich«, forderte die Kanzlerin ihn auf, und er nahm auf einem Stuhl ihr gegenüber Platz. »Hattest du in letzter Zeit irgendwelche Visionen?«

»Ja«, erwiderte Adrien.

»Erzähl mir von ihnen.«

»Es gibt einen weiteren Jungen, der nicht verbunden ist. Bewohner Juan.«

»Das ist eine Fälschung«, flüsterte ich. Meine Augen klebten förmlich an dem Video. »Das ist nicht echt. Sie könnten das ganz leicht verändert haben, nachdem sie Juan erwischt hatten.«

»Schau einfach weiter zu«, forderte Max mich auf.

Auf dem Video sah man, wie die Kanzlerin ein 3-D-Verzeichnis öffnete. Sie gab einen Namen ein, und ein Gesicht erschien auf dem Lichtwürfel. »Ist er das?«

Adrien beugte sich vor. »Ja.«

Die Kanzlerin lächelte und tätschelte sein Knie. »Sehr gut, Adrien. Das ist sehr hilfreich. Und jetzt erzähl mir mehr über das Mädchen. Zoe.«

Adrien rutschte auf seinem Stuhl hin und her und schwieg einen Moment lang.

»Erzähl mir von ihr, Adrien.«

»Ich habe sie in meinen Visionen als Anführerin des Widerstands gesehen.« Adriens Stimme klang merkwürdig gestelzt.

»Du zeigst ihr, wie sie lernen kann, ihre Kräfte unter Kontrolle zu bekommen?«

»Ja.«

»Hat sie Verdacht geschöpft, dass du mir alles berichten könntest?«

»Nein.«

»Dann vertraut sie dir also?«

»Ja. Sie erzählt mir Dinge, die sie niemandem sonst anvertraut.«

»Die wären?«

»Sie hat Angst um ihren Bruder Markan. Sie fürchtet, dass er genau wie ihr älterer Bruder gefangen werden könnte und dass dies ihre Schuld wäre.«

Die Kanzlerin nickte. »Gut. Wenn deine Visionen von ihr zutreffen ... wir werden den rechten Zeitpunkt abwarten. Es wird schwierig sein, also bleib in ihrer Nähe. Setz jedes Mittel ein, um dir ihr Vertrauen zu erhalten.«

»Ja, Kanzlerin.«

»Und du hast ihr die ausgetauschte Spritze verabreicht, die ich dir für ihre Allergietherapie gegeben habe?«

»Ja, Kanzlerin.«

»Hervorragend.« Die Lippen der Kanzlerin verzogen sich zu einem Lächeln. »Danke. Du bist entlassen.«

Das Video endete, und der Bildschirm war leer.

Eiseskälte erfüllte mich.

»Das ist nicht wahr«, flüsterte ich. »Das kann nicht echt sein. Sie haben das manipuliert, Adriens Gesicht und seine Stimme aufgenommen und dann darauf überspielt. Es wäre ganz einfach für sie, so etwas zu tun.«

»Was ist mit dem, was er ihr erzählt hat?«, sagte Max. »Wusstest du, dass er dir Spritzen setzt, oder hat er dich dafür inaktiviert?«

Ich sah Max an, immer noch nicht bereit zu glauben, was ich gerade gesehen hatte. »Ja, ich wusste es«, erwiderte ich. »Ich habe sie wegen meiner Allergie bekommen. Damit ich in der Oberwelt überleben kann, wenn wir fliehen. Aber das ist alles Unsinn. Er würde mir das nicht antun. Er würde mich nie verletzen.«

»Kapierst du es immer noch nicht?«, sagte Max verärgert. »Er ist ein Werkzeug der Kanzlerin. Sie nutzt seine Visionen, um alles über uns herauszufinden. Er ist ein Überwacher. Vielleicht haben sie ihn an seiner letzten Akademie erwischt und einen Deal mit ihm gemacht. Vielleicht hat er sich ihr auch freiwillig angeschlossen. Wie auch immer, wir müssen verdammt schnell von hier verschwinden.«

»Nein«, widersprach ich. »Wenn du Adrien richtig kennen würdest, dann wüsstest du, dass das eine Fälschung sein muss.«

»Und was ist mit den anderen Sachen, die er ihr

erzählt hat?«, fragte Max. Er wirkte wütend, aber auch so, als schmerze es ihn zu wissen, dass er mir wehtun musste, aber es dennoch nicht vermeiden konnte. »All das, was du nur ihm anvertraut hast? Über deine Allergien, deine Träume, deinen Bruder. Niemand sonst wusste das, Zoe, nicht einmal ich.«

Ich schüttelte wild den Kopf. »Dann haben sie eben Kameras oder Abhörgeräte in meinem Zimmer angebracht.«

Max zog sich wütend von mir zurück. »Wieso weigerst du dich zu sehen, was direkt vor deiner Nase ist? Er hat dich ausgetrickst. Dich benutzt. Auf deine Naivität gesetzt, darauf, dass du all diese Gefühle nie zuvor empfunden hast. Dass du so verdammt vertrauensvoll bist!«, fügte er hinzu und schwieg dann einen Moment. »Es ist alles eine einzige Lüge«, fuhr er schließlich fort. »Er hat dir genau das erzählt, was du hören wolltest. Und wenn wir nicht ganz schnell abhauen, bevor sie herausfinden, dass wir über sie Bescheid wissen, dann deaktivieren sie uns oder verwandeln uns zurück in Zombies. Molla haben sie schon, ich konnte gerade noch entkommen und dich holen. Komm mit mir, Zoe. Zum Teufel, lass uns von hier verschwinden, bevor es zu spät ist.«

»Nein …« Meine Stimme brach, und Tränen liefen mir über die Wangen. Nein, nein, *nein*! Ich überlegte, war hin- und hergerissen. Ich vertraute Adrien vollkommen, absolut. Ich *liebte* ihn.

Aber was war, wenn ich meinen eigenen Gefühlen nicht vertrauen konnte? Was, wenn Max recht hatte und Adrien mich *tatsächlich* manipuliert hatte? Es gab immer noch so vieles, was ich von ihm nicht wusste, so vieles, was ich über diese Welt nicht wusste, geschweige denn von der Welt da draußen, die es geben mochte oder nicht. Wem konnte ich vertrauen?

»Was ist mit der Zeit, als ich verschwunden war?«, fragte ich. Immer noch versuchte ich, das alles irgendwie zu verstehen. »Er hat mir bei der Flucht geholfen.«

»Du kannst dich doch überhaupt nicht richtig daran erinnern, Zoe«, entgegnete Max. »Wahrscheinlich haben sie dich irgendwohin gebracht, um dich zu testen und Experimente mit dir durchzuführen. Sie hätten dir falsche Erinnerungen einsetzen können, damit du ihm vertraust. Du weißt, dass sie das können.« Max' Augen weiteten sich, als ob ihm plötzlich etwas eingefallen wäre. »Zoe, er muss in einer Vision gesehen haben, wie ich versucht habe, euch beide von hier wegzubringen. Deshalb passiert jetzt alles auf einmal.«

Mein Widerstand begann zu bröckeln. Glühend heißes Feuer stieg in mir auf, eine Flut aus Schmerz, Pein und Verwirrung. Ich wusste nicht länger, was ich glauben sollte, ich wusste nur, dass alles falsch war. Meine Kraft summte in meinem Körper, doch ich unterdrückte sie. Dies war ein Kummer, den ich in mir halten musste.

Max warf die Projektionspyramide in seine Tasche und schwang sie über seine Schulter. Er stand auf und zog mich dann hoch. Ich folgte ihm schweigend, ließ mich von ihm führen. Ich kam mir vor wie losgelöst, von dieser ganzen Situation, sogar von meinem eigenen Körper. Tonnenschwer wogen die Gedanken, Gefühle und Erinnerungen, die durch meinen Kopf wirbelten. Es gelang mir nicht, sie schnell genug zu ordnen, ich fand keinen Sinn darin. Gar nichts ergab mehr einen Sinn.

»Wir können die U-Bahn nehmen und zu diesem Ort fahren, den ich in Central City entdeckt habe. Ich kann uns verstecken, die Gestalt von irgendwelchen Beamten annehmen, damit wir abtauchen und so weit wie möglich von hier fortgelangen können. Wir gehen in einen anderen Teil des Sektors oder sogar in einen ganz anderen Sektor, wenn es sein muss. Wir können uns wieder ins System eingliedern, unterhalb ihres Radars bleiben. Wir tauschen die Chips in unseren Handgelenken aus und werden zu jemand anders. Wenn Adrien uns in seinen Visionen sieht und sie nach uns suchen, dann verschwinden wir wieder. Wir werden tun, was immer nötig ist, damit du in Sicherheit bist.«

Max verwandelte sich wieder in die rothaarige Frau und öffnete die Tür. Er steckte den Kopf hinaus und schaute sich sorgfältig um, bevor er mich mit sich nach draußen zog.

Meine Gedanken wirbelten erneut wie in einem Sturm durcheinander. Es schien, als gäbe es keine andere Erklärung. Was, wenn Max recht hatte? Wenn Adrien den Beamten half? Eins war sicher: Wir alle befanden uns jetzt in Gefahr.

Ich war nicht sicher, ob wir etwas für die anderen tun konnten, aber Max war hier, direkt vor mir. Wenigstens einmal in meinem Leben wäre ich vielleicht in der Lage, jemandem zu helfen, der mir etwas bedeutete.

Aber gleichzeitig schmerzte mein Herz so sehr. *Adrien.*

Max zog mich mit einem Ruck zur Seite, sodass wir dicht an der Wand durch den belebten Tunnel gingen, und flüsterte mir zu, dass ich den Kopf gesenkt halten sollte, damit die Kameras mein Gesicht nicht einfangen konnten.

Kurz bevor der Tunnel sich zum Bahnsteig öffnete, reihte er uns wieder in den Menschenstrom ein. Doch dann packten die dünnen Finger der rothaarigen Frau mein Handgelenk in einem schmerzhaft festen Griff und zogen mich in eine Ecke.

»Regulatoren«, flüsterte Max mit der sanften Stimme der Frau und deutete mit dem Kopf zum Bahnsteig.

Eine Gruppe von Regulatoren stand dort, wo der Tunnel sich verengte, bevor er auf den Bahnsteig mündete. Es waren doppelt so viele wie sonst, die die Gesichter scannten und wahllos Einzelne herauspickten, um deren ID-Chips am Handgelenk zu überprüfen.

Ich versuchte, die Furcht zu unterdrücken, die mir die Brust zusammenschnürte. Wir konnten nur diesen einen Weg durch die schmale Passage nehmen. Und es gab keine Möglichkeit durchzukommen, ohne erwischt zu werden.

Ich hatte Mühe zu atmen. »Und was machen wir jetzt?«

»Sie halten wahrscheinlich nach uns Ausschau. Adrien muss eine Vision gehabt haben. *Verdammt.* Gib mir Deckung, während ich mich verwandle.«

Er bückte sich, anscheinend um seinen Schuh zu binden. Ich beugte mich über ihn, voller Entsetzen, und dennoch bemühte ich mich, so normal wie möglich zu wirken, während ich ihn vor den Blicken abschirmte. Als er sich wieder aufrichtete, sah er haargenau so aus wie Kanzlerin Bright. Er packte mich grob am Arm und zerrte mich zum Bahnsteig. Er hielt direkt auf die Regulatoren zu.

»Ich habe das Mädchen«, sagte er in dem abgehackten Ton der Kanzlerin. »Aber der Junge ist mir entkommen. Verteilt euch und sucht ihn. Ich bringe sie direkt in den Gewahrsamsbereich.«

Die beiden Regulatoren nickten und gaben den anderen Zeichen. Dann gingen sie, schwärmten aus und griffen sich wahllos Leute, drehten sie herum, um ihre Gesichter zu checken, dann stießen sie sie zurück in die

Warteschlangen, damit sie sich weiter ungerührt zum Bahnsteig schieben konnten.

Ich atmete erleichtert aus, als ich das Rumpeln eines sich nähernden Zuges hörte. Ich hatte keine Ahnung, was wir als Nächstes tun würden oder wie ich eine Möglichkeit finden sollte, um Max nicht zu gefährden und Adrien dennoch finden zu können. Ich wusste nur, dass wir von diesem Bahnsteig verschwinden mussten.

Der Zug bremste und kam zum Stehen. Max, immer noch in der Gestalt der Kanzlerin, zog mich herrisch nach vorn. Alle machten uns Platz, bis wir ganz vorn standen.

Mein Körper war angespannt, aber ich fühlte mich ein wenig besser, als ich sah, dass sich sämtliche Regulatoren am anderen Ende des Bahnsteigs befanden. In ein paar Sekunden würden wir im Zug sein und schnell von ihnen wegfahren.

Doch dann öffneten sich die Zugtüren mit einem Zischen, und die echte Kanzlerin stieg aus, mit Adrien, einem halben Dutzend Regulatoren und einem boshaften Grinsen im Gesicht.

»Adrien!«, hörte ich mich ungläubig rufen, bevor ich auch nur einen Gedanken fassen konnte. Ihn zusammen mit der Kanzlerin zu sehen, schnitt mir wie ein Messer durch den Magen. Ich musste meine ganze Kraft aufbieten, um nicht unter dem Schock und dem Schmerz auf die Knie zu sinken.

Max verwandelte sich erneut, schob mich zur Seite und rief: »Lauf, Zoe!«

Die echte Kanzlerin schnippte mit den Fingern. Die Regulatoren drängten aus dem Zug, als Max zu rennen begann und mich hinter sich herzog. Ich blickte über die Schulter. Adrien beobachtete alles völlig gelassen, schenkte mir keinen Blick. Mir wurde übel. Max stolperte, als einer der Regulatoren uns einholte und ihn an der Jacke packte.

Max.

Instinktiv wirbelte ich herum und streckte die Hand aus. Die Zeit schien sich zu verlangsamen und dann stillzustehen. Das hohe Summen in meinem Kopf übertönte alle anderen Gedanken. Der Regulator, der Max festgehalten hatte, wurde rückwärts gegen eine Säule geschleudert, und sein Kopf schlug mit einem abscheulichen Krachen gegen den Beton.

Max verwandelte sich erneut, diesmal in einen kleinen Mann. Er lief auf mich zu und zog an meiner Hand, doch ich folgte ihm nicht. Stattdessen hob ich den Arm, und all die anderen Regulatoren, die hinter uns hergejagt waren, wurden zurückgeworfen, als hätte eine unsichtbare Explosion sie durch die Luft fliegen lassen.

Die Zombies auf dem Bahnsteig standen schweigend da, beobachteten uns voller Gleichgültigkeit, tippten ihre Meldungen über diesen anormalen Vorfall in ihre Kommunikatoren.

Meine Gabe pochte in meinem Kopf, umfasste meine Furcht, meine Wut und meinen Schmerz und lenkte alles in einem elektrischen Strom bis in meine Fingerspitzen.

Adrien kam direkt auf mich zu.

»Zoe!«, sagte Max mit der tiefen Stimme des Mannes. »Lass uns verschwinden.«

»Lauf, Max! Jetzt lauf doch endlich!«, rief ich ihm über die Schulter zu. »Ich halte sie für dich auf. Aber ich muss bleiben. Ich muss es wissen!«

Ich blickte wieder nach vorn, konzentrierte mich ganz

auf Adrien. Fokussierte meinen Blick auf ihn, tastete die Flächen und Kurven seines Körpers mit meinen Sinnen ab. Irgendetwas musste es geben, irgendeine Erklärung.

Und dann spürte ich es mit meinen Gedanken auf.

Ein winziger Treiber steckte in seinem Nacken-Port. *Ich hatte es doch gewusst!*

Das war nicht er selbst – er stand unter der Kontrolle irgendeiner Hardware. Freudige Erleichterung überflutete mich, doch sie wurde schnell durch Entschlossenheit ersetzt. Ich versuchte, den Treiber mit der Kraft meines Willens herauszuziehen, doch in all diesem Chaos konnte ich mich nicht lange genug darauf konzentrieren. Die Regulatoren waren so große Zielscheiben gewesen. Doch dies hier kam mir vor, als wollte ich in einem Haufen riesiger Felsbrocken nach einem Kieselstein suchen.

Max wechselte ein weiteres Mal die Gestalt, sein Blick schoss hin und her zwischen mir und dem Zugangstunnel, durch den wir gekommen waren. Seine Augen flehten mich an. Doch ich hatte meine Wahl bereits getroffen. Ich wandte mich wieder Adrien zu.

»Überwältige sie!« Die Stimme der Kanzlerin klang über den stillen Bahnsteig.

Ich war angespannt, ging auf den Fußballen. Ich wusste, was ich zu tun hatte. Ich brauchte nur noch ein bisschen näher zu kommen, und ich würde den Treiber sogar mit der Hand herausziehen können.

»Adrien«, sagte ich, »ich weiß, dass das nicht du bist.«

Er war nun bloß noch einen Schritt entfernt, weit genug weg von der Kanzlerin, dass sie uns nicht aufhalten konnte, wenn wir wegrannten. Mit Max' Hilfe und meiner Gabe wären wir fähig zu entkommen. Dessen war ich ganz sicher.

Ich griff wieder mit meiner summenden Kraft nach ihm, und mein Blut pochte vor Anstrengung in den Schläfen. Ich langte mit jeder Faser meines Seins nach Adrien, meine ganze Aufmerksamkeit auf seinen Nacken-Port gerichtet, in dem der winzige Treiber steckte.

Adrien griff nach mir, und in einem letzten Ausbruch von Energie gelang es mir endlich, den Treiber mit meinen Gedanken zu umfassen. Ich zog ihn heraus und ließ ihn an der Betonmauer zerschellen.

Adrien blinzelte einmal.

Ich seufzte erleichtert auf, brach fast vor Erschöpfung zusammen.

»Überwältige sie!«, schrie die Kanzlerin.

Adrien zögerte nur einen Moment, dann packte er mich. Er rammte eine Spritze seitlich in meinen Hals, noch bevor ich ungläubig aufschreien konnte. Ich spürte den Einstich der Nadel und sah, wie der Boden näher kam.

Bevor die Welt um mich herum schwarz wurde, schaute ich hoch in ein Paar blaugrüner Augen, die meinen Blick kalt erwiderten.

22. KAPITEL

Ich schreckte aus dem Schlaf hoch, doch als ich das Kissen unter meinem Kopf spürte, atmete ich langsam aus. Mein Hals tat weh, und meine Kehle war so trocken, als hätte ich tagelang kein Wasser getrunken.

Vorsichtig richtete ich mich auf. Mein Kopf war so schwer, als lägen Steine darin.

»Wo ist Max?«, fragte eine ängstliche Stimme. »Ist er in Sicherheit?«

Ich blinzelte und sah Molla, die mir gegenüber auf einer schmalen Pritsche saß. Wir waren in einem winzigen grauen Raum, kaum größer als mein Schlafzimmer, gerade groß genug für die beiden Pritschen und einen kleinen quadratischen Bereich in der Ecke, in dem sich die Toilette befand.

Molla sprang auf und kam herüber zu mir. »Wo ist Max?«, wiederholte sie.

Mit einem Schlag kehrten alle Erinnerungen zurück. Es war real. Das alles war tatsächlich passiert.

Adrien war ein Überwacher, und er hatte mich betrogen. Ich hatte mir dermaßen Sorgen gemacht, dass ich andere verletzen könnte, dass mir gar nicht in den Sinn gekommen war, *ich selbst* könnte verraten werden. Der Schmerz war so heftig, dass ich ihn in meinen Knochen, meinen Zehen, den Fingern und vor allem in meinem Herzen spürte. Wie kam es, dass mein Herz überhaupt noch schlug? Es hätte stehen bleiben und brechen sollen, hätte in winzigste Teile zersplittern sollen von dem beißenden Schmerz.

»Ich weiß es nicht«, erwiderte ich, bemüht, meine Stimme gleichmütig klingen zu lassen. Ich umarmte Molla fest. »Ich weiß nicht, ob Max fliehen konnte – sie haben mich zuerst geschnappt.«

Sie erwiderte meine Umarmung ebenso verzweifelt.

»Max hat mir erzählt, dass sie dich weggebracht hätten«, sagte ich. »Es tut mir so leid, dass wir dich in das alles mit hineingezogen haben.«

Sie wich zurück. Ihr Gesicht war bleich. »Es war fürchterlich. Die Regulatoren haben mich gepackt, gleich nachdem ich in die Akademie gekommen war.« Molla blinzelte ein paarmal, legte eine Hand über ihren Mund. »Nicht schon wieder!«, stöhnte sie auf und hielt sich den Magen. Dann rannte sie zur Toilette und übergab sich.

»Was ist los mit dir?«

Sie wischte sich den Mund und kroch dann zurück, um sich auf ihre Pritsche zu legen. »Das geht jetzt schon seit einer Woche so.« Ihr Gesicht war nass von Tränen. »Irgendetwas stimmt wohl nicht, aber ich wollte nicht zur Diagnose zu einem Arzt gehen. Ich wollte nicht, dass sie herausfinden, dass ich unverbunden bin.«

Sie schluchzte in ein dünnes graues Laken, und ich strich ihr das Haar aus dem Gesicht.

»Es wird alles wieder in Ordnung kommen«, behauptete ich und hoffte, sie würde nicht bemerken, dass meine Stimme zitterte.

Sie rollte sich auf die Seite, umklammerte ihr Kissen. Ich setzte mich auf die Kante der Pritsche, rieb Molla sanft den Rücken. Allmählich wurde ihr Atem gleichmäßig. Nach einer Weile war sie so still, dass ich hoffte, sie sei eingeschlafen.

Meine Brust zog sich schmerzhaft zusammen, als mich plötzlich wieder Erinnerungen überfielen: Adrien, der ungerührt die Nadel in meinen Hals stach. Adrien, der in dem Video der Kanzlerin von mir erzählte.

Ich rutschte von der Pritsche auf den kalten Boden. Der Schmerz wurde übermächtig. Ich rollte mich zu einem Ball zusammen und presste die Handflächen gegen die Augen, als könnte ich die Erinnerungen so wegdrücken.

Die ganze Zeit über hatte Max recht gehabt, was Adrien betraf. Von Anfang an hatte er gewusst, dass man Adrien nicht trauen konnte. Er hatte mich immer wieder gewarnt, doch ich wollte nicht hören. Ich hatte das geglaubt, was ich glauben wollte.

Ich hatte Adrien vertraut, ihn beim Wort genommen. Ich hatte ihm in *allem* vertraut. Und mein Vertrauen in ihn hatte uns hierhergebracht. Ganz sicher gab es diesmal keine Möglichkeit mehr, der Deaktivierung zu entrinnen. Und falls wir doch nicht deaktiviert würden, falls es uns wie durch ein Wunder gelänge zu entkommen – wohin sollten wir gehen? Ohne Max' Hilfe wären wir nicht in der Lage, für längere Zeit unentdeckt in Central City zu bleiben, und ich würde wohl kaum an der Oberfläche überleben.

Ich schloss die Augen, als eine Welle von Furcht über mich hinwegrollte und Schwindel mich erfasste. Bei jedem einzelnen Schritt, den ich auf diesem Weg zurückgelegt hatte, hatte Adrien mich geschickt manipuliert. Damit ich ihm folgte, ihm vertraute und mich schließlich in ihn verliebte. Und ich hatte alles verloren.

Ich hatte ihm sogar geglaubt, als er mir weismachte, dass einer der Spezialisten des Widerstands mir ein Unterprogramm eingesetzt hatte, um die Techniker bei der Diagnose in die Irre zu führen. Ich glaubte auch jetzt noch, dass meine Hardware verändert worden war, aber was auch immer sie getan hatten, diente sicher nicht meinem Schutz. Und ich hatte es einfach zugelassen.

All die Gefühle, die ich Mollas wegen zurückgehalten hatte, brachen sich nun mit meinen Tränen Bahn. Wasser strömte mir übers Gesicht. Adrien hatte alles, was ich als echt und wunderbar empfand, in eine schmutzige Lüge verwandelt. In Hohn und Spott. Ich zog meine Knie enger an meinen Körper, wünschte, ich könnte verschwinden.

Minuten vergingen. Während ich dort zusammengekrümmt auf dem Boden kauerte, traf mich eine andere Erkenntnis, und ich schauderte. Markan. Ich hatte nun keine Möglichkeit mehr, ihn jemals zu retten. Er würde im *Link*-System aufwachsen, ohne mich. Sie würden mich aus seinen Erinnerungen löschen. Und eines Tages würde er den endgültigen V-Chip erhalten und für immer die Fähigkeit verlieren, zu denken, zu fühlen, er selbst zu sein. Ein weiterer meiner verheerenden Misserfolge.

Der Kummer war zu groß, um ihn zu ertragen. Der brennende Schmerz in meiner Brust verwandelte sich langsam in glühenden Zorn. Zum ersten Mal, seit ich aus dem Link geglitten war, verstand ich, wie Wut in Gewalttätigkeit umschlagen konnte. Adrien hatte uns das angetan. Adrien hatte die Beamten auf unsere Spur gebracht. Er hatte uns direkt in die Fänge der Kanzlerin geführt.

Vor Wut biss ich die Zähne zusammen. Ich wollte ihm wehtun. Ich wollte ihm das nehmen, was er mir bereits genommen hatte.

Ich bemerkte kaum das Summen in meinem Kopf,

erst, als meine Pritsche mit einem lauten Donnern gegen die Wand krachte und unter der Wucht meines Zorns zusammenbrach.

Molla schreckte hoch. Entsetzen lag in ihrem Blick, und ihr Herzmonitor schrillte laut.

»Oh, es tut mir so leid, Molla.« Ich griff nach ihr, doch sie schrak zusammen, kletterte unbeholfen von ihrer Pritsche und wich an die gegenüberliegende Wand zurück, die Augen voller Furcht auf mich gerichtet. Sie hatte Angst vor mir.

Ich wandte mich von ihr ab. Scham verdrängte meinen Zorn.

Vielleicht hatte Molla ja auch guten Grund, Angst zu haben. Ich war von Gefühlen überwältigt, und ich hatte keine Kontrolle mehr über sie. Ohne diese Kontrolle vermochte ich jedoch nicht vorherzusagen, was meine Gabe anrichten könnte. Mein Kopf brummte unter dem Druck und der Energie, die darum bettelte, losgelassen zu werden.

Ich kniff die Augen zusammen, versuchte, meine Beherrschung zurückzugewinnen. Ich atmete tief ein und aus und wiederholte immer und immer wieder in Gedanken das Gemeinschafts-Bekenntnis, obwohl mir jedes einzelne Wort eine Gänsehaut verursachte. Ich musste mich unbedingt unter Kontrolle halten. Molla war die Einzige, die ich nun noch beschützen konnte. Ich brauchte unbedingt einen klaren Kopf. Ich würde kämpfen müssen, um sie vor dem zu schützen, was immer vor uns lag, und ich konnte nicht riskieren, ihr unabsichtlich mit meiner Gabe zu schaden.

Gerade als ich mir in meiner neuen Entschlossenheit die Tränen von den Wangen wischte, öffnete sich die Tür, und die Kanzlerin kam herein. Adrien folgte ihr.

Der Hass auf diese Frau musste in meinen Augen aufgeflammt sein, denn sie lächelte, während sie registrierte, was ich mit der Pritsche gemacht hatte. Das Summen in meinem Kopf wurde augenblicklich lauter. Meine Kraft brannte darauf, losgelassen zu werden.

»Denk nicht einmal daran«, sagte die Kanzlerin zuckersüß. Sie lächelte mich an, drehte sich aber bereits zu Adrien um. »Folgt mir bitte«, fügte sie hinzu.

Molla war zusammengezuckt, als sie die Kanzlerin sah. Sie zitterte vor Angst am ganzen Körper, kauerte sich in eine Ecke.

Die Kanzlerin drehte sich auf dem Absatz um und verließ den Raum, ohne noch einen Blick zurückzuwerfen. Ich betrachtete Mollas entsetztes Gesicht. Dann wanderte mein Blick zu Adrien, der ungerührt neben dem Mädchen stand und sie anstieß, damit sie sich wieder aufrichtete. Die heiße Wut auf ihn loderte erneut in mir hoch. Meine Nasenflügel bebten, als ich versuchte, meinen Zorn zurückzuhalten.

»Ich weiß jetzt, was Hass ist«, flüsterte ich ihm eisig zu, bevor ich der Kanzlerin folgte. Ich musste all meine Beherrschung aufbringen, um nicht auf ihn loszugehen. Ich hätte ihn am liebsten geschlagen, bis ich Blut sah.

Aber ich riss mich zusammen, weil ich Molla um jeden Preis beschützen musste. Ich klammerte mich an diesen Gedanken, und das half mir, besonnen und konzentriert zu bleiben. Ich wurde ruhiger, meine Hände zitterten kaum noch bei dem Versuch, meine Gabe im Zaum zu halten.

Ich blickte mich um, versuchte, die Situation einzuschätzen. Ich kämpfte noch damit, meine Gabe willentlich einzusetzen, aber gelänge es mir, wäre ich mit etwas Glück in der Lage, sie gezielt auf etwas zu lenken, doch immer noch hatte ich keine Ahnung, wo man uns festhielt. Ich wusste nicht, wie viele Regulatoren sich außerhalb dieser Wände befanden, und ich wusste auch nicht, welche Schutzmaßnahmen es gab, um uns hier drin festzuhalten. Nein, ich konnte nichts riskieren. Noch nicht. Ich brauchte nur einen Fehler zu machen, und Molla wäre tot.

Meine Blicke huschten durch den schmalen Gang, durch den uns die Kanzlerin führte. Er sah genauso aus wie die Flure in der Akademie, aber die Sicherheitstüren aus Metall, an denen wir vorbeikamen, machten den Eindruck, als wären sie doppelt verstärkt. Dies musste einer der Gewahrsamstrakte sein, in die man Bewohner brachte, die sich anormal verhielten. Aber befanden wir uns immer noch in der Akademie? Oder hatten sie uns woandershin gebracht?

Während wir weitergingen, musterte ich alles ganz genau, damit ich vielleicht erriet, wo wir waren. Wir kamen an einem Fenster vorbei, durch das man in einen Computerraum blicken konnte. Ich sah mehrere Techniker vor den Bildschirmen sitzen. Auf einem erblickte ich ein Bild von mir selbst, auf einem anderen entdeckte ich eine meiner Zeichnungen – die, auf der Markan lächelte.

Ich keuchte auf. Sie wussten von meinen Zeichnungen. Doch wie war das möglich?

Ich wusste, dass die Datei über mich auch einige Meldungen über anormales Verhalten beinhaltete. Ich wusste, dass mein Versuch zu fliehen und die Demonstration meiner Gabe ihnen genug Material geliefert hatten, um mich sofort zu deaktivieren.

Aber die Zeichnungen. Irgendwie passte das nicht. Wann hatten sie sie gefunden? Mir fiel ein, wie ich gedacht hatte, dass die Zeichnungen nicht an ihrem

Platz lägen, als ich von der Oberfläche zurückgekehrt war. Wie lange wussten sie schon über mich Bescheid? Und warum hatten sie so lange gewartet, um mich aus dem Verkehr zu ziehen?

Mir wurde schwindlig, als ich versuchte, all diese Teile zusammenzusetzen. Nichts ergab einen Sinn. *Was ging hier vor sich?*

Die Kanzlerin war stehen geblieben und bewegte ihr Handgelenk vor einem Zugangssensor. Eine Tür glitt zur Seite, und ich folgte ihr in einen größeren Raum. Er war quadratisch und grau und wirkte wie ein leeres Klassenzimmer. Einige Stühle standen unordentlich an der Wand. Alles kam mir so ungefährlich, so absurd normal vor.

»Nichts ist, was es zu sein scheint, Kind.« Die Kanzlerin lächelte und entließ die Regulatoren.

Ich merkte mir, wie viele es waren, für den Fall, dass sie draußen vor der Tür Wache hielten. Ich mochte in der Lage sein, die Kanzlerin und Adrien zu überwältigen, doch es würde schwierig sein, mit einer panikerfüllten Molla im Schlepptau gegen so viele Regulatoren anzukämpfen.

»Setz dich bitte.« Die Kanzlerin zeigte auf einen der Stühle, die an der Wand aufgereiht waren.

»Ich stehe lieber«, erwiderte ich und musste mir jedes Wort abzwingen. Sie verfügte über die gesamte Macht. *Noch.*

»Max hat mich gewarnt, wie stur du bist.«

Ich blinzelte verdutzt. Meine Augen wurden schmal. »Wie bitte?«

Die Kanzlerin machte eine wegwerfende Handbewegung. »Lass dich nicht von dem, was du zu wissen glaubst, auf eine falsche Fährte führen. Ich bin hier, um dir zu helfen.«

Ich konnte eine verächtliche Bemerkung kaum zurückhalten, doch die Kanzlerin nickte nur.

»Ich beobachte dich schon seit langem, habe dich davor bewahrt, entdeckt und deaktiviert zu werden. Ich hatte gehofft, unsere Gespräche würden vielleicht dazu führen, dass du mich verstehst und mir vertraust, doch die Überwachung durch die Oberen hat dies schwierig gestaltet. Doch nun, fürchte ich, hast du mir durch deinen Fluchtversuch keine Alternative gelassen. Der Zeitpunkt ist nicht ideal, aber ich vertraue darauf, dass du schließlich verstehen wirst.«

»Was soll ich verstehen?« Meine Stimme klang hart. »Dass Sie mich und meine Freunde gefangen genommen haben? Dass Adrien Ihr Spion ist?«

Sie schüttelte den Kopf. »Ich bin nicht der Feind, für den du mich hältst. Ich bin kein Teil dieses Systems, das dich und deine Freunde unterdrückt. Das Einzige, was die Gemeinschaft wirklich verstanden hat, ist, dass das Zeitalter der Menschen, so wie sie einmal waren, tatsächlich vergangen ist«, sagte sie, und plötzlich funkelten ihre Augen. »Aber die Zukunft der Menschheit liegt in uns, nicht in ihnen. Verstehst du denn nicht?« Sie lehnte sich näher zu mir. »Ich bin eine von euch. Ich bin unverbunden.«

Meine Augen weiteten sich ungläubig. »Was?«, stieß ich hervor.

Die Kanzlerin lachte. »Ich bin genau wie du und deine Freunde.« Sie blickte mir in die Augen, und ich musterte sie schweigend. Die Kanzlerin? Auch eine Unverbundene? Das war unmöglich.

»Ich war vierzehn und nur ein weiteres Mädchen auf der Arbeitsfarm, einem Ort, der schlimmer ist, als ihr es euch vorstellen könnt. Auf den Farmen hat man uns selbst noch den letzten Rest an Menschlichkeit geraubt.« Ihre Lippen wurden schmal, und sie straffte sich. »Nehmt einem Menschen nur genug weg, und ihr beginnt irgendwann, ihn bloß noch als Tier, als Werkzeug, als ein Nichts zu sehen. Genau das war ich für sie. Doch dann bin ich *aufgewacht.*« Die Stimme der Kanzlerin klang plötzlich hart und entschlossen.

Obwohl ich entschieden hatte, keine Gefühle zu zeigen, spürte ich, wie ein Funken Mitleid in mir aufflackerte. Vielleicht log sie, aber ich wusste, welchen Grausamkeiten unzählige Bewohner in sämtlichen Sektoren ausgesetzt waren. Das heißt, eigentlich hatte es mir Adrien erzählt. So viele Lügen, dass ich nicht länger wusste, was ich glauben konnte und was nicht.

»Wo ist Max?«, fragte ich. »Und Juan?«

»Sie sind sicher.« Sie lächelte. »Max wirst du gleich sehen. Hör zu, Zoe, ich verstehe deinen Ärger«, fuhr sie fort. »Ich verstehe auch, weshalb du anderen helfen möchtest. Glaub mir das. Denn der *Link* gibt den falschen Leuten die Macht, Unvorstellbares zu tun. Deshalb müssen sie aufgehalten werden. Aber du hast den falschen Weg gewählt. Du musst nicht von hier fliehen. Du musst dich nicht diesem hilflosen Widerstand anschließen. Diese Welt sollte *uns* gehören, und ich arbeite von innen her darauf hin. Um die Gemeinschaft zu schaffen, die uns versprochen worden war.«

»Aber …«, begann ich. Mir schwirrte der Kopf, als ich versuchte, das, was sie sagte, zu begreifen. »Aber wie? Der Widerstand versucht doch schon seit Jahren, die Oberen zu stürzen.«

Die Kanzlerin lächelte. »Meine Gabe ist sehr … subtil, sehr überzeugungskräftig. Ich kann jeden, der mir nahe genug kommt, dazu zwingen, das zu tun, was ich will.

Auf diese Weise habe ich überlebt, bin unentdeckt geblieben.« Ihr Lächeln wurde kalt. »Die Oberen geben mir die Informationen, die ich brauche. Dann lasse ich sie es wieder vergessen. Die Schlimmsten von ihnen habe ich ermutigt, ihre eigene Bestrafung anzuordnen. Ich habe meine Gabe allmählich entwickelt, und schließlich gelang es mir, die Rolle eines Oberen einzunehmen. Seitdem steige ich in der Hierarchie ständig weiter nach oben …«

»Wenn das stimmt«, sagte ich und versuchte immer noch herauszufinden, ob sie log oder nicht, »warum sind Sie dann Kanzlerin einer Akademie geworden? Warum haben Sie sich nicht zur Obersten Kanzlerin eines Sektors machen lassen?«

Sie hatte begonnen, auf und ab zu gehen, doch nun blieb sie wieder stehen und wandte sich mir zu. »Ich bin nicht stark genug, um das ganze System der Oberen allein umzustürzen. Ich habe schon sehr früh vermutet, dass es noch andere wie mich geben muss. Und ich hatte recht. In eurer Generation gibt es eine wahre Explosion an Bewohnern, die über eine Gabe verfügen. Eine leitende Position an einer Akademie ist die beste Möglichkeit für mich, Unverbundene zu entdecken, bevor ihnen der endgültige V-Chip eingesetzt wird und sie ihre Fähigkeit für immer verlieren. Unverbundene, die alt genug sind, um zu kämpfen. Als ich von deinem anormalen Vorfall und deinem Verschwinden erfuhr, war ich fasziniert. Ich beschloss, dass dies der nächste Ort sein sollte, an dem ich Unverbundene rekrutieren würde. Ich brauche deine Unterstützung, Zoe.« Die Kanzlerin machte einen Schritt auf mich zu. »Ich habe andere anormale Schüler hierherbringen lassen, um zu beobachten, ob sie auch eine Gabe entwickeln würden.

Natürlich haben wir das geheim gehalten. Die Datensysteme sind regelmäßig ›gesäubert‹ worden, damit die hohe Anzahl an Anomalien nicht auffiel. Wir mussten den Anschein wahren, also gab es regelmäßige Überprüfungen und so weiter, doch das war alles nur eine Show für die Oberen. Sie haben nicht die geringste Ahnung, was ich hier tue.«

Ich blinzelte. Das war zu viel auf einmal, um es alles zu begreifen. Konnte es sein, dass sie tatsächlich auf unserer Seite war? Sie war mächtig, daran gab es keinen Zweifel. Wenn das, was sie behauptet hatte, tatsächlich stimmte, dann brauchten wir nicht wegzulaufen und unser Zuhause zu verlassen, dann würden wir den endgültigen V-Chip oder die Deaktivierung nicht länger fürchten müssen.

Aber was war mit Adrien? Er hatte mich angelogen, um ihr zu helfen. Und da war noch etwas, was mir an den Versprechungen der Kanzlerin nicht ganz richtig erschien. Etwas, das am Rand meiner Gedanken lauerte und was ich nicht recht zu fassen bekam.

»Niemand, der unverbunden ist, wird sich jemals wieder fürchten müssen, wenn wir erst einmal an der Macht sind«, fuhr die Kanzlerin fort, der offensichtlich entging, in welchem Aufruhr ich mich befand. »Du kannst verhindern, dass je wieder so etwas geschehen wird wie das, was deinem Bruder zugestoßen ist.«

»Was?« Ich wandte meinen Blick von Adrien ab. Was konnte sie von Daavd wissen?

»Es ist wirklich jammerschade. Er hätte uns so nützlich sein können. Er hätte entfliehen können, wenn du nicht zu schreien begonnen hättest, als ihr an einem Kontrollpunkt vorbeikamt.«

Sie redete nicht weiter, studierte mein Gesicht.

Die Erinnerungen, die ich hatte begraben wollen, stiegen wieder in mir auf. Das wechselnde Mienenspiel meines Bruders, nachdem ich die Regulatoren auf uns aufmerksam gemacht hatte – Schock, Enttäuschung, Verzeihen, all dies in einem einzigen Atemzug, bevor er losgerannt und überwältigt worden war.

»Interessant«, sagte sie und beobachtete mich noch immer. »Sie haben deine Erinnerung gelöscht, aber du scheinst auf ungewöhnliche Weise fähig, kleinste Teile festhalten zu können, an die du dich gar nicht klammern dürftest. *Ich verstehe dich*, Zoe. Gemeinsam haben wir eine echte Chance, die Oberen zu stürzen. Denk darüber nach. Eine Gemeinschaft, die uns unterdrückt, gäbe es nicht mehr. Jeder Unverbundene wäre frei zu denken und zu fühlen und seine Gabe zu nutzen. Es gäbe völlige Freiheit.«

Triumph glitzerte bei diesen Worten in ihren Augen, und fast hätte auch ich mich von ihnen davontragen lassen. Wenn sie recht hatte, dann brauchten wir nicht zu flüchten, um das System der Gemeinschaft zu bekämpfen. Wir könnten es von innen infiltrieren. Mit genug Unverbundenen wäre dies möglich.

Ich musterte die Kanzlerin. Sie war voller Zuversicht, leidenschaftlich und mächtig. Ihr zuckersüßes Lächeln erreichte fast ihre Augen. Fast. Doch ich sah auch den angespannten Zug auf ihrem Gesicht, und er ließ das Misstrauen in mir wieder aufleben. Alles klang so perfekt, aber es kam mir vor, als ob sie mir nicht alles erzählte.

Und dann bekam ich es doch noch zu fassen: die Frage, die sich ganz hinten in meinem Kopf verborgen hatte, gerade außerhalb meiner Reichweite. Die Kanzlerin hatte immer nur davon geredet, wie sie die Unverbundenen retten, sie davor bewahren wollte, repariert oder deaktiviert zu werden. Doch was war mit all den anderen?

»Wie würde es weitergehen, wenn wir die Oberen gestürzt hätten?«, wollte ich wissen. »Werden Sie dann das gesamte System der V-Chip-Kontrolle aufheben?«

Sie sah mich bedauernd an und schüttelte den Kopf. »Unglücklicherweise ist der V-Chip notwendig. Ihn aufzugeben hieße, dass es auch keine Unverbundenen mehr gäbe. Und es war ja auch niemals so, dass der V-Chip an sich schlecht gewesen wäre – schlecht waren die korrupten Beamten, die die Kontrolle ausgeübt haben. Zum ersten Mal in der Geschichte unserer Spezies könnten wir tatsächlich weltweiten Frieden haben – und allein der V-Chip macht dies möglich.« Ihre beruhigende Stimme hüllte mich ein. »Keiner der Zombies würde jemals Schmerzen oder Traurigkeit oder zerstörerische Leidenschaften empfinden müssen. Wir werden die herrschende Klasse von Korruption säubern, und jeder in unserer Gesellschaft wird seine Rolle auf perfekte, ordentliche Weise ausfüllen. Wir werden uns besser um die Bewohner kümmern als die Oberen. Es gäbe keine Arbeitsfarmen mehr. Wir könnten wahrhaftig eine höhere Stufe der Menschheit sein. Logisch. Ordentlich. *Perfekt.*«

Ich starrte die Kanzlerin mit offenem Mund an. Ich mochte es nicht zugeben, aber ein Teil von mir stimmte ihr zu. Ich kannte die Welt nicht. Adrien hatte mir nur erzählt, wie schrecklich sie war. Ich hatte sein Gesicht gesehen, als er mir beschrieb, welch grauenvolle Dinge ihm in seinem Leben begegnet waren, während er sich mit den Rebellen ständig auf der Flucht befand.

Ich selbst hatte mich ja auch gefragt, ob die Menschen

ohne Gefühle nicht besser dran wären. Das wenige, was ich bisher an Hass, Zorn und Eifersucht erlebt hatte, hatte mir das gezeigt. Eine Welt ohne Kummer und Schmerz. Auch wenn der Preis dafür hoch war. Was, wenn das, was die Kanzlerin mir anbot, so unvollkommen es auch sein mochte, immer noch die beste Lösung war für eine Welt, die zu zerrissen war, um sich je wieder zusammenfügen zu lassen?

Doch dann dachte ich an Markan und das Lächeln, das ich immer schon auf seinem Gesicht hatte sehen wollen. Wenn die Kanzlerin ihren Willen durchsetzte und wenn es ihm niemals gelang, sich aus dem *Link* zu lösen, dann würde er für immer ein Zombie bleiben. Sicher, mit dem *Link*-System würde niemand Schmerzen leiden oder einen Krieg erleben, aber auch niemals Glück verspüren, Schönheit wahrnehmen oder geliebt werden.

Hatte nicht jeder wenigstens die Chance verdient, Freude zu verspüren? Nicht nur Unverbundene, sondern jedes menschliche Wesen? Wer waren wir denn, dass wir allein entscheiden durften, wer die Chance auf ein solches Leben erhielt? Wer waren wir, dass wir allein entscheiden durften, wer es wert war, gerettet zu werden?

Und plötzlich sah ich alles ganz klar. Nein. Ich war nicht so wie die Kanzlerin, und sie verstand mich keineswegs.

»Sie reden von Idealen …« Ich hielt inne, schüttelte angewidert den Kopf. »Aber in Wirklichkeit, insgeheim, sehen Sie das nur als Möglichkeit, alle Macht an sich zu reißen. Sie sind nicht besser als die Oberen.«

Das angestrengte, künstliche Lächeln verschwand augenblicklich vom Gesicht der Kanzlerin. Sie knirschte mit den Zähnen, und ihre Wangen bekamen rote Flecken.

»Red nicht in diesem Ton mit mir!« Ihre Stimme klang nun hart und wütend. »Es reicht. Ich dachte, du wärst vernünftigen Argumenten zugänglich, aber offensichtlich bist du nicht in der Lage dazu.«

Die Kanzlerin bemerkte augenblicklich, dass sie einen Fehler gemacht hatte. Beherrschte sich schnell. Ihr Ausdruck entspannte sich, und sie zeigte wieder ihr süßes, freundliches Lächeln.

Aber es war zu spät. Ich hatte bereits ihr wahres Gesicht gesehen.

Als sie den Tonfall wechselte, brannte sich das Summen in meinem Kopf plötzlich auch in meinen Körper. Ich musste Molla von dieser Frau wegbringen. Ich biss die Zähne zusammen, meine Fäuste zitterten vor Anstrengung. Alles in mir schrie danach, meine Kraft losschlagen zu lassen und mit Molla aus diesem Raum zu verschwinden.

Die Kanzlerin runzelte die Stirn, als sei sie voller Mitgefühl. »Oh Liebes, du hast immer noch Probleme damit, deine Gabe zu kontrollieren. Ich hatte befürchtet, dass dies zu einer gewissen Herausforderung führen würde.« Sie gab Adrien ein Zeichen. »Glaub mir, Zoe, es tut mir so leid, dass ich dir dies antun muss. Ich hatte gehofft, es vermeiden zu können, aber ich weiß, es gibt nur eine verlässliche Methode, deine Gabe in Schach zu halten. Auch wenn es dich wütend machen wird.«

Adrien stellte sich hinter Molla und presste ihr ein Messer an die Kehle.

»Lass das!«, schrie ich und machte einen Schritt nach vorn.

Ich sah die rote Linie, wo er ihr das Messer zu fest

in die Haut gedrückt hatte. Ich erstarrte, wagte es nicht weiterzugehen, damit er sie nicht noch mehr verletzte. Wut brannte in meiner Brust. Meine Kraft flehte darum, ihn in Stücke reißen zu dürfen. Doch ich gab sie nicht frei. Ich musste Molla beschützen.

Die Kanzlerin beobachtete mich, lächelte, als sie sah, wie still ich meine Arme hielt.

»So ist es schon besser, aber ich fürchte, es reicht noch nicht. Wirklich schade. Wenn du nicht immun gegen meine Gabe wärst, wäre all das gar nicht notwendig.« Sie wandte sich ab, um in den Kommunikator an ihrem Handgelenk zu sprechen.

»Bringt den anderen Bewohner herein.« Sie richtete ihren Falkenblick wieder auf mich und lächelte.

Die Tür öffnete sich, und zwei Regulatoren schleiften jemanden herein, der so zerschlagen und blutverschmiert war, dass ich ihn nicht gleich erkannte. Aber dann bemerkte ich das blonde Haar, das kantige Kinn. Es war Max. Mein Herz zog sich bei seinem Anblick zusammen. Sie warfen ihn zu Boden wie einen Sack Mehl.

Molla geriet außer sich, als sie Max erblickte. Sie stieß einen gequälten Schrei aus, der mehr wie der eines Tieres als wie der eines Menschen klang. Er hallte durch den Raum, obwohl Adrien ihr den Mund mit der freien Hand zuhielt. Wütend begann sie sich in seinem Griff zu winden, kämpfte darum, freizukommen und zu Max zu gelangen.

»Max!« Ich wollte losrennen, doch die Kanzlerin schnalzte nur missbilligend mit der Zunge.

»Ich würde es nicht tun, Zoe. Denk an Molla.«

Ich sah zu ihr hin. Sie kämpfte immer noch. Adrien hatte ihr einen Arm nach hinten gedreht, und die Klinge schwebte gefährlich dicht vor ihrer Kehle.

»Molla, hör auf!«, schrie ich, und meine Stimme klang überlaut durch den Raum. »Du musst dich beruhigen. Für Max.«

Widerstrebend hörte sie auf zu kämpfen, aber sie wirkte immer noch wild und verloren. Ihre Schreie waren zu einem beständigen, schmerzlichen Wimmern geworden, und aus ihren Augen strömte unablässig Wasser. Ihr Blick war auf Max' geschundenen Körper gerichtet, der zusammengekrümmt zu Füßen der Kanzlerin lag.

So ruhig, wie es mir möglich war, musterte ich Max und versuchte, den Schaden abzuschätzen. Mein Herz tat schon weh, wenn ich ihn nur ansah. Sein schönes goldblondes Haar war von Schmutz und Blut verklebt. Ein Auge war zugeschwollen, ebenso blau verfärbt wie seine Wangen und sein Kinn; die Haut war überall aufgeplatzt, ich konnte rohes, empfindliches Fleisch sehen. Auch die Lippen waren aufgerissen.

Max lag ganz still da, angespannt, als wäre bereits die kleinste Bewegung zu schmerzhaft, um sie zu ertragen. Aufmerksam beobachtete ich seine Brust, sah erleichtert, wie sie sich hob und senkte. Er atmete.

Dann sah ich wieder zu der Kanzlerin, hielt mein Gesicht ausdruckslos, während ich blitzschnell überprüfte, wie viele Ausgänge es gab, und die exakte Position von Adrien und seinem Messer berechnete. Falls ich eine passende Gelegenheit fand, würde ich sie überwältigen und Molla mitnehmen. Wenn es mir gelang, einen der Regulatoren draußen vor der Tür zu besiegen, hätten wir genug Waffen, um in einem Kampf eine Chance zu haben.

Die Kanzlerin blickte mich an, als würde es ihr widerstreben weiterzureden. »Ich weiß, das ist schmerzlich für dich, aber du wirst verstehen, dass das die einzige Möglichkeit für uns ist, in der Nähe deiner unbeständigen Kraft sicher zu sein. Und was Max betrifft: Ich versichere dir, dass es seine eigene Schuld ist, wenn er sich in diesem unglücklichen Zustand befindet. So etwas macht mir keinen Spaß. Er hatte die Bedingungen unserer Übereinkunft verstanden. Als ich ihm anbot, Überwacher zu werden, schien er die Bedeutung und Tragweite meiner Mission wirklich begriffen zu haben. Doch nun sieht es so aus, als habe er plötzlich seine Meinung geändert.«

»Nein«, sagte ich unwillkürlich. »Das kann nicht sein.« Max ein Überwacher, der unverbundene Schüler ausspionierte und sie meldete?

All meine Verwirrung war plötzlich wie weggewischt. Sie log. Max hatte versucht, mich vor *ihr* zu retten, und sie war eine Närrin, wenn sie glaubte, dass sie mich mit ihren verdrehten Lügen hereinlegen konnte. Aber sie redete weiter, bemerkte weder meine wachsende Abscheu noch dass das Summen erneut in meinen Ohren erklang.

»Armes Ding. Maximin ist so ein geschickter kleiner Lügner. Ein wahres Chamäleon. Er hat mir geholfen, die Oberen im Auge zu behalten, und er hat sich darin auch sehr begabt gezeigt.« Sie runzelte die Stirn. »Max hatte Zugang zu allem, was er jemals begehrt hat. Und doch war er bereit, all das wegzuwerfen. All die Macht, die Erfüllung seiner Wünsche – für die Möglichkeit, mit dir zu flüchten. Wenn Adrien nicht glücklicherweise eine Vision gehabt hätte, dann wäre Max vielleicht damit durchgekommen. Und warum wolltest du entkommen, Max?« Sie lachte, bückte sich zu ihm und packte ihn grob an der Schulter.

Max schrie vor Schmerz.

»Steh auf!«

Molla wehrte sich gegen Adriens Griff, als Max sich zu bewegen begann. Sie wand sich in seinen Armen, und ihr Schluchzen füllte die angespannte Stille.

Max kämpfte sich auf die Füße, und man sah, dass es ihn schmerzte. An seiner Stirn klebte getrocknetes Blut, und seine aufgerissene Lippe blutete wieder.

Es tat mir schon weh, ihn nur anzusehen. Ich blickte zur Kanzlerin, wollte ihr wehtun, dafür, dass sie ihm wehgetan hatte. Dass sie mir Lügen über ihn erzählte.

Die Kanzlerin legte eine Hand unter sein Kinn und zwang ihn, sie anzuschauen. »Erzähl es ihnen, Max. Erzähl ihnen alles über deine Intrigen.«

»Aufhören!«, schrie Molla, die Adriens Hand für einen kurzen Moment entkommen war. Sie begann, lauter zu schluchzen.

»Begreifst du es nicht, du flennende Närrin?« Die Kanzlerin wandte sich Molla zu, sprach sie zum ersten Mal an. »Er liebt dich nicht. Er wird dich niemals lieben, selbst jetzt nicht, wo er dir ein Kind gemacht hat. Er wollte dich verlassen, damit er mit *ihr* wegrennen kann.« Sie zeigte auf mich und wandte sich dann wieder Max zu.

Mollas Augen weiteten sich, und sie verstummte abrupt, völlig verwirrt.

»Max«, sagte die Kanzlerin ruhig. Ihr intensiver Blick war auf sein Gesicht gerichtet. All der Schmerz, der eben noch darauf zu sehen gewesen war, schien augenblicklich zu verschwinden. Seine Augen wurden glasig. Sein Körper neigte sich zu ihr.

»Erzähl es ihnen«, wiederholte sie. »Du dachtest auf dem Bahnsteig, du hättest eine Möglichkeit gefunden, meinen Kräften zu entkommen, nicht wahr? Dass ich keine Kontrolle über dich hätte, wenn du immer wieder deine Gestalt wechselst. Und es hat ja auch funktioniert. Eine Weile jedenfalls. Aber ich bin viel schneller, als du dir vorstellen kannst.« Sie beugte sich vor, sodass ihre funkelnden Augen nur zwei Zentimeter von seinen entfernt waren. »Und jetzt erzähl es ihnen!«

»Es ist wahr«, begann Max. Seine Stimme klang rau und kratzig. Er blickte starr geradeaus, als er sprach, und es schien, als wäre gar nichts mehr von dem alten Max vorhanden. »Die Kanzlerin ist vor Monaten an mich herangetreten. Sie hatte auf den Überwachungskameras gesehen, wie ich die Gestalt wechselte. Sie bot mir an, dass ich mich ihr anschließen und ein Überwacher werden könne. Sie versprach mir, ich könnte alles haben, was ich mir je gewünscht hätte. Ich würde wie ein Oberer leben, gemeinsam mit Zoe. Man würde uns gestatten zusammenzubleiben, wir würden nie den endgültigen V-Chip bekommen und könnten weiter unverbunden sein. Ich dachte, auf diese Weise wären wir sicher. Dass Zoe sicher wäre. Dafür musste ich nur die Augen offen halten und der Kanzlerin berichten, was ich sah. Ich nahm ihr Angebot an.«

Das Herz wurde mir schwer, doch ich hielt die Tränen zurück, die in meinen Augen brannten, und zwang mich, weiter zuzuhören.

»Sie sagte mir, ich solle mich an Molla ranmachen, also habe ich es getan. Dabei wollte ich doch nur, dass Zoe mich wollte. Ich bat die Kanzlerin, Zoe dazu zu bringen, dass sie mich haben wollte, doch sie wurde wütend. Sie kann es nicht. Sie kann Zoe nicht kontrollieren.« Er redete so schnell, dass die Worte förmlich aus ihm heraussprudelten. »Sie weiß nicht, warum. Sie hat wieder und wieder versucht, sie zu kontrollieren, nachdem Zoe aus der Oberwelt zurückgekehrt war, aber es hat nie funktioniert.« Max sah mich an. »Ich musste entkommen. Sie hätte mir niemals gegeben, was ich haben wollte, also musste ich es mir selbst nehmen …«

»Das reicht«, fiel ihm die Kanzlerin ins Wort. Ihre Stimme war scharf und ärgerlich. Dann blickte sie mich an und lächelte.

»Nein«, sagte ich leise. Zweifel quälten mich, stellten alles in Frage, was ich zu wissen geglaubt hatte. Ich hatte mich in so vielen Dingen geirrt, und offensichtlich konnte ich nicht einmal meinen eigenen Gefühlen vertrauen. Nach allem, was wir gemeinsam durchgestanden hatten, hatten mich Max und Adrien *beide* ausspioniert? Sie hatten mich beide verraten, hatten Informationen an die Kanzlerin weitergegeben und ihr geholfen, andere Unverbundene in ihre Gewalt zu bekommen.

Dahinter musste ein Trick stecken. Die Kanzlerin hatte doch selbst zugegeben, dass sie Leute beeinflussen konnte. Sie konnte sie zwingen, diese Sachen zu sagen.

Molla wimmerte wieder, und ich blickte zu ihr hinüber. Sie wirkte schwach und krank, ihre Knie gaben unter ihr nach, das Messer lag seitlich an ihrem Hals. Plötzlich schoss sie hoch, schrie in Panik auf und versuchte verzweifelt, sich von Adrien loszureißen. Ein weiterer heller Blutstropfen erschien.

»Molla, hör auf, dich zu wehren!«, schrie ich sie an. »Bitte, bleib ruhig!«

»Das reicht«, sagte die Kanzlerin irritiert, und augenblicklich stand Molla vollkommen still. Es war nicht natürlich. Die Kanzlerin hatte sie unter Kontrolle.

Max war wieder auf den Boden gesunken. Über sein Gesicht lief Blut.

»Oh Max!«, sagte ich mit Tränen in den Augen.

Ich wusste immer noch nicht, ob ich glauben sollte, dass er mich die ganze Zeit belogen hatte. Doch dann blitzten Erinnerungen in meinen Gedanken auf – wie oft hatte ich das Gefühl gehabt, dass Max mir nicht alles erzählte oder mich sogar ungeniert anlog! Der Ausdruck auf seinem Gesicht, als ich aus dem Krankenhaus zurückgekehrt war und er behauptete, er würde »für mich sorgen«. Seine Gewissheit, dass man ihn niemals schnappen würde, trotz der Risiken, die er einging. Ich hatte es seinem übergroßen Selbstvertrauen zugeschrieben, aber was, wenn es einen anderen Grund dafür gegeben hätte? Was, wenn er wusste, dass er niemals wirklich in Gefahr geraten würde, weil er die ganze Zeit *für* die Kanzlerin arbeitete?

»Hör zu. Ich bin auf Max' Seite. Ich bin auch auf deiner Seite.« Die Stimme der Kanzlerin war sanfter geworden, klang samtweich. »Ich weiß, du möchtest deine Freunde retten, und nicht nur sie. Du möchtest einen Unterschied machen, Leben bewahren, nicht wahr? Adrien hatte so viele Visionen von dir, von all deinem Kummer und davon, wie verzweifelt du dir wünschst, nützlich zu sein. Wenn er sich daran erinnern könnte, würde er dir alles erzählen.«

Ich kam mir vor, als hätte man mir die Luft aus der Lunge geschlagen. Ich sah zu Adrien hinüber, und meine Gedanken wirbelten verwirrt durcheinander. Natürlich. Zum ersten Mal seit dem Vorfall auf dem Bahnsteig sah ich ihn *richtig* an. Mein Zorn und mein Hass mussten mich blind gemacht haben. Sein ganzer Körper war steif, er zeigte den gleichen leeren Ausdruck wie Molla. Die Kanzlerin kontrollierte auch Adrien. Sie kontrollierte jeden.

Diese Erkenntnis zerriss mich fast. Es war tatsächlich möglich, dass die Kanzlerin Adrien dazu gebracht hatte, seine Visionen mit ihr zu teilen und ihn diese dann vergessen zu lassen. Konnte das heißen… mein Herz schien sich auszudehnen, als plötzlich alle möglichen Gefühle über mich hereinbrachen. Hatte er mich also doch nicht betrogen? Konnte es ein, dass Adrien mich wirklich liebte?

So viele Emotionen erfüllten mein ganzes Sein, dass ich sie kaum auseinanderhalten konnte. Freude darüber, dass er vielleicht doch der Junge war, in den ich mich verliebt hatte, dass die vergangenen Monate nicht bloß eine einzige Lüge waren. Scham und Schmerz, dass ich jemals an ihm gezweifelt hatte. Entsetzen. Ich empfand seinetwegen Entsetzen, nun, da mir klar war, dass er ein Gefangener im eigenen Körper war, unfähig, sich zu widersetzen, als die Kanzlerin ihm befahl, Molla zu verletzen.

»Dies ist deine letzte Chance«, erklärte die Kanzlerin. »Wirst du dich mir freiwillig anschließen?«

Ich wandte mich ihr zu, ließ all den Zorn, den ich empfand, in mir aufsteigen und wachsen. Sie log bei allem und jedem. Sie hatte niemals den Unverbundenen dabei helfen wollen, frei zu sein, sie wollte sie lediglich benutzen. Sie war dabei, sich eine Armee aus Unverbundenen aufzubauen, die sie vollkommen lenken und manipulieren konnte. Doch mich vermochte sie nicht zu kontrollieren. Ihre zwingende Kraft funktionierte nicht bei mir, aus welchem Grund auch immer.

»Ist das der Unterschied, den Sie bewirken wollen? Wollen Sie alle Unverbundenen auf diese Weise retten?« Ich zeigte auf meine Freunde. »Mit Ihnen würden wir niemals frei sein. Wir würden nur die eine Form der Gedankenkontrolle gegen eine andere eintauschen.«

Die Kanzlerin lächelte, doch es gelang ihr nicht besonders gut, ihren Ärger zu verbergen. »Das Ziel rechtfertigt stets die Mittel.« Sie seufzte. »Mir ist klar, dass du deine Wahl getroffen hast. Unglücklicherweise ist es die falsche. Nun bin ich leider gezwungen, andere Maßnahmen zu ergreifen. Hättest du gern eine Demonstration meiner Gabe?« Sie wandte sich den anderen zu. »Verletzt euch selbst.«

Max begann, sich wild mit einer Faust gegen den Kopf zu schlagen. Adrien hatte das Messer von Mollas Hals genommen und stach sich selbst damit ins Bein, während Molla sich mit dem Kopf voran gegen die Wand warf.

»Stopp!«, schrie ich und rannte zu Molla, um sie davon abzuhalten, sich erneut gegen die Wand zu werfen.

»Aufhören!«, befahl die Kanzlerin ruhig.

Sie alle erstarrten dort, wo sie sich gerade befanden. Blut sickerte durch Adriens Hose. Ein dünner Blutsfaden tropfte von Mollas Stirn.

»Sie sind ein Monster!«, schrie ich die Kanzlerin an, riss ein Stück Stoff aus Mollas Shirt und wischte ihr das Blut weg.

»Bin ich das?«, erwiderte die Kanzlerin gelassen. »Ich kann sie dazu bringen, noch viel Schlimmeres zu tun. Molla«, fügte sie hinzu und warf ihr etwas zu.

Molla fing es auf und betrachtete es verdutzt.

»Deaktiviere dich selbst mit dieser Waffe, falls Zoe versucht, mir etwas anzutun.« Die Kanzlerin wandte sich wieder zu mir um. »Ich kann ihnen befehlen, sich selbst zu töten, und sie werden es tun.«

Vor Entsetzen hatte ich die Augen weit aufgerissen.

»Keine Bange. Ich werde es nicht tun, zumindest nicht bei Adrien. Er ist viel zu wertvoll. Molla hingegen …« Sie machte eine Handbewegung, als wollte sie eine Fliege zerquetschen. »Sie ist entbehrlich. Durch Wände sehen zu können mag ganz nützlich sein, aber dafür haben wir Kameras.« Ein grausamer Ausdruck legte sich auf ihr Gesicht. »Zoe, es gibt wirklich keine anderen Optionen für dich. Ich habe Adrien gezwungen, dir etliche neue Oberwelt-Allergene zu injizieren. Die Oberfläche ist nun absolut tödlich für dich geworden, selbst wenn du immer noch glauben solltest, es könnte dir gelingen, mir zu entkommen. Keine Immuntherapie wird das jemals wieder ändern können.« Sie runzelte die Stirn, wirkte bedrückt, aber nicht wirklich so, als würde sie das bereuen. »Ich weiß, das muss dir grausam erscheinen, aber ich bin nicht mehr daran gewöhnt, andere Wege finden zu müssen, um jemanden dazu zu bringen, das zu machen, was ich will. Ich habe es lange nicht mehr tun müssen und hatte fast schon vergessen, wie es funktioniert.« Sie legte eine Hand auf meine Schulter. »Du wirst hier bei mir bleiben. Es gibt keinen anderen Ort, an den du gehen könntest.« Dann hielt sie mir die andere Hand hin, wartete.

Ich starrte auf ihre Hand. Wenn ich ihr nicht gehorchte, wäre jeder in diesem Raum verloren. Sie würde Molla töten und Max und Adrien versklaven. Und was würde aus meinem Bruder?

Ich starrte die Kanzlerin an. Jede der Optionen, die mir blieben, war auf ihre eigene Art entsetzlich. Sie hatte mich in die Ecke gedrängt mit ihrer widerwärtigen Mischung aus Drohungen und Versprechungen. Ich konnte mich ihr anschließen und all jene beschützen, die mir etwas bedeuteten, aber alle anderen waren immer noch dazu verdammt, zu leben und zu sterben, ohne jemals erfahren zu haben, was es bedeutete, sich wirklich lebendig zu fühlen.

All das, was ich erlebt hatte, seit ich zum ersten Mal dem *Link* entkommen war, zog vor meinem geistigen Auge vorbei – jener Moment, als ich zum ersten Mal Farbe erblickt hatte. Die Furcht meiner Albträume, die wilde Freude, wenn ich zeichnete und Schönheit auf Papier einfangen konnte. Der köstliche Geschmack von Erdbeeren. Das unvorstellbare Blaugrün von Adriens Augen. Die grässliche Depression, in die ich gefallen war, nachdem ich von Daavd erfahren hatte. Alles, was ich aus freier Entscheidung heraus tun und fühlen konnte.

Wenn wir nicht kämpften, würden wir einfach hierbleiben und das ausbauen, was die Gemeinschaft geschaffen hatte. Die Zombies mochten ein friedliches Leben führen, aber es wäre nicht das Leben, das sie für sich selbst gewählt hätten. Wie konnte ich mich nicht mit jeder Faser meines Wesens dafür einsetzen, eine Chance auf etwas Besseres zu finden, selbst wenn ich wusste, dass es hoffnungslos war?

Plötzlich begriff ich, dass ich meine Antwort gefunden hatte. Dass ich sie die ganze Zeit über bereits gekannt hatte.

Ärger wallte erneut in mir auf, juckte in meinen zur Faust geballten Fingern. Mein Blick flog hin und her zwischen der Kanzlerin und der Waffe, die Molla sich an die Schläfe hielt. Aus dem Augenwinkel nahm ich Adrien wahr, immer noch blutend, das Messer erhoben, bereit, es sich in den Körper zu stoßen. Mein Ärger verwandelte sich in glühend heißen Zorn.

Das hohe Summen steigerte sich in meinen Ohren zu einem Schrei. Es durchströmte mich, als wäre ein Damm gebrochen. Selbst das kleinste Detail in diesem Raum nahm ich überdeutlich wahr – die überwältigende Flut aus Zorn auf die Kanzlerin und meine Liebe zu Adrien schärften meine Konzentration in einer Weise, wie ich es noch nie erlebt hatte. Es geschah, ohne dass ich mich anstrengen musste. Es war nichts als Instinkt.

So lange hatte ich versucht, meine Gabe zu kontrollieren, sie im Zaum und in mir gefangen zu halten, aber endlich hatte ich gelernt, komplett loszulassen. Die Kraft war ein Teil von mir, und ich konnte sie ebenso instinktiv benutzen, wie ich beim Gehen einen Fuß vor den anderen setzte. Die Erkenntnis kam mir, als jeder Teil meines Körpers vor Energie prickelte: Ich hatte nur dann Kontrolle über meine Kräfte, wenn ich jegliche Kontrolle aufgab.

Mit einem Ausbruch unsichtbarer Energie ließ ich meinen Geist nach draußen greifen, bis er den gesamten Raum umhüllte. Ich spürte die weichen Konturen jedes der vier Körper, spürte, wie ihre Kleidung auf ihrer Haut raschelte, spürte selbst die allerkleinsten Zellen in ihnen – und ich spürte die harten Linien der Waffen.

Wieder hatte ich das Gefühl, dass sich der Raum in mir befand, wie ein 3-D-Bild, das ich in meinem Kopf gefangen hielt. Ich konnte jeden einzelnen Bereich heranzoomen, so wie ich auch die unbedeutenden Barrieren aus Haut oder Metall überwinden konnte. Ich konzentrierte mich auf den Brustkorb der Kanzlerin, und plötzlich befand ich mich in ihrem Körper – ich konnte die Blutgefäße erkennen und die vier Kammern ihres pumpenden Herzens sehen.

Hass wallte in mir auf. Es wäre so einfach, sie zu deaktivieren. Ich sah, wie die Augen der Kanzlerin sich weiteten, als ob sie mein Eindringen gespürt hätte. Ich fühlte jenen einzelnen Pulsschlag, als sie beschloss, Molla den Befehl zum Abdrücken zu geben.

Meine Wut brauste auf, brannte die Zweifel und alle Furcht hinweg.

Nein!

Ich spürte, wie Mollas Finger sich kaum merklich bewegten, und ich umhüllte das Metall in ihrer Hand und riss es von ihr weg, gerade als sie abdrückte. Der Laser schickte einen Blitz durch den Raum und schnitt zischend die Wand auf, als die Waffe fiel.

Ich wandte mich um. Die Zeit schien sich verlangsamt zu haben. Adrien machte einen Satz und rannte geradewegs auf mich zu, das Messer erhoben.

Ich sah ihn an, langte aber durch mein Energienetz dorthin, wo die Kanzlerin stand. Egal wie, ich musste meine Freunde auf jeden Fall retten. Ich schloss die Augen und fand das Blutgefäß, das direkt zu ihrem Gehirn führte. Aber brachte ich es fertig, sie zu töten? Konnte ich diesen letzten Schritt gehen und riskieren, selbst zum Monster zu werden? Gerade als Adrien mit dem Messer auf mich zusprang, drückte ich zu.

Ich wandte mich rechtzeitig um, um zu sehen, wie das Bewusstsein in Adriens Blick zurückkehrte. Doch er konnte seinen Schwung nicht mehr abbremsen, und das Messer zielte direkt auf mein Herz. Im letzten Moment schwenkte er zur Seite, und das Messer schlug so hart auf den Betonboden, dass die Klinge abbrach.

Die Kanzlerin sackte zusammen.

Mollas Augen weiteten sich entsetzt, als sie sich umschaute. Sie zitterte am ganzen Körper. »Ich war da drin, habe mich selbst beobachtet, aber ich konnte mich nicht aufhalten. Ich konnte es einfach nicht aufhalten!« Aus ihrem Schluchzen wurden Schreie.

Ich rannte zu ihr, strich ihr übers Haar, nahm ihren zitternden Körper in die Arme.

»Hilf Max hoch, wenn du kannst«, rief ich Adrien zu. »Wir müssen sofort von hier verschwinden.«

»Trotz allem, was er dir angetan hat?«, fragte Adrien ungläubig.

»Ist sie tot?« Max' Stimme klang merkwürdig ruhig. Ich warf einen kurzen Blick auf ihn. Er lag immer noch zusammengekrümmt auf dem Boden, schaute der aschfahlen Kanzlerin ins Gesicht.

»Nein«, erwiderte ich und wandte den Blick wieder ab. »Ich habe es nicht fertiggebracht. Ich wollte nicht so sein wie sie. Ich habe die Blutzufuhr zu ihrem Gehirn für ein paar Sekunden unterbrochen, damit sie ohnmächtig wird. Also sollten wir jetzt verschwinden. Wir *alle*!«, fügte ich betont für Adrien hinzu und zeigte auf Max.

Adriens Nasenflügel bebten, aber er nickte kurz und zerrte Max auf die Füße. Den Arm immer noch um ihren Rücken gelegt, führte ich Molla nach draußen. Max konnte kaum stehen, aber Adrien zog ihn hinter uns her. Ich wusste, das blutende Bein musste Adrien schmerzen, aber man merkte es ihm nicht an.

Wir eilten den Gang hinunter, in dem sich die Gewahrsamszellen aus Metall befanden. »In welcher Zelle sitzt Juan?«, fragte ich Molla und wurde langsamer.

»Wir haben keine Zeit!«, schrie Adrien.

»Welche Zelle, Molla?«, wiederholte ich, genauso laut.

Sie sah zu mir auf, ihre Augen voller Entsetzen.

»Molla, konzentrier dich.« Ich packte sie am Kinn, sodass sie nur mich anblicken konnte und nichts mehr von unserer Umgebung sah. »Sind irgendwelche Leute in den Zellen, an denen wir vorbeigekommen sind?«

»Da war ein Junge«, erwiderte sie schließlich mit zittriger Stimme.

»Wo?«

»Links, zwei Türen hinter uns.«

Ich rannte zurück und achtete nicht darauf, dass Adrien laut fluchte. Ich hörte, wie er Max fallen ließ und hinter mir herkam.

»Die hier?« Ich zeigte auf eine Tür.

Molla nickte.

Ich ließ die Wut wieder aufwirbeln, bis das Summen in meinem ganzen Kopf sang. Ich warf ein Netz um die Tür und zwang sie auf ihrer Schiene zur Seite. Es klickte, als Kabel brachen.

Der Junge auf der anderen Seite der Tür sprang überrascht auf.

»Juan?«, sagte ich.

Er nickte, wirkte vollkommen eingeschüchtert.

»Komm mit uns!«, rief ich, packte ihn am Shirt und zog ihn aus der Zelle, bevor er weitere Fragen stellen konnte. »Los!«

Ich lief zu Molla zurück, während Adrien Max um die Brust packte und ihn wieder hochzog. Juan holte uns ein, und wir liefen weiter, bis wir das Ende des Gangs erreichten.

»Hilf ihm mit Max!«, befahl ich und zeigte auf die beiden.

Juan beeilte sich, Max' zusammensackenden Körper an der Schulter zu packen, während Adrien zu dem Sensor lief, um die Tür zu öffnen, die uns den Weg versperrte. Ich hörte, wie er den Zugangscode sagte, und tippte ungeduldig mit dem Fuß.

»Es funktioniert nicht!« Seine Stimme klang frustriert. Dann wurde Adrien plötzlich blass. »Ich muss der Kanzlerin von den Codes erzählt haben, die ich auswendig gelernt habe, um mir Zugang zu verschaffen. Oh Gott, Zoe, was mag ich ihr sonst noch verraten haben?«

Entsetzen breitete sich auf seinem Gesicht aus, als er begriff, welche Auswirkungen das haben könnte.

Ich nahm sein Gesicht zwischen meine Hände. »Hey, sieh mich an«, sagte ich sanft. »Wir können nicht ausgerechnet jetzt darüber nachdenken. Wir müssen uns darauf konzentrieren, von hier zu verschwinden. Okay?«

Für einen Moment schloss er die Augen, dann öffnete er sie wieder und nickte kurz.

»Gut.« Ich trat neben ihn. »Und jetzt geh mir aus dem Weg.«

»Warte, Zoe«, sagte er und packte mich am Arm. »Diese Tür besteht aus zweihundertfünfzig Kilo Stahl. Es gibt keine Möglichkeit, wie du …«

Ich benutzte meine Kraft auf eine Weise, die mir inzwischen angenehm vertraut war. Sie floss durch mich hindurch, prickelte vor Elektrizität auf meiner Kopfhaut und in meinen Fingerspitzen.

Adrien verstand es nicht, doch ich hatte jetzt keine Zeit für Erklärungen. Es kam nicht darauf an, wie groß oder wie schwer etwas war. Es ging einfach darum, Objekte zu verlagern, in einen anderen Bereich. Ich schob beide Türen auf ihren Schienen zur Seite. Das Kreischen war ohrenbetäubend.

Ich lächelte Adrien an. »Was hattest du eben sagen wollen?«

Er schüttelte den Kopf, starrte die geöffneten Türen mit großen Augen an. Dann blickte er zu mir und grinste. »Ich fürchte, du bist verdammt noch mal eine Nummer zu groß für mich!«

Ich lachte und rannte durch die offenen Türen. All das Adrenalin hatte mich förmlich berauscht. »Wohin müssen wir jetzt?«, fragte ich Adrien. »Wie kommen wir hier raus? Ich hoffe, du hast auch den Plan des Gewahrsamstrakts auswendig gelernt.«

»Na klar. Folgt mir«, sagte er. Dann nahm er Max' anderen Arm und half Juan, ihn zu schleppen.

»Warum zerren wir ihn eigentlich mit uns?«, fragte Adrien erneut.

»Weil er so war wie ich, Adrien«, erwiderte ich und blickte ihn über Mollas Kopf hinweg an. Sie folgte uns schweigend und hatte nur Augen für Max.

»Wir waren beide einsam und hatten Angst«, fuhr ich fort. »Die Kanzlerin hat ihm alles versprochen, was er wollte. Ich bin sicher, sie hat ihm genau das erzählt, was er schon immer hören wollte. Er konnte nicht wissen, dass es lediglich Lügen waren.«

»Aber schließlich hat er es doch herausgefunden«, sagte Adrien, und alle Leichtigkeit war aus seiner Stimme verschwunden. »Und er hat uns dadurch alle in Gefahr gebracht. Er hat *dich* in Gefahr gebracht.«

»So wie ich damals. Bei Daavd«, sagte ich, als wir das Ende des Korridors erreichten.

»Aber du wusstest doch gar nicht, was du tust.«

Molla, die nun neben mir ging, versteifte sich. »Regulatoren«, flüsterte sie, und die Furcht ließ sie erneut am ganzen Körper zittern. Sie packte Max' Arm. Ich war mir nicht sicher, ob sie ihn oder sich selbst stützen wollte.

»Wo?«, fragte Adrien und blickte sich verwirrt um.

»Zwölf auf der anderen Seite dieser Tür dort vorn. Sie warten auf uns.«

»Verdammte Hölle«, sagten Adrien und ich wie aus einem Mund.

23. KAPITEL

Adrien sah mich düster an.

»Haben sie Lasergewehre oder welche, die mit Kugeln geladen sind?«, fragte ich Molla.

»Das weiß ich nicht«, erwiderte sie mit zittriger Stimme. »Woran erkennt man das denn?«

»Kannst du mit deiner Gabe durch die Gewehre schauen?«, fragte Max. Seine Stimme klang immer noch rau, doch er konnte nun schon besser stehen. »Sieh nach, ob innen Magazine stecken, die mit Patronen gefüllt sind.«

Molla beugte sich zur Tür vor und kniff die Augen zusammen. »Ja. Patronen. Ich kann sie erkennen.«

Ich nickte.

Adrien starrte Max an, dann blickte er wieder zu mir. »Zoe, was denkst du?«

»Gibt es einen anderen Weg nach draußen?«, wollte ich wissen.

»Nein«, flüsterte er.

»Ich bin zu schwach, um mich zu verwandeln und zur Kanzlerin zu werden«, sagte Max leise. »Und außerdem hat sie sie wahrscheinlich vor mir gewarnt.«

»Gut, dann ist das entschieden«, sagte ich. Ich rief meine Kraft, und sie kam, prickelnd und eifrig. Sie sang für mich, und dieses unglaubliche Gefühl von Energie pulsierte durch meinen Körper. »Wir müssen uns durchkämpfen«, erklärte ich und konzentrierte meine Kraft auf die Tür. »Tretet alle zurück.«

»Warte, Zoe«, sagte Adrien. »Das kannst du nicht!«

Ich stieß einen wilden Schrei aus und ließ den Schwung aus meinen Gedanken nach draußen fließen. Die Tür wurde aus ihrer Verankerung gerissen. Der Lärm von berstendem Beton und sich verbiegendem Metall war ohrenbetäubend. Dann ließ ich die Tür nach vorn fallen, in die Regulatoren, die auf der anderen Seite warteten.

Doch die Tür war nur groß genug, um die Hälfte der Regulatoren umzuwerfen. Die anderen zogen bereits am Abzug, pumpten Kugeln auf uns. Ich spürte, wie die Geschosse durch die Luft zischten, und ließ mich auf die Knie sinken, die Hände an der Stirn.

Das Summen in meinem Kopf übernahm die Führung, und es kam mir vor, als würde mir ein gigantischer Keil den Schädel spalten. Mein Schrei steigerte sich, doch bevor er mich überwältigen konnte, spann ich ein Netz aus Luft um die hundertdreiundzwanzig Kugeln, die sich im Flug befanden.

Erst dann bemerkte ich, dass Adrien sich im gleichen Moment vor mich geworfen hatte. Er riss mich zu Boden, breitete die Arme über meinen Kopf, das Gesicht angespannt, bereit, die Kugeln mit seinem Körper abzufangen.

Stattdessen fielen die Kugeln harmlos aus der Luft. Wie Regentropfen aus Metall klickten sie auf dem Betonboden.

Molla, Max und Juan, die zusammengedrängt in einer Ecke standen, wirkten verblüfft.

Ich stieß Adrien von mir. »Bleib hinter mir«, schrie ich ihn wütend an und wandte meine Aufmerksamkeit sofort wieder den Regulatoren zu.

Falls sie überrascht waren, zeigten ihre leeren Gesichter nichts davon. Wahrscheinlich waren sie gar nicht fähig, Überraschung zu empfinden. In dem Schweigen, das um uns herum herrschte, legten sie neue Magazine ein und hoben die Waffen, um den nächsten Kugelhagel auf uns niedergehen zu lassen.

Wieder ließ ich die Kugeln zu Boden fallen, bevor sie uns treffen konnten, doch ich wusste nicht, wie lange ich das durchhalten würde. Es war erschöpfend, sich auf jede einzelne der schnellen Kugeln zu konzentrieren, um sie rechtzeitig abzufangen. Zudem hatten sich die meisten der Regulatoren, die zu Boden geworfen worden waren, wieder aufgerappelt. Ich konnte nicht alles, was passierte, gleichzeitig im Auge behalten.

Ich spürte, wie gewaltige neue Energie in mir aufstieg, und ich ließ sie aus meinen Poren sickern, aus meinen Augen, meinen Fingerspitzen. Ich konzentrierte mich auf all die Leichtmetallwaffen auf einmal, durchdrang die Hüllen, spürte die Konturen jeder einzelnen Waffe, konnte beinahe das metallische Öl auf meiner Zunge schmecken.

Und dann riss ich sie von innen heraus auseinander. Die Waffen explodierten in den Händen der Regulatoren. Einige wurden von den herumfliegenden Splittern verwundet, doch die meisten schüttelten sie ab, hielten weiterhin die Stellung und ignorierten ihre blutenden Hände und Gesichter.

Schweigend formierten sie sich zu einem Block und rannten auf uns zu, unempfindlich gegen den Schmerz unter der Kontrolle des V-Chips.

Meine Sicht wurde von meiner Wut verdunkelt – auf die Gewalttätigkeit, mit der sie gegen uns vorgehen wollten, aber auch weil diese Männer ja gar nicht dafür verantwortlich zu machen waren. Sie waren alle noch so jung, die gleichen Regulatoren, die sich noch in der Ausbildung befanden. Es war nicht ihre Schuld, dass man sie als Regulatoren ausgewählt hatte.

Aber ich musste sie trotzdem aufhalten. Ich musste dies beenden.

Adriens Warnrufe hinter mir, Mollas Schreie, der Klang der schweren Regulatorenstiefel, die über den Boden stampften: All dies fand sich in einer wilden Kakophonie zusammen.

Ich schloss die Augen und schickte ein letztes Mal meine Kraft aus, ließ sie über den Block der zwölf Regulatoren strömen, die auf uns zuliefen.

Ich schrie auf, als das Summen zu einem brennenden Schmerz in meinem Kopf wurde – dies mochte schließlich doch zu viel für mich sein. Ich spürte, wie ich zu brechen begann, wie ich bei dieser Aufgabe beinahe in Stücke gerissen wurde. Ich drang trotzdem weiter, durch ihre Haut, durch die harten Metallplatten, die ihre Köpfe umgaben, tief hinein in ihre Gehirne. Ich entdeckte die hauchdünnen Umrisse der V-Chip-Architektur erst in einem Schädel, dann im nächsten und im übernächsten, presste angestrengt die Hände gegen meinen eigenen Kopf, als könne ich damit irgendwie verhindern, dass ich auseinanderbrach.

Mein Körper wurde zurückgerissen – Adrien versuchte offensichtlich, mich in Sicherheit zu ziehen, doch ich erlaubte mir nicht einen einzigen Blick nach hinten. Es war fast geschafft … *fast geschafft*, noch drei, noch zwei, noch einer …

»Zoe!«

Als wäre es ein einziger, zerbrach ich alle zwölf der fingernagelgroßen V-Chips und riss die winzigen Metallnetze, die mit ihnen verbunden waren, heraus.

Adrien zog mich in genau dem Moment aus dem Weg, als die Regulatoren, vorangetragen durch ihren Schwung – obwohl sich bereits ihre Augen weiteten, als sie sich plötzlich ihrer selbst bewusst wurden –, übereinander stolperten und wie Dominosteine in einem Haufen aus Muskeln und Metall direkt vor uns zu Boden fielen.

Wir standen da, mitgenommen und blutend, und betrachteten erstaunt das Gewirr vor uns. Schockiert blickte ich auf meine Hände.

»Was hast du getan?«, flüsterte Adrien über meinem Kopf, und erst jetzt erkannte ich, dass er seine Arme um mich geschlungen und erneut versucht hatte, mich mit seinem Körper zu schützen.

Geschwächt sah ich zu ihm auf. »Ich habe sie befreit«, erwiderte ich. »Komm jetzt, hilf mir beim Gehen. Lass uns von hier verschwinden.«

»Zoe.« Adriens Mund stand offen. »Wie hast du … was hast du …?«

»Hilf mir auf«, bat ich, und er musste den angestrengten Ton in meiner Stimme wahrgenommen haben.

Er half mir aufzustehen, und meine Beine fühlten sich an wie Gummi. Es kam mir so merkwürdig vor, wieder zurück in meinem Körper zu sein, nachdem ich den gesamten Raum umfasst hatte. Das Summen war vollkommen verstummt, und ich hatte den Eindruck, dass es eine Weile dauern würde, bevor ich in der Lage wäre, es wieder herbeizurufen.

Adrien führte uns um den Berg aus verwirrten Regulatoren herum, doch ich blieb stehen und stoppte auch ihn. Ich wandte mich um. Sie waren noch jung genug, um die Zerstörung ihrer Hardware zu überleben. Ich konnte nur hoffen, dass sie nun, da ihre V-Chips komplett vernichtet waren, stabil blieben, anders als der junge unverbundene Regulator vor ein paar Monaten im Zug. Ich betrachtete sie abschätzend, doch sie wirkten alle ruhig, vielleicht ein wenig entgeistert.

Ich war erschöpft, doch ich bemühte mich, so viel Kraft wie möglich in meine Stimme zu legen. Ich ließ meinen Blick zwischen ihnen hin und her schweifen. Einem tropfte neben seinem bionischen Implantat Blut von der Stirn, einem anderen fehlte mindestens die Hälfte seiner linken Hand. Ich überlegte, ob ich mich entschuldigen sollte, doch ich wusste, dass sie ein »Es tut mir leid« nicht verstehen würden.

Stattdessen sagte ich: »Ihr seid jetzt frei von der Gemeinschaft. Kommt mit uns, wenn ihr frei bleiben möchtet.« Dann wandte ich mich wieder Adrien zu, so müde, dass es mich nicht wirklich interessierte, ob sie mein Angebot annahmen oder nicht. »Bring uns hier raus«, bat ich ihn.

Adrien nickte und führte uns durch weitere Korridore. Die meisten der Regulatoren folgten uns, boten uns an, ihre Handgelenk-Chips zu nutzen, um überall Zugang zu erhalten. Die schwergewichtigen jungen Männer schwiegen, aber wenn ich einen Befehl gab, dann befolgten sie ihn. Ich schätzte, dass sie daran gewöhnt waren zu gehorchen, und ich kam ihrer Vorstellung von Autorität nun wohl am nächsten.

Als wir an dem Aufzug warteten, der uns, wie Adrien sagte, an die Oberfläche bringen würde, erstarrte Adrien plötzlich. Ich hatte mich schwer an ihn gelehnt, weil ich Halt brauchte, und nun wäre ich fast gefallen und hätte ihn mitgerissen. Einer der jungen Regulatoren fing uns auf und stellte uns wieder sicher hin.

»Was ist los mit ihm?«, kreischte Molla. Ich hatte eine

Weile nicht mehr auf sie geachtet, doch ich nahm an, dass sie all die Schrecken und die Angst, vielleicht zu sterben, nicht gut verkraftet hatte.

»Er hat eine Vision«, erklärte ich und lehnte mich gegen die Wand, um mich abzustützen.

Nach kurzer Zeit entspannte sich Adriens Körper.

»Und?«, fragte ich. Ich schloss die Augen und hoffte, dass uns nicht schon wieder etwas Entsetzliches bevorstand. Doch als ich sie dann öffnete, stellte ich fest, dass er grinste.

»Ich hab meine Mom gesehen. Sie hat ein paar Leute vom Widerstand zusammengetrommelt, und sie kommen uns zu Hilfe. Aber wir können nicht mit dem da nach oben fahren.« Er deutete auf den Lift, dessen Tür sich mit einem »Pling« öffnete. »Die Kanzlerin dürfte inzwischen Alarm gegeben haben. Ich habe einen sicheren Weg nach draußen gesehen, und die Leute vom Widerstand werden am Ausgang auf uns warten.«

»Woher wusste deine Mutter denn, wo wir sind?«

Er nahm meinen Arm und half mir, mich wieder hinzustellen. »Sie muss aufgehört haben, ihre Gabe zu unterdrücken. Sie hatte ebenfalls eine Vision.«

»Gut.« Ich atmete heftig, da es mich so anstrengte, mich aufrecht zu halten. »Weil ich nicht glaube, dass ich es in nächster Zeit noch einmal mit irgendwelchen Regulatoren aufnehmen könnte.«

Er lachte und küsste mich auf die Schläfe, dann führte er unsere ungewöhnliche Gruppe durch einige Schächte, und nach wie vor öffneten uns die Chips der Regulatoren jeden Weg. Die Kanzlerin hatte anscheinend noch nicht herausgefunden, was ich getan hatte. Wie auch? Ich mochte ja selbst kaum glauben, wozu ich in der Lage gewesen war.

Nun öffneten sie die letzte Tür, und vor uns lag nur noch Dunkelheit.

»Es ist die Treppe für die Service-Angestellten«, sagte Adrien. »Einer der Regulatoren kann dich nach oben tragen – es geht drei Stockwerke hinauf. Aber ich möchte, dass du erst mal hierbleibst, bis ich mit einer Sauerstoffmaske für dich zurückkomme, damit du keinen Allergieanfall bekommst.« Er bemerkte meine Verwirrung. »Ich sah in meiner Vision, dass Mom die Maske bei sich hat. Ich lasse die Hälfte von ihnen bei dir, damit du sicher bist«, fügte er hinzu und zeigte auf die Regulatoren.

»Nimm Molla und Juan mit«, erwiderte ich und griff nach seinem Arm, als er sich umdrehte und gehen wollte. Ich beugte mich vor. »Sie werden bei der Vorstellung, die Oberfläche betreten zu müssen, wahrscheinlich genauso hysterisch reagieren wie ich beim ersten Mal«, flüsterte ich ihm zu. »So haben sie ein paar Minuten zusätzlich, um sich an den Gedanken zu gewöhnen.«

Adrien nickte.

Ich ging zu Molla hinüber und nahm ihre Hand. Sie wirkte fast, als sei sie in eine Starre verfallen, und ihr Blick war in unbestimmte Fernen gerichtet.

»Adrien wird dich jetzt nach oben bringen, Molla, ja?«

Sie antwortete nicht.

»Max«, sagte ich und wandte mich ihm zu, obwohl ich es kaum ertragen konnte, ihm in die Augen zu sehen, nachdem ich die Wahrheit über das erfahren hatte, was er getan hatte. »Kannst du mir helfen?«

»Molla«, sagte Max, und auch seine Stimme klang schon wieder kräftiger. »Finde all die GPS-Empfänger, die man zusätzlich bei Zoe angebracht hat.« Er blickte dabei zu Boden.

Beim Klang von Max' Stimme wurden Mollas Augen wieder ein wenig klarer. Sie sah ihn an, und als er nickte, wandte sie sich widerstrebend zu mir. Ihre Augen verengten sich, als sie mich von Kopf bis Fuß scannte.

»Da«, sagte sie und zeigte hinter mein linkes Ohr. »Und da und da und da.« Sie deutete dabei auf meine rechte Schulter, meine rechte Hüfte und den linken Knöchel.

»Sind das alle?«, wollte Max wissen.

Molla nickte.

»Geh jetzt mit Adrien«, bat er sie dann. »Tu, was er dir sagt, und hab keine Angst, wenn du in der Oberwelt bist. Sie ist sicher, das verspreche ich dir.«

»Aber ich will bei dir bleiben.«

»Geh!«, befahl Max ein wenig grob, doch dann wurde seine Stimme wieder sanfter. »Ich komme bald nach.«

Sie nickte erneut und wirkte schon etwas weniger ängstlich.

Adrien nahm Molla am Arm und führte sie durch die Tür in die Dunkelheit. Juan folgte ihnen.

Als sie außer Sicht waren, glitt Max' Blick zu mir. Wir standen dort, umgeben von fünf der großen, schweigenden Regulatoren. Ich schaute unbehaglich weg, die Arme vor der Brust verschränkt. Auch wenn ich Max niemals der Gnade der Kanzlerin hätte überlassen wollen, hieß das noch lange nicht, dass ich vergessen konnte, was er getan hatte.

»Molla scheint dir vergeben zu haben«, sagte ich schließlich scharf.

Max schüttelte den Kopf. »Sie glaubt es nur noch nicht. Sie kann sich nicht vorstellen, dass ich sie niemals geliebt habe oder dass ich bereit war, sie der Kanzlerin auszuliefern, ohne einen weiteren Gedanken an sie zu verschwenden – nur wegen der Chance, mit dir zu entkommen.« Seine Stimme wurde energischer. »Und ich würde es sofort wieder tun.«

»Aber sie ist *schwanger*«, hielt ich ihm vor und wandte ihm das Gesicht zu. Der Schmerz und die Wut über seinen Verrat brodelten in mir, nun da ich genug Zeit hatte, um darüber nachzudenken. »Wie konntest du sie da im Stich lassen?«

»Ich wusste nicht, dass sie schwanger ist«, antwortete er und sah wieder zu Boden.

»Hätte es deine Meinung geändert, wenn du es gewusst hättest?«

»Nein.« Jetzt wich er meinem Blick nicht mehr aus. »Ich hätte sie immer noch verlassen, weil du alles bist, was ich mir je gewünscht habe. Du warst der erste Mensch, für den ich etwas empfunden habe, nachdem ich mich aus der *Verbindung* gelöst hatte. Ich habe dich schon geliebt, bevor ich überhaupt wusste, wie man dieses Gefühl nennt. Jeden Tag habe ich neben dir gesessen, deinen Duft eingeatmet, dein schönes Gesicht betrachtet. Jede Nacht habe ich von dir geträumt. Du hast alles andere in den Schatten gestellt. Du warst es. Immer nur du.«

»Alles, was du jemals haben wolltest, war die Macht, die die Kanzlerin dir versprochen hat«, widersprach ich, ärgerlich und traurig.

»Wenn das wahr wäre«, erwiderte er mit einem düsteren Lachen, »dann hätte ich sie niemals verlassen, niemals versucht, uns zu retten. Sie hat mir die Welt versprochen, all die Macht, all die Vergnügungen, die ich mir jemals wünschen konnte, aber ich war bereit, das alles aufzugeben.«

Er machte einen Schritt auf mich zu, und ich zuckte

zusammen. Zwei der Regulatoren traten schweigend näher und versperrten ihm den Weg.

»Aber zu welchem Preis, Max?«, sagte ich, und meine Augen füllten sich mit Tränen. »Du warst bereit, Molla und Adrien zu opfern, sie der Kanzlerin für deren monströse Pläne zu überlassen. Wenn du geglaubt hast, ich hätte damit leben können, dann hast du mich nie wirklich gekannt.«

»Du hättest es nie erfahren«, flüsterte er. »Ich wollte dich vor allem beschützen. Wir hätten ein Leben geführt, schöner als in deinen schönsten Träumen, du und ich, für immer zusammen. Es wäre perfekt gewesen. Aber dann tauchte Adrien auf, und du hattest nur noch Augen für ihn.« Seine Stimme klang plötzlich bitter. »Du hättest mir gehören sollen.«

Ich schüttelte ungläubig den Kopf. Ich hatte die Wahrheit nicht glauben wollen, als die Kanzlerin mir davon erzählte, aber es stimmte alles. Jedes einzelne grässliche Detail. Und Max bereute nichts. Ihm war bis jetzt nicht in den Sinn gekommen, dass er etwas falsch gemacht haben könnte.

»Vielleicht hast du dir diese Lügen so lange eingeredet, bis du sie schließlich selbst geglaubt hast«, zischte ich, plötzlich wütend auf ihn. »Aber ich hätte dich nie auf diese Weise lieben können, wie du es dir gewünscht hast. Und dass du mich belogen und manipuliert hättest, damit wir auf Kosten anderer frei und glücklich leben könnten, dass du versucht hast, Gefühle von mir zu erzwingen – du bist nicht besser als die Kanzlerin. Und jetzt …«

Meine Stimme brach, aber ich hielt seinen Blick fest, auch wenn Tränen aus meinen Augen quollen. Max hatte monatelang mit der Kanzlerin zusammengearbeitet, uns alle ausspioniert, uns belogen, bereit, jeden im Stich zu lassen – oh Gott, Markan! Mir drehte sich der Magen um. Mir war, als würde ich gleich zu Boden sinken. Wir mochten aus der Unterwelt entkommen, doch die Kanzlerin hatte bestimmt schon weitere Regulatoren hinter uns hergehetzt. Es gab nicht die geringste Möglichkeit, meinen Bruder zu holen.

Ich schüttelte den Kopf. Max hatte all unsere Pläne ruiniert. Ohne ihn hätte auch mein Bruder bald in Sicherheit sein können.

»Vielleicht werde ich dir vergeben können«, fuhr ich fort, und meine Stimme zitterte immer noch vor Zorn, »vielleicht werde ich dir eines Tages sogar wieder vertrauen können, aber du wirst *nie* bekommen, was du willst. Ich werde dich niemals lieben, Maximin.«

Max öffnete den Mund, trat einen Schritt zurück, als ob ich ihn geschlagen hätte. All seine Maskerade war verschwunden, und ich sah den echten Max vor mir, sah an seinem Gesicht, wie verletzt, schockiert und verwirrt er war – wie ein kleiner Junge, der zum ersten Mal erfahren muss, was Schmerz ist.

Es tat mir augenblicklich leid, doch bevor ich etwas sagen konnte, hörte ich eilige Schritte auf der Treppe hinter uns. Es war Adrien, mit der Maske in der Hand, und ich spürte, wie mein Körper fast dahinschmolz vor Erleichterung und Müdigkeit. Es war so gut wie vorbei. Max und ich, wir konnten diese Dinge später klären, wenn wir nicht länger so angespannt waren und uns ein wenig ausgeruht hatten.

»Kommt!«, rief Adrien. »Lasst uns von hier verschwinden. Ihr beide ...« Er zeigte auf zwei Regulatoren. »Tragt sie nach oben.«

Ein stämmiger Regulator mit braunen Haaren hob

mich auf seine Arme. Sein blauer Overall hing in Fetzen herab, und mein Gesicht wurde gegen die harte Legierung seiner metallverstärkten Brust gedrückt. Er nickte einem der anderen Regulatoren zu, der an seine Seite trat.

»Komm, Max«, sagte ich, so erschöpft, dass ich kaum noch die Augen offen halten konnte. Aber ich schaffte es gerade noch, ihm schwach zu winken, dass er uns folgen sollte.

Seine Kiefer spannten sich an, und ich sah, wie er schluckte. Seine Arme hingen an den Seiten herunter, und er hatte die Hände zu Fäusten geballt.

»Nein. Um ehrlich zu sein – ich bleibe hier«, sagte Max ruhig.

»Max«, mahnte ich ungeduldig und reckte den Kopf, um über die Schulter des Mannes sehen zu können, der mich trug. »Sei kein Narr. Sie wird dich deaktivieren.«

Er straffte sich und wich vor den Regulatoren zurück. Ein bitteres Lächeln lag auf seinem Gesicht. »Nein, ich glaube nicht, dass sie das tun wird.«

»Warte!«, sagte ich, als ich plötzlich erkannte, dass er es ernst meinte. Ich war wütend auf Max, natürlich, doch ich konnte den Gedanken nicht ertragen, meinen besten Freund zu verlieren. Ich war schon gezwungen, Markan zurückzulassen, da wollte ich nicht auch noch ihn zurücklassen. »Nein, du musst mitkommen! Max!«

Er lächelte wieder, ein kleines, hartes Lächeln. »Wozu? Um mich eurer kleinen Bande von Widerstandskämpfern anzuschließen? Um jeden Tag zuzusehen, wie jemand anders das Leben lebt, das ich mir immer mit dir gewünscht habe? Nein, lieber nicht.«

Er hatte sich schon halb umgewandt, hielt dann jedoch inne. »Aber pass gut auf dich auf, ja?« Seine Stimme war einen Hauch sanfter geworden. »Du hast nämlich nicht die geringste Ahnung, worauf du dich einlässt. Die Kanzlerin wird zuerst die Oberen vernichten und dann den Widerstand. Sie sind nichts im Vergleich zu der Macht, die sie um sich sammelt.«

Er sah mich noch einen Moment lang an. Tränen glitzerten in seinen Augen, in denen sich all sein Schmerz, sein Zorn und seine Enttäuschung spiegelten.

Es kam mir vor, als würde ich einen Teil von mir selbst verlieren. *Max.*

»Komm endlich!«, rief Adrien dem Regulator zu, der mich trug. »Wir müssen *jetzt* verschwinden, oder wir kommen nie mehr hier heraus.«

Der Mann nickte, und bevor ich wirklich begriff, was gerade geschehen war, stiegen wir nach oben, wobei mein ganzer Körper durchgeschüttelt wurde.

»Warte, ich ...«, rief ich und wand mich, weil ich runterwollte. Doch der Regulator, der mich trug, ging einfach weiter nach oben.

»Max!«, schrie ich erneut und reckte mich in den Armen des Regulators. Mir sank das Herz bei jedem Schritt, den er mich von ihm wegtrug. »Max!«

Als wir höher kamen, zurrte Adrien die Maske über meinem Gesicht fest, erstickte meine Stimme. Ich versuchte noch einmal, einen Blick zurückzuwerfen, streckte den Arm nach Max aus, von dem ich lediglich den Rücken sah, als er fortging. Und schließlich war da nur noch die dichte Dunkelheit um uns herum. Der Klang der schweren Schritte umgab mich, und dann, schneller, als ich es erwartet hatte, wurde die Tür am oberen Ende der Treppe geöffnet. Eine kühle Nachtbrise strich über meine Haut, und das Wasser strömte mir über die Wangen.

24. KAPITEL

Beim Fahren über die holprige Straße wurde ich gegen die Tür geworfen. Adrien griff nach mir, um mich zu stützen. Ich blieb beim Fenster, starrte wie betäubt nach draußen auf die allmählich heller werdende Welt. Es war fast Morgen. Die Gruppe hatte sich an einem eilig arrangierten Treffpunkt zur Weiterfahrt getrennt, und nun saßen Adrien, seine Mutter, ein paar der Regulatoren und ich hinten in einem Versorgungslaster, der Richtung Süden fuhr.

Im Moment waren wir sicher, und hier, in dem Schweigen, das im Laster herrschte, wirbelte alles, was an diesem Tag geschehen war, in meinem Kopf herum wie ein Ventilator. Trotz allem, was ich mir selbst versprochen hatte, hatte es keine Möglichkeit gegeben, mit Markan zu entkommen. Wie lange mochte es dauern, bis wir uns wieder in die Stadt einschleusen und ihn herausholen konnten? Und Max. Was würde aus ihm werden? Würde er zur Kanzlerin zurückkehren? War sie schon dabei, ihm wehzutun, während wir der Sicherheit entgegenfuhren? Oder hatte sie ihn bereits wieder unter ihrem Einfluss und zwang ihn zu tun, was immer sie ihm auftrug, ohne es in Frage zu stellen?

»Hey.« Adriens Stimme durchbrach meine Gedanken. »Du hast schon wieder diesen Ausdruck – den, der verrät, dass du dir Sorgen wegen all der Dinge machst, die du nicht beeinflussen kannst.«

»Ich kann einfach nicht fassen, dass er nicht mitkommen wollte«, flüsterte ich, den Blick weiterhin aus dem Fenster gerichtet. Meine Stimme hörte sich wegen der Sauerstoffmaske seltsam an.

»Max hat seine eigene Entscheidung getroffen«, erwiderte Adrien. »Und er ist derjenige, der damit leben muss.«

Ich schüttelte den Kopf, wollte widersprechen, doch Adrien umfasste mein Gesicht mit beiden Händen und drehte mich sanft vom Fenster weg, sodass ich ihn anschauen musste.

»Wir sind draußen. Wir sind sicher.« Seine Stimme klang rau und ernst, und plötzlich erkannte ich, dass die letzten Tage auch von ihm Tribut gefordert hatten. »Sind das nicht genug Wunder für einen Tag?«

Die ersten Sonnenstrahlen der Morgensonne fingen sich in seinen blaugrünen Augen, die nun so funkelten wie ein Leuchtfeuer. Die strahlende Farbe seiner Augen und die Lebhaftigkeit darin ließen mir für einen Moment den Atem stocken. Und plötzlich dachte ich an all das, was er mir über diese Welt beigebracht hatten, genau wie über Liebe, Freude und Schmerz – und darüber, was es bedeutete, ganz und gar lebendig zu sein, im Guten wie im Schlechten.

Ich nickte. »Ja«, erwiderte ich. Meine Stimme klang hoch und brach beinahe. »Das sind sie. Mehr als genug sogar.«

Ich brachte ein mattes Lächeln zustande, dann lehnte ich den Kopf an seine Brust, schmiegte mich an ihn. Er legte einen Arm um mich, rieb hin und wieder meinen Rücken.

»Sieh mal!« Adrien zeigte aus dem Fenster auf die Sonne. »Dein erster Sonnenaufgang. Früher, in der Alten

Welt, glaubte man, dass der Sonnenaufgang ein Symbol für Hoffnung sei.«

Ich verschränkte meine Finger mit seinen, blickte hinaus auf die sanften Hügel, über die sich das Sonnenlicht ergoss und allmählich die Schatten der Nacht vertrieb.

Ich wusste nicht, was für eine Zukunft in solch einer gefährlichen Welt auf uns warten mochte. Ich wusste nicht, ob ich auf der Oberwelt überleben würde, ob es uns möglich wäre, eine sichere Unterkunft für mich zu finden, in der ich frei von Allergenen und unentdeckt von der Kanzlerin leben konnte. Genauso wenig wusste ich, ob wir jemals in der Lage sein würden, Markan zu retten oder Max. Und ich wusste auch nicht, was ich vom Widerstand zu erwarten hatte, jenem Haufen unverbundener Außenseiter. Und schon gar nicht wusste ich, ob es jemals gelingen würde, die Kanzlerin aufzuhalten oder das *Link*-System zu zerstören, sodass die Menschen in der Gemeinschaft für immer frei wären.

Im Moment fühlte ich mich sicher. Aber der Kampf begann gerade erst, und nicht einmal Adrien konnte mir verraten, wie er enden würde.

Ich wandte mich vom Fenster ab und beschloss, mich auf die Dinge zu konzentrieren, die ich kannte. Ich liebte Adrien, er liebte mich, und fürs Erste war das genug.

»Hoffnung, ja?« Ich dachte darüber nach und nickte dann. »Ich glaube, sie hatten recht.«

DANKSAGUNG

Ein Dankeschön an Charlie Olsen, meinen unglaublichen Agenten. Ich kann mich noch ganz genau daran erinnern, wo ich saß, als deine E-Mail kam, in der stand, du hättest die ersten hundert Seiten meines Romans gelesen und wolltest mich nun anrufen. Du hast mein Leben verändert, und ich kann dir gar nicht genug danken für deine Unterstützung, deine Ratschläge und deine Großartigkeit seit jenem Tag.

Auch Terra Layton, meiner knallharten Lektorin, ein Danke, Danke, Danke! Deine Instinkte, was einen Roman betrifft, waren stets hellwach, und deine Begeisterung für das Buch und seine Charaktere waren eine beständige Ermutigung und Antrieb für mich. Ich bin so glücklich, dass ich bei dir gelandet bin! Ich danke auch dem gesamten Team und Ervin Serrano für die großartige Umschlaggestaltung der US-Ausgabe.

Ebenfalls bedanke ich mich bei der erstaunlichen Lyndsey Blessing. Deine unaufhörlichen Bemühungen haben *Secrets – Ich fühle* auf die internationale Bühne verholfen, wobei mir jedes Mal, wenn ich daran denke, ein Schauer über den Rücken läuft.

Danke auch meiner texanischen Autorengruppe, die mir zur Seite stand, als ich vor fünf Jahren mit dem ernsthaften Schreiben begann: Paula Armstrong, Kelly King, Rose Knotts, Rachel Sanborn und Katherine Toivonen. Ihr Ladys habt es perfekt drauf, was Zuckerbrot und Peitsche betrifft. Und Katherine, Worte reichen nicht wirklich aus, um meine Dankbarkeit auszudrücken für den Rat und die Unterstützung, die ich von dir erhalten habe – sowohl für mein Leben als auch fürs Schreiben.

Ein Danke zudem an meine ersten Leser: Anthonee Alvarez, der jedes einzelne Manuskript, das ich je verfasst habe, gelesen hat, selbst die wirklich schlechten. Mein Dank geht an Bouquet Boulter, Emily Shroeder, Amy Shatila, Abby Dimmick, Erin P., Eric Pendley, Danielle Ducrest und Eve Marie Mont.

Ein weiteres Dankeschön an die Apocalypsies! Es war mir eine Ehre, euch während dieses verrückten Entstehungsprozesses des Buches kennenzulernen und Beistand zu finden.

Die San Marcos Public Library verdient eine besondere Erwähnung, besonders der Einkäufer der Young-Adult-Romane, der mir armer Studentin damals unwissentlich dabei geholfen hat, bei den Veröffentlichungen in diesem Bereich immer auf dem neuesten Stand zu bleiben.

Mom und Dad, ihr habt mir die schönste Kindheit geschenkt. Ich liebe euch und kann euch gar nicht genug danken. Ihr habt einen großen Anteil daran, dass ich genug Selbstvertrauen besaß, etwas so Lächerliches wie einen Roman zu schreiben in Angriff zu nehmen und hartnäckig genug zu bleiben, um auch nach Ablehnung nicht aufzugeben.

Für meine Ladys aus dem Classic Tattoo, Morgan und Andrea: Danke, dass ihr mich mit so unglaublicher Körperkunst ausgestattet habt. Ich trage eure Arbeit voller Stolz!

Und last but not least: Dragos, wir wissen beide, dass

ich niemals so weit gekommen wäre ohne deine unermüdliche Hilfe, deine Ermunterung und Liebe. *Încetu cu încetu.* Ich liebe dich.